REVIEW

열일곱 살에, 학교 도서관에서 처음 캐드펠 수사 시리즈를 읽었는데 완전히 푹 빠지고 말았다. 어떻게 21세기 한국의 고등학생이 12세기 영국의 수도사에게 친밀감을 느낄 수 있었을까? 책을 펼치면 캐드펠 수사가 가꾸는 허브밭의 싱그러운 향이 미풍에 실려 오는 것만 같았고, 부지불식간에 이웃처럼 정이 든 마을 사람들이 삶의 우여곡절을 겪을 때는 함께 탄식했다. 그 생생한 경험을 통해 역사와 문학을 동시에 사랑하게 되었는지도 모르겠다.

　서른다섯 살이 되어 캐드펠 시리즈를 다시 읽고 싶어졌는데, 혹시 두 번째로 읽었을 때의 감회가 예전만 못할까 걱정했었다. 기우 중의 기우였다. 열일곱 살에 발견하지 못했던 부분들을 잔뜩 발견하며 읽을 수 있었고, 역사추리소설을 추천하는 자리에서 매번 자신 있게 추천하곤 했다. 소박하고 담백하게 시작해 역사의 큰 톱니바퀴와 힘 있게 맞물려 들어가는 이 놀라운 이야기에 대해 말할 때 한없이 행복했다.

　엘리스 피터스가 육십대 중반에 이처럼 대단한 시리즈를 시작했다는 것을 떠올리면 마음에 환한 빛이 든다. 먼 길을 다녀와 켜켜이 쌓인 지혜를 품고 유적지를 직접 걸으며 작품을 구상했을 작가를 상상하고 만다. 멋진 일은 언제든 시작될 수 있고, 심혈을 다해 빚은 이야기는 시간과 공간을 뛰어넘는다는 것을 보물 같은 작품들을 통해 믿게 되었다.

정세랑
소설가

REVIEW

엘리스 피터스는
가장 뛰어난 추리소설 작가다.
UMBERTO ECO
움베르토 에코

캐드펠 수사는 한 세기를
완벽하게 구가한 셜록 홈스에
비견되는 창조물이다.
LOS ANGELES TIMES
BOOK REVIEW
LA 타임스 북 리뷰

이보다 더 매력적이고 인상적인 탐정은
찾기 어려울 것이다.
SUNDAY TIMES
선데이 타임스

서스펜스와 역사소설이 혼합된
유쾌하고 독창적인 작품.
LONDON EVENING
STANDARD
런던 이브닝 스탠더드

시리즈가 추가될 때마다 기쁨을 느낀다.
연대기 시리즈가 계속 이어지기를 바란다.
USA TODAY
USA 투데이

캐드펠 수사는 분명 범죄소설의
컬트적 인물이 될 것이다.
FINANCIAL TIMES
파이낸셜 타임스

엘리스 피터스의 미스터리는 역사적 디테일,
마을과 수도원의 중세 생활상, 생생한
캐릭터 묘사, 우아하고 문학적인 문체 등
이야기 그 자체로 즐거움을 선사한다.
THE WASHINGTON POST
워싱턴 포스트

스타일과 격조를 갖춘 미스터리로
멋지게 포장된 뛰어난 역사소설.
THE CINCINNATI POST
신시내티 포스트

엘리스 피터스는 중세인들의 삶을 상세하고
설득력 있게 재현함으로써, 독자들을
강력하게 흡인하여 교묘하게 짜여진
중세의 어두운 미로 속으로 데려간다.
YORKSHIRE POST
요크셔 포스트

고전적인 의미의
선과 악이 격투를 벌이는 역작.
CHICAGO SUN-TIMES
시카고 선 타임스

반란의 여름

THE SUMMER OF THE DANES

THE SUMMER OF THE DANES
Copyright©1991 by Ellis Peters
All rights reserved.

Korean translation copyright©2025 by Bookhouse Publishers Co.
Korean edition is published by arrangement with
Intercontinental Literary Agency(ILA) through EYA(Eric Yang Agency).

이 책의 한국어판 저작권은 에릭양 에이전시를 통해 Intercontinental Literary Agency(ILA)와 독점 계약한 (주)북하우스 퍼블리셔스에 있습니다. 저작권법에 의해 한국 내에서 보호를 받는 저작물이므로 무단 전재와 무단 복제를 금합니다.

반란의 여름

엘리스 피터스 장편소설
김훈 옮김

북하우스

CADFAEL

중세 웨일스

1 아를레흐웨드
2 아르본
3 훌레인
4 흐로스
5 디프린 클루이드
6 마일로르
7 컨흘라이스
8 펜흘린
9 메카인
10 아르수이스틀리
11 마일리에니드
12 엘바일

CADFAEL

슈롭셔와 웨일스 국경지대

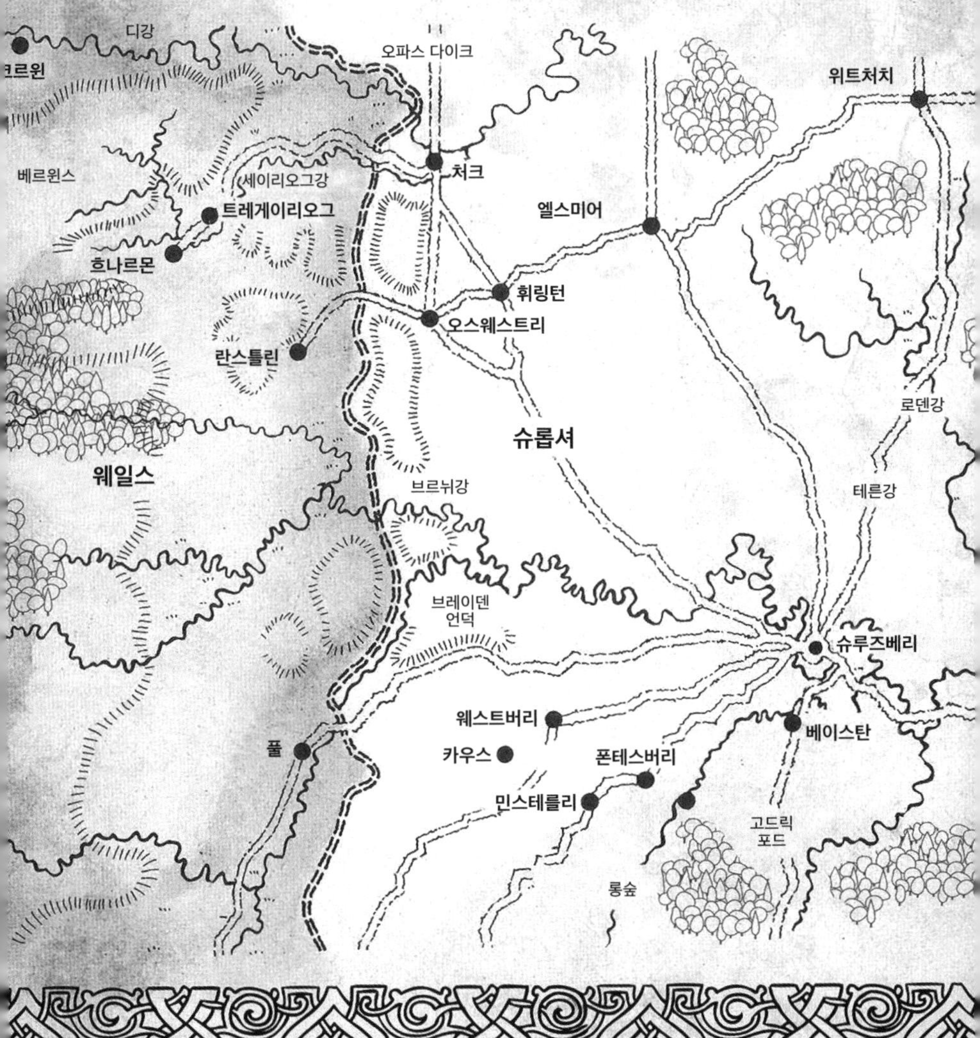

CADFAEL

슈롭셔주 슈루즈베리

CADFAEL

슈루즈베리
성 베드로 성 바오로 수도원

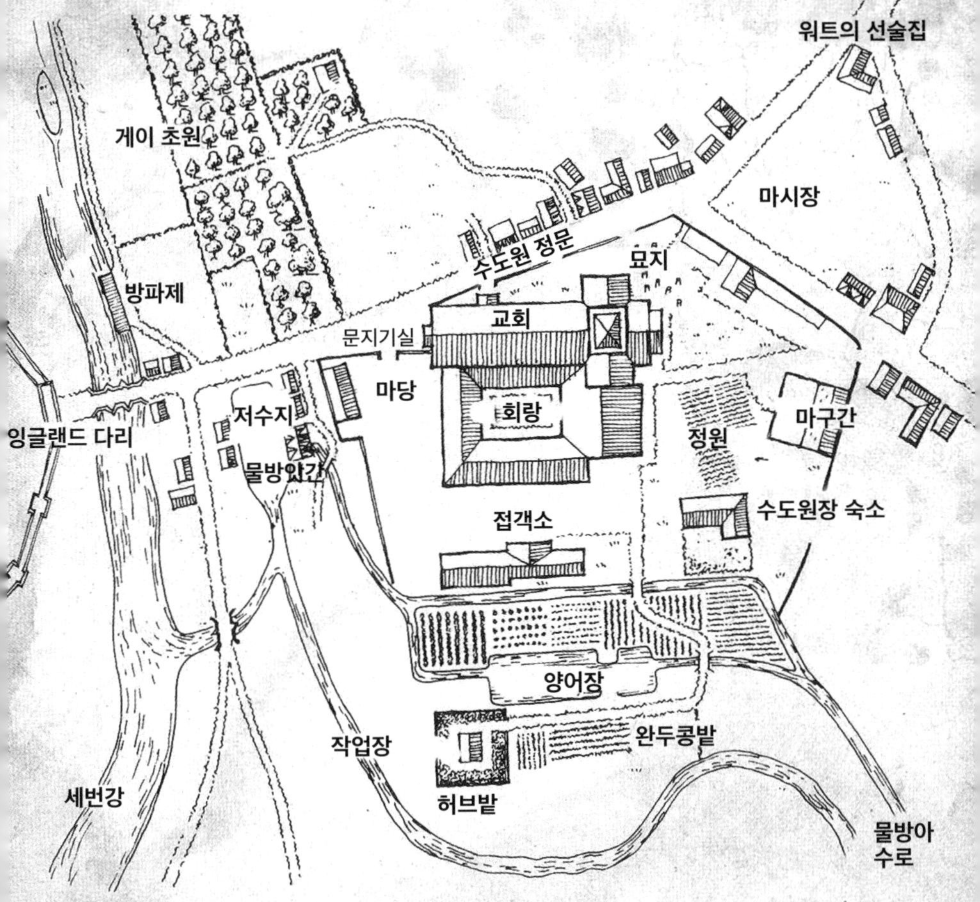

일러두기. 주석은 모두 한국어판 주다.

중세 지도
4

반란의 여름
11

주
387

1

 1144년 여름에 일어난 특이한 사건들에 대해 말하자면, 사실 그 전해에 이미 모든 것이 시작되었다고 해야 하리라. 성聖과 속俗을 불문하고 다양한 계층의 수많은 사람들이 그 일 속에서 한데 뒤얽혔다. 성직자들로는 대주교에서부터 로저 드 클린턴 주교의 부제까지, 또 세속인들로는 북웨일스의 제후들로부터 아르본 마을의 가장 비천한 농부에 이르기까지. 그리고 그렇게 얽힌 이들 가운데 슈루즈베리 성 베드로 성 바오로 수도원[1] 소속의 한 노수사는 사건의 핵심에 보다 가까이 다가가 있었다.
 새들이 둥지를 틀고 들꽃들이 연초록 풀숲 사이로 꽃망울을 터뜨리기 시작하며 태양이 매일 조금씩 고도를 높여갈 무렵, 캐드펠 수사는 이맘때 늘 그렇듯 막연한 기대감에 들떠 다가오는 4월을 기다리고 있었다. 그러나 세상은 여전히 어지러워, 왕권을 두고 각축을 벌이는 두 사촌으로 인한 잉글랜드의 분열과 혼란상이 도무지 해소될 기미가 보이지 않았다. 스티븐 왕[2]은 남부 일대와 동부의 대부분을 장악한 터였고, 모드 황후[3]는 자신에게 충성을 바치는 이복동생 글로스터의 로버트 백작[4] 덕에 남서부를 손에 쥐고 데비제스의 궁에서 안락하게 지내고 있었다. 그러나 지난 몇 달간, 피로 때문인지 아니면 제 나름의 전략인지 양 진영은 전투를 거의 벌이지 않았고, 이에 국토 전역에는 이상한 적막감이 감돌았다. 만인의 적인 사나운 무법자 제프리 드 맨더빌[5]은 여전히 펜 지방에서 제멋대로 활개를 쳤지만 스티븐이 점점이 세워둔 요새들 탓에 자신의 영역 밖으로 나갈 수가 없었으니, 그 세력도 점차 약해지고 있었다. 전반적으로 보아 조심스러운 낙관론을 품을 만한 데다 또 봄과 함께 초목이 새롭게 움트고 햇살의 화사한 기운이 온 땅에 깃들어가는 지금, 평소 비관과 회의의 태도를 견지하곤 하는 캐드펠의 눈에도 세상이 그리 어둡게만 보이지는 않았다.

그리하여 4월도 막바지에 이른 그날, 어쩌면 여름을 지나 가을로 접어들 때까지 세상의 모든 일이 지금처럼 무탈하게 지속될지 모른다는 기대를 품고서 캐드펠은 더없이 평온하고 관대한 마음으로 수도회 총회에 참석했다. 그러한 목가적인 상황에 급격한 변화가 생기리라고는 전혀 예상하지 못했으며, 그것이 또 어떤 일을 야기할지에 대해서는 더더욱 알지 못한 채.

반가운 평화가 언제 깨질지 몰라 다들 가슴을 졸이는 듯 그날 총회는 조심스러운 분위기 속에서 순조롭게 진행되었다. 임무를 소홀히 한 사람도 없었고, 제롬 수사의 분노를 돋울 만한 사소한 죄를 저지른 사람도 없었다. 화사한 봄기운과 햇살에 취한 수사들 모두 작은 천사들 같았다. 곧 프랜시스 수사가 단조로운 목소리로 성 베네딕토의 종규 34장을 기도하듯 낭독했다. 모든 사람이 공평하게 가져야 한다는 원칙이 늘 지켜질 수는 없다는 사실을 완곡하게 설명하는 내용이었다. 때로는 다른 이들보다 더 많은 것을 필요로 하는 사람이 있으니 더 많이 받았다고 하여 자신이 우월하다 생각해서는 안 되며, 덜 받았다고 하여 더 받은 형제들을 시기해서도 안 되었다. 불평이나 시기는 금물이었다. 수도원의 일과가 이렇듯 온건하고 원만하고 평온하게 진행되었으니, 약간의 침체와 지루함이 느껴질 정도였다.

지루한 시대를 산다는 것은 넓게 보아 축복받은 삶이다. 특히 무질서와 혼란, 포위 공격, 격렬한 전투를 겪은 뒤라면 더더욱 그렇다. 하지만 정적이 너무 오래 지속될 때마다 캐드펠은 일종의 답답함을 느끼곤 했다. 물론 지속적인 안정과 질서는 누구나 환영하는 것이요, 사람들에게 많은 이익을 가져다주는 것이기도 하다. 그럼에도, 가벼운 자극과 흥분을 좀 맛본다고 하여 해될 것은 없지 않은가. 게다가 가벼운 자극이 지속적인 안정과 어우러져 제법 조화로운 화음을 내곤 하니 말이다.

총회가 곧 마무리될 참이었다. 수도원의 행정 업무들은 각 담당자들이 알아서 잘 처리하리라 믿는 터라, 캐드펠은 식료품 보관 담당자의 보고를 무심히 흘려들었다. 보고가 끝나고 라둘푸스 수도원장[6]이 총회를 마무리하기에 앞서 혹시 다른 용건이나 이의가 있는지 확인하느라 주위를 돌아보고 있는데, 미사나 총회 시간에 문지기 수사를 대신해 정문을 지키는 속인 일꾼이 불쑥 문 안쪽으로 고개를 들이밀었다.

"원장님, 리치필드에서 손님 한 분이 찾아오셨습니다. 드 클린턴 주교님의 지시를 받고 웨일스로 가는 중인데 이곳에서 하루이틀 묵고자 하십니다."

별로 중요하지 않은 손님이라면 아마 수사들이 모두 밖으로 나올 때까지 기다렸을 것이다. 그러나 리치필드 주교와 관련된 사람이라면 이야기가 달랐다. 매우 중요한 임무를 띠고 왔을지도 몰랐고, 그래서 문지기도 총회가 끝나기 전에 원장에게 사실을 보고해야겠다 마음먹은 모양이었다. 탁월한 판단력과 결단력, 진실과 거짓을 재빨리 가려낼 줄 아는 안목을 지닌 데다 원칙의 문제에서는 추호도 타협할 줄 모르는 로저 드 클린턴 주교와 관련해 캐드펠은 좋은 기억을 많이 갖고 있었다. 수도원장의 얼굴은 평소처럼 무표정했지만 두 눈에 스친 빛으로 미루어 그 역시 캐드펠과 비슷한 생각을 하는 듯했다.

"그분의 사절이라면 대환영이오." 원장이 말했다. "잘 안내하고 원하는 만큼 얼마든지 이곳에서 지내라 말씀드리시오. 혹시 그 손님이 총회에 참석해 우리를 만나보고 싶다 하셨소?"

"원장님께 직접 인사드린 뒤에 용건을 말씀하시겠답니다. 장소는 어디든 상관없다 하시더군요."

"그럼 손님을 이리로 들여보내시오."

문지기가 다시 밖으로 나갔다. 조심스러운 추측의 속삭임들이 연못 위의 파문처럼 총회장 안에 퍼지다가 주교의 사절이 들어와 그들 앞에 서자 이내 기대 어린 침묵 속으로 가라앉았다.

뼈대가 가늘고 살집이 없는 것이, 얼핏 어리고 왜소한 열여섯 소년 같아 보였다. 그러나 분별력 있는 눈으로 주의 깊게 살피자 그 매끈하고 갸름한 얼굴에 깃든 고결한 성품과 내면의 깊이를 발견할 수 있었다. 다른 베네딕토회[7] 형제들과 마찬가지로 체발을 하고 수사복을 입은 그는 주교의 사절답게 엄숙하고 위엄 있게, 그러면서도 소박하고 겸허한 태도를 잃지 않은 채 자리를 잡았다. 아이처럼 연약하나 나무처럼 꼿꼿한 모습이었다. 마구 헝클어진 밀짚빛 머리칼이며, 더없이 맑고 솔직 담백해 보이는 회색 눈이 그의 소박함과 인간됨을 분명하게 드러내는 듯했다.

작은 기적이군! 지난 몇 년 동안 바라고 고대해온 선물이 지금 갑자기 주어졌음을 깨닫고 캐드펠은 생각했다. 도저히 일어날 법하지 않은 일이 일어났으니 기적이라 할밖에. 로저 드 클린턴 주교는 자신의 신임장을 쥐여 웨일스로 보낼 사람으로 그 드넓은 관구에서 가장 당당하고 위엄 있는 고위 성직자가 아닌, 가장 어리고 지위도 낮은 부제를 선택한 것이다. 그리고 그 부제는, 한때 슈루즈베리 수도원의 일원으로 캐드펠의 작업장에서 2년간 약초와 약제를 다루며 조수 역할을 충실히 해냈던 마크 수사였다. 그와 함께한 그 2년의 시간은 즐거웠던 한 시절로 캐드펠의 뇌리에 깊이 각인되어 있었다.

마크 수사는 발그레하게 달아오른 정수리를 깊이 숙여 원장에게 공손히 인사한 뒤 맑은 두 눈을 앞으로 향했다. 캐드펠의 기억 속에 자리한 말없는 고아의 이미지와 그만의 독특한 매력이 한순간 고스란히 드러났으나, 허리를 반듯하게 들자 그는 다시 주교의 사절이 되어 있었다. 몇 년 뒤 자신이 열망하는 사제직에 오를 때까지 마크 수사는 계속 그렇게 어른이자 아이인 모습을 그대로 간직하리라.

"저는 주교님의 심부름으로 웨일스에 가는 길입니다." 마크 수사가 말했다. "이틀 동안 이곳에 묵게 해주실 것을 주교님의 이름으로 요청드리는 바입니다."

"신임장 같은 건 확인할 필요도 없소." 원장이 빙그레 웃으면서 대답했다. "형제의 얼굴을 보는 것만으로 족하니까. 우리가 형제를 그렇게 빨리 잊었으리라 생각한 건 아니겠지? 이곳 수사들 모두 형제의 친구들이니 앞으로 이틀간 최대한 즐거운 시간을 보내길 바라오. 형제의 임무에 도움이 되는 일이라면 무엇이든 돕겠소. 자, 임무에 관해 이 자리에서 이야기할 생각이오? 아니면 나와 단둘이 이야기하고 싶소?"

자신을 기억할 뿐 아니라 몹시 반가워하는 원장의 태도에 마크 수사도 엄숙한 표정을 풀고 환하게 미소 지었다. "용건은 그리 길지 않습니다, 원장님. 그리고 여기서 말씀드려도 좋을 것 같군요. 나중에 원장님께 따로 조언과 충고를 부탁드리긴 하겠지만요. 저로서는 이런 사절의 역할을 처음 맡은바, 그 일을 충실히 이행하는 데 도움을 주실 만한 분으로 원장님보다 더 나은 분은 없을 테니까요. 작년에 교회 당국에서 라넬루이에 있는 아사프 주교 관구를 부활시키기로 결정한 사실은 원장님께서도 잘 아실 겁니다."

라둘푸스 원장은 고개를 끄덕였다. 웨일스의 네 번째 주교 관구인 아사프는 지난 70여 년간 방치되어온 터였고, 따라서 그곳 사람들 중 켄티건 대성당의 존재를 기억하는 사람은 거의 없었다. 아사프 주교 관구는 웨일스와 잉글랜드의 국경선 양쪽에 걸쳐 있는 데다 바로 서쪽에는 막강한 권력을 쥔 오아인 귀네드[8]가 자리 잡은 터라 워낙에 관리하기가 쉽지 않았다. 특히나 켄티건 대성당은 말할 것도 없었으니, 비록 체스터 백작의 땅에 세워져 있으나 그 위에 펼쳐진 클루이드 계곡이 오아인 귀네드의 것이기 때문이었다. 시어볼드 대주교[9]는 이제 와서 대체 무슨 이유로 그 주교 관구를 부활시키려 마음먹은 것일까? 대주교 자신은 그 이유를 뚜렷이 밝히지 않았다. 다만 관구에 노르만계 주교가 임명된 것으로 미루어, 캐드펠은 교회 정책과 세속 권력자들의 전략상 그곳 국경 지대에 확고한 잉글랜드의 거점이 필요했으리라 추측할 뿐이었다. 웨일스 주민들의 감정을 고려하지 않은 그런 식의 인사 조처가 그로서는 너무나 유감스러웠다.

"길버트 주교님은 작년에 램버스에서 시어볼드 대주교님으로부터 서품을 받으신 분으로 당신의 주교 관구에 취임하셨습니다. 과거 그 일대의 목회 사업을 리치필드 주교 관구에서 담당했기에, 대주교님은 길버트 주교님에 대한 드 클린턴 주교님의 지지와 후원을 바라고 계시지요. 그리하여 제가 드 클린턴 주교님을 대신해 라넬루이에 편지와 선물을 전달하는 임무를 띠고 왔습니다."

웨일스 땅에 확고한 거점을 마련하고 또 그곳을 잘 지키려 한다는 뜻을 안팎으로 널리 알리는 것이 교회 당국의 목적이라면, 이는 효과적인 방법이라 할 수 있었다. 캐드펠은 머시아(영국 앵글로색슨 시대의 7왕국 중 하나. 8세기경에는 험버강 이남의 잉글랜드 전체를 평정할 만큼 강성했으나 이후 웨섹스 왕국에 의해 정복되었다―옮긴이)의 주교를 떠올렸다. 각양각색의 회중들과 접촉을 유지하려는 노력의 일환으로 리치필드에 거점을 두었다가 체스터로 옮기고, 다시 리치필드로 옮겼다가 마침내 코번트리에 자리 잡았지. 그렇게 넓은 주교 관구를 성공적으로 관리한 주교가 또 있을까? 어쨌든 리치필드 주교 로저 드 클린턴으로서는 국경 지대에 위치한 교구들에서 놓여나게 된 것을 그리 유감스럽게 여기지 않을 터였다. 물론 그 교구들을 빼앗아버린 당국의 전략에도 동의하는지야 알 수 없지만 말이다.

"이유야 무엇이든, 형제가 며칠이나마 여기 머물게 되어 몹시 기쁠 따름이오." 라둘푸스 원장이 말했다. "내가 살아온 세월과 경험이 조금이라도 도움이 된다면 기꺼이 나누도록 하지. 하지만 나나 다른 누구의 도움 없이도 형제 스스로 맡은 일을 충분히 잘 해나가리라 믿소."

"과찬의 말씀에 몸 둘 바를 모르겠습니다."

"리치필드 주교가 형제의 능력을 의심하지 않으니, 형제 역시 의심을 가질 필요가 없소. 내가 알기로 그분은 믿을 만한 사람과 그렇지 못한 사람을 분명히 가려내는 능력을 지닌 분이거든. 리치필드에서부터 말을 타고 왔다면 새벽에 출발했을 테니 이제 좀 쉬어야겠군. 형제의 말은 마부가 데려가 잘 보살펴주고 있겠지?"

"예, 원장님." 마크 수사는 어느새 예전의 어투로 돌아가 친근하고도 자연스럽게 대답했다.

"그렇다면 내 숙사로 갑시다. 그곳에서 편히 쉬면서 원하는 만큼 내 시간을 이용하도록 하시오. 내가 가진 지혜가 도움이 된다면 마음껏 활용하고."

그러나 캐드펠과 마찬가지로 라둘푸스 원장 또한 그의 방문에 또 다른 배경이 있음을 감지한 듯했다. 얼핏 보기에 마크 수사의 임무는 지극히 단순했다. 아사프 주교 관구에 새로 임명된 노르만계 주교에게 편지와 선물을 전달할 것. 하지만 그 임무 자체에 각종 위험 요소와 미심쩍은 문제들이 내재되어 있음을, 더하여 저 천진하고도 지혜로운 젊은 수사가 자칫 진퇴양난의 곤혹스러운 상황에 빠지게 될 수도 있음을 이미 예리하게 통찰한 것이다. 어찌 되었건 놀랍고 인상적인 일이군, 캐드펠은 생각했다. 로저

드 클린턴이 자기 밑에 있는 성직자들 중 가장 어리고 낮은 지위를 가진 사람을 신뢰하여 이런 일을 맡기다니 말이야.

"오늘 총회는 이것으로 마치겠소." 원장은 이렇게 선언한 뒤 먼저 총회장 문으로 향했다. 원장이 자신의 곁을 지나쳐 가자, 그제야 마크 수사는 여유를 찾았는지 옛 친구들을 찾아 회의장을 둘러보았다. 이내 캐드펠을 발견한 그는 얼른 미소를 지어 보인 뒤 몸을 돌려 원장을 따라갔다. 마크와 제대로 이야기를 나누려면 조금 더 기다려야 할 터였다. 원장이 오랜만에 그와 상봉한 기쁨을 맛보고, 여러 가지 자세한 소식들과 더불어 그의 여행을 복잡한 것으로 만들지 모를 이야기들을 자세히 듣고, 자신의 오랜 경험과 뛰어난 판단력에서 나온 조언을 들려주면, 마크 수사는 굳이 말하지 않아도 허브밭으로 캐드펠을 찾아올 것이었다.

*

"주교님께서 제게 무척 잘해주시는 건 사실입니다." 로저 드 클린턴 주교가 자신을 특별히 아낀다는 생각도, 그래서 이번 임무를 맡겼으리라는 생각도 마크 수사의 머릿속엔 전혀 없는 듯했다. "하지만 그분은 주변의 모두를 그렇게 대하세요. 제게 이 막중한 임무를 맡기신 건 저에 대한 호의 이상의 다른 무언가가 작용했기 때문일 겁니다. 아사프 관구에 길버트 주교님을 임명하시긴 했지만, 그 자리가 얼마나 불안정한지는 대주교님께서도 잘 알고 계십니다. 그분의 지위를 굳히기 위해 가능한 한 모든 지원을 아끼지 않으려 하시지요. 그리하여 그곳 관구 대부분이 드 클린턴 주교님의 관구에서 잘라낸 지역으로 이루어졌다는 걸 아시면서도 이런 식의 축하 방문을 요청하신 겁니다. 아니, 요청이라기보다는 사실은 지시에 가까웠지만요. 아마 주교님들끼리 얼마나 화합이 잘되는지 세상 사람들에게 보여주시려는 생각인 것 같습니다. 심지어 당신 관구의 3분의 1을 빼앗긴 주교와 그 땅을 받게 된 주교 사이에도 이처럼 돈독한 애정이 있다고 말입니다. 드 클린턴 주교님으로서는 웨일스 사람이 대부분인 관구에 웨일스인이 아니라 노르만인을 파견한 이 조처를 거부할 수 없는 입장이었습니다. 하지만 지시를 어떻게 이행하는지는 드 클린턴 주교님의 뜻에 달려 있지요. 드 클린턴 주교님이 저를 선택하신 건, 아마 이 모든 게 과장된 볼거리로 비쳐지는 것을 원치 않으셨기 때문일 겁니다. 물론 편지는 형식을 갖추어 아름답게 쓰셨고, 선물도 전례 없이 귀한 것으로 들려 보내셨지요. 하지만 저는……저는 현명한 판단에서 나온 어중간한 미봉책 같은 존재에 불과합니다!"

그들은 북쪽 회랑의 열람석에 앉아 있었다. 저녁기도까지 한 시간쯤 남은 늦은 오후, 엷은 황금빛 봄볕이 사선으로 길게 비껴 들어왔다. 마크 수사가 왔다는 소식을 전해 듣고는 휴 베링어도 곧장 말을 타고 달려와 그들과 합류한 터였다. 종교적인 임무와 관련된 공적인 용무가 있어서라기보다는 좋은 기억으로 남아 있는 이 젊은이를 다시 만나보고 싶어서였다. 게다가 그는 곧 웨일스로 떠날 마크 수사에게 도움이 될 만한 이야기나 조언을 건넬 수 있는 입장이었다. 휴와 오아인 귀네드 모두 이웃의 체스터 백작을 믿지 않았기에 서로 우호적인 협정을 맺었고, 그리하여 상대의 전언이나 기별을 큰 의심 없이 받아들였다. 그에 비하면 포위스의 마도그 압 메레디드[10]와의 관계가 훨씬 더 불안정했으니, 최근에는 잠잠한 편이나 이따금 그들이 국경을 넘어 장난질하듯 쳐들어오는 통에 그쪽 경계선은 늘 긴장 상태에 놓여 있었다. 어쨌든 아사프로 여행할 사람들에게 그 지역 상황에 대해 조언을 해줄 사람으로 휴보다 나은 이는 없을 것이었다.

"지나치게 겸손하신 것 같군요." 휴가 진지하게 입을 열었다. "드 클린턴 주교님께서 수사님을 줄곧 곁에 두셨다는 것만 봐도, 그분이 수사님의 이해력과 판단력을 아주 높이 평가하고 계신다는 걸 알 수 있는데요. 그분은 수사님께서 제대로 된 사절의 역할을 다할 수 있으리라 믿은 겁니다. 교회 문제와 관련해 웨일스 사람들이 느끼는 감정에 대해서는 캐드펠 수사님의 생각이 훨씬 정확하겠지만, 적어도 정치에 관한 문제라면 저도 웬만큼은 알고 있지요. 오아인 귀네드가 시어볼드 대주교의 일거수일투족에 관심을 쏟고 있으리라는 점에는 의심의 여지가 없습니다. 4년 전, 대주교님은 반고르 관구에 완전한 웨일스인이라 할 만한 메이리그 님을 주교로 임명하셨습니다. 스티븐 왕에게 충성을 맹세하지도, 캔터베리의 지배권을 인정하지도 않은 주교를 받아들인 셈이지요. 결국 메이리그 주교도 웨일스인으로서의 의지를 굽히는 바람에 오아인의 신뢰와 지지를 잃고 그렇게 주교 임명 문제로 갈등이 빚어지긴 했지만, 어쨌든 그들은 서로의 차이를 적당히 인정하면서 화해했어요. 이는 귀네드가 시어볼드 대주교의 영향력에 완전히 굴종하지 않되 그분과 협조해나가리라는 것을 뜻합니다. 하지만 지금 아사프 관구에 노르만인 주교를 임명한다는 건 그곳의 고위 성직자와 군주들에 대한 도전이나 다름없는 행위이니, 그곳에 사절로 가려면 신경 쓸 것이 많을 겁니다."

"적어도 오아인은 자기 백성들의 감정에 늘 촉각을 곤두세우고 있을 걸세." 캐드펠이 얼른 덧붙여 말을 이었다. "길버트 역시 그렇게 해야 마땅하지. 그리고, 오아인에겐 캔터베리의 지시를 순순히 따를 마음이 전혀 없을 게야. 그들은 자기들 나름의 성인聖人과 관습과 의식들을 이미 가지고 있으니까."

"예, 오래전에는 세인트데이비드 관구가 웨일스 전체를 아우르고 캔터베리에 예속되지 않은 대주교가 그곳을 관할했다 들었습니다." 마크가 말했다. "지금도 웨일스에는 그런 관례를 부활시키고 싶어 하는 성직자들이 있지요."

캐드펠이 고개를 가로저었다. "과거사는 들먹이지 않는 편이 나을 걸세. 그런 말이 나오면 캔터베리 쪽에서는 더욱더 지배권을 강화하려 들 테니까. 어찌 되었든, 오아인이 새 주교에게 영향력을 미치려 할 것은 분명하네. 이국땅에 왔으니 그곳의 방식을 따르라 하겠지. 그 주교가 지혜로운 사람이면 좋겠구먼. 관구 신도들과도 원만한 관계를 유지하길 바라고."

"드 클린턴 주교님의 생각도 비슷합니다. 출발하기 전에 주교님께서 자세한 지시를 내려주셨거든요. 사실 이곳 총회에서 제 임무의 모든 것을 밝히지는 않았습니다. 원장님께는 차후에 말씀드리겠지만, 제겐 전해야 할 또 다른 편지와 선물이 있어요. 방고르에 들러 메이리그 주교님께도 인사를 드려야 하거든요. 아, 시어볼드 대주교의 지시는 아닙니다. 대주교님이 주교들이 서로 합심해야 한다고 말씀하신 이상, 그 원칙은 노르만인이나 웨일스인 모두에게 공평하게 적용되어야 한다는 게 드 클린턴 주교님의 생각이지요. 우리는 양자를 똑같이 대하려고 합니다."

그 유명한 주교와 마크 수사 자신을 뜻하는 '우리'라는 단어가 캐드펠의 귀에는 매우 친숙한 화음을 이루며 와 닿았다. 몇 년 전, 그가 소심하고 자신 없는 태도에서 벗어나 점차 애정 어린 따뜻한 감정을 품고 자기가 존경하는 이들에게 맹목적이라 할 만큼 강한 충성심을 보이던 시절의 천진한 동료애를 연상시키는 말이었다. 당시 '우리'는 그와 캐드펠을 뜻했다. 마치 그 두 사람이 서로 등을 기댄 채 세상에 맞선 모험가들이기라도 한 것처럼.

"그 주교님께 점점 더 존경을 느끼게 되는군요." 휴가 감탄하며 말했다. "한데 그분은 방고르까지 수사님 혼자 가라고 하신 겁니까?"

"혼자는 아닙니다." 여전히 소매 속에 신비로운 비밀을 숨기고 있기라도 한 양, 맑고 여윈 마크 수사의 얼굴에 장난기 어린 미소가 언뜻 스치고 지나갔다. "물론 그분이라면 혼자서도 주저 없이 웨일스를 가로지르시겠지요. 저 역시 그렇게 하고자 노력할 거고요. 주교님은 웨일스 사람들이 당연히 교회와 성직자들을 존경하리라 믿고 계십니다. 그렇지만 장관님이 조언을 주신다면 어떤 내용이든 감사한 마음으로 귀 기울이겠습니다. 웨일스에서의 처신에 관한 것이라면 장관님이야말로 저나 주교님보다 훨씬 더 잘 아시니까요. 저는 오스웨스트리와 처크 방면을 거쳐 곧장 그리로 갈 작정인데, 장관님 생각은 어떠세요?"

"그곳은 꽤 조용한 편이죠." 휴는 고개를 끄덕였다. "그리고 마도그 같은 경우, 다른 사람이라면 몰라도 성직자들에게만은 꽤나 정중합니다. 현재 그가 포위스의 불량배들을 단단히 단속하고 있으니 그쪽 방면으로 가면 한결 안전할 겁니다. 디강과 클루이드강 사이에 험한 고지대가 가로놓여 있긴 하지만 그쪽이 제일 빠르기도 하고요."

마크의 밝은 회색 눈이 생기를 띠었다. 곧 다가올 모험을 고대하는 눈치였다. 주교를 모시는 이들 중 가장 신참에 가장 지위가 낮음에도 불구하고 중요한 심부름을 맡았으니 흥분이 될 만도 했다. 그렇게 들뜰 일이 아님을 잘 알지만, 목적지에 도착해 용건을 전할 때 자신이 보이는 태도와 자세가 일의 성패를 가름할 정도로 중요하다는 사실 또한 분명히 아는 터였다. 그는 무작정 상대를 찬양하기보다 주교와 주교 간의 굳건하고 참된 결속을 바라는 대주교의 뜻을 자신의 온 몸과 마음으로 드러내 보일 작정이었다.

"오아인 귀네드에 관해 제가 달리 알아둬야 할 것이 있을까요?" 마크가 물었다. "교회의 정책은 해당 국가의 정치와 긴밀한 관련이 있을 텐데, 제가 웨일스 정세에 워낙 무지해서 말입니다. 일절 거론하지 말아야 할 주제에는 어떤 것들이 있고 또 거론하는 게 좋을 주제에는 어떤 것들이 있는지, 그리고 어느 시점에서 말을 하는 게 좋을지 미리 알아두면 좋을 듯합니다. 그리고 반고르에도 들러야 할 입장인데, 혹시 오아인 귀네드의 영역을 거쳐 가게 된다면 어떻게 처신하는 게 좋을까요? 오아인의 부하들에게 제가 누구이고 무슨 일로 왔는지 설명해야 할 겁니다. 어쩌면 오아인 자신에게 직접 말해야 할지도 모르고요."

"있을 수 있는 일입니다." 휴가 말했다. "오아인은 자기 영토로 들어오는 모든 외지인들의 정체를 파악하려 애쓰니까요. 하지만 그는 가까이 하기 어려운 사람이 아니에요. 수사님도 곧 알게 될 겁니다. 그를 만나면 제 안부를 전해주시지요. 아, 그러고 보니 캐드펠 수사님도 그를 최소한 두 번 이상 만나셨지요. 몸과 마음 모두 넉넉한 사람이에요! 단, 그의 형제에 대해서는 언급하지 않는 게 좋을 겁니다. 그에게는 여전히 쓰라린 주제일 테니까요."

"모든 시대를 통틀어 형제 관계는 웨일스 군주들에게 재앙을 부르는 요소로 작용해왔지." 캐드펠이 말을 받았다. "차라리 아들을 하나씩만 두는 게 좋았을 텐데 불행히도 다들 그러질 못했어. 부친이 튼튼한 공국을 건설해 강력하게 통치하다가 죽으면 적자든 서자든 대여섯에 이르는 아들들이 전부 나서서 하나같이 동등한 몫을 요구하지. 그게 그 나라 법이거든. 게다가 형제들이 각자 자기 땅을 확장할 생각으로 서로를 거꾸러뜨리려 드는데, 법만 가지고는 유혈 사태를 막을 수가 없는 형편이네. 오아인이 죽은 뒤에는 또 어떤 일이 일어날지 가끔 걱정이 돼. 이미 아들이 여럿 있는 데다. 아직 젊으니 앞으로 더 많은 아들들이 태어나겠지. 그들이 아버지가 이룩한 모든 것을 파괴해버릴 수도 있을 거야."

"다행히 오아인은 앞으로 서른 해 이상 살아 있을 겁니다." 휴가 말했다. "아직 마흔도 넘지 않았잖아요. 그동안은 우리와 우호적인 관계를 유지할 수 있어요. 그는 약속을 잘 지키고, 또 매사를 원만하게 처리하는 사람이니까요. 반대로, 만일 카드왈라드르[11]가 장자로 태어나 왕권을 장악했다면 서쪽 국경에서 전쟁이 끊이지 않았겠지요."

"그 카드왈라드르라는 사람을 거론하지 말라는 말씀이시죠?" 마크가 물었다. "그가 대체 무슨 짓을 저질렀기에……."

"몇 년에 걸쳐 몹쓸 짓을 많이도 했지요. 그럼에도 오아인은 동생을 꽤 아끼는 것 같습니다. 안 그랬다면 이미 한참 전에 사람들을 시켜 그 말썽꾸러기를 해치워버렸을 거예요. 하지만 최근에 저지른 일은 그 성격이 완전히 다르지요. 몇 달 전, 그러니까 지난해 가을 그와 가장 가까운 자들이 매복하고 있다가 데헤이바르스 공을 살해했습니다. 대체 무슨 이유로 그랬는지는 신만이 아실 거예요! 그 젊은 제후는 카드왈라드르와 가까운 사이였고, 더하여 오아인 딸의 정혼자이기도 했거든요. 물론 카드왈라드르 자신이 직접 그 행동에 가담한 것은 아니지만 오아인은 그의 지시 하에 일어난 일이라 확신하고 있지요. 그쪽 사람들 가운데 그의 허락 없이 감히 그런 짓을 저지를 이는 아무도 없으니까요."

그 사건의 충격과 아울러 신속하고 철저한 응징에 관한 기억들이 캐드펠의 머리를 스치고 지나갔다. 격노한 오아인 귀네드는 아들 허웰을 시켜 카드왈라드르가 장악하고 있던 케레디기온에서 그를 몰아내고 란바다른성에 불을 지르라 지시했다. 스무 살도 채 되지 않은 허웰은 아버지의 지시를 성공적으로, 그리고 빈틈없이 완수해냈으니, 피난처를 제공할 만한 친구와 추종자들에게 매달리지 않는 이상 카드왈라드르는 땅 한 조각 없는 추방자 신세를 면할 길이 없었다. 캐드펠은 지금 그가 어디 숨어 있는지, 혹시라도 펜 지방의 제프리 드 맨더빌처럼 장차 북웨일스의 인간쓰레기들, 즉 범죄자들과 불평분자들, 타고난 무법자들을 긁어모아 법을 지키며 사는 선량한 사람들을 먹잇감으로 삼지는 않을지 여간 불안하지 않았다.

"그래서, 카드왈라드르는 어떻게 됐죠?" 마크가 호기심을 보였다.

"모든 땅을 박탈당한 신세가 되었죠. 오아인이 그를 완전히 추방해버려 이제 웨일스에는 그가 발을 디딜 만한 땅이 한 뙈기도 남아 있지 않아요."

"하지만 그자는 아직도 어딘가에 숨어 있어." 캐드펠이 염려 섞인 목소리로 말했다. "게다가 그런 처벌을 고분고분 받아들일 사람이 아니니 장난질을 할 가능성이 있지. 자네는 위험한 미궁 속에 발을 내딛는 셈이야. 절대로 혼자 가서는 안 되네."

휴는 마크의 얼굴을 유심히 살펴보고 있었다. 언뜻 무표정해 보이지만 캐드펠을 지그시 응시하는 그의 반짝이는 두 눈에는 은 밀한 장난기가 어려 있었다. "조금 전에 혼자서 가지 않는다고 말씀드렸던 것 같은데요." 그가 조용히 말했다.

"그랬지!" 캐드펠 또한 웃음기 어린 두 눈으로 자신을 바라보는 마크의 얼굴을 가만 응시했다. "자, 우리한테 말하지 않은 게 무언가? 솔직하게 털어놓게! 누구와 같이 갈 생각이지?"

"반고르에 들를 예정이라는 건 이미 말씀드렸지요. 길버트 주교님은 노르만 사람으로 프랑스어와 잉글랜드어를 모두 구사하시지만, 메이리그 주교님은 웨일스분이라 잉글랜드어를 모르세요. 그 밑에 있는 이들도 모두 마찬가지고요. 물론 라틴어로 이야기를 나누면 되지만, 그것도 성직자들끼리나 가능하겠지요. 그래서 통역 한 사람을 데리고 가도 좋다는 허락을 받았습니다. 그런데 드 클린턴 주교님이 믿을 만한 분들 중에는 웨일스어를 잘하는 사람이 없기에 주교님이 기억하시는 분들 가운데 제가 한 분을 추천했죠." 그의 눈에 어린 작은 빛이 얼굴 전체로 번졌다. 그 눈부신 빛만이 아니라 그의 말이 암시하는 놀라운 사실 때문에 캐드펠은 순간적으로 눈앞이 아찔해졌다. "얼른 이 얘기를 하고 싶어 입이 근질근질했어요." 마크가 환하게 웃으며 덧붙였다. "드 클린턴 주교님은 라둘푸스 원장님만 허락하신다면 그분과 함께 가도 좋다고 하셨습니다. 저는 라둘푸스 원장님께 열흘 안에 돌아오겠다 약속드렸고요. 캐드펠 수사님, 수사님이 저와 함께 가주신다면 실패할 리가 있을까요?"

*

눈앞에서 갑자기 예기치 않은 문이 열렸을 때 그 제안을 기꺼이 받아들이고 문 밖으로 걸어 나가는 것, 이는 그동안 캐드펠에게 큰 기쁨을 주는 일이었다. 더구나 그 문이 웨일스를 향해 나 있는 경우라면 더 말할 필요도 없었으니, 고향의 매혹적인 광경을 잠시 보여주었다가 이내 문이 닫혀버릴까 봐 안달이라도 내듯 그는 황급히 걸어 나가곤 했다. 이번 여정은 국경 너머 포위스에 잠시 다녀오는 정도가 아니라, 그가 늘 그리워했던 동행과 함께 말을 타고 여러 날에 걸쳐 해안 지대를 횡단하는 놀라운 여정이었다. 아사프에서 시작해 오아인의 궁정이 있는 아베르를 지나고 모일 우니온의 거대한 언덕 밑을 통과하여 카르나르본까지 이르는 엄청난 여정. 그사이 두 사람은 서로 떨어져 지낸 동안 일어났던 여러 일들에 관해 자세히 이야기를 나눌 테고, 때로는 편안한 고요 속에 한가롭게 여행을 즐길 수 있을 것이다. 이는 마크 수사가 안겨준 커다란 선물이었다. 자진해서 성직을 택하고 그리하여 무엇도 소유할 수 없게 된 사람이 그런 엄청난 선물을 안겨주다니! 캐드펠은 생각했다. 정말이지 이 세상은 자그마한 기적들로 가득 차 있는 모양이야.

"그렇게 즐거운 일을 내 어찌 마다할 수 있겠나." 그가 말했다. "자네의 통역은 물론이고 마부 노릇도 기꺼이 하지. 내게 이보다 더 기쁜 제안은 없을 거야. 원장님께서는 허락하셨다고? 정말로 가도 좋다고 말씀하셨나?"

"그럼요. 게다가 마구간에서 제일 좋은 말을 골라 타라 하셨습니다. 오늘과 내일 에드먼드 수사님과 윈프리드 수사님에게 업무를 완벽히 인계해두라면서, 예배에 빠지지 말라는 말씀도 덧붙이셨지요. 반고르까지 다녀오시는 동안 수사님의 영혼이 길을 잃고 방황하면 안 되니까요."

"내 영혼은 더없이 맑고 충만하다네." 캐드펠은 흡족한 어조로 대꾸했다. "조금 전 하늘이 나에게 웨일스로 가는 길을 열어주심으로써 이를 입증해 보이지 않았나? 내가 어떻게 감히 그런 은총을 거부할 수 있을지 모르겠군."

*

총회장에서 마크가 맡은 임무의 전반부가 공표되었다. 애초에 세간의 이목을 끌고자 하는 목적이 부여된 임무였으니, 수도원의 모든 사람들 또한 깊은 관심을 보이며 제각기 조언과 격려를 아끼지 않았다. 특히 진료소에 입원해 있는 노수사 다비드가 열렬한 관심을 보였다. 고향 디프린 클루이드를 마지막으로 본 지 마흔 해가 되었음에도 그는 여전히 그곳 지형이 손바닥처럼 훤하다며 이런저런 말을 늘어놓았다. 주교 관구를 재건한다는 소식에 크게 기뻐하다가 이후 교회 당국이 노르만인 주교를 임명하는 바람에 실망한 채 지내오던 다비드 수사는 이번 일로 다시 새로운 흥미를 느꼈고, 그리하여 캐드펠을 보자 유창한 웨일스어로 많은 충고와 조언을 건넸다. 반면 라둘푸스 원장은 임무를 받은 이가 스스로 알아서 잘 처리하도록 믿고 맡겨두는 것이 마땅하다 여겨 조언은 일절 없이 진심 어린 축복만 내려주었고, 로버트 페넌트 부수도원장[12]은 자기처럼 풍채 좋고 위엄 있는 사람이 주교를 상대하는 것이 더 옳다고 생각해서인지 시종 마뜩잖은 얼굴을 한 채 말을 아꼈다.

캐드펠 수사는 작업장에 비치되어 있는 약품의 재고를 확인하고 윈프리드 수사에게 허브밭 업무에 대해 자세히 일러준 다음 세인트자일스[13]에 들러 그곳 약장의 약들과 오스윈 수사의 안부를 살폈다. 이어 마구간으로 가 어떤 말을 택할지 즐거운 고민에 빠졌으니, 오후 이른 시각 휴가 캐드펠을 발견한 건 바로 그곳에서였다. 캐드펠은 크림빛 갈기를 지닌 우아한 연갈색 말을 부드럽게 쓰다듬으며 자세히 살펴보는 중이었는데, 말 또한 그 손길이 마음에 드는지 편안히 머리를 내맡기고 있었다.

"수사님이 타기에는 덩치가 너무 큰데요." 휴가 뒤에서 농담조로 말을 건넸다. "그놈 위에 타려면 누군가 수사님의 몸을 받쳐줘야 할 텐데, 마크 수사의 힘으로는 어림도 없죠."

"내 몸은 아직 그렇게 무겁지 않아." 캐드펠이 위엄 있게 대꾸했다. "나이 좀 먹었다고 말 등에 오르지 못할 것 같나? 한데 자네는 또 무슨 바람이 불어서 다시 나를 만나러 왔나?"

"수사님과 마크 수사의 여정에 대해 얘기했더니 얼라인이 좋은 생각을 떠올렸어요. 5월이 이미 코앞에 와 있잖습니까. 한두 주 뒤에는 얼라인과 자일스를 메이즈버리로 보내 여름을 나게 할 생각이에요. 그곳에 자일스의 영지가 있으니까요. 또 녀석도 시내 밖으로 나가는 걸 좋아하고요." 해마다 양털 깎기가 끝나고부터 이삭 줍는 철이 올 때까지 휴의 아내와 아들이 메이즈버리에 머문다는 건 캐드펠도 잘 아는 바였다. "얼라인이 그러더라고요. 일주일쯤 먼저 떠나도 상관없지 않겠냐고…… 내일 수사님과 함께 떠나 오스웨스트리에서 헤어지면 좋겠다는 거죠. 하인들은 나중에 뒤따라가도 되거든요. 그러면 우리는 적어도 반나절 동안 수사님과 함께 있을 수 있고, 또 수사님은 메이즈버리의 저희 집에서 하룻밤 묵어가실 수도 있지요. 어떻습니까?"

캐드펠은 기꺼이 그러겠다 말하고는 마크에게 가 그 제안을 전했다. 마크 또한 좋다고 했지만 아쉽게도 메이즈버리에서 하룻밤 묵어가기는 어렵겠다고 대답했다. 이틀 안에 라넬루이에 닿아야 하는데, 그곳 주인이 저녁 식사 전에 손님맞이 준비를 갖추어둘 테니 오후 늦게는 도착해야 예의에 어긋나지 않는다는 것이었다. 그러니 첫날에는 오스웨스트리를 지나 웨일스 땅 안쪽 깊숙한 곳까지 들어가는 것이 좋을 터였다. 디강 골짜기까지 가 그 근처의 교회들 중 한 곳에서 잠자리를 구하고, 이튿날 아침 일찍 강을 건너자는 게 마크의 의견이었다.

모든 업무를 제대로 인계했으니, 이제는 경건한 마음으로 저녁 기도와 마지막 기도에 참석하는 일만 남아 있었다. 그런 다음에는 모든 일을 주님의 뜻에 맡기고 여행길에 오르면 되었다. 아니, 곧 고향땅으로 들어가리라는 사실을 성 위니프리드[14]에게 살짝 귀띔해주는 일도 빠뜨릴 수 없지, 캐드펠은 생각했다. 누가 알겠는가, 성녀님께서 이 여행을 기특하게 여기고 그들을 잘 보살펴 주실지……

출발하는 날 아침, 말 여섯 마리와 짐을 실은 조랑말 한 마리로 이루어진 작은 행렬이 서쪽 다리를 건너 시내를 빠져나간 뒤 오스웨스트리로 이어진 길에 접어들었다. 휴는 자일스와 함께 성질 사나운 잿빛 말을 탔고, 얼라인은 갑작스러운 여행에도 불구하고 어수선한 기색 없이 차분한 표정으로 자그마한 백마를 몰았다. 얼라인의 하녀이자 친구인 콘스턴스는 첫 번째 마부가 모는 말의 안장 뒤에 앉아 있었으며, 두 번째 마부는 짐말의 고삐를 잡고 걸음을 옮겼다. 그리고 이 가족의 호위 속에, 아사프로 향하는 두 나그네가 즐거운 마음으로 말을 몰았다. 4월 말의 아침은 온통 초록빛과 은빛을 띠고 있었다. 캐드펠과 마크는 아침기도 전에 출발해 시내에서 휴 일행과 합류한 터였다. 두 사람이 잉글랜드 다리를 건널 무렵에는 잠시 가랑비가 내려 이미 강둑 꼭대기까지 가득 찬 수면 위에 떨어졌지만, 휴의 집 마당에 들어서기도 전에 다시 해가 얼굴을 내밀어 나뭇잎과 풀잎에 맺힌 물방울들이 영롱한 빛을 발했고, 세번강의 잔물결 또한 찬연한 빛을 받아 아름다운 금빛으로 반짝이며 끊임없이 굽이쳤다. 여행을 떠나기에는 더없이 좋은 날이었다.

몬퍼드에서 강을 건널 무렵에는 태양이 높이 솟아오르며 진줏빛 안개를 말끔히 쓸어 갔다. 길이 잘 닦인 데다 가장자리에는 넓은 풀밭이 펼쳐져 있어 행렬의 속도는 꽤 빨랐는데, 그럼에도 자일스는 이따금씩 말을 더 빨리 몰라며 재촉하곤 했다. 자존심이 강한 그 아이는 아버지가 아닌 다른 사람과는 절대로 말을 함께 타려는 법이 없었다. 성격 좋고 차분한 조랑말은 지금 짐을 나르고 있지만 일행이 일단 메이즈버리에 자리 잡으면 여름 내내 자일스의 차지가 될 것이니, 그 말을 담당하는 마부는 자일스의 돌격 작전 때마다 신중한 보호자 역할을 해야 하리라. 대부분의 아이들이 그렇듯 자일스도 겁이 없어 함부로 말을 몰곤 했다. 얼라인은 이에 근심을 내비치면서도 자일스를 나무라지는 않았는데, 혹시라도 아이가 자신감을 잃을까 싶어서이기도 했고, 또 어차피 제 어머니 말을 귀담아듣지 않으리라는 사실을 잘 알기 때문이었다.

정오 무렵 무리는 휴가 정착시킨 소작인이 살고 있는 네스의 구릉 밑에 멈추어 잠시 말들을 쉬게 하고 간단히 요기를 했다. 이어 오후 중반쯤에는 펠턴에 이르렀는데, 거기서 얼라인 일행은 방향을 틀고 휴는 오스웨스트리 교외까지 친구들과 함께 가기로 했다. 자일스는 엄마 품으로 옮겨지자 싫다고 발버둥을 치더니 결국은 포기했는지 잠잠해졌다.

"무사히 가셨다가 무사히 돌아오세요!" 얼라인이 봄의 햇살만큼이나 환한 얼굴에 미소를 머금은 채 인사를 건넸다. 그녀의 앵촛빛 머리칼은 자일스의 것만큼이나 눈부시게 빛났다. 이어 얼라인은 허공에 작은 십자가를 그린 뒤 백마의 고삐를 잡아당겨 왼쪽으로 방향을 틀었다.

남겨진 이들은 보다 빠른 속도로 몇 킬로미터쯤 달리다가 휘팅턴에 이르러 목재로 된 조그만 성채 아래 멈추었다. 휴는 이제 남쪽 오스웨스트리 방향으로, 마크와 캐드펠은 계속 북쪽으로 나아가야 했다. 그들은 이미 국경 지대에 들어온 셈이었다. 이곳은 노르만인들이 침략하기 전 몇 백 년에 걸쳐 웨일스 땅이 되었다가 잉글랜드 땅이 되기를 반복해온 지역이었다. 마을이나 사람들의 이름도 영어보다 웨일스어로 된 것들이 더 많았다. 휴의 영지는 과거 머시아의 왕들이 자신들의 영역을 표시하고자 건설해둔 두 거대한 방벽 안에 자리 잡고 있어 어떤 군대도 쉽게 쳐들어오지 못했다. 영지 동쪽에는 군데군데 무너져 평탄해진 곳들이 눈에 띄었지만 머시아 왕국의 힘이 웨일스 깊숙한 곳까지 미쳤던 시절에 건설된 서쪽 방벽은 여전히 건재했다.

"여기서 그만 작별해야겠군요." 휴는 그들이 온 길을 돌아본 뒤 오스웨스트리와 성 쪽을 살피며 말했다. "아쉽네요! 이렇게 화창한 날 두 분과 함께 아사프까지 말을 타고 가면 좋을 텐데요. 하지만 왕의 관리들은 교회 일과 거리를 두는 편이 낫죠. 괜히 나섰다가는 사방에서 공격을 당하거든요. 게다가 혹시라도 오아인의 기분을 상하게 해서는 안 되니까요."

"그래도 길버트 주교님의 관할 구역까지 바래다주시지 않았습니까." 마크 수사가 빙그레 웃으며 말했다. "이곳 교회와 장관님 땅에 있는 세인트오즈월드 교회가 이제 아사프 주교 관구에 속한다는 거 알고 계셨나요? 리치필드 관구는 이곳 북서 지방에 있는 드넓은 교구들을 잃었지요. 아사프 관구가 국경선 양쪽에 걸쳐 있도록 하는 것이 바로 캔터베리의 정책일 겁니다. 그렇게 하면 웨일스와 잉글랜드를 나누는 국경선이 무의미해지니까요."

"그 점에 대해 오아인도 무언가 할 말이 있을 겁니다." 휴는 한 손을 들어 그들에게 인사한 뒤 말고삐를 당겨 집으로 향하는 길로 접어들었다. "가시는 길에 주님이 함께하시기를, 즐거운 여행이 되기를 빕니다! 그리고 열흘 안에 두 분을 다시 뵙게 되기를 바랍니다." 이어 몇 미터쯤 가더니 다시 고개를 돌리곤 소리쳤다. "재앙에 휘말리지 않도록 조심하세요!" 그는 누구를 염려하여 그런 말을 덧붙인 것일까? 어쨌든 그런 일이 닥치더라도 두 사람이 합심해서 잘 해결하리라.

2

"이런 모험을 떠나기엔 내가 너무 늙은 게 아닌가 싶군." 캐드펠이 담담하게 입을 열었다.

"슈루즈베리를 벗어나기 전에는 그런 말씀을 전혀 않으시더니요······." 마크가 곁눈으로 그를 살피며 말했다. "하지만 그런 말씀을 곧이곧대로 받아들여 연로하신 분이니 수도원에 그냥 머물러 계시라고 지시할 사람은 아무도 없었을 겁니다."

"그건 그렇지." 캐드펠은 그 말에 순순히 동의했다.

"수사님이 나이를 들먹이실 때 제가 어떻게 반응해야 하는지는 이미 잘 압니다. 귀리를 배불리 먹고 막 마구간에서 나와 되새김질하는 말을 대하듯 하면 되는 거죠." 이어 마크는 심각한 표정으로 말을 이었다. "지금 걱정되는 건, 앞으로 주교와 참사회원들을 상대할 일이에요. 수사님과는 달리 속내를 짐작하기 어려운 사람들이지요. 부디 고약한 이들을 만나지 않게 해달라고 기도드려야겠습니다." 하지만 그리 비관적인 기색은 아니었다. 사실 이번 여행길 내내 그의 여위고 창백한 얼굴은 발그레하니 상기된 상태였고, 두 눈도 기대감으로 반짝이고 있었다.

수도원에 들어오기 전까지 마크 수사는 농장에서 자랐다. 그에게 방 한 칸과 먹을 것을 내주는 것조차 아까워하는 친척 아저씨를 위해 뼈 빠지게 일한 탓에, 주교의 마구간에서 제공한 키 크고 잘생긴 말에 오른 지금도 어린 시절의 소심하고 자신 없는 태도가 남아 있었다. 반드르르하니 윤이 나는 멋진 밤색 말은 작고 여윈 주인을 태운 채 가볍게 걸음을 옮겼다.

그들은 디강의 질펀한 초록빛 골짜기가 굽어 보이는 능선 꼭대기에서 걸음을 멈추었다. 태양이 서쪽으로 기울기 시작하면서 하늘은 부드러운 호박빛으로 바뀌었고, 그 무르익은 빛을 반사하며 흐르는 구불구불한 강은 숲속으로 사라졌다가 나타났다를 반복했다. 고지대를 지나는 강물은 암반 위를 급하게 내달리며 곳곳에 아름다운 무지개를 피워냈다. 이제 저 아래 어딘가에서 하룻밤 묵을 곳을 찾아내야 했다. 두 사람은 나란히 출발하여 널찍한 풀밭을 따라 내려갔다.

"어쨌든 이 나이에 이런 여행에 차출되리라고는 꿈에도 생각하지 못했어." 캐드펠이 말했다. "자네에게 큰 빚을 진 셈이지. 슈루즈베리 수도원은 내 집이나 다름없는 곳이네. 짧은 여행이라면 몰라도 그곳을 아주 떠나는 일은 영영 없을 거야. 하지만 이따금 다리가 근질거리곤 하거든. 집을 향해 가는 일도 좋지만, 집을 떠나보는 것도 그 못지않게 즐거운 일이지. 둘 모두 가슴 설레는 일이라네. 시어볼드가 새 주교를 지지하는 동지들을 규합하라고 한 것이 내게는 큰 행운이 되었어." 그러다 문득 까맣게 잊고 있던 일이 떠올라 캐드펠은 질문을 던졌다. "그나저나, 드 클린턴 주교가 새 주교에게 보내는 선물은 대체 어떤 건가?" 마크의 안장주머니는 아주 작았다. 부피가 큰 물건은 거기 담을 수 없을 터였다.

"세인트채드에서 제작된 십자가입니다. 훌륭한 은세공인인 참사회원이 만들었죠."

"반고르의 메이리그 주교에게 보내는 것도 똑같은 물건인가?"

"아뇨. 메이리그 주교에게는 아주 근사한 성무일도서를 선물할 겁니다. 대주교님의 지시가 내려왔을 즈음 마침 우리 관구에 있는 가장 뛰어난 사본 채식사가 장정을 막 끝낸 참이라, 거기 메이리그 교회의 창건자이자 수호성인인 데이니올 성인의 초상을 덧붙였지요. 저라면 십자가보다 그 성무일도서를 더 탐낼 것 같습니다." 가파른 숲길을 이리저리 휘돌아 이울어가는 햇살 속으로 나서며 마크는 말을 이었다. "십자가가 보다 격식을 갖춘 진상품이지만요. 어쨌든 저희로서는 대주교님의 지시를 제대로 이행하는 셈입니다. 사실 그 지시야말로 대주교님의 심중을 반증하는 게 아닐까요? 그러니까, 길버트 주교를 난처한 자리에 앉혔다는 걸 대주교님 자신이 잘 알고 계시다는 뜻이지요."

"그래, 나도 그런 처지에 놓인 게 그리 달갑지 않을 걸세." 캐드펠이 고개를 끄덕였다. "그래도 누가 알겠나? 그가 싸움을 즐기는 사람일지. 세상에는 싸움을 해야만 직성이 풀리는 이들이 있거든. 만일 그가 웨일스 사람들의 관습에 지나치게 간섭한다면 노상 싸울 일만 생길 거야."

그들은 군데군데 덤불숲이 우거진 강가의 초원으로 들어섰다. 서쪽에서 비치는 주황빛 노을이 디강 수면을 물들였다. 그 건너편, 풀이 무성한 거대한 구릉 꼭대기에는 오래전 흙으로 지어진 성곽이 솟아 있었고, 좁은 나무다리 밑으로는 강물이 돌투성이 바닥을 춤추듯 빠르게 흘러갔다. 그들이 그곳 세인트콜런 교회 소속 신부에게 하룻밤 묵어가기를 청하자 신부는 선선히 허락했다.

이튿날 그들은 강을 건너 디강과 클루이드강 사이에 자리잡은 황량한 고지대로 올라갔다가 오전 내내 화사한 햇살을 받으며 클루이드 강변을 따라갔다. 오후로 접어들 무렵 가느다란 비가 대지를 적셨다. 꼭대기에 야트막한 목조 성채가 지어진 붉은 사암 밑으로 리신을 통과해 넓고 아늑하고 아름다운 골짜기에 들어서자 사방이 연둣빛 신록으로 가득했다. 태양이 일몰을 향해 치닫기 전에 그들은 클루이드강과 엘루이강을 나누는 좁은 땅에 이르렀다. 두 강이 리들란을 넘어 바다로 흘러가기 시작하는 지점이었다. 라넬루이와 아사프 대성당은 그 두 강 사이, 아늑한 초록빛 골짜기에 둥지를 틀고 있었다.

라넬루이는 작고 좁은 마을이었다. 빽빽이 들어선 야트막한 목조 가옥들 사이로 대로 하나가 나 있고, 그 한복판에 대성당의 상징인 긴 지붕과 목조 종탑이 솟아 있었다. 아담해 보이지만 그것이 마을에서 제일 큰 건물이자, 돌담 벽으로 둘러싸인 유일한 건물이었다. 경내에는 낮은 지붕들이 촘촘히 몰려 있었는데 대부분 급하게 보수된 듯했고, 몇몇 건물들에서는 여전히 보수 작업 중인지 분주하게 움직이는 사람들이 보였다. 성당을 제외하면 수도원 시설은 지난 70년 내내 방치된 상태나 다름없었다. 참사회원들이 남아 있다 해도 그 숫자가 많이 줄었을 테고, 그들이 살았던 집들 또한 오래전에 황폐해졌으리라. 수백 년 전 켄티건 성인이 수도원장 이하 일단의 참사회원들과 몇몇 신부들과 함께 옛 켈트 지배계급의 종교 원리에 입각하여 그곳 성당을 창건하였으나, 켈트식 관습을 경멸한 노르만인들은 웨일스의 모든 종교 관례들을 해체하여 캔터베리의 로마식 관습에 종속시켰다. 이는 물론 힘든 작업이었지만 노르만인들은 대단한 끈기로 그 일을 해냈다.

이 후미진 농촌 공동체에는 놀라우리만치 많은 인구가 북적거려, 수도원으로 가던 두 수사는 분주히 움직이는 수많은 사람들과 맞닥뜨려야 했다. 부지런히 손을 놀리는 목수와 인부, 물 항아리를 든 사람, 이부자리와 커튼을 옮기는 사람, 갓 구운 빵이 담긴 쟁반이나 음식 바구니를 든 사람, 돼지고기를 어깨에 짊어진 청년 등이 바쁘게 종종걸음 치며 지나다녔다.

"엄청난 인파군!" 캐드펠이 그 북새통을 바라보며 말했다. "수도원 사람들이 아니라 군대를 먹일 준비를 하는 것 같아. 혹시 길버트가 클루이드 골짜기에서 전쟁이라도 벌인 건가?"

"글쎄요……." 마크 역시 눈앞에 완만하게 솟은 언덕을 향해 부지런히 걸어가는 사람들을 바라보며 입을 열었다. "보아하니 우리보다 더 중요한 손님들을 접대하려는 모양입니다."

마크의 시선을 눈으로 좇던 캐드펠은 이 작은 마을보다 조금 높은 지대에 위치한 평탄한 풀밭을 주시했다. 밝은 빛깔의 천막과 펄럭이는 깃발들이 늘어서서 언덕의 그늘진 곳을 울긋불긋 물들이고 있었다. 군대가 야영을 할 때 쓰는 간이 천막이 아니라, 군주와 부하들의 세간살이가 전부 들어갈 법한 대형 천막이었다.

"군대가 아니라 군주 일행이군." 캐드펠이 말했다. "우리가 마침 높은 분들이 계실 때 도착한 모양이지. 얼른 가서 저들에게 우리의 도착을 알려야 하지 않을까? 뭔지는 몰라도 주교들 사이의 든든한 결속만큼이나 중요한 일이 진행되고 있는 것 같은데, 저들이 길버트를 강력하게 지지하지 않는다 해도 캔터베리에서 파견된 사람들을 소홀히 대할 리는 없을 걸세."

그들은 경내로 들어가 주위를 둘러보았다. 목조로 새로 지은 주교 관저에는 홀과 방들이 이미 갖춰져 있었고, 그 양쪽에 새로 지은 조그만 거처들이 잔뜩 늘어서 있었다. 길버트 주교가 램버스에서 서품을 받은 지 반년밖에 되지 않았으니, 이곳 사람들은 대성당 경내에 걸맞은 모습을 복원하여 그런대로 모양새 있게 주교를 영접하고자 무척이나 서둘러 준비한 게 틀림없었다. 캐드펠과 마크가 마당에 들어가 말에서 내려서자 한 청년이 뒤에 있는 마부에게 손짓을 하더니 활달한 걸음으로 사람들을 헤치고 다가왔다.

"제가 도와드릴 일이 있을까요?"

많아야 스무 살을 넘지 않았을 법한 청년으로, 옷차림을 보아하니 길버트 휘하에 있는 성직자가 아니라 군주의 신하인 듯했다. 그는 가늘지만 강인해 보이는 목에 보석 목걸이를 걸고 있었다. 여유 있고 자신만만하면서도 품위가 깃든 거동과 말투, 희고 밝은 안색에, 머리칼은 붉은 기가 도는 연갈색을 띠었다. 생전 처음 보는 청년이 분명한데, 이상하게도 캐드펠은 그 키 큰 청년이 친숙하게 느껴졌다. 처음에는 웨일스어로 말을 걸었던 그가 영리한 눈으로 마크를 훑어보더니 이내 유창한 잉글랜드어로 바꾸어 환영의 인사를 건넸다.

"베네딕토회 수사복을 입은 분들은 언제든지 환영입니다. 멀리서 오셨나 보지요?"

"제가 모시는 리치필드와 코번트리 주교께서 길버트 주교님께 보내는 편지와 선물을 갖고 왔습니다." 마크가 대답했다.

"아!" 그 대답에 청년의 표정이 밝아졌다. "이곳 주교님께서 몹시 기뻐하시겠군요. 그러잖아도 증원군이 필요하다 생각하시던 중일 테니까요. 사람을 시켜 두 분의 안장주머니를 챙겨놓도록 하겠습니다. 저는 잠시나마 휴식을 취할 수 있는 곳으로 두 분을 안내하지요. 아직 저녁 식사 때까지는 시간이 조금 남았거든요."

이어 청년은 약간의 장난기와 아울러 상대에 대한 호의가 담긴 미소를 지어 보였다. 그가 손짓하자 하인 하나가 달려와 안장주머니를 풀고는 마당을 가로질러 홀 앞에 새로 지은 방들 중 하나로 향하는 세 사람의 뒤에 얼른 따라붙었다.

"사실 저도 손님이라 지시를 내릴 권한은 없습니다만, 벌써 이곳 사람들과 친해져서 말이죠." 주교 휘하의 사람들이 자신의 시중을 들어야 할 분명한 이유라도 있는 듯 아주 자신만만하면서도 즐거운 어조였지만, 그러한 권한을 남용할 만큼 무분별한 사람으로 보이지는 않았다. "자, 이 정도 방이면 될까요?"

숙소는 자그마했으나 두 사람이 자기에는 충분했다. 침대 두 개와 장의자, 탁자. 방 안에는 잘 마른 나무 향이 가득했고, 침대 위에 가지런히 개켜진 새 담요들에서도 싱그러운 나무 냄새와 모직물의 냄새가 풍겼다.

"사람을 시켜서 물을 가져오게 하겠습니다." 청년이 말했다. "참사회원 한 분도 모셔 오도록 하지요. 참사회원이 많지는 않습니다. 주교님께서 여기저기서 참사회원들을 선발하고 있긴 한데, 조건이 까다로운 편이라 수사회 정족수에는 아직 부족한 상태죠. 자, 여기서 편히 쉬고 계십시오. 조금 뒤 다른 분이 이곳을 방문하실 겁니다."

청년이 탄력 있는 긴 다리를 놀려 활달하게 숙소를 떠나자, 두 사람은 비로소 하루 종일 안장 위에서 시달린 두 다리를 편히 뻗었다.

"물이라뇨? 혹시 웨일스식 농담입니까?" 이곳 사람들이 손님에게 베푸는 기본적인 예법에 익숙지 않은 마크가 호기심 어린 눈빛으로 물었다.

"아닐세. 여기 사람들은 도보로 여행하는 사람들에게 발이 얼마나 소중한지 잘 알지. 발의 통증을 덜어주고 먼지를 씻어주는 게 중요하다는 것도 말일세. 그래서 우리에게 발 씻을 물을 가져다주겠다는 거야. 물을 주겠다는 얘기는 곧 하룻밤 묵어가겠느냐고 점잖게 묻는 것이지. 거절하면 그건 잠깐 방문하겠다는 뜻이야. 받아들이면 그때부터 그 집 손님이 되는 거고."

"그 젊은 영주도 손님이겠죠?" 마크가 물었다. "하인이라기에는 너무 품위가 있고, 그렇다고 성직자는 아닌 듯하더군요. 여기서 대체 어떤 모임이 열리는 걸까요?"

석양빛을 들이느라 활짝 열어둔 문 너머로 많은 사람들이 분주히 오가는 넓은 마당이 내다보였다. 한 여자가 커다란 대야를 들고 긴 다리를 우아하게 놀리면서 사람들 사이를 헤치고 그들에게 다가왔다. 키가 크고 동작이 활달했다. 푸른빛이 도는 윤나는 검은 머리를 굵게 땋아 손목까지 늘어뜨렸는데, 양쪽 관자놀이께로 빠져나온 머리칼 몇 올이 미풍에 하늘거리고 있었다. 아무리 봐도 싫증이 나지 않을 모습이군, 캐드펠은 생각했다. 여자는 방으로 들어와 고개 숙여 인사한 뒤 조신하게 눈을 내리깐 채 대야에 물을 붓고는 잘빠진 긴 손가락으로 두 수사의 샌들 끈을 풀어주었다. 분위기를 장악하는 자신 있는 태도가, 하녀라기보다는 품위 있는 여주인을 연상케 했다. 여자의 두 손이 소녀의 것처럼 가늘고 우아한 마크의 발목에 닿자 그의 얼굴은 물론 목까지 새빨갛게 달아올랐다. 그 뜨거운 기운이 이마에 닿기라도 한 듯 여자가 고개를 쳐들었다.

아주 잠깐 스쳐 갔을 뿐이지만 더없이 강렬한 눈빛이었다. 무표정했던 그녀의 얼굴이 한순간 풍부한 표정을 띠며 환해졌다. 마크의 마음 상태를 알아채고 그가 어쩔 줄 몰라하는 모습을 재미있어하는 것 같았다. 여기서 미소라도 지어 보이면 마크는 더욱더 당황하리라. 그러나 연약하고 순진한 젊은이에게 연민을 느꼈는지 여자는 이내 다시 엄숙한 표정으로 돌아갔다.

그늘 속에서 여자의 진자줏빛 눈동자가 짙은 광채를 띠었다. 나이는 기껏해야 열여덟 살쯤 되었을까? 아니, 큰 키와 침착하고 자신만만한 태도 때문에 성숙해 보이긴 하지만 어쩌면 더 어릴지도 몰랐다. 한쪽 어깨에 리넨 타월 두 장이 걸려 있건만, 장난기가 발동한 듯 그녀는 자신의 두 손으로 마크의 발에 남은 물기를 닦아주려 했다. 하지만 마크는 제 직분의 무게에서 배어 나온 엄숙한 태도로 그녀의 손을 단단히 잡아 자리에서 일으켜 세웠다. 여자는 순순히 일어났다. 진지한 얼굴이었으나 두 눈에는 여전히 웃음기가 어려 있었다. 젊은 성직자들에겐 곤혹스러운 일일 거야, 캐드펠은 생각했다. 하긴, 반응하는 방식은 다를지언정 나이 든 성직자도 사정은 마찬가지지.

"이러지 마십시오." 마크가 단호하게 말했다. "이건 온당치 않습니다. 우리는 세상 사람들을 섬기는 사람이지 섬김을 받아야 할 사람이 아니에요. 아까 밖에서 보니 이곳에는 당신의 손길을 필요로 하는 다른 손님들이 아주 많은 것 같던데요."

그 말에 여자가 갑자기 소리 내어 웃었다. 마크의 말이 아니라 그 말이 상기시킨 다른 생각 때문에 그러는 듯했다. 문간에서 작게 웅얼거려 인사를 건넨 이후 내내 말이 없던 여자가 마침내 입을 열어 웨일스어로 대꾸했다.

"길버트 주교님께서 기대하신 이상으로 많이 모였죠." 노래하는 듯 리듬감 있는 목소리였다. "허웰이 그러는데, 잉글랜드 주교의 편지와 선물을 갖고 오신 분들이라고요? 그렇다면 두 분이야말로 오늘 밤 이곳 라넬루이에서 가장 환영받는 손님이 되겠군요. 우리의 새 주교님께서는 당신에 대한 지원을 열렬히 바라고 계시거든요. 양쪽 군주들 사이에 끼어 포위당한 형국이니 뒤편에 대주교가 있다는 사실을 일깨워주는 사절이 얼마나 반가우시겠어요. 아마 여러분을 최대한 이용하려 할 겁니다. 오늘 홀에서 열리는 연회 때 두 분은 틀림없이 상석에 앉게 되실 거예요."

"군주들이라! 그리고, 허웰이라 했소?" 캐드펠이 되물었다. "조금 전 우리를 안내한 사람이 허웰이란 말이오? 허웰 오아인?"

"그가 누군지 모르셨어요?"

"얼굴을 본 적이 없어서 말이오. 하지만 그 명성은 우리도 익히 알고 있지." 허웰 오아인. 아버지의 지시를 받아 일단의 군대를 이끌고 아이론강을 가로질러 카드왈라드르를 케레디기온 북부에서 쫓아낸 뒤 그의 거점인 란바다른성에 불을 질러버린 청년. 그는 솜씨 좋은 장인처럼 지극히 차분하고 침착한 태도로 모든 일을 날렵하게 해치웠다. 무기를 드는 것도 벅찰 듯 보이는 그 젊은 청년이! "어쩐지 낯익은 구석이 있다 싶었소. 전에 그의 아버지를 만났었거든. 3년 전 죄수를 교환하는 문제로 일종의 거래를 했었지. 길버트 주교가 목회 일을 어떻게 하는지 알아보려고 그가 아들을 보낸 모양이군. 내 생각이 틀렸소?" 오아인은 세속의 일뿐 아니라 교회와 관련한 일에서도 아들을 신뢰하는 모양이었다. 아마도 허웰은 양쪽 방면에 모두 정통해 있으리라.

"그분도 직접 오셨어요." 여자가 소리 내어 웃으며 말을 이었다. "저 위쪽 들판에 설치된 그분의 텐트들을 못 보셨나요? 지금 라넬루이는 오아인 왕의 영지나 마찬가지예요. 귀네드 가문의 궁정이기도 하고요. 길버트 주교로서는 그리 달갑지 않은 일이죠. 그렇다고 왕자가 주교를 압박하거나 협박하는 건 아니에요. 그저 주교의 일거수일투족을 주시하면서 그의 시선 한구석에 계속 자리 잡고 있을 뿐이죠. 참으로 예의 바르고 사려 깊은 분이라니까요! 오아인 왕은 아들과 단둘이 주교 관저에서 지내고 나머지 사람들의 숙식은 들판에서 해결하게 하셨는데, 오늘 밤만큼은 모두 함께 주교 관저에서 식사를 할 예정이에요. 두 분이 때맞춰 오신 셈이죠!"

여자는 타월 두 장을 한쪽 팔에 걸친 채 이야기를 이어가며 이따금씩 날카로운 눈길로 마당을 오가는 사람들을 살폈다. 그 시선을 좇던 캐드펠은 문득 검은 수사복을 걸친 덩치 큰 사람 하나가 위엄 있는 자세로 풀밭을 가로질러 이쪽으로 다가오고 있는 모습을 보았다.

"두 분께 음식과 벌꿀주를 가져다드릴게요." 여자가 갑자기 표정을 굳히고 사무적인 태도로 내뱉더니 대야를 집어 들고는 예의 성직자가 들어오기 전에 얼른 문 밖으로 나갔다. 캐드펠은 그들이 서로 지나치는 광경을 주시했다. 남자가 무어라 말을 건넸지만 여자는 고개를 외로 꼰 채 말없이 가버렸다. 남자 쪽에서는 다소 거북해하고 여자 쪽에서는 공손하면서도 싸늘하게 대하는 것이, 두 사람 사이에 묘한 긴장 관계가 조성되어 있는 듯했다. 남자는 숙소에 들어오기에 앞서 걸음을 멈추고 다시금 뒤를 돌아보았다. 그녀를 두려워하는 걸까? 반면 여자는 그에게 무언가 불만이 있는 게 분명했다. 그를 쳐다보지도 않고 찬바람이 일 정도로 빠르게 걸어가버렸으니 말이다. 남자는 낯선 사람들과 마주하기 전에 자세를 위엄 있게 가다듬으려는 듯 걸음을 늦추어 천천히 다가왔다.

"안녕하십니까, 수사님들." 그가 문간에서 인사를 건넸다. "잘 오셨습니다! 제 딸이 두 분을 잘 모셨겠죠?"

둘 사이를 오해하지 말아달라는 듯, 말할 수 없는 속사정을 이해해달라는 듯, 그는 의도적으로 그녀와의 관계를 밝힌 것 같았다. 아주 드문 일이었다. 삭발한 머리며, 엄숙하게 갖춘 의복으로 보아 남자는 사제임이 분명했으니 말이다. 이내 남자는 그 점에 대해서도 솔직하게 털어놓기로 마음먹은 모양이었다. "제 이름은 메이리온이라 합니다. 이 성당에서 오랫동안 봉직했죠. 체제가 바뀌면서 최근에 수사회의 참사회원이 되었습니다. 여기 계시는 동안 원하시는 게 있으면 뭐든 말씀만 하십시오. 제가 잘 살펴드리겠습니다."

딱딱한 잉글랜드어로 다소 더듬대듯 말하는 걸 보니 웨일스인이 분명했다. 근육질의 건장한 체격에 꼿꼿한 자세며 뚜렷한 이목구비가 검은 수사복과 잘 어울렸다. 정수리 주위를 감싼 단정한 머리칼은 아직 조금도 세지 않았다. 여자의 머리 색깔과 유난히 반짝이는 검은 눈동자는 아버지에게서 물려받은 것이었다. 하지만 딸의 눈에 장난기 섞인 명랑함이 어려 있었다면, 사내의 당당한 인상 너머에는 희미한 불안감이 어른대고 있었다. 언뜻 오만하고 야심만만한 사람으로 보이지만 정작 그 자신과 자신이 지닌 힘에 대해서는 확신을 갖지 못하는 것 같달까. 노르만인 주교를 모시는 참사회원 자리에 오르면서 무언가 곤란한 상황에 휘말려버린 걸까? 가능한 일이었다. 그 자신이 조금 전에 밝혔듯 그에게 딸이 있다면 틀림없이 아내도 있을 것이고, 캔터베리 측에서는 이를 달갑게 여기지 않으리라.

캐드펠 일행은 제공된 숙소며 대접이 모든 면에서 만족스러우며 베네딕토회의 원칙에서 보자면 오히려 과분하기까지 하다고 말했다. 마크가 안장주머니에서 작은 목재 함을 꺼내 로저 주교의 밀봉된 편지와 은 십자가를 보여주자 메이리온은 감탄한 듯 깊이 숨을 몰아쉬었다. 리치필드의 은세공인은 뛰어난 솜씨를 지닌 예술가였으니, 그 작품은 너무도 아름다웠다.

"주교님이 정말 기뻐하실 겁니다. 틀림없어요. 같은 성직자의 입장이니 아무것도 감출 게 없겠지요. 이곳에서 우리 주교님께서 처한 사정이 그리 편치 못합니다. 지금으로서는 그분을 후원하는 그 어떤 표시도 모두 도움이 되지요. 괜찮으시다면 사람들이 전부 식탁에 좌정했을 때 두 분이 정식으로 등장하여 모두 지켜보는 가운데 이것들을 전달해주셨으면 합니다. 제가 두 분을 모시고 가서 주교님의 식탁에 앉을 자리를 마련해드리지요."

아주 노골적인 제안이었다. 그도 그럴 것이, 이곳 수사들은 리치필드 주교뿐 아니라 시어볼드 대주교와 캔터베리 당국이 합작해서 보낸 것이나 다름없는 이 축하 사절을 통해 최대한의 이익을 뽑아내야 할 터였다. 즉, 아사프 관구에 로마교회의 의식이 받아들여졌으며 노르만인 주교가 취임했다는 사실을 다시금 일깨워줘야 하는 것이다. 오아인이 기사들을 끌고 와 세를 과시했으니 메이리온 참사회원은 마크 수사를 내세울 작정이었다. 비록 마크가 그런 자리에 썩 어울리지 않는 존재라 해도 말이다.

"주교님에게는 통역이 필요치 않습니다만, 마크 부제께서 홀에서 이야기할 때 그 내용을 수사님께서 웨일스어로 다시 말씀해주셨으면 좋겠습니다. 왕을 빼면 그쪽 참모들 가운데 잉글랜드어를 아는 사람이 거의 없거든요." 왕을 따라온 모든 이들이 마크 수사의 이야기를 고스란히 듣기를 원하는 것이리라. "그리고, 두 분이 오셨다는 사실은 주교님께 미리 전하겠습니다. 그러나 다른 이들에게는 아직 이런 사실을 발설하지 말아주시기를 부탁드립니다."

"허웰 오아인이 이미 알고 있는데요." 캐드펠이 말했다.

"아, 그럼 자기 아버지에게도 말하겠군요. 하지만 그렇다고 그 효과가 약화되지는 않을 겁니다. 두 분이 많은 날 중에서 마침 오늘 오셨으니, 정말 행복한 우연이라 하지 않을 수 없습니다. 왕 일행이 내일 아베르로 돌아갈 예정이거든요."

"그렇다면 우리도 그분과 같이 갈 수 있겠군요." 상대의 허심탄회한 태도에 마크 또한 마음을 열고 솔직하게 입을 열었다. "반고르의 메이리그 주교님께도 편지를 전해야 하거든요."

메이리온은 잠시 말없이 생각에 잠겼다가 이내 고개를 끄덕여 보였다. 노르만 출신 상관의 총애를 받기 위해 최선을 다하고 있긴 해도 결국 그 역시 웨일스 사람이었다. "당신의 주교님은 참으로 지혜로운 분이군요. 그렇게 하면 두 주교님을 같은 위치에 놓고 공정하게 대하는 셈이지요. 그 사실을 알면 왕도 좋아할 겁니다. 마침 나와 내 딸 헬레드도 그들과 함께 갑니다. 그 아이는 왕을 모시고 있는 한 신사와 정혼한 사이거든요. 앵글시섬에 영지를 가진 사람인데, 그가 우리를 만나기 위해 반고르로 오기로 했습니다. 그러니 내일 모두 함께 출발하게 되겠군요."

"함께 가게 되어 기쁩니다." 마크가 말했다.

"그럼 사람들이 식탁에 좌정하는 대로 두 분을 모시러 오지요." 참사회원은 아주 흡족한 어조로 그렇게 말한 뒤 자리를 떴다. 이제 한 시간쯤은 그들도 여유롭게 쉴 수 있을 터였다.

헬레드는 그가 나간 뒤에야 벌꿀 케이크와 벌꿀주 한 병을 들고 돌아왔다. 그러곤 말없이 그것들을 탁자 위에 벌여놓은 뒤 잠시 뚱한 얼굴로 생각에 잠겨 있다가 불쑥 물었다. "그분이 무슨 얘기를 하던가요?"

"내일 딸을 데리고 우리와 함께 반고르로 갈 작정이라고 하시더군." 속을 알 수 없는 그 얼굴을 주시하며 캐드펠이 담담하게 대답했다. "덕분에 우리는 아베르까지 왕의 에스코트를 받으면서 가게 되었소."

"본인이 제 아버지라는 것도 털어놨겠군요." 헬레드가 입술을 삐죽거렸다.

"자랑스러운 표정으로 말씀하셨지. 그러지 말아야 할 이유가 어디 있겠소? 거울에 비친 얼굴을 직접 들여다보면 당신도 아버지가 딸을 자랑스럽게 여기는 이유를 금방 알게 될 텐데." 헬레드의 얼굴에 웃음기가 어리는 것을 보고 캐드펠은 한발 더 나아가도 되리라 생각하여 말을 이었다. "둘 사이에 무슨 일이 있었던 거요? 새 주교가 압력을 행사하기라도 했소? 만일 그 양반이 이곳 주교 관구에서 결혼한 사제들을 모조리 쫓아낼 작정이라면 고생깨나 해야 할 거요. 게다가 당신 아버님은 유능한 분 같아 보였소. 새 주교로서는 놓치기 아까운 사람일 것 같은데."

"그건 그래요." 헬레드는 마음이 조금 풀렸는지 순순히 고개를 끄덕여 보였다. "주교는 아버지를 붙잡아두고 싶어 해요. 길버트 주교가 여기 왔을 땐 마침 엄마가 중병으로 돌아가시기 직전이라 아버지의 입장이 많이 편했죠. 안 그랬으면 지금보다 훨씬 더 곤란한 처지에 몰릴 뻔했어요. 엄마가 오래 버티기 어려울 것 같자 그들은 기다리더군요! 자기 아내가 죽기만을 기다리는 남편을 상상할 수 있으세요? 어쨌든 그 덕에 주교는 아버지를 내칠 필요가 없었어요. 그분에게 아버지는 아주 쓸모 있는 사람이니까…… 엄마는 지난 크리스마스 때 돌아가셨죠. 그 후로는 제가 요리와 세탁 등 집안일을 해왔고요. 계속 그렇게 지낼 수 있으리라 생각하면서요. 그런데 아니었어요. 주교한테 저는 불법이요 신성모독인 결혼을 떠올리게 하는 존재거든요. 그분이 보기엔 아예 태어나지 말았어야 할 존재죠! 아버지가 남은 평생을 독신으로 지낸다 해도 저는 줄곧 그 사람이 잊고 싶어 하는 과거를 연상시킬 거예요. 저는 아버지의 출셋길을 가로막는 걸림돌—"

"당신은 아버님을 오해하고 있어요." 마크가 놀란 얼굴로 말을 막았다. "나는 그분이 아버지로서 당신을 사랑한다고 확신합니다. 당신도 딸로서 그분을 사랑한다고 믿고요."

"전에는 그랬죠. 다른 사람들도 우리 부녀를 아껴줬고요. 물론 아버지나 주교님이 제가 잘못되기를 바라는 건 아니에요. 그저 더 이상 눈에 띄지 않는 곳, 골칫거리가 되지 않을 만큼 아주 먼 곳으로 가서 살기를 바랄 뿐이죠."

"그래서 북웨일스에서도 가장 멀리 떨어진 앵글시 사람과 결혼시키려 하는군." 캐드펠이 말했다. "그렇게 하면 주교의 마음이 편해지긴 하겠지. 하지만 당신 생각은 어떻소? 그분들이 정해준 남자가 어떤 사람인지는 알고 있는 거요?"

"아뇨, 이번 결혼은 왕의 중매로 이루어졌어요. 그분은 친절한 마음에서 그렇게 했고, 저도 좋은 뜻으로 받아들였죠. 주교는 원래 저를 잉글랜드에 있는 수녀원으로 보내고 싶어 했는데, 왕이 제지하고 나섰어요. 그게 한 사람의 인생을 망치는 짓이 될 수도 있다며, 홀에 둘러선 모든 사람들 앞에서 수녀원에 가고 싶은지 제게 직접 묻더군요. 제가 아니라고 대답하자 저를 위해 이번 결혼을 주선해주셨어요. 마침 신붓감을 찾고 있는 사람이 있다면서요. 아주 괜찮은 남자인데 이제 서른을 갓 넘겼다고…… 그 정도면 그렇게 나이 든 건 아니죠." 헬레드는 심드렁하게 덧붙였다. "게다가 인상도 좋고 평판도 괜찮다니까요."

"잉글랜드에 있는 수녀원에 갇히는 것보다야 그 편이 낫지." 캐드펠은 고개를 끄덕였다. "당신 생각이 그토록 확고하고, 앞으로도 수녀원 쪽으로 마음이 쏠릴 가능성이 없는 한 말이오. 또 계속 이곳에서 아버지의 천덕꾸러기가 된 듯한 기분으로 지내는 것보다도 결혼하는 편이 훨씬 나을 거요. 혹시 결혼 자체에 거부감을 느끼는 거요?"

"전혀 아녜요!"

"그렇다면 왕이 중매했다는 그 남자를 달가워하지 않을 만한 다른 이유라도 있소?"

"그것도 아니에요. 그저……" 헬레드는 고집스러운 얼굴로 입술을 깨물었다가 말을 이었다. "제가 선택한 사람이 아니라는 것 때문에 그렇죠."

"만나보면 마음에 들 수도 있을 거요. 지혜로운 중매자가 짝을 잘 맺어주는 경우가 종종 있으니."

헬레드는 한숨을 쉬며 몸을 일으켰다. "싫든 좋든 저로서는 그리로 가는 수밖에 없죠. 아버지가 함께 가는 건 제가 제대로 처신하는지 지켜보기 위해서예요. 주교만큼이나 엄격한 사람인 모건트 참사회원도 우리 부녀를 감시하기 위해 함께 갈 거고요. 더 이상 추문을 불러일으킬 경우 길버트 밑에서 출세하기는 글렀죠. 제가 마음만 먹으면 아버지의 앞길을 가로막을 수도 있다는 뜻이에요." 잔뜩 앙심을 품은 어조였지만 자신이 결코 그럴 수 없다는 것을 헬레드 자신도 잘 알고 있었다. 그녀는 석양빛을 향해 나서다가 고개를 돌리고 덧붙였다. "사실 전 아버지 없이도 잘 살 수 있어요. 어차피 결혼은 해야 하니까. 하지만 화가 나는 건, 아버지가 너무나 쉽게 저를 단념하고 아주 감사한 마음으로 치워버리려 한다는 점이에요."

*

일꾼들이 하루의 노동을 마치고 만찬을 위한 모든 준비도 완료되었다. 소규모 군대라 해도 무방할 만큼 많은 시종들이 각자 자리를 잡고 제후에서 마부에 이르는 모든 손님들이 홀로 들어가 마당의 북새통이 어느 정도 가라앉을 무렵, 메이리온 참사회원이 약속대로 그들 앞에 나타났다. 바깥의 풍광은 일몰 전 황혼의 고즈넉한 분위기 속에 가라앉아 있었다.

메이리온은 머리를 잘 빗질하고 만찬용 옷으로 갈아입은 모습이었는데, 신부라는 직분 때문인지 차림새가 비교적 수수한 편이었다. 결혼해서 산 세월의 기억을 말끔히 씻어내기 위해서라도 옷차림에 특히 신경을 써야 하리라. 오래전 성인들이 다스리던 시절, 켈트족의 신부들은 모두 독신 생활을 해야 했다. 길버트 주교가 신부들의 독신 생활을 주장하는 것도, 이상에 맞게 세워졌던 수도회가 후대로 내려와 신부들이 가정을 꾸리게 되면서 여러 좋지 않은 풍조에 물들었다는 단순한 이유 때문이었다. 그러한 생각에 동조하여 함께 분개하는 사람들도 많겠지만, 옛 시대의 모든 기억이 희미해진 지금에 와서 새삼 그러한 이상을 강요하는 그에게 반발하는 이들도 적지 않을 터였다. 지난 수백 년간 신부들 또한 교구민들처럼 점잖은 기혼자들로서 가족을 부양하면서 살아오지 않았던가. 잉글랜드에도 결혼하여 소박하게 살아가는 신부들이 많았고, 이를 나쁘게 생각하는 사람들은 거의 없었다. 게다가 웨일스에서는 아들이 사제인 아버지의 관할 교구를 물려받는 일이 흔했으며, 보다 고약한 경우이긴 하지만 교회의 최고 지위가 세속 영주들의 영지처럼 상속의 대상이 되어 주교의 아들들이 아버지의 주교관을 물려받는 걸 당연시 여기기도 했다. 그러던 중 외국에서 온 노르만인 주교가 이 모든 관행들을 극악무도한 죄로 매도하며 결혼한 신부들을 모두 몰아내려 하고 있는 것이다.

귀한 손님들을 자신이 섬기는 분 앞으로 데려가기 위해 온 이 유능한 수사는, 아내가 때맞춰 세상을 떠나긴 했지만 딸이 남아 아직 자신을 불리한 처지로 몰아넣는다는 이유만으로 출세를 포기할 생각이 전혀 없었다. 하지만 그렇다고 딸에게 해로운 일을 할 생각도 없었으니, 앞으로도 계속 딸의 뒤를 봐줄 작정이었다. 다만 그 아이를 사람들의 시선이 미치지 않을 만한 먼 곳으로 시집보냄으로써 자신의 결혼 사실을 더 이상 환기시키고 싶지 않을 따름이었다.

공정하게 말하자면 자기가 원하는 것, 자기에게 가장 큰 이익을 안겨주는 것을 얻기 위해 무슨 일이든 주저하지 않고 밀어붙일 사람이었다. 그리고 지금 그는 중요한 사명을 띠고 잉글랜드에서 찾아온 두 성직자를 이용해 주교를 기쁘게 해주려 하고 있었다.

"일행이 막 자리를 잡고 앉았습니다. 제후들과 주교님이 착석할 때까지는 다들 조용히 기다릴 겁니다. 상석 바로 앞에 모든 사람들이 잘 보고 잘 들을 수 있는 좌석을 마련해두었습니다."

왜소한 체구에 평수사의 옷을 걸치고 소박하게 앉아 있는 마크 앞에서도 그는 실망이나 조롱의 기색을 보이지 않았다. 아니, 심지어 흡족하다는 듯 고개를 끄덕이기까지 했다. 그러한 소박함이 오히려 그를 돋보이게 하리라 생각하는 모양이었다.

마크는 드 클린턴 주교의 두루마리 편지와 은 십자가가 들어 있는 장식 목재함을 두 손으로 집어 들었다. 이윽고 그와 캐드펠은 메이리온을 따라 넓은 마당을 가로질러 주교 관사의 홀로 들어섰다. 홀은 잘 마른 나무 냄새와 횃불의 송진 타는 냄새로 가득했다. 그들이 들어가자 낮은 자리에서 들려오던 웅성거림이 갑자기 뚝 그쳤다. 홀 끝에 자리한 테이블에 줄지어 앉은 신분 높은 이들도 횃불 빛을 받아 번쩍이는 얼굴을 들어 상석 바로 앞의 빈 좌석을 향해 나아가는 세 사람을 일제히 주시했다. 주교는 한가운데 앉아 있었는데, 아직 거리가 멀어서 얼굴이 잘 보이지 않았다. 그의 양옆에는 북웨일스의 왕과 왕자가, 다시 그들의 옆으로는 나머지 성직자들과 오아인 궁정에 속한 웨일스 귀족들이 한 명씩 번갈아 자리 잡고 있었다. 메이리온 참사회원이 마크 옆으로 몇 걸음 물러나고 캐드펠도 뒤로 물러서자 사람들의 시선은 허리를 반듯하게 편 채 홀로 서 있는 마크 수사의 자그마한 몸집에 쏠렸다.

"주교님, 리치필드와 코번트리의 주교님을 모시고 있는 마크 수사가 주교님을 만나뵙기를 청합니다."

"리치필드에 있는 내 동료의 사절이라면 대환영이오." 상석에서 엄숙한 목소리가 들려왔다.

마크는 맞은편에 보이는 길고 좁은 얼굴에 시선을 고정한 채 낭랑한 목소리로 드 클린턴 주교의 인사말을 전하기 시작했다. 둥그런 정수리를 둘러싼 뻣뻣한 회색 머리칼, 넓은 콧구멍으로 이어지는 길고 가느다란 콧날, 아직 이곳의 관례에 익숙하지 않아서인지 다소 불안해 보이는 형식적인 미소, 꽉 다문 거만한 입술. 길버트 주교는 매우 엄숙한 분위기를 풍기고 있었다.

"로저 드 클린턴 주교님께서는 그리스도의 품 안에서 당신의 형제이며 교회를 위해 일하는 당신의 이웃이신 길버트 주교님께 당신을 대신해 정중하게 인사드리고, 아사프 관구에서 오래도록 일하시며 많은 결실을 거두기를 기원한다는 뜻을 전하라 지시하셨습니다. 더불어 깊은 형제애에서 우러나온 마음으로 이 편지와 함을 전하시니, 부디 너그러운 마음으로 받아주시기 바랍니다."

캐드펠은 마크의 말이 효과적으로 전달되도록 한 문장이 끝날 때마다 잠시 사이를 두었다가 깊은 울림이 담긴 웨일스어로 옮겼다. 웨일스 사람들은 신중하게 귀를 기울이며 연신 고개를 끄덕이는가 하면 가벼운 탄성을 발하기도 했다.

주교가 자리에서 일어나더니 테이블을 돌아 상석 한쪽 끝으로 갔다. 이에 마크가 조금 앞으로 나아가 한쪽 무릎을 꿇고 편지와 함을 주교의 크고 억센 두 손에 공손하게 건넸다.

"형제의 따뜻한 마음을 기쁘게 받아들이겠소." 같은 방에 앉아 두 사람 사이에 오가는 말을 빠짐없이 듣고 있는 오아인 귀네드 일행을 의식하며, 길버트 주교는 흡족한 표정으로 정중하게 말했다. "또한 그분의 사절들을 크게 환영하는 바이오. 형제여, 일어나 우리 테이블의 귀한 손님이 되어주시오. 같이 온 동료분도 함께 앉으시오. 웨일스 땅에 있는 이 관구에 그대와 더불어 웨일스어를 할 줄 아는 분을 보내시다니, 드 클린턴 주교님께서 참으로 큰 배려를 보여주셨군."

뒤쪽에 멀찌감치 떨어져 있던 캐드펠은 그 둘에게 쏠린 사람들의 주의와 관심이 분산되지 않게끔 일정한 거리를 두고 걸음을 옮겼다. 메이리온은 주교 왼편에 있는 허웰 오아인의 옆자리에 마크를 앉혔다. 그들의 방문을 최대한 이용하기로 결심한 주교의 뜻에 따라 메이리온 참사회원이 정한 자리일까? 아니면 허웰의 뜻이 반영된 것일까? 아마도 허웰은 켄티건 주교좌 교회를 재건한 뒤 그곳 주교로 노르만인을 데려온 처사에 대해 다른 수사들이 어떻게 생각하는지 보다 자세히 알고 싶어 할 것이다. 마크에게 물어보면 막강한 권세를 지닌 주교에게서는 들을 수 없는 솔직한 대답뿐 아니라 사심 없는 마음에서 나오는 다른 많은 정보도 얻을 수 있으리라 생각하지 않았을까? 하지만 마크는 말수가 적은 사람이었다. 아마 원하는 이야기를 이끌어내기까지는 시간이 좀 걸리리라.

캐드펠은 상석에서 멀리 떨어진, 거의 테이블 끝에 가까운 자리로 안내되었다. 이 자리에 둘러앉은 신분 높은 사람들의 면면을 잘 살펴볼 수 있는 곳이었다. 주교의 바로 오른쪽에는 오아인 귀네드가 앉아 있었다. 덩치며 마음 씀씀이며 능력이며, 모든 면에서 스케일이 큰 사람이었다. 앉아 있음에도 다른 이들보다 머리 하나쯤 더 컸고, 하나같이 흑발인 부하들 사이에서 유일한 금발이라 더욱 눈에 띄었다. 더블린의 덴마크왕국 왕비이자 비단 수염 왕(더블린을 통치했던 시그트리그 올라프손을 가리킨다—옮긴이)의 손녀인 조모 랑힐드로부터 북구의 혈통을 물려받은 데다, 그의 어머니 앙하라드 또한 검은 머리를 가진 데헤이바르스 여자들 사이에서 드문 금발로 사람들의 시선을 끌었던 터였다. 한편 허웰 오아인은 주교 왼쪽에 느긋하게 앉아 호의 어린 눈길로 마크 수사를 바라보고 있었는데, 아버지보다 머리칼이 짙고 키도 조금 작긴 하지만 부자간의 유사성은 한눈에 알아볼 수 있었다. 저토록 판에 박은 듯이 닮았는데도 그가 아버지의 결혼 전에 태어났고 그의 어머니가 아일랜드 사람이라는 이유로 길버트 주교는 그를 사생아로 간주했지, 캐드펠은 묘한 아이러니를 느끼며 생각했다. 하긴, 웨일스 사람들은 결혼한 아내가 낳은 아들만을 정식 아들로 여기니까. 하지만 이제 성년기에 다다른 허웰은 케레디기온 남부를 다스리는 제후로 봉해졌으며, 작은아버지가 몰락한 뒤에는 그곳 땅 전체를 차지했다. 지금까지의 상황으로 보건대 그는 매우 유능한 사람으로 자기에게 주어진 땅을 확고히 장악하고 있었다. 그들 말고도, 테이블에는 오아인을 따라온 서너 명의 웨일스인이 길버트 주교를 모시는 참사회원이며 사제들 사이사이에 앉아 있었다. 세속 권력자들과 성직자들은 마지못해 서로 어깨를 맞댄 채 조심스럽게 어색한 대화를 나누었다. 이 난감한 순간, 다행히 길버트 주교가 목재 함을 열어 정교하게 세공된 은 십자가를 꺼내고 그 옆에 드 클린턴 주교가 보낸 편지도 펼쳐놓았다. 조금 뒤 식사가 끝날 무렵에는 그것을 큰 소리로 낭독하는 절차도 빼놓지 않을 것이었다.

다행히도 시간이 흐르면서 벌꿀주와 포도주가 세속인들과 성직자들의 관계를 매끄럽게 만들어주었다. 사람들의 목소리가 점점 높아지는 것이, 효과가 아주 그만이었다. 캐드펠은 이 모임에서 자신이 할 역할을 상기하고는 곁에 앉은 이들을 한층 유심히 살피기 시작했다.

그의 오른쪽에는 풍채 좋은 중년의 성직자가 앉아 있었는데, 엄격하고 올곧아 보이는 인상으로 미루어 헬레드를 신랑 될 사람에게 넘기기 위한 여행길에 동행하며 부녀의 처신을 감시하게 될 모건트 참사회원이 아닐까 싶었다. 곁에 앉은 손님에게 말을 건넬 때의 목소리나 매너는 그런대로 공손한 편이었으나, 가느다란 콧날과 냉정하고 예리한 눈빛이 다소 껄끄러웠다. 어느 상황에서나 치우침 없이 말하고 행동하는, 또 타인의 결점을 편안하게 보아 넘기는 법이 없는 사람 같았다.

그 왼쪽에는 왕의 일행인 청년이 앉아 있었다. 잘 단련된 강인한 웨일스인의 체형을 갖춘 사람으로 옷차림이 매우 단정했고, 머리칼과 눈은 검은색이었다. 강렬한 그의 두 눈은 앞에 있는 사람이나 사물들을 응시한다기보다, 그것들을 꿰뚫고 지나가 아주 먼 곳을 바라보는 듯했다. 그러나 그 눈길이 오아인과 허웰에게 이를 때면 인정과 감사가 어린 따뜻한 빛이 감돌았고, 굳게 닫힌 입술선도 미소 짓듯 부드럽게 풀리곤 했다. 오아인 부자를 따르는 헌신적인 추종자일까? 깊은 생각에 잠겨 내밀한 침묵을 지키고 있는 그 잘생긴 청년을 캐드펠은 곁눈으로 조심스럽게 살펴보았다. 조금 전 나직하면서도 깊은 울림이 있는 목소리로 공손하게 말을 건넸을 때, 그는 귀네드가 아닌 다른 지방의 말투를 썼다. 청년이 음식이나 술을 거의 들지 않고 또 식탁 위에 편하게 올려놓은 오른손만 사용했기에, 캐드펠은 한동안 별생각 없이 그를 바라보다가 그가 이쪽으로 고개를 돌리며 왼쪽 팔꿈치를 테이블 위에 올려놓았을 때에야 비로소 그의 신체에서 가장 두드러지는 특징을 알아챘다. 청년의 왼팔은 팔꿈치에서 10센티미터쯤 되는 곳에서 끊겨 있었고, 장갑처럼 생긴 질 좋은 리넨 천이 거기 덧씌워진 채 가느다란 은팔찌로 고정되어 있었다.

캐드펠은 어렵사리 시선을 돌렸다. 하지만 상대가 의식하지 않는 틈을 타 슬그머니 살펴보고 싶은 마음을 억누르기가 쉽지 않았다. 청년은 그런 상태로 오래 지내왔는지 제 몸에 대한 타인들의 반응이 익숙한 듯했다.

"물어보셔도 됩니다, 수사님." 그가 씁쓸하게 미소 지으며 입을 열었다. "전 괜찮으니까요. 한때 양손을 다 쓰긴 했지만 원래는 왼손잡이에 가까운 편이었죠. 하지만 이제는 오른손으로도 웬만한 일은 다 할 수 있답니다."

상대가 그의 호기심을 이해해주었으니 캐드펠로서는 굳이 속마음을 감추려고 애쓸 필요가 없었다. 그는 조심스레 입을 열었다. "당신이 어쩌다가 팔을 잃었든, 아마 그 일로 인해 큰 명예를 얻었으리라 생각하오. 만일 내게 사연을 들려줄 용의가 있다면, 나도 한때 무기를 들었던 사람이며 전장에서 남에게 부상을 입히고 또 나 자신도 부상을 입은 경험이 있다는 사실을 먼저 언급하고 싶소. 당신이 하는 이야기를 제대로 이해할 수 있으리라는 뜻이오." 하지만 그는 청년의 사연이 어떤 것인지 이미 알 것 같았다. 그는 오아인 귀네드가 통치하는 곳에서 멀리 떨어진 남부 웨일스 출신이 분명해 보였으니 말이다.

"안 그래도 수사님이 수도원에서만 지내신 분 같지는 않다고 생각하던 참입니다." 청년은 고개를 돌려 빛나는 검은 두 눈으로 캐드펠을 지그시 바라보았다. "기꺼이 말씀드리죠. 저는 검을 들어 군주의 몸을 보호하려다 팔을 잃었습니다."

"작년에, 데헤이바르스에서 말이지." 캐드펠은 자신이 직짐한 사실을 머릿속으로 좇으며 천천히 덧붙였다.

"맞습니다."

"아나라우드를 보호하려다가?"

"예, 그분은 제 군주이자 이부형제였습니다. 상대방은 단칼에 그분의 목숨과 제 팔을 앗아 갔지요."

3

 "그때……" 캐드펠은 잠시 침묵을 지키다가 다시 입을 열었다. "그분 곁에는 몇 사람이나 있었소?"
 "세 사람이 있었습니다. 아무것도 예상치 못한 채 잠시 가까운 곳을 여행하던 중이었지요. 놈들은 여덟이나 되었습니다. 그날 군주와 함께 말을 타고 나갔던 이들 중 살아남은 사람은 저 하나뿐이에요." 그는 낮은 목소리로 담담하게 대답했다. 당시 일어난 일들을 하나도 잊지 않고 용서도 하지 않은 듯했으며, 목소리와 표정에 조금의 흔들림도 없었다.
 "그야말로 기적이군. 그런 부상을 입었을 경우 시간을 조금이라도 지체했다간 출혈로 목숨을 잃기 십상인데 말이오."
 "조금만 더 있었으면 놈들이 재차 공격을 가해 일을 완전히 마무리 지었을 겁니다." 청년이 씁쓸하게 웃으면서 고개를 끄덕였다. "마침 우리 쪽 사람들이 소리를 듣고 급히 달려왔고, 놈들은 땅바닥에 쓰러진 저를 내버려둔 채 말을 타고 달아나버렸습니다. 저는 옮겨져 치료를 받았고요. 허웰 님이 군대를 끌고 가 놈들에게 앙갚음을 한 뒤 저를 이리로 데려오자 전하께서 당신의 휘하에 거둬주셨지요. 외팔이 사내도 그런대로 써먹을 구석이 있답니다. 사악한 인간들을 증오할 힘도 그대로 남아 있고요."

"군주와 가까운 편이었소?"

"저는 그분과 함께 자랐습니다. 그분을 사랑했지요." 청년은 허웰 오아인의 생기발랄한 옆모습을 지그시 응시했다. 한때 아나라우드가 차지했던 그의 마음에는 이제 허웰이 들어와 있으리라. 그것도 완벽하게.

"이름을 물어봐도 되겠소? 내 이름, 그러니까 속세에서의 내 이름은 캐드펠 압 메일리르 압 다비드였소. 나 역시 귀네드 사람이라오. 트레브리우에서 태어났지. 지금은 베네딕토회 수사지만 뿌리는 잊지 않고 있다오."

"어디 계시든 간에 그걸 잊지는 않으시겠죠. 제 이름은 키헬린 에이니온, 집안의 차남이요 군주를 호위하는 근위병입니다." 문득 그의 눈빛이 어두워졌다. "군주는 칼을 맞고 쓰러져 죽었는데 근위병이 살아서 돌아오다니, 정말 불명예스러운 일이지요. 하지만 제겐 살아야 할 이유가 있었고, 지금도 마찬가지입니다. 제가 알고 있는 살인자들의 이름을 허웰 님께 알려드려 그자들로 하여

금 대가를 치르게 했죠. 그러나 개중에는 제가 알지 못하는 자들도 섞여 있었습니다. 물론 그들의 얼굴은 기억하고 있으니 언젠가 다시 만나게 되면 기필코 복수를 완수할 수 있을 겁니다."

"사건에 연루된 사람이 한 명 더 있지 않았소?" 캐드펠이 물었다. "핏값을 자기 영토로 지불한 사람 말이오. 그는 어찌 되었소? 틀림없이 그의 지시로 일어난 사건 같아 묻는 거요."

"예, 그자가 시킨 일이 분명합니다! 놈들이 감히 자기들끼리 그런 짓을 저질렀을 리 없지요. 전하도 그 점에 대해서는 추호도 의심하지 않으십니다."

"그래, 당신 생각에 카드왈라드르는 지금 어디 있을 것 같소? 전 재산을 잃고 제 운명을 순순히 받아들였을까?"

청년이 고개를 가로저었다. "그 사람이 어디 있는지, 장차 어떤 짓을 저지를지 아는 이는 없습니다. 그가 순순히 자기 운명을 받아들일지 물으셨나요? 천만에요, 저는 절대로 그렇게 생각하지 않습니다! 허웰 님은 카드왈라드르 밑에 있던 군소 영주들이 케레디기온에서 더 이상 저항하지 못하도록 그들 중 몇 명을 북쪽으로 데려와 인질로 삼았습니다. 그 대부분은 카드왈라드르가 자신의 죄에 대한 배상을 약속하며 돌아오지 않는 한 다시는 그를 군주로 모시지 않겠다고, 허웰 님의 통치에 반기를 들지 않겠다고 서약한 뒤 풀려났지요. 하지만 아베르에는 아직도 인질 한 명이 남아 있습니다. 귀온이라는 자인데, 그는 카드왈라드르에 대한 충성의 맹세를 취소하는 것도, 허웰 님에게 반기를 들지 않겠다 서약하는 것도 거부했어요. 일단은 그곳에서 도망치지 않겠다는 약속만 받아놓은 상태입니다. 고결한 성품을 지닌 자 같은데, 그래서인지 도무지 자기 군주에 대한 충성심을 버리지 않더군요. 그런 한심한 주인을 섬기다니! 저 같으면 그렇게 할 수 있을지 의문입니다. 그런 자에게는 참으로 아까운 인물이에요."
"그 귀온이라는 사람이 증오스럽지 않소?"
"전혀요. 그럴 이유도 없고요. 그는 그 습격 사건에 가담하지 않았으니까요. 그런 야비한 짓을 하기에는 너무 젊고 고결하죠. 우리는 서로에게 동질감, 심지어 애정을 느끼고 있습니다. 제가 제 군주에게 충성하듯 그도 자기 군주에게 변함없이 충성할 뿐이니, 그걸 어떻게 나무랄 수 있겠습니까? 아마 그는 카드왈라드르를 위해서라면 살인도 마다하지 않을 겁니다. 저 역시 제 군주를 위해서라면 그렇게 할 거고요. 아니, 실제로 제 군주 아나라우드 님을 위해 그렇게 했지요. 하지만 우린 아무 경계 없이 무장도 변변히 하지 않은 이들을, 그 두 배나 되는 인원을 동원해 몰래 습격하는 짓 따위 하지 않을 겁니다. 전장에서 공정하게 벌이는 싸움이라면 얘기가 다르지만요."
　길었던 식사 시간도 거의 말미에 이르러 이제 사람들은 포도주와 벌꿀주를 마시고 있었다. 떠들썩하던 소리는 여름 풀밭에서 행복에 겨워 잉잉거리는 벌떼 소리 비슷한 낮은 웅성임으로 잦아들었다. 그때, 좌석 중앙에 앉은 길버트 주교가 질 좋은 두루마리 편지의 봉인을 뗀 뒤 펼쳐진 양피지를 두 손으로 잡고 자리에서 일어났다. 많은 사람들이 모인 자리에서 읽어야 그 편지의 효과가 최대한으로 발휘되리라 생각한 것이다.

편지는 켈트인 성직자들만이 아니라 평범한 웨일스인들에게도 깊은 인상을 남길 만한 이야기로 채워져 있었으며, 길버트의 낭랑한 목소리가 그 내용을 한층 돋보이게 했다. 자신의 지시로 웨일스에 간 사절이 어떤 결과를 끌어냈는지 안다면 시어볼드 대주교도 매우 흡족해하리라.

"이제……" 길버트가 낭독을 마친 뒤 분위기가 한껏 무르익었다 판단했는지 엄숙하게 말을 이었다. 그로서는 만찬 시간 내내 기다려온 순간일 것이다. "전하께 한 청원자를 소개하려 하니 허락해주시길 바랍니다. 그 사람은 다른 분을 대리하여 탄원하고자 하며, 전하께서 그 탄원을 너그러이 받아주시기를 간청하고 있습니다. 직분이 직분인 만큼, 저는 국가 대 국가는 물론 개인 대 개인의 화평을 요구할 권리를 지녔다 생각하여 감히 이렇게 나섰습니다. 형제들이 서로 증오하는 건 좋은 일이 아닙니다. 물론 각자에게 정당한 이유가 있겠으나 모든 불법행위나 분쟁에는 시효가 있는 법, 간절히 청하오니 전하께서는 전하의 동생인 카드왈라드르 님을 대리하는 사절에게 발언의 기회를 허락해주십시오. 더하여, 이 기회에 동생분과 화해하고 그분이 잃어버린 지위를 되돌려주는 은총을 베푸시길 바랍니다. 블레드리 압 리스를 소개하겠습니다."

잠시 긴장된 침묵이 감돌며 사람들의 시선이 일제히 오아인 귀네드의 얼굴로 쏠렸다. 캐드펠은 옆자리에 앉은 청년의 분노를 느꼈다. 그는 온몸이 떨릴 정도로 분개해 있었다. 그런 요청을 하려면 군주와 사전에 상의를 하거나 최소한 예고라도 해야 마땅하건만, 주교는 만찬의 주인에게 예를 갖출 수밖에 없는 손님의 처지를 이용해 고의적으로 그런 절차를 생략한 채 일을 벌인 것이다. 아니, 만일 주교가 이러이러한 사절을 접견해달라고 은밀히 요청했다 해도 키헬린은 무례한 짓이라 여겼을 것이다. 하물며 교구 성직자와 왕실 사람들 대부분이 모인 자리에서 이런 식으로 공개적으로 밀어붙이다니, 현지의 실정이나 이곳 사람들의 감정에 대해 전혀 모르는, 무례하고 무감각한 노르만인 주교나 할 수 있는 짓이었다.

캐드펠은 오아인 쪽으로 시선을 돌렸다. 그 역시 키헬린처럼 이러한 결례를 불쾌하게 여길 테지만, 얼굴이나 태도에서는 감정이 전혀 읽히지 않았다. 오아인은 오랫동안 침묵함으로써 이 사안은 지금과 같은 방식으로 다룰 만한 것이 아님을 표현하여 길버트의 저돌적인 자신감을 누그러뜨린 뒤, 또렷한 목소리로 분명하게 말을 꺼냈다. "주교님이 그렇게 요청하시니 블레드리 압 리스를 접견하도록 하겠소. 내게 접견을 요청하고 자기 말을 편견 없이 들어달라 요구할 권리는 누구에게나 있으니 말이오."

이윽고 주교의 집사가 청원자를 홀로 데려왔다. 그가 먼 곳에서 방금 도착한 것이 아니라는 사실은 누가 봐도 분명했다. 청원자는 성당 어딘가에서 시간이 되기를 한가롭게 기다리며 여행에서 묻은 먼지를 말끔하게 씻어내고 화려하고 인상적인 거동과 옷차림을 공들여 꾸민 뒤 느긋하게 모습을 드러낸 듯했다. 키가 크고 넓은 어깨와 강인해 보이는 몸매를 지닌 사람이었다. 검은 머리에 검은 콧수염, 코는 오만해 보이는 매부리코였으며, 간청을 하러 온 사람답지 않게 방자한 분위기를 풍겼다. 상석을 향해 거침없이 성큼성큼 걸어와 군주와 주교에게 고개 숙여 인사할 때도 상대에게 경의를 표한다기보다는 자신의 지위를 과시하는 듯한 모습이었고, 심지어 사람들의 눈길이 자신에게 집중된 이 상황을 보다 오래 즐기고 싶어 하는 눈치였다.

"전하와 주교님의 헌신적인 종이 여기 대령했습니다! 저는 청원자 자격으로 이 자리에 섰습니다." 아니, 그에게서는 청원자로서의 태도를 전혀 찾을 수 없었다. 게다가 우렁차고 자신만만한 저 목소리는 또 어떤가.

"그 얘기는 이미 들었다." 오아인이 말했다. "우리한테 청할 것이 있으면 자유롭게 이야기하라."

"전하, 저는 전하의 동생분이신 카드왈라드르 님께 충성을 바쳐왔고, 지금도 그렇습니다. 그리하여 자신의 고국에서 상속권을 박탈당한 채 땅 한 조각 없는 상태로 유랑하는 신세가 된 그분의 권리를 대변하고자 감히 이렇게 나섰습니다. 전하께서는 그분이 중한 죄를 지었다고 생각하시겠지만, 저는 그분이 마땅히 받아야 할 것보다 훨씬 지나친 벌을, 형님이 아우에게 내려서는 안 되는 혹독한 벌을 받았다고 감히 말씀드립니다. 청컨대, 전하께서는 관대함을 발휘하시어 그분을 용서하시고 그분의 땅을 돌려주십시오. 그분은 지난 1년 동안 그 모든 것을 감내해왔으니 벌은 그만하면 충분하다 생각하시고 케레디기온에 있는 땅을 다시 돌려주시길 바랍니다. 여기 계신 주교님도 형제분들의 화해를 위해 제 말에 힘을 실어주시리라 믿습니다."

"그대가 오기 전에 이미 그대처럼 거침없이 그런 의견을 피력하셨지." 오아인이 퉁명스럽게 대꾸했다. "그 전까지 나는 동생이 어떤 어리석은 짓을 저질러도 가혹하게 대한 적이 없었다. 하지만 살인은 어리석음보다 훨씬 더 고약한 성정으로 인한 짓이니 응분의 참회가 필요하며, 용서는 참회 이후의 일이다. 참회와 용서를 따로 떼어놓고 생각할 수는 없다. 그가 충분히 참회하지 않는다면 나도 용서치 않을 것이다. 카드왈라드르가 이렇게 하라고 그대를 보냈더냐?"

"아닙니다, 전하. 그분은 제가 여기 왔다는 것도 모릅니다. 그분이 상속권을 박탈당해 고통받는 것을 보고 제가 자진해서 그분의 권리를 회복시켜달라 나선 것이지요. 그분이 과거에 잘못을 저지른 것은 사실이나, 그렇다고 앞으로 자기 능력을 발휘할 가능성까지 차단해버리는 건 지나친 처사라 생각합니다. 그분은 고국에서 추방당해 다시는 당신의 땅에 발을 디딜 수 없는 처지가 되었습니다. 그게 과연 공정한 처사일까요?"

"그가 아나라우드에게 저지른 짓보다는 덜하지. 땅이라는 건 요건만 성립되면 돌려받을 수 있지만 목숨은 한 번 잃으면 다시는 돌려받지 못하니까."

"그건 사실입니다, 전하. 하지만 사람을 죽였어도 그에 상응하는 대가를 치르면 용서받을 수 있습니다. 평생 모든 걸 박탈당한다는 건 곧 죽음이나 다름없습니다."

"그대도 알다시피 우리는 지금 단순한 살인이 아니라 비열한 모살에 대해 이야기하고 있다."

키헬린은 허리를 꼿꼿이 세우고 미동도 없이 앉아 있었다. 블레드리 너머 어딘가를 바라보는 그의 표정은 지극히 차가웠고, 탁자 가장자리를 꽉 움켜쥔 손가락의 관절들은 핏기를 잃어 푸르스름했다. 어떤 말도 소리도 없이, 그는 비수처럼 날카로운 눈길을 거두지 않았다.

"흥분해서 저지른 행동에 대해 너무 지나친 말씀을 하시는 것 같군요." 블레드리가 격한 어조로 말했다. "전하께서는 그 일에 대해 제 군주의 해명을 들어보려고도 하지 않으셨잖습니까."

"그것은 사전에 면밀하게 계획된 일이었다." 오아인은 추호의 흔들림도 없이 차분하게 말을 이었다. "여덟 명의 사내들이 길가에 몸을 숨긴 채, 무장도 하지 않은 네 명의 여행자를 조용히 기다리지 않았나. 순간적인 흥분 상태에서 나온 행동이 아니지. 그런 식으로 군주의 범죄를 옹호해봐야 아무 득도 되지 않는다. 그대는 탄원하러 왔다고 했지. 만일 정중하게 화해를 요청한다면 나도 마음의 문을 닫아걸 생각이 없다. 하지만 위협적인 태도로 나올 경우에는 이야기가 다르다."

"계속 그렇게 완강하게 나오시다가는 어떤 결과가 돌아올지 잘 생각해보셔야 할 겁니다!" 블레드리는 타오르는 횃불처럼 흥분하여 소리쳤다. "지혜로운 사람은 언제 고집을 꺾어야 하는지 아는 법입니다. 들고 있던 횃불이 자신의 얼굴에 떨어지기 전에 말이지요."

그때까지 조용히 앉아 있던 키헬린이 부르르 몸을 떨며 자리에서 반쯤 일어났다가 격정을 지그시 억누르고 다시 앉았다. 허웰은 미동도 하지 않았고 표정 또한 바꾸지 않았다. 과연 아버지 못지않은 강한 자제심을 지닌 사람이었다. 오아인이 동요를 보이지 않자 좌중을 휩쓸던 웅성임은 이내 가라앉았고, 그보다 길게 이어지던 메아리도 이내 사라졌다.

"이것을 협박으로 받아들여야 할까, 약속으로 받아들여야 할까? 그것도 아니면, 하늘의 심판을 예언하는 말일까?" 오아인이 더없이 상냥한, 동시에 면도날의 흔적처럼 섬세한 목소리로 중얼거리자, 블레드리는 눈앞으로 날아오는 주먹을 피하듯 고개를 뒤로 살짝 젖혔다. 등걸불처럼 검게 타오르던 그의 눈빛이 잠시 기운을 잃었고, 팽팽하게 긴장되어 있었던 입술선도 흐트러졌다.

"제 말씀은……" 마침내 그가 목소리를 낮추어 조심스럽게 대꾸했다. "그저 형제간의 적의나 증오는 바람직하지 않으며, 하느님께서 보시기에도 좋지 않으리라는 뜻입니다. 그런 일은 불행한 결과만을 낳을 뿐이지요. 그러니 부디 동생분의 권리를 회복시켜 주셨으면 합니다."

"나는 아직 용서할 준비가 되지 않았다." 오아인은 그를 지그시 응시하며 말했다. "이 문제에 대해서는 더 여유를 두고 차분히 생각해봐야겠군. 내일 아침 나와 내 일행은 이곳 주교님의 식구들 몇 명, 그리고 리치필드에서 온 손님들과 더불어 아베르와 반고르를 향해 출발할 것이다. 그대 또한 우리와 함께 아베르로 가서 우리의 손님이 되어주어야겠다. 가는 도중에, 그리고 내 궁정에서 그대의 주장을 보다 구체적으로 피력하도록 하라. 나는 그대가 언급한 그 좋지 않은 결과라는 것에 대해 생각해보도록 하지." 이어 오아인은 미소를 띠며 상냥한 어조로 덧붙였다. "나 또한 모자란 생각으로 재앙을 부르고 싶지는 않으니. 자, 내 초대를 받아들여, 주교님이 베푸신 이 자리에 우리와 함께 앉도록 하라."

블레드리로서는 선택의 여지가 없었다. 오아인을 호위하던 사람들은 이 초대의 성격을 제대로 파악해냈고, 블레드리 또한, 흡족하다는 듯 기꺼이 제의를 받아들이기는 했지만 얼굴에 어린 긴장된 미소로 보아 그 말에 내포된 속뜻을 명확히 이해한 듯했다. 손님 신분으로든 포로 신분으로든 그는 오아인과 함께 있는 동안, 또 아베르로 가는 동안에도 긴장을 늦추지 않는 편이 좋을 터였다. 게다가 그 자신이 암시한 무서운 결과라는 것이 형제간의 반목을 하느님이 좋게 보지 않으리라는 의미 이상을 뜻한다면 더더욱 그래야 하리라. 하지만 그가 흥분하여 한 말을 액면 그대로 받아들이기는 힘들 것이다. 더하여 자유로운 처지든 감시를 받는 처지든 손님으로서의 그의 안전은 보장되어 있었으니, 이제 블레드리는 자신을 위해 마련된 자리에 앉은 뒤 조심스러운 표정으로 미소를 흘리며 오아인을 위해 축배를 들었다.

주교는 이 상황이 무사히 지나갔다는 사실에 안도했는지 깊은 한숨을 내쉬었다. 그가 과연 방금 오간 대화에 깔린 미묘한 저류를 제대로 이해했을까? 아니, 고지식하고 종교적인 열의로 가득 한 저 노르만인이 웨일스의 미묘한 상황을 정확하게 포착하기란 힘들 거야, 캐드펠은 생각했다. 주교는 아마 손님들을 서둘러 떠나보낸 뒤 두 형제를 화해시키기 위해 자신이 할 수 있는 일을 전부 했다고 자위할 것이다. 그다음에 무슨 일이 일어나든 그건 그의 책임이 아니었다.

우호적인 분위기에서 벌꿀주 병이 도는 사이, 오아인을 모시는 하프 연주자는 오아인 가문의 위대함과 미덕, 그리고 귀네드 지방의 아름다움에 대해 노래했다. 허웰 오아인이 자리에서 일어나 하프를 잡고는 북웨일스 여자들에 관한 감미로운 노래를 즉석에서 지어 부르자 캐드펠은 감탄을 금치 못했다. 무사인 동시에 시인이요 악사군. 고대 켈트족의 음유시인이라는 줄기에서 나온 훌륭한 새순이야. 조금 전 이곳을 장악했던 긴장이 그 노래와 화기애애한 분위기 속으로 녹아들었다. 적어도 주교만은 느긋하고 편안한 기분으로 모든 것을 깡그리 잊어버린 듯했다.

*

 마크 수사는 숙소의 침대 끝에 걸터앉아 한동안 말없이 깊은 생각에 잠겨 있었다. 반쯤 열린 문 밖의 어둠 속에서 여전히 이리저리 오가는 사람들의 모습이 보였다. 그날 저녁에 일어난 일들과 만찬 석상에서 오간 이야기들을 모두 더듬어본 끝에, 마크가 마침내 확고한 결론에 도달한 듯 자신 있게 입을 열었다. "그에겐 나쁜 의도가 전혀 없었어요. 그는 좋은 사람입니다."
 "하지만 현명한 사람은 못 되지." 캐드펠이 문간에 서서 대꾸했다. 달도 뜨지 않은 밤이라 밖이 무척 어두웠지만, 밤하늘에 가물거리는 푸른 별들이 하루 일을 서둘러 마무리 짓느라 건물과 건물 사이를 가로지르는 일꾼들의 모습을 어렴풋하게 비추어주었다. 떠들썩했던 하루는 이제 침묵으로 잦아들어, 이따금씩 밤인사를 교환하는, 말소리라기보다는 공기의 떨림에 가까운 낮은 음성들이 가벼운 파문을 일으킬 뿐이었다. 바람도 없는 밤, 아주 작은 움직임만으로도 공기에는 미세한 파장이 일었고, 그로 인해 밤의 침묵은 한층 선연하게 드러났다.
 "예, 지나치게 자신만만했어요." 마크는 한숨을 쉬며 고개를 끄덕였다. "이쪽에서 성의 있게 대해주었으니 저쪽에서도 그렇게 나왔어야 마땅한데 말이지요."
 "블레드리 압 리스에게 성의가 부족했다고 생각하는 건가?" 캐드펠이 조심스럽게 물었다. 전에도 그랬듯 여전히 마크 수사는 예리한 통찰로 그를 놀라게 하곤 했다.

"그보다는…… 미덥지 못한 모습을 보이더군요. 일단 접견을 허락한 이상 자신에게 어떤 해나 모욕도 끼치지 않으리라 생각한 듯 너무 방만하게 행동했어요. 손님으로 왔으니 안전할 것이다 여기고 함부로 상대방을 위협했지요."

"그랬지." 캐드펠은 생각에 잠긴 채 말했다. "그러다 하느님도 좋지 않게 생각하실 거라는 말로 슬쩍 넘어가버렸고. 그 말에 대해서는 어떻게 생각하나?"

"자기가 너무 멀리 나갔다는 걸 깨닫고 뿔을 거둔 거죠. 하지만 하느님 운운한 말 속에 어쩌면 표면적인 의미 이상의 무언가가 있을지도 모릅니다. 카드왈라드르라는 사람이 지금 어디서 뭘 하고 있는지 궁금하군요." 마크는 단호하게 말을 이었다. "저는 블레드리가 명백한 위협을 가했다고 생각합니다. 오아인이 동생의 요구를 거부할 경우 그대로 두고 보지 않겠다는 건 분명 위협이죠. 카드왈라드르는 뭔가 일을 꾸미는 중이고, 블레드리는 그걸 알고 있어요."

"오아인 역시 자네와 같은 생각을 했을 걸세." 캐드펠은 차분하게 말했다. "적어도 그러한 가능성을 염두에 두고 있겠지. 자네도 왕의 말을 듣지 않았나. 그는 블레드리 압 리스가 아베르로 가는 동안, 그리고 거기 가서도 왕의 일행과 함께 있으리라는 점을 부하들에게 분명히 알렸어. 그렇게 하면 카드왈라드르가 일을 꾸미고 있다 해도 블레드리는 그 음모에 가담할 수 없지. 왕이 경계하고 있다는 사실을 자기 군주에게 알릴 수도, 군주를 경호할 수도 없을 거야. 나로서는 블레드리가 왕의 의중을 간파했을지 궁금하군. 왕의 속내를 확인하기 위해 어떤 말썽을 일으킬지도 궁금하고."

"그 사람은 오만한 태도를 거두지 않을 겁니다." 마크가 회의적으로 말했다. "왕의 의중을 간파했다 해도 불안해하지 않을 거고요. 혹시…… 그 사람이 일부러 오아인을 자극한 건 아닐까요?"

"그걸 누가 알겠나? 만일 자기 군주를 위해 왕의 대비 상태를 정탐할 생각이라면 우리와 함께 아베르로 가는 게 그에겐 잘된 일이겠지. 아마 함께하는 내내 주위를 유심히 살필 거야. 본인 자신을 위해서도 그러는 게 좋을 테고."

그러나 포로이되 손님인 그는 이 일의 결말이 어떻게 나든 큰 해를 입지 않을 것이다. 그의 군주가 이길 경우엔 포로로서 떳떳하게 카드왈라르드 측에 인도될 것이고, 왕이 이길 경우에는 손님으로서 피해를 모면하게 된다. 전투의 와중에도, 전투 후에도 그는 보복을 당하지 않을 터였다.

"어쨌든 그리 신중하고 주도면밀한 사람으로 보이지는 않았어." 캐드펠은 한동안 생각에 잠겼다가 결론을 내리듯 말했다. 아무리 생각해도, 블레드리가 일부러 그런 태도로 나왔을 가능성은 낮아 보였다.

그림자 몇 가닥이 밤의 호수에 어린 파문들처럼 경내의 짙은 어둠 속을 가로지르고 있었다. 주교의 대연회장을 밝혔던 횃불들 대부분이 꺼지고 화로에는 토탄을 얹어놓아, 활짝 열린 연회장 문 너머에서는 희미한 빛만 새어 나올 뿐이었다. 손님들이 남긴 음식을 치우고 식탁을 정리하는 하인들의 움직임과 웅얼거림에 한밤의 대기가 가볍게 떨렸다.

어느 순간, 키가 크고 건장한 체격에 자세가 꼿꼿한 사람의 검은 실루엣이 연회장 문의 희미한 빛을 등지고 나타나더니 밤의 냉기 속에서 심호흡을 하는 듯 한동안 가만히 서 있다가 느긋한 걸음으로 계단을 내려갔다. 마당의 잘 다져진 땅을 천천히 가로지르는 모습이, 의자에 오래 앉아 있어 뻣뻣해진 근육을 풀고 싶은 모양이었다. 캐드펠은 방문을 활짝 열었다.

"나가시려고요?" 마크가 그의 의중을 짐작한 듯 뒤에서 물었다.

"멀리 가지는 않을 거야. 우리 친구 블레드리의 미끼에 무엇이 걸리는지, 그 친구가 그걸 어떻게 다루는지 확인하고 싶어서 말이지."

그는 손을 뒤로 돌려 문을 닫은 뒤 잠시 가만히 서서 눈이 밤의 어둠에 익숙해지기를 기다렸다. 블레드리 압 리스는 코트 자락을 펄럭이며 이리저리 서성이는 중이었다. 마당의 땅이 단단해 그의 발소리가 선명하게 울렸다. 일부러 저러는 걸까? 하지만 그를 주시하는 사람도, 무슨 일인지 나와보는 사람도 없었다. 마당에 남아 있던 몇몇 하인들도 이제는 잠자리로 들어가고 보이지 않았다. 갑자기 그가 몸을 돌려 열린 대문을 향해 곧장 걸음을 옮기기 시작했다. 캐드펠은 그 모습을 놓치지 않기 위해 나란히 이어진 참사회원들의 수수한 숙사와 접객소 앞을 따라 느긋하게 걸어갔다.

대문 밖 양쪽에서 사람 두 명이 대문 안으로 불쑥 들어섰다. 그들은 양쪽에서 포위하는 듯한 태도로 재빨리 다가와 통로 중앙에서 블레드리와 부딪치며 그를 슬쩍 끌어안았다.

"이런, 블레드리 나리 아니십니까!" 한 사람이 웨일스어로 활달하게 소리쳤다. "맞죠? 주무시기 전에 밤공기를 쐬시려고? 그러기에는 아주 좋은 밤이죠!"

"기꺼이 동행이 되어드리지요." 두 번째 사람이 말했다. "잠자리에 들기에는 아직 이른 시간이니까요. 어둠 속에서 길을 잃을지도 모르잖습니까? 저희와 함께 가시지요."

"길을 잃을 만큼 취하지 않았소." 블레드리가 태연하게 대꾸했다. "아사프에는 좋은 분들이 많군. 하지만 이만 자러 가야겠소. 내일 아침 일찍 떠나려면 두 신사분도 좀 자둬야 할 거요." 구하고자 한 해답을 얻은 듯 그의 목소리에는 웃음기가 묻어 있었다. 당황한 기색은커녕 그저 즐겁고 흡족한 얼굴이었다. "좋은 밤 보내시오!" 인사를 건넨 뒤 그는 몸을 돌려 희미하게 밝혀진 홀 문을 향해 느긋하게 걸어갔다.

오아인의 텐트들이 멀지 않은 곳에 자리 잡고 있었으나 경내 너머는 아주 고요했다. 담장이 그리 높지 않아 얼마든지 타넘을 수 있겠지만, 아마 어느 지점에서든 밖에서는 수비대가 지키고

서 있을 터였다. 어쨌든 블레드리 압 리스도 그곳을 벗어날 생각은 없었다. 그는 빈틈없는 수비 상황을 예상하고 이를 확인해보았을 뿐이다. 연회장에서 오아인이 완곡하게 표현한 말의 속뜻을 그의 부하들은 명확히 파악했으니, 그 지시를 빈틈없이 실천에 옮길 것이었다. 두 경비병은 자신들의 역할이 무엇인지 노골적으로 드러낸 뒤 다시 밤의 어둠 속으로 물러났다.

표면상으로는 그것이 이 작은 사건의 끝이었다. 그러나 캐드펠은 이날 밤의 여흥을 마무리 지을 모종의 에필로그를 기대하듯 목조 건물의 육중한 벽에 몸을 기댄 채 꼼짝 않고 서 있었다.

주교관 홀로 이어진 계단 꼭대기 층, 직사각형의 흐릿한 빛 속에서 한 여인의 길고 가느다란 형상이 나타났다. 몸놀림에서 느껴지는 우아하면서도 강렬한 에너지로 보아 헬레드가 분명했다. 늦은 시각까지 손님들의 시중을 들었음에도 그녀의 움직임은 어린 사슴처럼 발랄했다. 캐드펠은 초연한 즐거움 속에서 헬레드를 지켜보았다. 블레드리 압 리스 역시 계단 발치에 서서 은근한 놀라움과 보다 인간적인 즐거움에 젖은 채 이 뜻밖의 광경을 바라보고 있었다. 성직자들과 달리, 그는 즐거움을 억누를 이유가 없었다. 좋든 싫든 적어도 아베르까지는 왕의 수행원들과 함께해야 할 처지이나, 저 상큼하고 발랄한 여인 또한 다음 날 새벽 왕의 일행과 함께 떠날 것이다. 아마 아베르까지 가는 동안은 그런대로 즐거운 시간을 보낼 수 있겠다는 희망을 품고 있으리라. 자신의 처지를 까맣게 잊은 채, 그는 파란 많았던 저녁 시간을 마무리하는 즐거운 한순간에 집중하고 있었다.

헬레드는 만찬 식탁에 덮여 있던 자수 식탁보 하나를 두 팔로 끌어안은 채 참사회원의 숙소로 이어진 계단을 내려왔다. 식탁보에 포도주라도 엎지른 걸까? 아니면 금빛 실밥의 일부가 벨트 버클이나 거칠게 세공된 단검집의 돌출부, 혹은 팔찌에 걸려 풀려나왔을까? 블레드리는 계단참에 서서 그녀가 눈을 아래로 깐 채 조심조심 내려오는 것을 조용히 지켜보았다. 헬레드는 계단만 쳐다보느라 그의 존재를 의식하지 못했다. 이윽고 바닥 가까이 이른 순간, 블레드리가 갑자기 두 손을 뻗어 그녀의 허리를 살짝 잡아 몸을 번쩍 들었다. 그녀의 몸이 허공에서 반원을 그리며 돌아간 뒤에도 그는 헬레드의 얼굴에 제 얼굴을 바싹 들이민 채로 한동안 그대로 안고 있다가 이윽고 조용히 바닥에 내려놓았다. 그의 두 손은 여전히 그녀의 허리에 얹혀 있었다.

아주 가볍게, 마치 장난처럼 지나간 순간이었다. 헬레드 역시 그리 불쾌한 기색은 아니었다. 처음 몸이 들렸을 땐 놀라 작게 외마디 소리를 냈지만 바닥에 내려선 뒤에는 그의 눈을 지그시 올려다보며 묵묵히 서 있었고, 그에게서 벗어나려는 의지도 없어 보였다. 잘생긴 청년의 감탄 어린 눈길을 싫어할 여자가 있을까? 그녀는 곧 그에게 말을 건넸다. 캐드펠은 그 내용을 들을 수 없었지만, 목소리로 미루어 노골적인 희롱의 말은 아닐지언정 듣기 싫지 않은 가벼운 투정인 듯했다. 이에 블레드리도 무어라 대꾸를 했는데, 그 태도에서 제 매력에 큰 자신감을 가진 남자 특유의 자신감이 엿보였다. 캐드펠이 생각하기에 헬레드는 지켜야 할 선을 확실히 알고 있는 여자였다. 그가 도를 넘는 말이나 행동을 할 경우 가만있지 않을 것이다. 그러나 지금 그녀는 편안해 보였다. 조금 전의 일이 그녀에겐 아무렇지도 않은 걸까?

그 순간, 열려 있던 위쪽 문에서 갑자기 거구의 남자가 나타나 두 사람의 대화는 끊겼다. 남자의 몸이 실내에서 새어 나오는 빛을 가리며 하나로 얽혀 있던 남녀의 모습을 그림자 속에 파묻어 버렸다. 메이리온 참사회원은 잠시 제자리에 선 채 어둠이 눈에 익기를 기다렸다가 곧 위엄 있는 자세로 계단을 내려오기 시작했다. 그의 육중한 그림자가 점차 작아지며 연회장에서 새어 나온 빛이 다시 헬레드의 반짝이는 머리칼과 갸름하고 하얀 얼굴을, 블레드리 압 리스의 넓은 어깨와 오만한 얼굴을, 그리고 거의 포옹에 가까운 모습으로 얽혀 있는 남녀의 모습을 비추었다.

어둠 속에 몸을 숨긴 채 그 광경을 지켜보는 캐드펠의 눈에, 그 두 사람은 자신들에게 먹구름이 다가오고 있음을 잘 알면서도 그것을 피하고 싶은 마음이 전혀 없는 듯 보였다. 문득 그는 줄곧 뻣뻣하던 헬레드의 몸이 부드러워지는 것을 알아챘다. 빛을 향해 고개가 기울면서 그녀의 얼굴에 어린 화사한 미소가 확연히 드러났다. 그녀는 블레드리를 즐겁게 하기 위해서가 아니라 자기 아버지를 불쾌하게 만들기 위해 그러는 것이었다. 안정된 지위와 출세에 혈안이 된 아버지를 괴롭히려고! 헬레드는 자신이 마음만 먹으면 아버지를 파멸에 이르게 할 수 있다고 말했다. 물론 진심으로 이를 원하는 건 아니었다. 하지만 딸의 감정을 잘 헤아리지 못하고 어리석은 짓을 할 경우, 메이리온은 그 대가를 톡톡히 치러야 하리라.

　메이리온은 걸음을 멈추고 잠시 숨을 죽였다가 이윽고 갑작스럽게 밀어닥치는 소나기구름처럼 미친 듯 계단을 달려 내려오더니 딸의 팔을 붙잡아 블레드리의 품에서 강제로 떼어냈다. 헬레드는 진저리를 치며 아버지의 손을 뿌리쳤다. 딸과 아버지가 매서운 눈으로 서로를 노려보는 사이, 블레드리는 가벼운 웃음을 터뜨렸다.

　"아, 신부님이 독점한 수렵장에 제가 무단으로 침입했다면 용서하십시오." 그는 짐짓 아무것도 모르는 척 능글맞게 말했다. "사제복을 입은 라이벌이 있을 줄은 미처 생각지 못했군요. 길버트 주교님의 영역에서 이런 분을 만나리라고는, 그리고 주교님이 이 정도로 너그러운 분이리라고는 꿈에도 몰랐습니다."

　물론 그는 일부러 상대를 자극하고 있었다. 지금 몹시 분개한 이 나이 든 남자가 여자의 아버지라는 사실을 몰랐다 해도 그런 식으로 말해서는 안 되었다. 하지만 이 조롱은 다름 아닌 헬레드에게서 옮아간 것이 아니었을까? 그녀는 아버지가 자신의 판단력을 믿지 못하고 직접 나서서 이 달갑지 않은 손님의 손을 떨쳐 버린 것에 커다란 불만을 드러내고 있었으니 말이다. 여자들을 많이 만나본 블레드리는 헬레드의 불만을 재빨리 포착하고서 재미 삼아, 그리고 그녀를 만족시키기 위해 기꺼이 공범의 역할을 수행한 것이다.

　메이리온은 끓어오르는 분노를 지그시 억누른 뒤 엄숙하게 입을 열었다. "내 딸은 약혼해서 곧 결혼할 아이오. 주교님이 계시는 이곳 경내에서 당신은 내 딸뿐 아니라 모든 여자들을 정중하게 대해야 할 것이오." 이어 그는 저쪽 담장 아래 자리한 숙소를 가리키며 헬레드를 향해 퉁명스럽게 말했다. "어서 들어가라! 이렇게 늦은 시각에 밖에 나와 있으면 안 되지."

　헬레드는 당황하는 기색 없이 고개를 한 번 까딱여 두 사람에게 인사를 건네곤 몸을 홱 돌려 걸어갔다. 그 뒷모습에서 이 두 남자에 대한 경멸감이 짙게 풍겨 나왔다.

　"아주 근사한 여인이군요." 블레드리가 그녀를 지그시 응시하며 입을 열었다. "아버지로서 매우 자랑스러우시겠습니다. 신부님의 따님이 아름다움을 음미할 줄 아는 사람을 만나 출가하기를 바랍니다. 계단에서 내려오는 따님의 몸을 살짝 들어 바닥에 내려주는 작은 예의를 베풀었다 하여 신랑 될 분의 권리가 심각하게 손상된 것은 아니겠지요?" 그는 '신부님father'이라는 단어에 유난히 힘을 주었다. 그 중의적 의미를 의식하며 비꼬는 게 분명했다. "하긴, 그 사람이 자기 눈으로 이 광경을 보지 못했으니 걱정할 건 없겠지요. 신랑 될 분이 여기서 아주 먼 앵글시에 살고 있다 들었거든요. 신부님 또한 다른 사람들 앞에서 이 일을 입 밖에 내지 않으실 테고요." 그의 말에는 분명한 암시가 담겨 있었다. 자신의 정결한 독신 생활에 오점을 남기거나 유망한 미래를 위태롭게 할 수 있는 일이라면 어떤 것이든 메이리온 참사회원에게는 몹시 달갑지 않을 것이다. 길버트 주교가 추진하는 개혁에 관해 잘 알고 있는 블레드리 압 리스는 이 신부가 처한 현실을 재빨리 짚어냈을 뿐 아니라, 헬레드가 자기를 치워버리려는 아버지의 냉정한 처사에 분개하여 이에 앙갚음을 하고 싶어 한다는 사실까지 간파해낸 터였다.

"당신은 전하와 주교님의 손님이니, 그분들의 대접에 상응하는 적절한 예의를 지켜야 하오." 메이리온이 말했다. 창처럼 뻣뻣하고 칼날처럼 서슬 퍼런 목소리였다. 훌륭한 교육을 받긴 했으나 내면에 웨일스인 특유의 격렬한 기질을 지닌 그는 자칫 터져 나오려는 분노를 억누르기 위해 안간힘을 쓰고 있었다. "조심하지 않았다가는 후회할 거요. 나 역시, 내가 처한 상황이 어떻든 절대로 이를 그냥 두고 보지 않을 거요. 더는 내 딸에게 접근하지도 말고, 그 애를 집적대지도 마시오. 그런 식의 예의는 전혀 달갑지 않으니까."

"제가 보기에 따님은 달가워하는 것 같던데요." 블레드리가 비죽이 웃으며 대꾸했다. "따님에게도 혀가 있고 손바닥이 있으니, 내가 조금이라도 불쾌감을 안겨줬다면 얼마든지 그것들을 사용할 수 있었을 겁니다. 나는 활달한 여인을 매우 좋아하지요. 앞으로 기회가 있다면 따님에게도 그렇게 말해줄 거예요. 자격 있는 여인이 결혼하러 떠나기 전에 그런 칭찬의 말을 만끽하지 말아야 할 이유가 있을까요?"

두 사람 사이에 무거운 침묵이 내려앉았으니, 그 팽팽한 긴장
감으로 인해 대기가 떨릴 지경이었다. 이윽고 메이리온 참사회원
이 이를 갈며, 분노를 억누르려는 듯 잔뜩 옥죄인 목소리로 내뱉
었다. "당신이 나와 내 딸의 명예를 훼손할 경우, 내가 입고 있는
이 옷이 당신을 보호해주는 역할을 하리라 기대하지 마시오. 다
시금 분명히 경고하오. 내 딸 옆에 얼씬도 하지 마시오. 내 말을
듣지 않았다가는 크게 후회할 일이 생길 거요. 물론……" 보다
낮고 음산한 목소리로 그가 말을 맺었다. "이제 그럴 시간도 없
지만!"

"글쎄요, 시간이야 충분할 것 같은데요." 노골적인 협박에도
블레드리는 전혀 동요하는 기색이 없었다. "그런 일이야 경험이
많거든요. 자, 그럼 안녕히 주무십시오, 신부님!" 그는 소매가 닿
을 정도로 메이리온 곁에 바싹 붙어 지나친 뒤 홀 안으로 통하는
계단을 올라가기 시작했다. 참사회원은 분노로 얼어붙은 몸을 간
신히 움직여 온 힘을 다해 위엄 있는 모습을 되찾고는 천천히 숙
사로 걸음을 옮겼다.

*

깊은 생각에 잠긴 채 숙소로 돌아온 캐드펠은, 이미 기도를 드
린 뒤 침대 위에 누워 있던 마크 수사에게 조금 전 일어난 작은
사건을 상세히 전했다. 제 특유의 내밀한 감성 덕분인지, 마크 또

한 밤의 대기 속에서 격렬하게 소용돌이친 역류를 감지한 터였다. 그는 놀라는 기색 없이 캐드펠의 말을 가만히 귀담아들었다.

"수사님, 그분의 마음에는 자신의 출세를 향한 관심과 딸에 대한 염려가 각각 어느 정도의 비중으로 자리 잡고 있을까요? 그분이 딸에게 죄의식을 느끼는 건 분명합니다. 딸이 출세의 걸림돌로 작용한다는 생각에서 오는 죄의식, 딸을 향한 자신의 사랑이 자신을 향한 딸의 사랑보다 부족하다는 생각에서 오는 죄의식, 그리고 딸을 멀리 떨어진 곳에 사는 사람에게 떠넘기고자 안달하는 자신을 보며 느끼는 죄의식이지요."

"다른 이의 속내를 그 누가 확신할 수 있겠나? 헬레드의 속내도 그렇고…… 하지만 헬레드는 제 아버지를 너무 매몰차게 대하지 않는 게 좋을 거야. 보아하니 그 사람의 내면에는 폭력적인 요소가 도사리고 있는 것 같았거든. 그게 밖으로 폭발해 나오지 않았으면 좋겠는데 말이지. 자칫 큰 죄악의 동력이 될 수도 있어."

"곧 폭풍이 몰아친다면……" 마크가 숙소 천장의 어둠을 응시하며 혼잣말하듯 중얼거렸다. "과연 누구에게 벼락이 떨어질까요?"

4

왕의 수행원들은 새벽에 모였다. 시간이 지나면서 흐려질 것 같기도 하고, 또 어찌 보면 맑게 갤 것 같기도 한 그런 날씨였다. 캐드펠과 마크가 말에 안장을 얹기에 앞서 기도를 드리러 예배당으로 갈 때까지만 해도 풀밭은 잠시 내린 비로 촉촉하게 젖어 있었는데, 어느새 하늘이 맑고 청량해져 물방울에 금세 햇살이 아른거렸고, 동시에 동쪽 하늘에서는 몇 조각의 구름이 다가오는 중이었다. 그들이 밖으로 나와보니 마당은 이미 많은 사람들로 북적거렸다. 말들은 짐을 얹은 채 대기했고, 산허리를 따라 늘어섰던 텐트들도 이미 접혀 이동 중이었다. 몇 조각의 깃털구름은 이내 습기를 머금은 찬연한 햇살 속으로 사라져버렸다.

마크는 출발 준비에 여념이 없는 이들을 즐거운 표정으로 지켜보았다. 마치 모험의 여정을 앞둔 아이처럼 얼굴이 환하게 달아올라 있었다. 물론 이런저런 매혹적인 일들이 있겠지만, 각종 위험 또한 여행길에 따라붙기 마련이라는 사실을 아직 제대로 인지하지 못한 듯했다. 제후들과 함께하는 여정은 이제 시작에 불과했으며, 여행길 곳곳에 위험한 사태를 불러올 가능성들이 잠복해 있었다. 분노를 품은 신부, 사람들의 삶을 개혁하고자 하는 주교. 또 이곳과 반고르 사이에, 주교와 주교 사이에, 현지인들과 외지인들 사이에 어떤 일이 일어날지 누가 알겠는가?

"성 위니프리드님께 기도를 드렸어요." 죄라도 지은 사람처럼 마크가 얼굴을 붉히며 입을 열었다. 캐드펠이 그 성녀에 대한 소유권을 독점하고 있다 여기는 걸까? "이곳에서 그리 멀지 않은 곳에 계시잖아요. 그분께 우리가 왔다는 사실과 우리가 소망하는 바를 알려드리고 축복을 비는 게 온당한 일이라는 생각이 들어서요."

"우리가 축복받을 자격이 있는 사람들이라면 당연히 그렇게 해주시겠지!" 캐드펠이 말했다. 더없이 따뜻하고 다정다감한 성녀가 그 천진하고 지혜로운 청년을 너그럽게 살펴주시리라는 걸 그는 믿어 의심치 않았다.

"그렇겠죠! 여기서 성녀님의 신성한 샘물까지는 얼마나 되나요?"

"동쪽으로 20킬로미터 정도 떨어져 있을 걸세."

"아무리 추운 겨울에도 그 샘물은 절대로 얼지 않는다면서요?

그게 사실인가요, 수사님?"

"그럼. 지금껏 그 샘이 언 것을 본 사람은 아무도 없지. 샘 한가운데서는 늘 물이 솟구친다네."

"수사님이 성녀님의 유골을 거두신 귀더린은 어느 쪽입니까?"

"여기서 남서쪽으로 꽤 멀리 떨어진 곳에 있지." 사실 성녀의 유골은 그 자리에 그대로 있다 털어놓고 싶었지만, 캐드펠은 순간적인 충동을 지그시 억누르며 조심스레 말을 이었다. "성녀님을 특정한 곳에 가두려 하지 말게. 자네가 어디서 그분을 찾든 그분은 늘 자네 곁에 계실 것이고, 자네가 무슨 요구를 하든 즉각 그 말에 귀 기울이실 거야."

"그걸 의심한 적은 한 번도 없습니다." 마크는 짧게 대꾸한 뒤 소지품을 챙겨 진갈색 수말에게로 다가갔다. 그 경쾌한 걸음걸이에서 기대와 희망이 느껴졌다.

캐드펠은 잠시 제자리에 선 채 부지런히 움직이는 사람들을 지켜보다가 이내 마구간을 향해 차분히 걸어갔다. 담장 밖에는 오아인의 근위대와 가신들이 이미 정렬해 있었다. 저 너머 들판 여기저기, 텐트들을 쳐놓았던 자리인지 다른 곳보다 빛깔이 희미한 부분이 눈에 띄었다. 풀밭은 곧 다시 일어나 생생한 초록빛을 되찾으며 그들의 흔적을 깨끗이 지워버릴 터였다. 마부들의 고함과 휘파람 소리, 단단히 다져진 흙바닥을 두드리는 말발굽 소리, 마구들이 쟁강거리는 금속성 소리가 울렸다. 남자들의 떠들썩한 목소리 때문에 하녀들은 평소보다 더욱 음성을 높였고, 그 모든 소동과 움직임이 피워낸 먼지가 햇살을 받아 황금빛을 띤 안개 속에서 아른거렸다.

일행은 마치 축제를 준비하듯 즐거운 기분으로 모여들었다. 날이 화창하게 개어 다들 들뜬 듯했다. 그러나 일행이 말에 오를 즈음, 잠재적인 위험을 암시하는 몇몇 사람들이 모습을 드러냈다. 외투 차림에 침착하고 차분한 표정으로 나타난 헬레드와 입을 굳게 다물고 이맛살을 찌푸린 채 딸 곁에 바싹 붙어 선 메이리온 참사회원, 그리고 타협을 모르는 완고한 얼굴을 한 모건트 참사회원이었다. 모건트는 마뜩잖은 기색으로 부녀를 번갈아 쳐다보며 서 있었다. 갑자기 블레드리 압 리스가 두 참사회원 사이로 성큼 다가서더니 초식동물을 낚아채는 야수의 발을 닮은 큼직한 두 손으로 헬레드의 허리를 붙잡아 안장에 올려 앉혔다. 그 태도가 너무나 정중해 오히려 무례해 보였다. 그보다 고약한 건, 나무라는 듯하면서도 장난기 어린 미소를 머금은 채 고개를 까딱이며 그의 친절을 받아들이는 헬레드의 모습이었다. 두 남녀 모두 겉보기에는 조금도 예의에 어긋남 없이 행동했으니, 누군가 불쾌함을 표현하기에도 애매한 상황이었다. 두 참사회원은 그저 입을 꾹 다문 채 사납게 일그러진 얼굴로 두 사람을 노려볼 뿐이었다.

청명한 5월의 하늘에 갑작스럽게 나타난 먹구름은 그것만이 아니었다. 헬레드가 말에 오른 직후, 키헬린이 말을 타고 정문 안으로 들어섰다. 약간 늦게 도착했기에 망정이지, 만일 조금 전의 광경을 보았다면 그 역시 불같이 노했으리라. 이맛살을 찌푸린 채 날카로운 눈길로 사람들을 둘러보던 키헬린은 마침내 블레드리를 찾아내고는, 마치 복수할 궁리라도 하듯 강렬한 적개심을 품고서 그를 훑어보았다. 보이지 않는 짐이 하나 추가된 셈이군, 사려 깊은 눈길로 그 모습을 지켜보면서 캐드펠은 생각했다. 저 다채롭고 화려한 짐 사이에 대단히 무거운 악의도 함께 실려 있는 게야.

이윽고 주교가 일행과 작별 인사를 나누기 위해 마당에 들어섰다. 카드왈라드르의 사절을 만찬 석상에 끌어들임으로써 불러일으켰던 그 팽팽했던 긴장감을 고려하면, 왕과의 만남은 그럭저럭 성공적으로 끝난 셈이었다. 주교 역시 당시의 긴장감과 불쾌감을 느끼지 못할 만큼 무감각한 사람은 아니니, 위험한 고비를 무사히 넘겼다는 생각에 이제는 안도의 한숨을 내쉬고 있을 것이다. 하지만 그것이 순전히 왕의 인내와 자제심 덕분이라는 사실을 인식할 만큼 지혜와 겸손함을 갖추고 있는지는 또 다른 문제이리라.

오아인은 주교와 나란히 걸어왔고, 허웰은 뒤에서 그들을 따라왔다. 그곳에 모여 있던 사람들은 상기된 얼굴로 기다리다가 허웰이 고삐를 잡고 등자에 발을 끼워 안장에 올라앉자 모두 그의 행동을 뒤따랐다.

휴 베링어, 그 친구는 이 말이 내게 너무 크다고 했었지? 캐드펠은 밤색 말의 높은 안장을 향해 몸을 날렸다. 자신감과 자부심이 그의 몸을 가볍게 허공으로 띄워주었다. 내가 여행의 욕구를 잃었는지, 자네가 태어나기도 전에 동방에서 익힌 모든 걸 잊어버렸는지 이제부터 잘 보여주도록 하지.

그들은 허공에 높이 솟은 왕의 금빛 머리칼을 따라 활짝 열린 대문 밖으로 나갔다. 주교 일행은 외교적인 만남을 성공적으로 마친 것에 흡족함을 느끼며 일행이 떠나는 광경을 지켜보았다. 간밤에 왕과 블레드리 사이에 오간 위협적인 대화의 앙금이 이곳을 떠나는 이들의 머리 위에 불안한 그림자를 드리우고 있었으나, 길버트 주교는 이제 그 모든 게 자신과 무관한 일이라 여기고 안심할 것이었다.

경내의 무리가 잔풀이 깔린 길로 나오자 밖에서 숙영했던 오아인의 호위대원들이 얼른 정연한 대오를 이루어 일행의 양옆에 따라붙었다. 캐드펠은 그 병사들 가운데 끼어 있는 궁수들을 흥미로운 눈길로 관찰했다. 궁수들 중 두 사람은 블레드리 압 리스의 왼쪽 몇 미터쯤 떨어진 곳에서 그를 따라가고 있었다. 블레드리 역시 눈치가 빠른 사람이라 그들의 존재를 눈치챘을 테지만 별다른 반응은 보이지 않았다. 첫 몇 킬로미터를 가는 동안, 그는 곁에 있는 궁사들에 아랑곳없이 두세 번 위치를 바꿔 모건트 참사회원의 귀에 대고 정중한 어조로 무어라 말을 건네는가 하면, 허웰 오아인과도 인사말을 나누었다. 그러나 대열의 양옆에 선 호위대원들 사이로 빠져나가려는 움직임은 보이지 않았다. 자신이 포로 신세라는 점을 받아들이고 그 조처에 묵묵히 순응하고 있으며, 대열을 빠져나갈 의향 또한 전혀 없다는 사실을 드러내려는 듯했다. 중간에 한두 번 좌우를 훑어보기도 했는데, 왕의 신중하고 효율적인 조처에 깊은 인상을 받은 표정이었다.

이 모든 광경이 호기심 많은 캐드펠에게는 아주 흥미로웠지만 지금으로서는 표면 너머에 자리한 구체적인 속내와 사정을 제대로 간파하기가 어려웠다. 그런 건 일단 마음 한구석 저편으로 치워두어야겠어, 그는 생각했다. 언제고 때가 되면 저절로 드러날 테니까. 한편 마크 수사는 캐드펠의 곁에 행복한 얼굴로 대열의 선두에 깃발처럼 우뚝 솟은 오아인의 금발을 응시하며 서쪽으로 뻗은 길을 묵묵히 나아가고 있었다. 이토록 화창한 5월의 아침에 그 이상 뭘 더 바랄 수 있겠는가?

*

마크가 예상했던 바와 달리, 그들은 바다로 이어진 북쪽 길 대신 서쪽으로 난 길을 택해 완만하게 굽이치는 구릉들을 넘고 울창한 숲이 우거진 골짜기들을 가로지르며 나아갔다. 중간중간 경계가 흐릿해지는 구간이 있긴 했지만 길은 구릉을 계속 오르내리면서 일직선으로 뻗어 있었다. 사방이 활짝 트이고 경사도 완만해 말을 타고 가기에는 그만이었다.

"아주 오래된 길이지." 캐드펠이 말했다. "체스터에서 시작되어 코누이강이 바다와 만나는 곳까지 곧장 뻗어 있어. 한때 그곳에는 체스터에 있는 것과 유사한 성채가 자리 잡고 있었다네. 모래톱이 있는 곳을 알면 썰물 때 그리로 해서 강을 건널 수 있을 거야. 물론 밀물이 들면 배를 타야겠지만."

"강을 건넌 다음에는요?" 마크가 물었다.

"오르막이 나온다네. 거기서 서쪽을 보면 도저히 넘어갈 수 없으리라는 생각이 들 텐데, 잘 찾아보면 첩첩이 둘러선 산을 넘어가는 길이 있지. 그 길을 따라가다 보면 마침내 바다를 향해 내려가게 되고. 자네, 바다를 본 적 있나?"

"아뇨. 그럴 기회가 있었겠습니까? 리치필드 주교님께 가기 전에는 슈롭서 밖으로 한 걸음도 벗어난 적이 없는데요. 제가 태어난 곳에서 15킬로미터 이상 나가보지 못했어요." 이제 그는 자신이 한 번도 보지 못한 것에 대한 갈망과 동경으로 두 눈을 크게 뜬 채 전방을 응시하며 숨죽인 목소리로 말을 이었다. "바다라니…… 정말 굉장하겠죠."

"좋은 친구이자 고약한 적이지." 옛 추억을 더듬으며 캐드펠이 대꾸했다. "바다를 존중해야 하네. 그러면 바다도 자네를 잘 대해줄 거야. 그 앞에서 제멋대로 행동해서는 절대로 안 되지."

왕은 기복이 심한 산길을 느긋하면서도 꾸준하게 나아갔다. 수풀 우거진 골짜기들마다 오두막들과 교회로 이루어진 작은 마을들이 점점이 흩어져 있고, 색실로 짠 주단 같은 경작지들이 그 마을들을 둘러싸고 있었다. 외따로 떨어진 자영농의 가옥과 교구 교회도 이따금씩 눈에 들어왔다.

"저 사람들은 꽤나 외롭게 지내겠군요." 마크가 지세를 살피며 조용히 말했다.

"자영농들 말인가? 땅을 갖고 있긴 하지만 그 땅을 마음대로 처분하진 못하는 사람들이지. 전부 엄격한 상속법에 따라 가문 내에서 세습되거든. 반면 농노들로 이루어진 마을 같은 경우, 누구나 자기 집과 가축, 적당한 땅을 가지되 공동으로 경작을 하고 세금도 공동으로 지불한다네. 주민들끼리 가끔 땅이 공평하게 분배되었나 확인하곤 하지. 아들들은 성인이 되자마자 다음 결산 때 마을에서 자기 몫의 땅을 분배받고."

"그럼 여기서는 아무도 아버지의 재산을 상속받지 않는군요." 마크가 말했다.

"막내아들만은 예외야. 막내는 성인이 되면 아버지 몫의 땅과 집을 상속받을 수 있어. 그때쯤 위의 형들은 이미 아내를 얻어 자기 집에서 살아가고 있을 테니까."

공정하게 노동을 분배하고, 그 땅에서 나는 이익을 공정하게 나누는 것. 캐드펠과 마크가 생각하기에도 이는 모든 이들에게 생계수단과 살 집을 확보해주기 위한, 다소 거칠되 편리하고 유용한 방법 같았다.

"수사님은요?" 마크가 물었다. "수사님도 이런 마을에서 사셨나요?"

"그렇지. 하지만 끝까지 살 수는 없었어." 캐드펠은 새삼스러운 기분으로 과거를 돌아보며 고개를 끄덕였다. "그래, 나도 이런 농노 마을에서 태어나 열네 살이 되었을 때 땅 한 조각을 받왔네. 그런데 난 그걸 원치 않았어! 기름진 웨일스 땅에 아무 애착도 느낄 수 없었지. 그러던 중 슈루즈베리에서 양털을 사러 온 상인이 날 보고는 마음에 들었는지 일자리를 주겠다고 제안하더군. 그건 더 넓은 세상으로 안내하는 인가증이나 다름없었고, 나는 그렇게 열린 문 밖으로 뛰어나갔어. 그 이후에도 문만 열렸다 하면 그렇게 서슴없이 나섰다네. 내겐 남동생이 하나 있었는데, 그 아이는 평생 땅을 파면서 살고 싶어 했어. 반면 나는 길이 열릴 때마다 계속 더 멀리 나아갔고…… 그 끝에 이르고 보니 세계의 반을 돌았더군. 인생은 일직선으로 뻗어나가는 게 아니라 돌고 돌며 순환한다네. 생의 전반기에 집과 가족과 평온한 환경을 떠나 수많은 모험을 하며 세계의 끝까지 나아갔다가, 후반기에는 처음 떠났던 그곳으로, 그때껏 온 길을 되밟으며 돌아가는 거야. 나 또한 그렇게 서약을 하고 좁은 공간에 갇히게 되었지. 하지만 그럼으로써 가장 가까운 형제들에게 둘러싸인 채 내 작은 영역의 업무를 맡아보고 작은 땅뙈기를 갈면서 살아갈 근사한 기회를 얻은 셈이네." 캐드펠은 흡족한 얼굴로 숨을 깊이 들이쉬었다. "지금은 그 생활에 아주 만족하네."

무리는 정오 직전 높은 능선의 꼭대기에 이르렀다. 저 아래 코누이 골짜기가 펼쳐져 있었다. 골짜기 너머의 땅은 부드럽고 완만하게 이어지다가 초록색 대지 멀리 에리리의 거대한 산봉우리와 윤나는 은회색 절벽으로 변하며 하늘을 찌를 듯 높이 솟아올랐고, 코누이강은 모래와 펄로 이루어진 사주沙柱들 위로 은실처럼 구불구불 흘러 북서쪽으로 나아가 바다로 흘러들었다. 마침 물이 빠지는 시각이라 그들은 별 어려움 없이 강을 건널 수 있었다. 강을 건너자 캐드펠이 예고했던 대로 오르막이 나타났다.

처음 몇 킬로미터는 햇살이 잘 드는 풀밭길이 이어졌지만 이내 개울을 따라 가파른 오르막이 시작되었다. 그 길을 얼마간 따라가다 보니 점차 초목이 드물어져 마침내 하늘처럼 텅 비고 드넓은 황무지가 펼쳐졌다. 식물이라고는 가시금작화와 히스뿐인 그곳에 경작의 흔적은 찾아볼 수 없었으며, 이따금 갑작스러운 바람만 물결칠 뿐 어떤 움직임도 일지 않았다. 맨 앞에서 나아가는 이들 앞에서 힘차게 튀어 오르는 새들이나 하늘 높은 곳에 정지한 듯 떠 있는 매를 빼면 동물들도 보이지 않았다. 하지만 이 적막하고 아름다운 황야에도 자잘한 돌들과 거친 히스들이 한 줄기 길의 분명한 윤곽을 그려놓았으니, 무리는 누군가 만들어놓은 이 길을 따라 앞으로 나아갔다. 이따금 이탄 습지대의 얕은 갈색 물웅덩이가 나타날 때도 수면 위로 솟은 돌들 덕에 발을 적시지 않고 지나갈 수 있었다. 길은 높이 솟아오른 사암 절벽을 향해 곧장 뻗어 있었다. 언뜻 보기에는 도저히 뚫고 지나갈 수 없을 것 같았으나 흙 위로 솟아오른 견고한 암반이 든든한 발판 역할을 해주었고, 지면 위로 돌출한 길도 줄곧 분명한 윤곽을 그리며 잘 닦인 도로 못지않게 그들을 이끌었다.

"분명 거인들이 이 길을 만들었을 겁니다." 마크 수사가 감탄 섞인 목소리로 말했다.

"인간들이 만들었지." 캐드펠이 대꾸했다.

길은 여섯 사람이 횡대로 늘어서서 갈 수 있을 만큼 넓어 보였다. 하지만 말을 타고는 셋 정도만 나란히 갈 수 있어, 지형을 잘 아는 오아인의 궁수들은 뒤로 물러나 그들이 호위해온 이들에게 길을 내주었다. 길이란 놀러 다니거나 매사냥 또는 짐승 사냥을 위한 것이 아니라, 많은 수의 사람들이 한 거점에서 다른 거점으로 가급적 빠르게 이동하기 위해 만들어진 것이라는 게 캐드펠의 지론이었다. 이 길 또한 약간 경사가 지긴 했으나 줄곧 일직선으로 뻗어 있었다. 장애물이 있어 곧바로 지나가기 어려울 때만 방향을 틀었고, 장애물을 통과하고 나면 다시 똑바로 나아갔다.

"하지만 저 깎아지른 듯한 절벽을 가로질러 갈 수는 없을 것 같은데요." 마크가 눈앞을 가로막는 거대한 암벽들을 가리켜 보였다.

"가로질러 갈 수 있고말고. 맨 꼭대기에 있는 고개에 암벽 사이를 지나는 관문이 나 있거든. 좁지만 지나가기에는 충분해. 그곳을 지나 높은 봉우리 사이의 고지대를 요리조리 빠져나가면서 5킬로미터쯤 나아가면 내리막길이 시작되지."

"바다로 이어지는 길인가요?"

"맞아. 바다로 이어지지."

캐드펠이 말한 대로 그들은 마침내 내리막이 시작되는 지점에 이르렀다. 황야가 끝나고 덤불과 수목이 우거진 호젓한 골짜기가 처음 나타난 곳이었다. 골짜기 사이에서 솟아난 샘물이 실개천을 이루며 해안을 향해 내려가는 길과 나란히 흘렀다. 동쪽으로 흘러가 코누이강으로 합류하는 개울들은 진작에 멀어진 터였다. 이쪽 개울들은 길이가 짧고 급한 경사면을 따라 바다로 곧장 내달렸다. 숲 사이에 난 좁은 땅 가장자리, 개울가 고지대를 따라 난 길은 그 개울과 나란히 이어져 있었다. 얼마 후 경사가 점차 완만해지고 개울이 좀 멀어진다 싶더니, 갑자기 시야가 넓게 트이면서 눈앞에 바다가 나타났다.

바로 밑, 일정한 무늬를 그리며 펼쳐진 경작지들 한가운데 자리 잡은 작은 마을이 보였다. 그 너머의 좁은 목초지는 소금기를 함유한 평탄한 땅과 자갈로 이루어진 해변으로 이어졌다. 이어서 드넓은 바다가 펼쳐졌고, 멀리 북쪽 끝에는 어니스 라노그라는 조그만 섬을 거느린 앵글시섬의 해안 풍경이 늦은 오후의 햇살 속에 또렷하게 드러나 있었다. 시야가 미치는 한계 너머까지 끝없이 펼쳐진 얕은 바다는 남록색이 덧씌워진 엷은 금빛으로 반짝였다. 라반이라 불리는 해변이 이쪽 해안에서 앵글시섬 해안 사이 면적의 절반 이상을 차지하고 있었으니, 모래톱이 끝나는 곳에 이르러서야 비로소 깊은 바다가 좁은 수로의 형태로 시작될 것이었다. 하루 종일 머릿속에서 꿈꾸고 그려온 경이로운 광경과 맞닥뜨린 순간, 마크는 잠시 말을 멈추고 그 아름다움과 다채로움에 매혹되어 얼굴을 붉힌 채 눈을 반짝이며 눈앞의 장관을 멍하니 바라보았다.

그 순간 또 다른 누군가도 마크처럼 황홀한 기쁨을 느꼈는지 감탄 섞인 한숨을 내뱉었다. 캐드펠은 얼른 뒤를 돌아보았다. 헬레드가 보호자로 따라온 두 참사회원 사이에서 말을 세우고 안장에 그대로 앉아 무표정한 얼굴로 입을 꽉 다문 채 눈앞의 광경을 응시하고 있었다. 하지만 그녀의 눈길이 미치는 곳은 투명한 황금빛을 띤 드넓은 모래톱이나 코발트빛 바다가 아니라, 그 너머로 보이는 앵글시섬의 해안이었다. 곧 자신의 남편이 될 사람, 그녀가 아무것도 모르는, 좋은 이야기 외에는 그 어떤 말도 듣지 못한 사람의 땅. 너무도 급박하게 다가온 결혼식을 떠올렸는지, 그녀의 얼굴에 당혹감과 분노 어린 슬픔이, 더하여 자신의 운명에 대한 완강한 거부의 기색이 스치고 지내갔다. 저 뜨거운 분노를 감지한 다른 사람이 있을까? 캐드펠은 왠지 몹시 불안한 마음으로 주위를 살폈다.

그 순간 헬레드가 갑작스럽게 말고삐를 잡아 흔들더니 두 참사회원을 뒤에 남겨둔 채 언덕길을 빠르게 달려 내려갔다. 잠시나마 보호자들을 떨쳐버리려는 듯, 그녀는 무리 속으로 깊숙이 파고들었다.

블레드리 곁으로 가려는 의도는 분명 아니었다. 그저 헬레드가 지나치려던 길목에 그가 서 있었을 뿐이다. 하지만 이 기회주의적인 사내는 그녀의 모습이 보이는 순간 재빨리 고삐를 낚아채어 그녀의 말을 자기 말 곁으로 바싹 끌어당기고는 자신만만한 얼굴로 빙긋이 웃어 보였다. 한순간 캐드펠은 그녀의 입술이 뒤틀리며 손이 올라가는 것을 보았다. 비웃음과 경멸. 그것이야말로 그녀가 그를 보며 느끼는 진짜 감정일 것이다. 하지만 아버지에 대한 뒤틀린 심사 때문인지, 그녀는 이내 손을 거두고 짐짓 미소를 지으며 순순히 그의 뜻에 따랐다. 곧 두 사람은 말의 속도를 맞추어 우호적인 분위기 속에서 한가롭게 이야기를 나누면서 나아가기 시작했다. 어젯밤 중단되었던 악의 섞인 게임을 지금 다시 시작하려는 모양이군. 그들의 뒷모습을 바라보며 캐드펠은 생각했다. 하지만 아사프의 두 참사회원은 이를 아주 다른 성질의 사건으로 받아들인 모양이었다. 메이리온은 당장이라도 헬레드에게 달려들어 꾸중을 늘어놓고 블레드리에게 분노를 터뜨릴 듯 입술을 꽉 다문 채 노기 어린 표정을 띠었고, 모건트 또한 그 살집 많은 얼굴을 음산하게 굳혔다. 그들의 내면에 어떤 감정이 흐르고 있는지는 자명했다.

아, 다행히도 이제 이틀만 지나면 이 모든 것이 마무리될 것이다! 그들은 무사히 반고르에 도착할 테고, 신랑은 그들을 만나기 위해 해협을 건너올 것이다. 이어 헬레드가 꿈꾸는 듯한 기분으로 라반 해변의 저 엷은 황금빛 모래톱 너머에 자리한 곳, 푸르스름한 안개가 드리운 미지의 해안으로 건너가면, 메이리온 참사회원은 비로소 안도의 한숨을 내쉬리라.

*

무리는 소금기를 머금은 평탄한 땅 가장자리에 들어선 뒤 서쪽으로 방향을 틀었다. 오른편에는 눈부신 햇살을 반사하는 얕은 바다의 떨리는 수면이, 왼편으로는 경작지와 수풀이 펼쳐져 있었다. 그들은 넓은 대지를 따라가다가 구릉지대로 접어들어 소금평원을 가로지른 뒤 바다로 흘러 내려가는 실개천 한두 곳을 건넜다. 한 시간도 채 되지 않아 아베르의 요새이자 오아인의 궁성인 성벽이 나타났다. 그곳 정문을 지키는 문지기와 경비병들이 무리의 모습을 보더니 안쪽을 향해 소리쳐 군주의 도착 소식을 알렸다.

넓은 마당의 담벼락을 따라 늘어선 건물들에서, 마구간과 병기고와 홀에서, 또 손님들이 묵는 객사에서 수많은 이들이 왕의 귀환을 환영하고 손님들을 맞아들이기 위해 쏟아져 나왔다. 마부들이 급히 달려와 고삐를 건네받았고, 시종들은 물 단지와 뿔잔을 들고 분주히 오갔다. 여행하는 내내 아버지의 대리인으로서 사람들 사이를 오가며 모두를 꼼꼼하게 챙기고 그들 사이에 조성된 온갖 감정의 저류들을 주시해온 허웰 오아인이 충성스러운 아들답게 제일 먼저 안장에서 뛰어내려 아버지의 말 곁으로 다가갔다. 그는 공손히 말고삐를 잡아 미리 대기하고 있던 마부에게 넘겨주고는, 귀환한 남편을 맞이하기 위해 목조 홀에서 나온 왕비에게로 다가가 손에 입을 맞추었다. 하지만 그녀는 허웰의 친어머니가 아니었다.

곧 그의 이복동생들도 제 어미를 따라 홀 문에서 나와 계단을 팔짝팔짝 뛰어 내려왔다. 각각 열 살과 일곱 살쯤 되었을까? 검은 머리에 유연한 몸을 지닌 그 꼬마 도깨비들은 사람들의 발치에서 뛰어다니는 개들과 한데 어울려 흥분해서 소리를 질러댔다. 오아인의 아내는 웨일스 중부 아루이스틸리 군주의 딸로, 자신의 어린 두 아들처럼 혈색이 아주 좋았다. 곧 열대여섯 살쯤 되어 보이는 소년이 꼬마들을 따라 나오더니 침착하게 계단을 내려와 엄숙하고 자신 있는 태도로 오아인에게 곧장 다가가서는 순수한 애정을 드러내며 아버지의 품에 안겼다. 아버지의 엷은 금발이 아들에게 가서는 색깔이 짙어져 순수한 황금빛을 띠었고, 아버지의 남성성 또한 아들에 이르러 보는 이들을 눈부시게 할 만큼 빼어난 아름다움으로 승화된 듯했다. 키가 크고 허리가 반듯하며 우아한 몸동작을 지닌 이 소년은 어딜 가든 금방 눈에 띨 법한 아이로, 북쪽 사람들 특유의 푸른 눈은 사파이어를 통과한 태양의 순수한 빛만큼이나 맑고 투명하게 빛났다.

"저분의 아드님인가요?" 마크 수사는 소년의 모습에 감탄한 듯 숨을 죽이더니 작은 목소리로 물었다.

"하지만 왕비의 소생은 아니야. 허웰처럼 또 다른 여자의 소생이지."

"세상에 저렇게 생긴 아이는 흔치 않을 겁니다." 그가 소년에게 시선을 고정한 채 멍하니 중얼거렸다. 마크는 스스로를 가장 평범하고 보잘것없는 사람으로 생각하면서도 남들의 아름다움을 보면 진심으로 기뻐하며 칭송하곤 했다.

"자네도 잘 알겠지만 머리가 검건 금발이건 세상에 똑같이 생긴 사람은 하나도 없으니, 저렇게 생긴 아이 또한 딱 하나뿐이겠지." 모든 인간이 지닌 육체적 외피의 고유함에 대해 생각하며 말을 이었다. "하지만 우리 슈루즈베리 수도원에 저 소년과 아주 닮은 수사가 있긴 하네. 흐륀이라는 형제인데, 아마 자네도 그를 알 걸세. 성 위니프리드님이 그 형제의 몸을 온전하게 만들어주셨지."

마크도 흐륀 수사의 사연에 대해 들은 적이 있었다. 슈루즈베리에서 만난 수사들 중 가장 어린 그 청년을 애정 어린 마음으로 떠올리며, 그는 저런 소년이야말로 군주, 혹은 군주의 아들이 지닐 법한 이상적인 모습이 아닐까 생각했다. 더없이 환하고 맑고 정직하고 온화하며 차분해 보이는 얼굴. 오아인 또한 그의 뛰어남을 알아보았을 터이니, 그를 다른 아들들보다 더 사랑한다 해도 이상한 일은 아니리라.

"왕비의 두 아들이 장성한 이후 제 형을 어떻게 생각할지 궁금하군." 캐드펠이 혼잣말하듯 중얼거리며 마크의 경외심에 그림자를 드리웠다.

"땅이나 권력에 대한 탐욕이 때로 형제들을 적으로 만드는 건 사실입니다." 마크는 단호하게 말을 이었다. "하지만 저 아이들은 절대로 형에게 해를 끼치려 하지 않을 겁니다. 그 누구도 저 소년을 미워할 수는 없을 거예요."

"그렇게 확신하시다니, 부럽군요." 갑자기 그의 어깨 너머에서 냉정하고 건조한 음성이 들려왔다. "제 생각은 다릅니다. 그 누구도 미워할 수 없는 사람이란 없어요. 그 누구에게도 사랑받지 못할 사람 또한 없고요."

키헬린이 사람들과 말들, 사냥개들, 하인들, 그리고 아이들까지 한데 어울려 북새통을 이룬 마당을 가로질러 어느새 그들 곁에 다가와 있었다. 내면에 강렬한 분노가 어려 있기는 하나 그는 천성이 아주 조용하며 거동도 신중한 사람이었다. 캐드펠은 예기치 않은 목소리에 문득 고개를 돌렸다가 이 청년의 강렬한 눈빛과 맞닥뜨렸다. 청년은 다소 쓸쓸하면서도 따뜻한 감정이 어린 눈길로 아름다운 소년을 물끄러미 응시하고 있었다. 하지만 사람들 사이를 지나가는 또 다른 이의 모습을 발견하자 그의 얼굴은 이내 예리하고 싸늘해졌다. 캐드펠은 그 눈에 어린 초연한 관심이 곧 싸늘한 적의로 바뀌는 모습을 유심히 지켜보았다. 아니, 적의가 아니었다. 그건 잘 억제된, 그러나 도저히 해소하기 어려운 강한 의심에 가까운 감정이었다.

캐드펠은 그의 시선이 미치는 곳을 향해 고개를 돌렸다. 키헬린에 비해 이목구비의 선이 가늘고 키는 조금 더 큰, 그러나 그와 비슷한 연배에 체격이나 머리색도 크게 다르지 않은 한 청년이 눈에 들어왔다. 방금 전까지 조금 떨어진 지하실 벽에 기대서서 이 요란한 귀환에 아무 관심도 없다는 듯 팔짱을 낀 채 마당에 모인 사람들을 물끄러미 바라보던 그 청년은 문득 벽에서 등을 떼더니 급히 키헬린 곁을 지나쳐 걸어가고 있었다. 아사프에서 온 성직자들이나 오아인을 호위하는 귀족 청년들보다 그 자신에게 훨씬 더 중요한 무언가를 발견한 듯했다. 캐드펠은 사람들 사이를 정신없이 헤치고 가는 그를 눈으로 좇다가 이윽고 그가 막 말에서 내린 어떤 사람의 소매를 잡는 광경을 목격했다. 청년이 그 상대와 서로 마주 보는 순간, 옆에 있던 키헬린의 얼굴에 팽팽한 긴장이 어렸다. 블레드리 압 리스는 자기를 알아보고 남들의 시선을 의식하며 조심스럽게 인사하는 청년의 얼굴을 지그시 바라보았다. 그리 요란한 환영은 아니었다. 하지만 분명 두 사람 모두 상대를 알아보고 짧은 순간 다정한 미소를 머금었다. 곧 블레드리는 다시 무표정한 얼굴로 돌아갔고, 청년도 그것이 암시하는 바를 알아차리고는 길에서 우연히 만난 여느 지인을 대하듯 평범한 인사말을 건넸다. 굳이 서로 모르는 척할 필요는 없지만 더 깊은 관계임을 드러내서는 안 된다고 생각하는 모양이었다.

"저 사람이 귀온이오?" 캐드펠이 옆으로 고개를 돌려 키헬린을 향해 물었다.

"맞습니다!"

"저 둘은 가까운 사이였소?"

"같은 군주를 모시고 있는 사이 이상은 아니죠."

"아니, 그렇다면 아주 가까운 사이일 수도 있소." 캐드펠이 대꾸했다. "저 청년은 탈출하지 않겠다는 약속은 해도 제 군주에 대한 충성 서약만큼은 포기할 수 없다고 했다지."

"동료를 보고 반가움을 표하는 건 자연스러운 일이에요." 키헬린이 담담하게 내뱉었다 "예, 귀온은 약속을 지킬 겁니다. 블레드리 압 리스 같은 경우는…… 더 지켜봐야겠지만요." 그는 고개를 젓더니 팔을 내밀어 두 수사의 허리에 살짝 얹었다. 왕과 왕비와 아들들은 이제 홀로 이어지는 계단을 오르고, 가까이에서 그들을 모시는 사람들도 그 뒤를 따라가고 있었다. "가시죠, 수사님들. 여기서는 제가 두 분의 시중을 들겠습니다. 숙소로 안내하고 예배당을 보여드리죠. 원하실 때 언제든 그곳을 사용하십시오. 전하의 사제가 두 분을 찾아뵙고 인사를 드릴 겁니다."

*

마크 수사는 성벽에 붙어 있는 조용한 숙소에 앉아 생각에 잠겨 있었다. 커다란 회색 눈으로 허공을 응시하며 아베르에 도착한 이후 일어난 모든 일들을 찬찬히 돌아보던 그가 이윽고 말문을 열었다. "그 두 사람을 지켜보고 있자니 참 신기하다는 생각이 들더군요. 그러니까, 아나라우드의 가신과 카드왈라드르의 가신 말입니다. 나이나 태도나 인상도 닮았지만, 두 사람은 같은 감정을 공유하고 있는 것 같아요. 웨일스에서 군주와 가신의 관계는 노르만 사람들의 그것과 아주 다른 모양입니다. 키헬린과 귀온은 서로 대립하는 진영에 속해 있으면서도 마치 형제 같거든요."

"형제들이 흔히 그러듯이 그들도 서로에 대한 존경과 애정을 품고 있지. 하지만 그럼에도 자기네 군주들이 전쟁터에서 맞부딪쳤을 때는 얼마든지 서로를 죽일 수 있어."

"제가 고약하다고 생각하는 게 바로 그겁니다." 마크가 진지하게 말을 이었다. "그러면서 어떻게 서로를 마주 바라볼 수 있을까요? 더구나 상대에 대한 애정을 스스로 인정하면서 말입니다."

"그래. 그 둘은 각자 왼손잡이와 오른손잡이로 태어난 쌍둥이 같아. 쌍둥이이면서 적이지. 두 사람 모두 악감정 없이 상대를 죽일 수 있고, 악감정 없이 기꺼이 죽을 수 있어. 아무쪼록 그런 일은 일어나지 말아야 할 테지만. 어쨌든 한 가지는 확실하네. 키헬린은 귀온이 블레드리와 마주칠 때마다 그들을 주시할 거야. 두 사람 사이에 오가는 모든 말을 귀담아듣고 모든 눈빛을 지켜보겠지. 보아하니 그는 카드왈라드르가 보낸 사절에 대해 본인이 우리한테 말한 것 이상의 무언가를 알고 있는 것 같더군."

*

오아인이 베푼 만찬장에는 맛있는 음식들과 벌꿀주, 그리고 맥주가 가득했다. 더없이 아름다운 하프 연주를 배경으로 허웰 오아인이 귀네드 지방의 아름다움과 찬란한 역사에 관한 노래를 즉석에서 지어 부르는 동안, 캐드펠은 잠시 자신이 성직자라는 사실을 떨쳐버린 채 음악에 귀를 기울이며 아베르의 산악지대 깊숙한 곳으로 마음의 여행을 떠났다. 라반 모래톱을 뒤덮은 거울처럼 맑은 수면을 가로질러 앵글시섬 랜패즈에 자리한 옛 왕궁의 유적까지……. 젊은 시절 그의 모험가적인 열정은 늘 동쪽을 지향했건만, 이제 지긋한 나이가 된 눈과 마음은 다시 서쪽을 향하고 있었다. 켈트족의 혈통을 타고난 이들에게 전설과 상상 속에 등장하는 모든 하늘, 모든 성소들은 서쪽에 있었다. 누군가는 이를 두고 노년의 명상이라 하겠지만, 귀네드 군주의 궁 안에서 캐드펠은 전혀 늙지 않은 기분이었다.

몽상에 젖어 있는 동안에도 그의 감각은 무뎌지지 않은 모양이었다. 헬레드가 블레드리의 잔에 벌꿀주를 따라줄 때 블레드리가 한 팔로 헬레드의 허리를 슬그머니 감는 것을 그는 재빨리 포착했다. 그 순간 메이리온 참사회원의 얼굴이 싸늘하게 얼어붙는 광경도, 아버지의 분노 어린 얼굴을 본 헬레드가 블레드리의 손을 뿌리치지 않고 일부러 생글생글 웃으며 그의 귀에 무어라 속삭이는 광경도 물론 놓치지 않았다. 그녀는 무슨 말을 했을까? 상대의 기분을 맞추는 말일 수도 있고 힐난 어린 일갈일 수도 있으리라. 하지만 메이리온이 그걸 어떻게 해석할지는 뻔했다. 헬레드는 불장난을 하고 있는 것이다. 결국 그것이 누구의 잘못이겠는가? 그녀는 오랫동안 아버지를 정성껏 모시며 잘 지내왔으니, 메이리온으로서는 제 딸의 마음을 살피고 그녀를 믿어주어야 마땅했다. 그녀에게 블레드리는, 자신을 서둘러 치워버리려는 아버지에 대한 원망을 표출하는 수단에 불과했다.

사실 블레드리 압 리스 쪽에서도 헬레드에게 진지한 관심을 보이는 것 같지는 않았다. 그는 젊은 여자만 보면 습관적으로 예쁘다고 칭찬하고 농을 거는 사람처럼 건성으로 헬레드를 집적거렸다. 지금도 헬레드에게 웃어 보이며 농지거리를 건네다가 그녀가 몸을 빼자 순순히 보내주었다. 이어 그의 시선은 더 낮은 자리의 식탁, 귀족 청년들 틈에 끼어 앉은 한 젊은이에게로 옮겨 갔다. 카드왈라드르에 대한 충성의 서약을 고집한 탓에 여전히 인질로 이곳에 남아 있는 귀온은 자신의 적들 사이에 조용히 앉아 있었다. 아니, 그들 중 일부는 이미 그의 친구가 된 터였다. 만찬이 이어지는 동안 그는 마음속에 품고 있는 생각이나 의도 같은 것을 일절 발설하지 않았고, 눈빛으로도 내비치지 않았다. 하지만 상석을 올려다볼 때마다 그의 시선은 블레드리 압 리스의 얼굴에 머무르곤 했다. 그리고 캐드펠은 그들이 공개적인 대화가 불가능한 곳에서 깊은 뜻을 전달하고자 애쓰는 사람들처럼 의미심장한 시선을 교환하는 광경을 적어도 두 번 이상 목격했다.

오늘 밤이 지나기 전에 저 두 사람은 어떤 식으로든 은밀히 만날 것이었다. 하지만 대체 무슨 목적으로? 캐드펠은 눈길을 거두지 않은 채 생각에 잠겼다. 의혹을 사고 있긴 하나 어쨌든 블레드리는 자유로운 처지였다. 그러니 상대를 만나고 싶어 하는 쪽, 상대와 대화할 필요성을 절실히 느끼는 쪽은 귀온일 것이다. 은밀하고 시급한 어떤 의도가 있는 게 분명했다. 이를 이루기 위해서는 자기편 사람을 반드시 만나야 하리라. 더구나 그곳에서 도망치지 않겠다고 약속한 귀온과 달리, 블레드리 압 리스는 그런 약속을 하지 않았다. 키헬린이 블레드리를 줄곧 감시하고는 있지만, 이 요새는 너무 넓고 복잡했다. 만일 두 사람이 마음만 먹으면 그의 시야에서 벗어나기란 그리 어렵지 않을 것이다.

왕비는 홀에 모습을 보이지 않고 자기 소생의 두 아이들과 함께 거처에 남아 있었다. 가족과 한동안 떨어져 지낸 터라, 오아인 또한 손님들이 돌아갈 때까지 자리를 지키는 일은 허웰에게 맡겨 둔 채 가장 사랑하는 아들만 데리고 일찌감치 홀을 떠났다. 이제 만찬에 참석한 이들은 이리저리 오가며 자리를 바꿔 앉는가 하면 밖으로 나가 늦은 밤의 서늘한 대기 속에서 산책을 하기도 했다. 사람들의 목소리와 하프 연주자들의 노래가 뒤섞여 실내는 시끌벅적했다. 횃불 연기가 자욱한 데다 빛이 닿지 않는 어두운 구석들이 많은 이곳에서 한 사람을 꾸준히 지켜보기란 불가능한 일이었다. 캐드펠은 귀온이 왕궁의 청년들 사이에서 일어나 슬그머니 홀을 빠져나가는 것을 보았다. 하지만 블레드리 압 리스는 말석의 자기 자리에 차분히 앉아 벌꿀주를 즐기며 제 주변에서 일어나는 일들을 면밀히 관찰하고 있었다. 그곳 사람들의 단결된 힘과 엄정한 질서, 왕을 경호하는 청년들의 숫자와 훈련 상태, 그리고 그들이 내뿜는 자신감에 그는 깊은 인상을 받은 듯했다.

"지금 일어나 예배당으로 가도 될 것 같은데요." 마크 수사가 캐드펠의 귀에 대고 소곤거렸다.

벌써 마지막 기도 무렵이었다. 이 시간을 그냥 넘기면 마크 수사의 마음이 편치 않을 것이었다. 캐드펠은 자리에서 일어나 마크와 함께 대연회장을 빠져나와 서늘하고 상쾌한 밤공기 속으로 들어섰다. 두 사람은 안마당을 가로질러 바깥 담장에 붙어 있는 목조 예배당을 향해 걸음을 옮겼다. 날이 아직 완전히 어두워지기 전이었고, 연회장에 있는 술꾼들은 자리를 파할 마음이 없는 듯했다. 그 고즈넉한 시간, 성안 건물들 사이의 어두운 통로에서는 보초를 선 사람들이 조용히, 느긋하게 오가며 임무를 다하고 있었다.

그들이 예배당 문을 몇 미터쯤 앞두었을 때, 한 사내가 예배당에서 나와 성벽을 따라 늘어선 집들 쪽으로 방향을 틀더니 대연회장 뒤에 있는 좁은 통로로 들어갔다. 그가 누구인지 확인할 수는 없었다. 오아인의 부하 중 하나일까? 그는 서두름 없이 차분하게, 그리고 약간 피로해 보이는 걸음으로 숙소를 향해 걸어갔다. 캐드펠은 문득 그 사람이 누구인지 알 것 같다는 생각이 들었다.

제단 위에 놓인 장밋빛 등잔으로 희미하게 밝혀진 예배당에 들어서던 캐드펠은, 그 조그마한 빛의 웅덩이로부터 약간 떨어진 곳에 무릎을 꿇은 채 앉아 있는 사람의 검은 윤곽을 보고는 자신의 짐작이 틀리지 않았음을 확신했다. 굳이 발소리를 죽이려 애쓰지 않았는데도 그 사람은 누군가 들어왔다는 걸 알아채지 못한 듯했다. 마크와 캐드펠이 기도를 방해하지 않으려고 멈춰 선 채 어떻게 할지 망설이는 동안에도 그는 줄곧 기도에만 열중했다. 그러다 마침내 고개를 들고 한숨을 내쉬더니 자리에서 일어나, 그다지 놀라는 기색도 없이 그들 곁을 지나치면서 낮은 목소리로 인사를 건넸다. "안녕하세요, 수사님들!" 한순간 제단 위에 놓인 희미한 등잔불을 받아 그의 옆얼굴이 선명하게 떠올랐다. 찰나에 불과했지만 젊고 열정적인 그 얼굴을 알아보기에는 충분했다. 그는 귀온이었다.

*

마지막 기도가 끝나고도 한참이 흘러 자정이 지난 시각, 모두 배정된 숙소에서 곤하게 잠들어 있는데 갑자기 경보가 울렸다. 성의 대문에서 일어난 돌연한 외침, 성안으로 들어서는 둔중한 말발굽 소리, 말 탄 사람과 경비병 사이에 오가는 흥분 섞인 목소리들이 아직 꿈결처럼 아득히 멀기만 해 캐드펠은 쉽사리 잠에서 깨어나지 못했다. 반면 마크는 이내 자리를 털고 일어났다. 젊어서 귀가 밝은 데다 여행의 흥분으로 마음이 여전히 들뜬 상태였던 것이다. 곧 나직하게 들리던 목소리들이 커다란 명령으로 바뀌면서 요새 안의 남자들이 졸음이 채 가시지 않은 얼굴로 신속하게 안마당에 모여들기 시작했다. 이어 요란한 뿔 나팔 소리가 터져 나왔고, 이에 밤의 정적은 완전히 박살이 났다. 캐드펠 역시 담요 밖으로 몸을 굴리며 벌떡 일어나 금방이라도 행동에 나설 채비를 갖췄다.

"무슨 일인가?"

"누군가 말을 타고 들어왔어요. 아주 급하게요."

"사소한 일로 모든 사람들을 깨우지는 않았겠지." 캐드펠은 급히 샌들을 꿰어 신고 문 쪽으로 향했다. 뿔 나팔 소리가 다시금 성안 건물들 사이에서 길게 메아리치다가 서서히 사라졌다. 젊은 이들이 이에 호응하듯 무기를 들고 넓은 마당으로 모여들었고, 그때까지 낮게 웅웅거리던 수많은 목소리들은 이내 해변을 휩쓰는 세찬 파도처럼 크게 부풀어 올랐다. 열린 모든 문들마다 급하게 밝힌 등잔불이나 촛불 빛이 새어 나왔다. 먼 길을 힘겹게 달려온 비취색 말 한 마리가 고개를 축 늘어뜨린 채 마부의 손에 이끌려 마구간으로 가는 중이었고, 말의 주인은 수많은 손짓과 목소리 들에 아랑곳없이 사람들을 헤치고 곧장 대연회장 쪽을 향해 나아갔다. 그가 연회장으로 이어지는 계단의 발치에 채 이르기도 전에 연회장 문이 열리면서 부드러운 모피 잠옷을 입은 오아인의 커다란 몸이 안에서 새어나오는 불빛 속에 검게 떠올랐다. 잠든 그를 깨워 소식을 전한 시종도 그를 따라 나왔다.

"나를 찾으러 온 사람이 누군가?" 오아인이 외쳤다. 방금까지 잠들어 있던 사람이라고는 생각할 수 없을 만큼 또렷하고도 우렁찬 목소리였다. 이어 계단 끝으로 걸어 나오며 주위를 둘러보던 그는 금세 전령의 얼굴을 알아보고 물었다. "그대는 고로누이가 아닌가? 반고르에서 왔나? 전할 소식이라는 게 대체 무엇인가?"

"전하," 전령은 어지간히 마음이 급한지 제대로 무릎을 굽히지도 않은 채 입을 열었다. 예의를 차리느라 귀중한 시간을 낭비할 틈이 없었다. "오늘 이른 저녁 카르나르본에서 사자가 와 소식을 전했습니다. 그 소식을 듣자마자 최대한 빨리 말을 몰고 이리로 달려왔지요. 저녁기도 시간에 아베르메나이 사람들이 그곳 서쪽 해상에서 배들을 봤답니다. 전투 대형을 갖춘 대규모 함대를 말입니다. 그들은 자기들이 더블린왕국에서 온 덴마크 사람들이라고 했다는군요. 귀네드를 급습해 전하를 공격하기 위해 왔다고요. 전하의 동생이신 카드왈라드르 님도 그들과 함께 있었답니다! 감히 전하께 앙갚음을 하고 본인의 땅을 되찾기 위해 그자들을 끌고 온 겁니다. 대가 없이는 전하께 충성할 수 없었던 사람답게, 그는 황금을 주겠다는 약속으로 그들의 충성을 얻었습니다."

5

 오아인은 판단이 빠르고 결단력 있는 사람이었다. 난폭한 자들이 자신의 영역에 침입하여 일시적인 충격을 안겨줄 수는 있겠지만, 그 일로 혼란이 생기는 것은 좌시하지 않을 터였다. 소식을 들은 사람들의 분노 어린 울림이 안마당을 메우는 사이 근위대장이 왕의 곁에 다가붙어 지시가 떨어지기를 기다렸다. 서로의 마음을 너무나 잘 알기에 그들 사이에는 많은 말이 필요 없었다.
 "보고 내용은 확실한가?" 오아인이 물었다.
 "확실합니다, 전하." 전령이 말했다. "소식을 전한 이가 해변의 모래언덕에서 직접 그들을 봤답니다. 거리가 멀어 정확히 몇 척이나 되는지는 알 수 없었으나 배들이 어디서 왔는지, 그리고 왜 왔는지는 의심할 여지가 없다고 했습니다. 카드왈라드르 님이 그들에게로 도망쳤다는 사실은 이미 많은 이들에게 알려져 있었습니다. 앙갚음을 하려는 목적이 아니라면 무엇 때문에 그렇게 많은 배를 끌고 돌아왔겠습니까?"

오아인은 잠시 생각에 잠겼다. 마구간에 있는 말들 중 4분의 1가량은 전날 먼 거리를 여행한 터였다. 그리 고된 여정은 아니었다 해도 병사들 상당수가 참여했었고, 또 어제 밤늦게까지 연회장에서 술을 마시며 즐겼다. 하지만 이제 그들은 기민하고 신속하게 행동해야 할 것이었다.

"지금으로서는 귀네드 병력의 절반도 동원하기 어려운 상황이다." 그는 여러 가지 사안들을 고려하며 천천히 말을 이었다. "하지만 예비군을 소집하고 여기서 카르나르본까지 가는 동안 우리와 합류할 수 있는 모든 병력을 동원할 것이다. 우선 급한 소식을 전할 전령 여섯 명이 필요하다. 한 사람은 우리가 출발하기 전에 먼저 카르나르본 방향으로 떠나고, 나머지 사람들은 아를레흐웨드의 나머지 지역과 아르본 전역에 카르나르본으로 병력을 보내라는 소집령을 전할 것이다. 추가 병력이 필요치 않을 수도 있겠지만 확실히 해둬서 나쁠 건 없지." 그를 보좌하는 관리들은 병력을 준비하기 위해, 또 밤이 지나기 전 두 지역의 수장들에게 전달할 문서를 작성하기 위해 급히 사라졌다. 당황스러운 사태 앞에서도 시종일관 조용하고 침착한 그들의 태도는 탄복할 만했다. 이윽고 오아인이 성채 전체가 쩌렁쩌렁 울릴 만큼 우렁찬 목소리로 말했다. "전투에 참여할 사람들은 모두 잠자리로 돌아가 가능한 한 푹 쉬도록 하라. 날이 밝는 대로 소집 신호를 울리겠다."

뒤쪽에서 왕의 말을 듣고 있던 캐드펠은 고개를 끄덕였다. 전령들이야 밤이 가기 전에 어떻게든 목적지까지 보내는 게 옳겠지만, 다수의 정예군을 야간에 이동시키는 건 앞으로 보다 유용하게 쓰일 수 있는 에너지를 헛되이 낭비하는 짓이나 다름없었다. 왕의 명령에 병사들은 빠르게 흩어졌다. 근위대장은 부하들이 명령에 충실히 따를 것이라 믿고 이내 왕의 곁으로 돌아왔다.

"여자들은 모두 안으로 들여보내게." 오아인이 말했다.

그때까지 왕비와 후궁들은 열린 연회장 문 바로 너머에 모여 침묵을 지키고 있었다. 나이 어린 하녀들만이 자기들끼리 조그맣게 소곤거리다가 왕의 명령이 떨어지자 못내 아쉬운지 연신 뒤를 돌아보며 자리를 떠났다. 공포보다는 흥분과 호기심으로 가득한 얼굴이었다. 왕이 병사들을 확고하게 장악하고 있듯이, 왕비도 궁 안의 여인들을 제대로 관리하며 다스리는 듯했다. 집사들과 나이 든 자문관들, 병기고와 마구간, 창고, 양조장, 제빵소를 담당하는 남자 하인들은 누군가 부르면 언제라도 대령할 수 있게끔 각자의 자리에 그대로 남아 있었다. 횃불과 활을 들고 대기하는 무장한 군사들 역시 침착하게 자리를 지켰다. 수백 명의 병사들을 보강해야 하니 앞으로 많은 인원이 줄줄이 몰려올 것이었다.

캐드펠은 왕 주위에 모여 있는 소수의 인원들 가운데 키헬린을 보았다. 침대에서 금방 일어나 나온 듯 대충 옷을 걸쳐 입었음에도 여느 때처럼 단정해 보였다. 생기 있는 모습으로 아버지 곁에 조용히 선 허웰의 모습도 눈에 들어왔다. 귀온은 이 문제와 무관하다는 듯, 그러나 그들의 입장을 존중한다는 기색으로 조금 떨어진 곳에 초연하게 서서 모든 광경을 주의 깊게 바라보았고, 메이리온과 모건트 또한 멀찌감치 선 채 묵묵히 이 위기 상황을 지켜보고 있었다. 아닌 게 아니라, 두 참사회원은 이 사건의 방관자인 셈이었다. 이들의 일은 반고르에서 기다리고 있는 신랑의 품에 헬레드를 무사히 안겨주는 것이었으며, 반고르 근처에는 덴마크인들의 배가 없었다. 그날 밤 헬레드는 왕비를 모시는 시녀들의 거처에 방을 배정받았으니, 지금쯤 자신에게는 가벼운 기분 전환거리나 다름없는 이 사건을 두고 다른 여자들과 이야기를 나누고 있으리라.

"블레드리 압 리스가 말했던 무서운 결과라는 게 바로 이 얘기였군." 지시가 떨어지기를 기다리며 조용히 서 있는 이들을 향해 오아인이 입을 열었다. "상세한 내용까지는 아니었더라도, 그자는 내 아우가 무언가 음모를 꾸미고 있다는 걸 알았던 거야. 그래서 내게 경고를 했고…… 날이 밝을 때까지 급히 할 일들이 있으니 일단 그자는 가만 내버려두도록 하게. 침대에서 잘 자고 있다면 내처 자라 하고."

전령 역할을 맡은 이들이 말을 타기에 적당한 차림으로 속속 나타났고, 마구간 일꾼들도 말에 마구를 채우고 안장을 얹어 끌어 오기 시작했다. 그때 갑자기 마구간지기가 다소 상기된 얼굴로 달려와 다급하게 외쳤다.

"전하, 말 한 마리가 보이지 않습니다. 젊고 잘 달리는 밤색 말이 사라졌어요. 녀석의 안장과 안장덮개, 굴레를 비롯한 마구들도 전부요!"

"혹시 그 사람, 그러니까 블레드리 압 리스가 타고 왔던 말 아닌가?" 허웰이 날카로운 어조로 물었다. "양 옆구리에 반점이 있는 진회색 말이네."

"아뇨, 그 말은 저도 알고 있습니다. 없어진 말은 다른 놈이에요. 그 손님의 말은 여행에 지쳐 쉬고 있지요. 도둑이 누구인지는 몰라도, 어떤 말을 골라야 할지 잘 알았던 게 틀림없습니다!"

"그자가 달아난 게 분명합니다!" 허웰이 아버지를 향해 사납게 말했다. "카드왈라드르를 위시한 아일랜드의 덴마크인들과 합류하기 위해 아베르메나이로 간 게 분명해요! 하지만 어떻게 저 대문을 빠져나갔을까요? 더구나 말을 타고서!"

"누가 경비병에게 가 알아보라." 오아인이 지시했다. 그러나 그의 목소리는 무심했고, 자기 지시를 받아 달려가는 사람이 누구인지 확인하지도 않았다. 성문 곳곳을 지키는 경비병들은 모두 신뢰할 수 있는 이들이었다. 보이지 않는 곳에서 일어나는 시끌벅적한 소란에 몹시 궁금했을 테지만 단 한 사람도 자리를 뜨지 않았다. 딱 한 곳, 정문만은 예외였을 것이다. 반고르에서 온 전령이 도착했을 때 경비병들을 지휘하는 장교 한 사람은 자리에서 벗어난 터였다.

"갇혀 있는 자가 기백이 있고 어떻게든 빠져나가겠다 결심한 이상, 그를 가둬둘 방도가 없지." 오아인은 냉정하게 말을 이었다. "중요한 목적이 있으면 인간이 세운 어떤 벽도 타 넘어갈 수 있어. 그자는 속속들이 내 동생의 사람일세." 그는 반고르에서 달려와 피로에 지쳐 있는 전령에게로 고개를 돌렸다. "지혜로운 사람이라면 야간 여행 때만큼은 제대로 된 길을 택하는 법, 혹시 이곳으로 달려오는 동안 반대쪽으로 달려가는 낯선 이를 만난 적이 있나?"

"아뇨, 전하. 만나지 못했습니다. 케긴강을 건널 때 낯익은 몇 사람이 느긋하게 지나간 것이 전붑니다."

"그자는 지금쯤 아주 멀리 갔을 거야. 하지만 에이니온에게 명령서를 전달해 그자를 추적하게 할 수 있겠지. 누가 아나? 어둠 속에서 빠르게 내달리다 말이 다리라도 삐었을지. 게다가 그에게 이곳은 낯선 고장이니 길을 잃었을지도 모르네. 아직은 그자를 잡을 가능성이 남아 있어." 요새 샛문의 경비들에게 달려갔던 집사가 돌아오자 오아인이 고개를 돌렸다. "뭐라고 하던가?"

"문을 열어달라고 요구한 사람도, 통과한 사람도 없었답니다. 경비병들 모두 그자의 얼굴을 알고 있습니다. 그러니 문을 통해 빠져나간 것 같지는 않습니다."

"나도 그렇게 생각하네." 오아인은 우울한 표정으로 고개를 끄덕였다. "경비병들은 문을 철통같이 지켰을 거야. 자, 어서 전령들을 보내라, 허웰. 그런 다음 내 방으로 와. 키헬린도 함께." 그러곤 귀온 쪽으로 힐끗 시선을 던졌다. "귀온, 이건 그대의 잘못이 아니고 그대가 염려할 일도 아니니 잠자리로 돌아가도록 하라. 그대가 서약한 바를 명심하고." 이어 그가 퉁명스럽게 덧붙였다. "그리고 우리가 없는 동안 문을 잘 잠그고 지내도록."

"저는 서약을 했으니 그걸 지킬 겁니다." 귀온은 당당하게 대답했다.

"나 역시 서약을 받아들였으니 믿을 것이다. 자, 어서 돌아가라. 여기서 그대가 할 일이 뭐가 있겠나?"

맞는 말이야, 캐드펠은 생각했다. 자신이 스스로 거부한 자유를 마음껏 누리는 이들을 못마땅해하는 것 말고 그에게 달리 할 일이 뭐가 있겠는가. 하지만 제 군주를 변호하고 그를 대신해 협박을 하기 위해 과감하게 적진에 들어온 블레드리 압 리스는 어떤 서약도 하지 않았다. 불과 몇 시간 전, 그는 남들의 눈을 피해 성의 예배당에서 귀온과 만났고, 이제는 오아인 진영의 움직임과 군사력, 방어 상태에 관한 많은 정보를 가지고 카드왈라드르와 합류하기 위해 아베르메나이로 도망쳤다. 귀온은 어디까지 서약했을까? 도망치지 않겠다는 것 말고는 아무것도 약속한 게 없는 듯한데. 그는 요새 안을 마음대로 돌아다닐 수 있고, 아마 성문 밖에도 자유로이 나다닐 수 있을 것이다. 바로 그런 것을 조건으로 그곳에 갇혀 지내는 서약에 동의했으리라.

귀온은 카드왈라드르에 대한 열렬한 충성심을 굳이 감추려 하지 않았다. 만일 그가 우연히 만난 자기편 사람을 그곳에서 탈출시켜 군주에게 돌아가도록 도왔다 해도, 이를 배신 행위라 여겨 비난할 수 있을까? 절묘하게 급소를 찌른 셈이군! 캐드펠은 생각을 이어갔다. 키헬린은 귀온을 가리켜 굳세고 열렬한 충성심을 지닌 사람이라 했지. 귀온은 자신을 인질로 잡은 이들에게 서약의 한계가 어디까지인지 거듭거듭 확인했을 거야. 그러다 인질로 잡혀 있는 상황에서도 제 군주에게 도움을 줄 수 있는 기회를 포착했겠지.

귀온은 오아인의 지시를 듣고 천천히, 마지못해 몸을 돌리다가 문득 걸음을 멈추었다. 고개를 숙인 채 잠시 망설이던 그는 갑자기 기운을 회복한 듯 숙소가 아니라 예배당 쪽으로 성큼성큼 걸음을 옮겼다. 예배당의 열린 문틈으로 보이는 희미한 불꽃이 자석처럼 그를 끌어당기는 듯했다. 뭘 위해 기도하려는 것일까? 카드왈라드르가 고용한 덴마크 용병들이 무사히 상륙하게 해달라고? 아니면 혹심한 피해를 낳을 파멸적인 전쟁이 벌어지기 전에 서둘러 화해가 이루어지게 해달라고? 혹은 그저 마음을 조용히 가라앉히기 위해? 그는 아주 정직하고 올곧은 사람이었다. 군주에 대한 충성심 때문에 어쩔 수 없이 서약한 바를 어기게 되었다면, 그 충성심조차 죄로 여길지 모른다. 제아무리 가벼운 죄를 저질렀더라도 쉽사리 자신을 용서하지 못할 만큼 섬세하고 민감하고 복잡한 마음을 지닌 사람.

그를 가장 잘 이해하는 사람이자 그와 가장 많이 닮은 키헬린은 생각에 잠긴 얼굴로 귀온의 뒷모습을 주시하다가 자기도 모르게 두어 걸음 내디뎠으나 이내 생각을 고쳐먹고 몸을 돌렸다. 왕과 지휘관들과 자문관들은 엄숙한 태도로 계단을 올라 연회장 안으로 사라진 뒤였다. 키헬린은 뒤 한 번 돌아보지 않고 그들을 따라 들어갔다. 이제 텅 비다시피 한 안마당에는 캐드펠과 마크, 그리고 주위를 맴도는 몇몇 하인과 시종 들만 남아 있었다. 소동이 잦아들자 침묵과 밤의 고요가 다시 찾아왔다. 모두가 사정을 자세히 이해하고 파악했으며 필요한 조처도 행해졌으니, 일은 적절하게 처리될 것이었다.

"우리가 할 일은 없군요." 마크가 조용히 입을 열었다.

"없지. 그저 내일 안장을 얹어 반고르로 떠나면 돼."

"그래요. 저는 떠나야 합니다." 마크가 고개를 끄덕였다. 그러나 묘하게도 그의 어조에는 무언가 석연찮은 기미가 어려 있었다. 위기를 만나 혼란스럽고 미비한 상황에 처해 있는 그곳 사람들을 내버려둔 채 자신의 임무를 위해 떠나는 것을 마치 인간성의 포기로 여기기라도 하는 걸까?

"저는 좀 궁금해요, 수사님." 그가 다시 입을 열었다. "저 사람들은 모든 문을 지키는 것으로 충분하다고 생각했을까요? 이 안에서도 그를 감시할 사람을 붙여뒀을지, 아니면 저 성벽이 있으니 그걸로 됐다고 여겼을지 궁금하군요. 혹시 그 사람의 숙소 문을 지키거나 그 사람이 연회장에서 숙소까지 가는 동안 미행하는 이는 없었을까요?"

"예배당에서 숙소까지 가는 동안 말이지?" 캐드펠이 그의 마지막 말을 정정했다. "아닐 걸세, 마크. 그가 가는 모습을 우리가 직접 보았잖나. 미행은 없었어." 그는 블레드리가 예배당에서 나와 사라졌던 안마당 저편의 통로를 바라보았다. "아니…… 우리가 너무나 많은 것들을 당연한 것으로 치부하고 넘겨버리는 건 아닌지 모르겠군. 물론 왕에게는 그보다 먼저 처리해야 할 시급한 일들이 있었던 게 사실이네. 하지만 이젠 모두가 별 의심 없이 지나친 일들을 하나하나 찬찬히 되짚어봐야 하지 않을까 싶어."

열린 예배당 문에서 귀온이 조용히 모습을 드러내더니 손을 뒤로 돌려 문을 닫았다. 내내 그 너머에서 어른거리던 조그만 불꽃이 사라졌다. 귀온은 다소 피곤해 보이는 걸음으로 안마당을 가로질렀다. 어둠 속에서 말없이 서 있는 두 수사의 존재는 눈치채지 못한 듯했다. 캐드펠은 귀온이 모종의 정보를 제공해줄 수 있으리라는 생각에 그에게로 다가갔다.

"잠깐!" 그가 귀온을 불러 세웠다. "오늘 밤 블레드리 압 리스가 어디서 묵었는지 아시오?" 귀온이 놀라 걸음을 멈추곤 경계 어린 태도로 고개를 들었다. "어제 우리 일행이 말을 타고 들어왔을 때 당신이 그 사람에게 인사하는 것을 봤소. 분명 그와 대화를 나누고 싶어 하는 것 같던데."

귀온은 입을 열기에 앞서 한참이나 뜸을 들였다. 그 긴 침묵이 이후 나올 말들보다 훨씬 더 많은 것을 표현하는 것 같았다. 사실, 곧바로 대답하는 편이 더 자연스럽지 않은가. "왜 그걸 궁금해하십니까? 지금 그게 무슨 문제라도 되나요?" 그도 이미 이 두 수사가 예배당에서 나온 블레드리의 모습을 보았다는 사실을 눈치챈 터였다. 따라서 말하기 전에 생각할 시간이 필요했으니, 그는 다시금 충분히 생각한 뒤 말을 이었다. "저는 우리 쪽 사람을 만나게 되어 기뻤습니다. 들으셨겠지만, 벌써 반년 이상 이곳에 인질로 잡혀 있었거든요. 집사는 그분에게 북쪽 담에 붙어 있는 숙소들 중 한 곳을 내주었습니다. 원하신다면 두 분을 그곳으로 안내해드리지요. 하지만 지금 거기 가봐야 무슨 소용이 있을까요? 그분은 이미 떠났는데." 이어 귀온은 당당한 목소리로 덧붙였다. "다른 사람들은 몰라도 저만은 그분을 비난하고 싶지 않습니다. 저도 자유로운 처지였다면 똑같이 했을 테니까요. 저는 제가 누구에게 충성을 바쳤으며 지금도 바치고 있는지 공개적으로 밝혔습니다!"

"물론 서약을 지킨 이를 비난할 수는 없소." 캐드펠은 차분하게 대꾸했다. "그래, 블레드리는 그 방을 혼자 썼소?"

"그랬죠." 그는 어깨를 으쓱였지만, 이 떠돌이 수사들에게 그것이 중요한 질문이라는 사실을 짐작한 듯 성의 있게 말을 이었다. "그분과 방을 같이 쓴 사람은 없었습니다. 즉 그분이 나가는 걸 보거나 막을 사람도 없었죠. 수사님 질문의 의미가 그것이라면요."

"그게 아니라……" 캐드펠이 말했다. "말 한 마리가 없어졌다는 이유로 다들 엉뚱한 추측을 하고 있는 건 아닌지 의문이 일어서 말이오. 그 사람의 숙소가 안마당에서 한참 떨어진 구석진 곳에 있고 많은 집들이 그 사이를 가로막고 있으니, 마당이 그토록 시끄러웠어도 그는 계속 잠들어 있을 수 있지 않겠소? 지금까지도 아무것도 모르는 채, 코를 골면서 말이오. 혼자 자고 있으니 깨워줄 사람도 없었겠지."

귀온이 눈을 휘둥그레 뜨고 멍하니 캐드펠을 바라보다가 가까스로 입을 열었다. "아…… 술을 많이 마셨으니 그럴 수도 있겠지요. 하지만 비상 나팔까지 울리지 않았습니까. 그렇게 요란한 소리를 듣고도 깨지 않았을지 의문이군요. 아무튼 직접 확인하시겠다면 제가 안내해드리겠습니다."

귀온은 몸을 돌려 대연회장과 병기고로 쓰이는 긴 목조 건물 사이에 난 통로를 향해 걸었다. 두 수사는 성벽에 늘어선 건물들을 향해 나아가는 그의 검은 그림자를 따라갔다.

"저 세 번째 방이 그분이 묵었던 방입니다." 방문은 살짝 열려 있었지만 그 사이로 어떤 빛도 새어 나오지 않았다. "직접 들어가 확인해보시죠. 하지만 문이 열려 있는 것으로 미루어, 소지품을 모두 챙겨 떠난 게 분명합니다."

성벽 감시탑 아래 지어진 그 작은 방은 탑이 드리운 짙은 그림자 속에 잠겨 있었다. 탑으로 오르는 길은 딱 하나뿐으로, 널찍하니 오르기 편한 그 계단은 정문에서 아주 잘 보이는 곳에 설치되어 있었다. 더하여 전투 상황을 고려해 발코니를 성벽 밖으로 내고 그 밑에 수로를 파두었으니, 밧줄이 없는 이상 바깥으로 넘어가기란 쉽지 않을 터였다. 캐드펠은 문에 손을 얹어 안으로 밀었다. 달도 뜨지 않은 밤하늘의 희미한 빛에 어느 정도 익숙해 있던 두 눈이 방 안의 어둠과 맞닥뜨리자 다시금 시력을 잃었다. 안에서는 아무 움직임도 소리도 느껴지지 않았다. 캐드펠은 문을 활짝 열어젖히고 그 조그만 방으로 한두 걸음 들어갔다.

"횃불을 가져와야겠군요." 마크가 옆에서 중얼거렸다.

굳이 횃불이 없어도 방이 비어 있다는 사실은 분명하게 알 수 있었다. 그러나 귀온은 이제 두 수사의 신중함을 너그럽게 받아들이는 듯했다. "경비실에 화로가 있으니 제가 가서 횃불을 만들어 오겠습니다."

순간 캐드펠은 부드러운 천 자락에 한쪽 발이 걸려 바닥으로 넘어질 뻔했다. 어두워서 잘 보이지는 않았지만 담요가 침대에서 미끄러져 내려와 있는 것 같았다. 그는 허리를 굽혀 올이 굵은 천을 더듬은 끝에 그 안에 보다 단단한 무언가가 감싸여 있음을 알았다. 모직물의 따뜻한 온기와 함께 특유의 냄새가 피어올랐다. 그걸 위로 들어 올리자 관절로 연결된 묵직한 것이 허공에 축 늘어진 채 흔들거렸다. 캐드펠은 그걸 다시 제자리에 살며시 내려놓은 뒤 천 자락을 더듬어 내려갔다. 두꺼운 옷단, 이어 매끄럽고 느슨한 인간의 살이 만져졌다. 온기가 없었지만 아직 싸늘하지도 않았다. 그가 잡은 천 자락은 옷소매였고, 그 안에 있는 건 끝에 크고 억센 손이 달린 한쪽 팔이었다.

"그래, 가서 횃불을 가져오시오." 캐드펠이 어깨 너머로 고개를 돌려 말했다. "이곳을 밝힐 수 있는 거라면 뭐든 필요할 거요."

"저게 뭐죠?" 마크가 뒤에서 어둠 속을 뚫어지게 바라보며 물었다.

"시신이야." 캐드펠이 대답했다. "죽은 지 몇 시간쯤 지난 것 같군. 도망치려는 순간 앞길을 가로막은 누군가와 맞붙어 싸운 모양이야. 블레드리 압 리스는 죽었네."

*

귀온이 횃불을 들고 달려와 벽에 매달린 등잔걸이에 꽂았다. 밀폐된 좁은 방이라 횃불을 갖고 들어와서는 안 되었지만 지금은 비상사태였다. 가구가 거의 없는 방 안의 모든 물건들이 선명하게 윤곽을 드러내었다. 뒷벽에 붙은 작은 침대, 옆으로 쓸려 내려 한쪽 끝이 방바닥 위에서 흔들거리는 담요, 긴 몸뚱어리가 누워 있었음을 드러내는 밀짚 매트 위의 선명한 자국. 누운 사람이 손을 뻗으면 닿을 만한 곳에 설치된 침대맡 선반에는 접시 모양의 조그마한 등잔이 놓여 있었다. 약간의 기름얼룩과 까맣게 탄 심지가 남아 있는 것으로 보아 누군가 끈 것이 아니라 저절로 다 타서 꺼진 듯했다. 선반 밑에는 가죽 안장주머니가 반쯤 풀린 채 놓여 있었고, 그 위에 아무렇게나 던져놓은 남자의 내의와 각반, 셔츠, 그리고 아사프에서 오는 여행 길에는 필요치 않았던 외투가 떨어져 있었다. 구석에는 승마용 부츠가 놓여 있었는데, 한 짝은 마치 발로 차버린 듯 거꾸로 뒤집힌 채였다.

블레드리 압 리스는 침대와 문 사이, 머리를 목조 벽에 기대고 사지를 활짝 펼친 채 누워 있었다. 그 모양새로 보아 상대가 온 힘을 다해 후려친 주먹에 맞아 그대로 나가떨어진 듯했다. 눈은 반쯤 뜬 채였고, 큼직한 입술이 말려 올라가 앙다문 이도 드러나 있었다. 쓰러지다가 그랬는지 가운 앞섶이 활짝 열려 있었는데, 그 너머는 알몸이었다. 일렁이는 횃불 빛으로는 그의 왼쪽 턱과 뺨에 난 거무스레한 흔적이 그림자인지 멍 자국인지 판단하기 어려웠다. 하지만 가슴에 보이는 갈라진 자국은 분명하게 눈에 들어왔다. 거기서 흘러내린 피가 옆구리에 펼쳐진 가운 자락에 스며들어 있었다. 범인은 그 부위를 찌른 뒤 단검을 뽑아냈고, 그때 블레드리의 목숨도 새어 나갔던 것이다.

캐드펠은 시신 옆에 무릎을 꿇고 앉아 상처 부위를 보다 분명하게 드러내기 위해 조심스러운 손길로 가운 앞섶을 완전히 젖혔다. 문 밖에 서 있던 귀온의 입에서 신음이 새어 나오는가 싶더니, 횃불 빛이 사납게 일렁이며 시신의 얼굴에 그림자를 드리웠다. 흡사 죽은 이의 얼굴이 경련을 일으키는 듯 보였다.

"마음 가라앉히시오." 캐드펠이 블레드리의 반쯤 뜬 눈을 감겨 주며 부드럽게 말했다. "지금 이 사람은 지극히 편안한 상태요. 동료가 이렇게 되어 유감이오!"

마크는 깊은 연민이 담긴 눈길로 시신을 응시하며 조용히 서 있다가 입을 열었다. "이 사람에게 아내나 아이들이 있습니까?"

그래, 캐드펠은 마음속으로 고개를 끄덕였다. 마크의 질문, 그것이야말로 제대로 된 사제라면 의당 가장 먼저 관심을 기울여야 할 문제였다. 예수님께서도 제일 먼저 그렇게 물으시리라. "이 사람은 언제 고해를 했소?"가 아니라, "그 어린것들은 누가 돌봐줄까요?" 하고 말이다.

"아내도 있고 아이들도 있습니다." 귀온이 낮은 목소리로 대답했다. "그들은 제가 돌봐줄 겁니다."

"그래, 이곳 왕이 당신을 석방할 거요." 캐드펠은 뻣뻣해진 두 무릎을 일으켰다. "일단 다 같이 가서 무슨 일이 일어났는지 왕에게 알립시다. 이 사람도 우리도 그분이 다스리는 영토에 온 이방인이요, 그분 집의 손님이니까. 이건 살인 사건이오. 자, 횃불을 들고 먼저 가시오, 귀온. 나는 문을 닫고 뒤따라가겠소!"

귀온은 이 낯선 이방인의 말에 고분고분 따랐다. 포로로서의 복종이 아니라 전적으로 자신의 의지에 의해서였다. 횃불을 들고 있던 그가 문간에서 잠시 균형을 잃자 마크가 재빨리 팔을 잡아주었다. 귀온은 말없이 횃불을 들고 그들의 앞으로 나아가 대연회장 계단을 향해 곧장 걸음을 옮겼다.

*

"우리 모두 실수를 저질렀소." 오아인 앞에 서자 캐드펠이 입을 열었다. "확인하지도 않은 채 블레드리 압 리스가 이곳에서 도망쳤다 가정했지. 그러나 그는 방에서 움직이지 않았고, 말도 필요로 하지 않았소. 아니, 그가 떠난 것은 사실이오. 아주 먼 여정을 떠났지. 블레드리 압 리스는 숙소에서 죽은 채 발견되었소. 거기서 확인한 모든 정황과 증거로 미루어보건대 그 사람에겐 결코 도망칠 의사가 없었소. 잠들어 있었는지는 알 수 없지만, 침대에 누워 있었던 건 분명하오. 알몸에 가운을 걸치고 누워 있다가 누군가 방에 들어오자 그를 맞이하느라 침대에서 일어났던 것 같소. 나와 함께 온 이 두 사람도 내가 본 걸 목격했으니 내 말이 사실이라 증언할 거요."

"사실입니다." 마크 수사가 말했다.

"예, 사실입니다." 귀온도 뒤따라 말했다.

검소하게 장식된 오아인의 방 안 탁자 위로 깊은 침묵이 내려앉았다. 지휘관들은 놀라 입을 굳게 다물고 군주의 반응이 나오기만을 기다렸다. 아버지 곁에서 양피지 문서를 내밀던 허웰은 반쯤 펼쳐진 문서를 두 손에 그대로 쥔 채 눈을 크게 뜨고 캐드펠의 얼굴만 뚫어지게 바라보았다.

"죽었다고……!" 갑작스러운 소식에 오아인은 질문이라기보다 혼잣말처럼, 이를 차근히 소화시키려는 듯 생각에 잠겨 중얼거렸다가 잠시 후 다시 입을 열었다. "어떻게 죽었소?"

"단검에 가슴을 찔렸소." 캐드펠이 자신 있게 대답했다.

"정면에서? 상대와 마주 선 상태에서 찔린 거요?"

"우리는 그를 처음 발견한 상태 그대로 놓아두었소. 그러니 당신을 모시는 의사가 확인해줄 수 있을 거요. 하지만 내 생각을 묻는다면…… 아마 크게 한 방 얻어맞아 벽 쪽으로 나가떨어졌던 듯하오. 그러곤 곧장 기절해버렸지. 그를 가격한 자는 그와 마주서 있었던 게 분명하오. 범인은 뒤에서 몰래 접근한 게 아니라 정면으로 그를 공격했소. 또 그 순간에는 어떤 무기도 사용하지 않았고, 누군가 커다란 분노에 휩싸여 주먹으로 그를 때려눕힌 거요. 그다음, 그가 쓰러지자 칼로 찔렀소. 피가 그의 왼쪽 옆구리께 펼쳐진 가운 자락에 얌전히 고여 있더군. 그 사람이 움직인 흔적은 없소. 의식을 잃은 상태에서 칼에 찔린 거요."

"때린 사람과 찌른 사람은 동일인일까?" 오아인이 물었다.

"그걸 누가 알겠소? 그랬을 수도 있지만 확실치는 않소. 어쨌든 칼에 찔리지 않았다면 그는 잠시 후 깨어났을 거요."

오아인은 두 손을 뻗어 탁자에 어지럽게 널려 있는 양피지 문서들을 한쪽으로 밀어냈다. "수사는 블레드리 압 리스가 내 지붕 밑에서 살해당했다고 말하고 있소. 친구로서 왔든 적으로 왔든, 일단 내 집에 온 이상 그 사람은 내 손님이오. 나로서는 이 일을 묵과할 수 없소." 그가 캐드펠의 어깨 너머, 귀온의 침울한 얼굴을 건너다보았다. "내가 정직한 적의 목숨을 내 부하들의 목숨보다 더 하찮게 취급하리라 생각지는 말라."

"그 점에 대해서는 결코 의심하지 않습니다, 전하." 귀온이 아주 작은 소리로 대답했다.

"지금 처리해야 할 다른 많은 문제들이 있기는 하나, 어떻게 해서든 그 사건의 진상을 밝혀내고야 말 것이다. 살아 있는 동안 그를 마지막으로 본 사람이 누군가?"

"그 사람이 늦은 시각 예배당에서 나와 자기 숙소로 가는 걸 봤소." 캐드펠이 말했다. "내 곁에 있던 마크 수사도 같이 봤고. 그 뒤로 어떻게 됐는지는 모르겠소."

귀온은 마음의 동요와 슬픔을 억누르느라 갈라진 목소리로 말했다. "그때 저도 예배당에 있었고, 그분과 이야기를 나눴습니다. 저는 제가 알고 있는 분을 만나 몹시 기뻤습니다. 하지만 그분이 예배당을 떠날 때 저는 따라가지 않았습니다."

"이곳에 있는 모든 하인들을 심문해 마지막으로 그 숙소 부근에 있었던 사람이 누군지 알아봐야 할 것이다." 오아인이 말했다. "그 일은 허웰이 맡아서 처리하도록. 우연히 그 방 앞을 지나갔거나 블레드리 압 리스를 본 사람이 있는지, 혹은 숙소 주변에서 누군가 얼쩡거리는 걸 본 사람이 있는지 알아보고, 그런 사람이 있다면 증언을 받아내어 내게 전하라. 첫새벽에는 내 아우와 덴마크군 문제를 처리하러 떠나야 하지만, 그때까지 아직 몇 시간쯤 여유가 있다. 그 전에 사건을 해결할 수만 있다면 더없이 좋겠지."

허웰은 양피지 문서를 탁자에 내려놓은 뒤 모여 있던 이들 중 두 사람을 데리고 신속히 방을 떠났다. 그날 밤 성안에 있는 남자 하인들과 집사들, 하녀들, 왕의 경호원들 그리고 무기를 들고 왕을 따라온 청년들까지, 그 누구도 편히 쉬지 못할 것이었다. 블레드리 압 리스는 장난 어린 협박을 목적으로 아사프에 왔다가 목숨으로 대가를 치렀다. 이 사건은 호수에 생긴 파문처럼 멀리멀리 퍼져나가면서 진상이 밝혀질 때까지 모든 사람들을 괴롭히리라.

"그 사람을 찌른 단검은 어떻게 되었소?" 오아인이 다시 질문을 던졌다. "그 자리에 남아 있지 않았소?"

"칼은 없었소." 캐드펠이 대답했다. "상처를 자세히 살펴보지 못해 지금으로서는 그게 어떤 종류의 칼이었는지 말하기가 어렵군. 나중에 당신 부하들이 자세히 살펴보고 밝혀낼 수도 있겠지. 칼도 세월에 따라 그 모양새가 변하니, 무기를 다뤄본 지 오래된 나보다는 그들이 훨씬 더 잘 알아볼 거요."

"그 사람이 침대에 누워 있었다고 했지……." 왕이 말했다. "잠을 잤는지는 몰라도 눕긴 했다고. 그리고 말을 타려 하거나 도망치려 한 흔적은 보이지 않는다고 했소. 나는 그를 굳이 엄중하게 감시할 필요가 없다고 생각해 어젯밤 그곳에 감시병을 배치하지 않았소. 하지만 그렇다면 또 하나의 의문이 남는군. 그가 아니라면 대체 누가 말을 타고 나간 거요? 말 한 마리가 사라진 건 분명한 사실 아니오?"

블레드리의 죽음에 매달려 있느라 캐드펠도 그 점에 대해서는 미처 생각하지 못한 터였다. 무언가 다른 것을 조사해봐야 한다는 막연한 조바심이 마음 깊은 곳에 자리 잡고 있었지만, 그게 무엇인지 포착하려 할 때마다 번번이 관심의 영역 밖으로 달아나버리곤 했던 것이다. 이제 그 수수께끼와 맞닥뜨린 순간, 소리 소문 없이 사라진 미지의 인물을 찾아내기 위해서는 요새 안에 있는 모든 사람들을 하나하나 면밀히 더듬어나가는 길고도 지루한 과정이 필요하리라는 생각이 들었다. 왕은 날이 밝자마자 지체 없이 떠나야 하니 그 일은 다른 사람이 맡아야 할 것이었다.

"그 수수께끼를 풀어줄 사람은 당신뿐이오." 캐드펠이 말했다.

오아인은 크고 잘생긴 손으로 테이블을 두드리다가 입을 열었다. "내가 갈 길은 정해졌소. 카드왈라드르가 데려온 더블린의 덴마크인들이 호되게 따귀를 얻어맞고 돌아갈 때까지 그 마음은 절대로 바뀌지 않을 거요. 그리고 두 수사도 가야 할 곳이 있지. 나만큼 급하게 떠날 필요는 없지만 그래도 미루지 않는 게 좋을 거요. 주교님 또한 우리 군주들과 마찬가지로 사자들이 임무를 제대로 수행하기를 바랄 테니까. 그러니 날이 밝을 때까지라도 함께 최선을 다해 진상을 밝히도록 합시다. 제시간 안에 문제가 해결되지 않을 경우에는 부득불 뒤로 미루어야겠지만, 나는 이 일을 결코 잊지 않을 거요." 그가 몸을 일으켰다. "자, 나도 현장을 직접 봐야겠소. 시신을 적당한 곳에 수습해 그의 유족들에게 넘겨줄 때까지 잘 보살펴야겠지. 그가 내 신하는 아니지만 그렇다고 내게 해를 끼친 것도 아니니, 나로서는 할 수 있는 도리를 다할 생각이오."

*

한 시간 뒤, 그들은 다시 회의실에 모였다. 블레드리 압 리스의 시신은 그곳 사제의 주관하에 예배당에 안치되었고, 그가 묵었던 방에서는 더 이상 새로운 사실이 드러나지 않았다. 어떤 무기도 발견되지 않았으며, 범인이 정확한 솜씨로 날렵하게 찌른 터라 피도 많이 흐르지 않아 바닥에도 흔적이 거의 없었다. 이미 정신을 잃은 사람의 심장을 정확하게 찌르는 게 그리 어려운 일은 아니지, 캐드펠은 생각했다. 블레드리는 자신이 무슨 일을 당하는지 의식하지도 못한 채 죽음을 맞았으리라.

"그에 대한 사람들의 인식이 별로 좋지 않았소." 오아인이 다시 홀을 향해 걸음을 옮기며 입을 열었다. "워낙 거만한 태도를 보여서 말이지. 어쩌면 누군가 충동적으로 그자를 때려눕혔을지도 모르겠군. 하지만…… 사람을 죽인다? 내가 그를 손님으로 대접했는데 내 부하들 중 하나가 감히 그렇게 극단적인 짓을 저지르려 했을지 의문이오."

"그럼에도 불구하고 그런 짓을 저질렀다면, 그 사람은 대단히 화가 난 상태였을 거요." 캐드펠이 말했다. "누구든 순간적으로 자제심을 잃어버리고 상대를 공격할 수 있소. 그런 일은 눈 깜짝할 사이에 벌어지지. 그 사람은 우리와 함께 여기까지 오는 짧은 동안에도 많은 적을 만들었소."

무슨 일이 있어도 특정한 이름을 거론하는 일은 피해야 했다. 그 순간 캐드펠의 마음속에는 블레드리가 자기 딸과 수작을 벌이는 광경을 보고 금방이라도 죽일 듯 사나운 눈길로 그를 노려보던 메이리온 참사회원의 얼굴이 어른거렸다. 하지만 그로서는 아무리 화가 나도 자신의 출셋길을 스스로 가로막을 짓을 저지르지 못하리라.

"공개적인 싸움이 일어났다면 금방 드러났을 테고, 그 정도라면 내가 해결할 수 있었겠지." 오아인이 말을 이었다. "설사 그런 싸움이 누군가의 죽음으로 끝났다 해도 범인은 응분의 대가를 치르면 될 일. 누구도 그 일로 일방적인 비난을 받지는 않았을 거요. 블레드리 자신이 사람들의 분노를 촉발한 건 사실이니까. 하지만 그의 방으로 들어가 침대에 누워 있던 사람을 기절시킨 다음 칼로 찔러 죽인다? 그건 문제가 전혀 다르지."

연회장을 지나 회의실로 들어서자 사람들의 시선이 일제히 그들에게 쏠렸다. 마크와 귀온도 다른 이들과 함께 기다리고 있었다. 시체를 함께 발견했다는 사실이 그들을 긴밀하게 결속시키기라도 한 듯 두 사람은 나란히 서 있었으니, 그러한 보이지 않는 연결 고리가 탁자를 둘러싸고 앉아 있는 지휘관들과 그들을 구분해주는 것 같았다. 허웰은 아버지보다 먼저 돌아와 있었다. 주방에서 일하는 어린 하인 하나와 함께였다. 헝클어진 검은 머리를 한 그 소년의 얼굴은 다소 부어 있었지만, 갑작스러운 죽음의 소식을 들은 데다 그 사건과 관련해 보고할 내용이 있는 터라 눈빛이 초롱초롱했다.

"전하," 허웰이 말했다. "블레드리 압 리스가 묵었던 숙소를 지나간 이들을 모두 찾아내 물어보았는데, 여기 있는 소년이 가장 마지막에 그곳을 지나쳤던 듯합니다. 이 아이가 직접 목격한 바를 말씀드릴 겁니다. 지금까지는 아무 말도 듣지 않은 채 전하께서 오시기를 기다리고 있었습니다."

소년이 당당한 태도로 한 걸음 나아왔다. 이 방에서 군주를 상대하고 있다는 게 무척 자랑스러운 듯했으나 자기 입에서 나올 이야기가 얼마나 중요한 것인지는 제대로 인지하지 못하는 듯했다. "전하, 저는 자정이 막 지날 무렵 일을 끝내고 숙소로 가느라 그 통로를 지나쳤습니다. 마지막에야 일을 마친 터라 그때 그곳에는 아무도 없었습니다. 그 구역의 세 번째 방 앞을 지나갈 때까지는 말이지요. 조금 전 여기 계신 분들이 그 방이 바로 블레드리압 리스라는 분의 방이었다고 알려주시더군요. 그때, 어떤 분이 문 손잡이를 잡은 채 그 방 안을 들여다보고 있었습니다. 그러다 제가 오는 소리를 듣고는 문을 닫고서 골목길을 따라 그냥 가버리셨습니다."

"급하게 가던가?" 오아인이 날카롭게 물었다. "어둠 속이었으니 자기 모습을 드러내지 않은 채 도망칠 수 있었겠군."

"아닙니다, 전하. 그런 게 아니에요. 그분은 그저 문을 닫고 아무렇지 않게 가셨습니다. 저는 별다른 생각을 하지 않았고요. 누가 봤다고 해서 신경을 쓰시는 것 같지 않았거든요. 심지어 제게 잘 자라는 인사말까지 건네셨고요. 마치 손님이 침상에 잘 드셨는지 확인하려던 것처럼 말입니다. 그분은 아주 천천히, 여유롭게 걸어가셨어요."

"너도 그 사람에게 인사를 했고?"

"예, 전하."

"그러면 그의 얼굴을 똑똑히 보았겠군. 그 사람이 누구인지 말하라."

"예, 전하. 그분은 제가 잘 아는 분입니다. 처음 허웰 왕자님과 함께 데헤이바르스에서 오셨을 땐 낯선 분이었지만, 이제는 이 궁전에 있는 모든 사람이 그분을 잘 알며 높이 평가하고 있지요. 그분은 키헬린 님입니다."

*

놀라서 숨을 들이쉬는 소리가 울려 퍼지며 사람들의 시선이 일제히 키헬린을 향했다. 키헬린은 자신이 모든 이들의 의혹과 관심의 초점이 되었다는 사실을 알고도 꼼짝 없이 앉아 있었다. 그저 약간 놀란 듯, 혹은 재미있다는 듯 검고 짙은 눈썹을 약간 치올릴 뿐이었다.

"아이의 말은 사실입니다." 그가 말했다. "예, 제가 그 사람의 숙소를 들여다보았습니다. 하지만 그다음 다른 누군가 거기 갔던 게 분명합니다. 살아 있는 그의 모습을 마지막으로 본 사람은 제가 아닙니다."

"하지만 그대는 지금껏 그 일에 대해 일절 언급하지 않았다. 왜 그랬지?"

"그 점에서는 저도 잘한 게 없다 생각합니다. 그의 죽음에 대해 들었을 때 꼭 급소를 찔린 듯한 기분이 들어서요. 말씀을 드리려고 입을 벌렸다가 아무 말도 꺼내지 못한 채 그냥 닫아버렸습니다. 저는 그 사람 방에 들어가지 않았고 그 사람을 건드리지도 않았지만, 제 마음속에 그 사람을 죽이고 싶다는 생각이 도사리고 있었던 건 분명한 사실이니까요. 캐드펠 수사님으로부터 그가 죽었다는 말을 듣는 순간, 죄의식으로 뒷목이 선득했습니다. 혼자 있을 기회가 없었던 것이 다행입니다. 이 아이는 누군가가 절실히 필요할 때 제게 와줬습니다. 안 그랬다면 바로 제가 블레드리의 살인자가 되었을 겁니다. 하지만 주님의 은총 덕에 그 일은 피했지요!"

오아인은 아무런 표정의 변화 없이 질문을 이어갔다. "그럼 그 시각에 왜 거기 갔었나?"

"그 사람과 맞붙어 단번에 그를 때려죽이려고 갔습니다. 왜 그때 갔느냐고요? 사실 한참 전부터 제 마음은 증오로 끓어오르고 있었습니다. 살인도 불사할 생각이었지요. 하지만 제 싸움에 다른 사람이 연루되지 않기를 바랐습니다. 누군가 알고도 말리지 않았다는 비난을 사지 않도록 주위에 아무도 없는 시각을 택하고 싶었어요." 차분하기 그지없는 목소리였으나, 그의 얼굴은 팽팽하게 긴장되어 양쪽 광대뼈와 여위고 각진 턱 주위에 푸른 힘줄들이 선명하게 드러나 있었다.

"대범하군." 허웰의 부드러운 목소리가 침묵의 긴장감을 어느 정도 누그러뜨렸다. "외팔이가 두 팔을 가진 역전의 용사와 맞설 생각을 했다고?"

 키헬린은 제 왼쪽 팔을 감싼 리넨 천을 고정하고 있는 은고리를 무심하게 내려다보았다. "한 팔이든 두 팔이든 결과는 마찬가지였을 겁니다. 하지만 제가 문을 열었을 때, 그 사람은 깊이 잠들어 있었습니다. 길고 평화로운 숨소리가 들리더군요. 잠자는 사람을 급습해 죽음에 이르게 하는 것이 과연 공정한 처사일까 하는 생각에 문 앞에 망연히 서 있는데, 때마침 저 소년이 나타났습니다. 그래서 저는 다시 문을 닫고 블레드리를 내버려둔 채 그곳을 떠났지요. 물론 그렇다고 애초의 의도를 버린 건 아니었습니다." 키헬린이 불쑥 고개를 들었다. "동이 틀 때까지 그자가 살아 있었다면, 저는 그 가증스러운 죄상을 공개적으로 밝히고 목숨을 건 결투를 벌일 작정이었습니다. 그자를 죽여도 좋다는 전하의 허락이 떨어지기만 한다면 말이지요."

 오아인은 키헬린을 지그시 응시했다. 저 사람은 대체 왜 저토록 큰 분노를 품고 있는 것일까 생각하는 듯했다. "내가 알기로 그 사람은 죽을 만큼 큰 죄를 지은 적이 없는데."

 "전하에게는 거만하게 행동한 것 이상의 죄를 짓지 않았습니다만, 제게는 최악의 죄를 저질렀습니다. 그자는 길가에 매복해 있다가 우리를 습격하여 제 군주를 살해한 여덟 놈 중 하나였습니다. 아나라우드 님이 살해되고 제 손도 함께 날아간 그때, 블레드리 압 리스가 무장을 한 채 그 무리와 함께 있었습니다. 그자가 주교 관저의 홀에 들어서기 전까지만 해도 저는 그자의 이름을 알지 못했습니다. 하지만 그 얼굴은 잊지 않았어요. 그자의 피로써 제 군주를 죽인 대가를 받아낼 때까지는 결코 잊을 수가 없었지요. 그런데 오늘 다른 누군가 저를 대신해서 그자를 해치웠습니다. 그 덕에 저는 손에 피를 묻히지 않아도 되었고요."

키헬린이 말을 맺자, 오아인은 명령했다. "그대가 그 사람이 살아 있을 때 그곳을 떠났으므로 그의 죽음과 아무 관계도 없다는 말을 다시 한번 반복하라."

"저는 그 사람이 살아 있을 때 그 곁을 떠났습니다. 저는 그를 건드린 적이 없고, 따라서 그의 죽음은 저와 아무 상관도 없습니다. 전하께서 명령하신다면 제단 위에서도 그렇게 맹세할 수 있습니다."

"나로서는 당분간 이 문제를 미결 상태로 남겨둘 수밖에 없다." 왕은 엄숙하게 말을 이었다. "아베르메나이에서 보다 시급한 문제를 해결하고 돌아올 때까지는 말이다. 하지만 누가 그런 짓을 했는지 이후에라도 기필코 밝혀낼 것이다. 또한 나는 그대의 말을 믿지만 그대를 의심하는 사람들도 많이 있을 터, 그대가 나와 함께 돌아올 것이며 이 사건의 진상이 완전히 밝혀질 때까지 참고 견디겠다고 서약할 수 있다면 나와 함께 떠나도록 하라. 내게는 그대처럼 믿음직한 사람이 필요하다."

"전하께서 명령하실 때까지 무슨 일이 있어도 전하 곁을 떠나지 않겠다는 것을 주님 앞에 서약합니다. 하지만 어떤 일이 있어도 전하께서 그런 명령을 내리시지 않았으면 좋겠군요."

*

예기치 않은 돌발 사태들이 연이어 일어난 그날 새벽, 마지막 소식이자 가장 뜻밖의 소식을 가져온 이는 다름 아닌 고로누이었다. 왕은 새벽의 출정과 관련한 사항들을 자세하게 지시한 뒤 참모들을 해산시키려고 자리에서 일어났다. 죽은 이를 위한 의식은 이미 준비되었고, 귀온은 아베르에 남되 사람을 시켜 케레디기온에 있는 블레드리의 아내에게 소식을 보낸 뒤 그녀가 요구하는 바에 따라 망자의 뒤를 봐주겠다고 약속한 참이었다. 우울한 임무이긴 하나, 그런 일은 아무래도 같은 군주를 모시던 사람이 맡는 편이 나으리라는 생각이었다. 아침에 병사들을 집합시키는 일은 계획에 따라 정확하게 시행될 것이었고, 반고르로 갈 리치필드 주교의 사절 또한 아침에 함께 떠날 수 있게끔 하라는 지시도 내려진 뒤였다. 왕 일행은 잠시 그들과 함께 가다가 카르나르본으로 이어지는 지름길, 오래전 외국인들이 웨일스에서 자기들의 거점으로 삼았던 거대한 요새들을 연결하는 옛길로 들어설 것이었다. 그들이 거주했던 지역에는 여전히 라틴식 지명이 붙어 있었으나, 사제나 학자들이 아닌 웨일스 주민들은 그와 다른 이름으로 부르곤 했다.

어쨌든 그렇게 모든 준비가 완료된 순간, 돌연 고로누이 아브에이니온이 많은 이들을 붙잡고 탐문한 끝에 알아낸 결과를 들고 회의실로 들어온 것이다.

"전하, 허웰 님께서 제게 지금 이곳에 있어야 마땅하나 보이지 않는 사람 하나를 찾아내라는 지시를 내리신 바 있습니다. 저는 이곳 시종과 하인들은 제쳐두어도 된다고 생각했습니다. 그들은 굳이 이 밤에 그렇게 황급히 내뺄 이유가 없을 테니까요. 하지만 왕비님의 몸종에게는 묻지 않을 수 없었습니다. 그녀는 이곳 하녀들을 살살이 꿰고 있으며 또 이곳을 찾아온 여자 손님들을 관리하는 임무도 맡고 있지요. 한데 그녀가 놀라운 이야기를 해주었습니다. 어제 전하와 함께 이곳에 온 여인 하나가 본인에게 배정된 방에서 종적을 감췄다고 합니다. 아사프 관구의 참사회원인 아버지와 함께 이곳으로 온 여인 말입니다. 먼저 전하께 보고를 올리고 지시를 받는 게 먼저일 것 같아 여인의 아버지는 아직 깨우지 않았습니다. 어쨌든 그 젊은 여인이 사라졌다는 점에는 의심의 여지가 없습니다. 이곳 대문이 닫힌 이래 그 여인을 본 사람은 아무도 없으니까요."

"맙소사! 사람들 말이 사실이었군!" 오아인이 어처구니없다는 듯 탄식했다. "그 검은 머리 여인이 잉글랜드에서 수녀가 되느니 차라리 예안 아브 이보르에게 시집가는 게 더 나으리라 여겨 어쩔 수 없이 혼사에 응했다고들 하더니! 기어이 그 아이가 말을 훔쳐 경비원들이 대문을 닫기 전에 어둠 속으로 내뺐단 말이냐? 고얀 것 같으니!" 왕이 손가락 마디를 뚝뚝 꺾으며 물었다. "그 아이의 이름이 무어라 했지?"

캐드펠이 대답했다. "헬레드입니다."

6

헬레드가 사라졌다. 이곳에는 손님을 따로 접대하고 관리하는 사람도, 그녀를 곁에서 지켜보며 통제할 만한 여자도 없었다. 헬레드는 속내를 감춘 채 왕비의 몸종과 거리를 두면서 도망칠 기회가 오기만을 기다리고 있었던 듯했다. 앵글시섬에 있는 미지의 신랑과 결혼하는 것이 잉글랜드의 수녀원에서 낯선 사람들과 함께 지내는 것 못지않게 싫어, 요새의 대문이 닫히기 전에 그곳을 몰래 빠져나가 자신이 선택한 미래를 찾아 나선 것이다. 하지만 말과 마구를 어떻게 빼돌렸을까? 게다가 그녀는 발이 아주 빠른 최상급 말을 골라냈다.

왕이 베푼 연회 중, 귀족들이 모두 제자리에 앉아 부지런히 술잔을 기울이는 동안 헬레드는 빈 술단지를 들고 홀을 나갔어, 캐드펠은 생각했다. 그녀가 손을 뒤로 돌려 망사 커튼이 쳐진 문을 닫을 때 메이리온 참사회원은 여전히 못마땅한 눈길로 딸을 노려보았지. 만일 아버지를 괴롭히고 싶었다면 단지를 채워 돌아와 웨일스 사람들의 뿔잔에 기꺼이 술을 따라주었을 텐데. 하지만 그 이후 그녀를 본 사람은 아무도 없었다.

곧 새벽이 밝아오고 왕의 군대가 모여들어 성안을 가득 채우면 그 소란에 다들 잠에서 깨어 안마당으로 나올 터였다. 누가 참사회원에게 소식을 전할 것인가? 그의 딸이 밤사이 그곳에서, 곧 만날 신랑으로부터, 그리고 딸에게 미흡한 애정을 지닌 아버지로부터 달아났다고 말이다.

오아인은 피할 수 없는 그 임무를 남에게 맡기려 하지 않았다. 동녘 빛이 성의 외벽에 닿고 말과 마부와 무기를 든 이들이 안마당을 채우기 시작할 무렵, 왕은 사람을 시켜 아사프 관구의 두 참사회원을 정문 경비실로 부른 뒤, 안마당에 모여들어 말에 오르는 병사들과 좋은 날씨를 예고하는 하늘을 살피며 두 사람을 기다렸다. 곧 넓은 마당 저편에서 부지런히 걸음을 놀려 이쪽으로 다가오는 메이리온의 모습이 보였다. 지극히 평온한 얼굴로 보건대 아직 그는 아무것도 눈치채지 못한 듯했다. 그의 뒤에서는 그보다 작고 통통한 몸집을 지닌, 또 자의식도 강해 보이는 모건트 참사회원이 초연한 표정으로 위엄 있게 걸어오고 있었다.

무슨 일이 닥치든 오아인은 변죽을 올리는 일 없이 곧장 핵심으로 파고드는 사람이었다. 더욱이 지금은 고집 센 동생이 몰고 온 파멸의 위기가 눈앞에 닥친 데다 행방을 감춘 여인이 맞닥뜨릴지 모를 위험한 사태를 바로잡아야 할 다급한 상황이었으니, 한시라도 빨리 소식을 전하고 가능한 조처들을 취하는 것이 중요했다.

"밤사이 두 분의 마음과 아울러 내 마음을 언짢게 할 만한 소식들이 있었소." 두 성직자가 다가오기 무섭게 오아인이 우렁찬 목소리로 말했다.

캐드펠은 대문 곁에 선 채 메이리온 참사회원을 유심히 살폈다. 왕의 말을 듣고도 그의 얼굴에 불안의 빛 같은 것은 조금도 나타나지 않았다. 아마도 덴마크 함대의 침입, 혹은 블레드리 압리스의 도주에 대한 이야기리라 생각하는 모양이었다. 그 두 성직자는 그의 사망 사실이 밝혀지기 전에 잠자리에 들었으니 말이다. 사실 블레드리와 헬레드의 불장난으로 출셋길이 막혀버리지 않을까 걱정하던 터였고, 더욱이 모건트 참사회원이 주교에게 보고할 두 사람의 야릇한 표정과 음란한 말들을 차곡차곡 마음속에 쌓아두고 있었으니, 그로서는 오히려 그의 도주가 반가운 일이었다. 이 순간 메이리온 참사회원의 느긋하고 편안한 마음을 교란시킬 만한 것은 아무것도 없었다.

"전하." 그가 느긋하게 입을 열었다. "현재 상황에 대해서는 저희도 잘 알고 있습니다. 이곳 해안을 위협하는 자들에 관한 소식이 들어왔을 때 저희도 그 자리에 있었으니까요. 이번 위기는 아무 피해도 남기지 않고 무난히 넘어갈 수 있으리라—"

"그게 아니오!" 오아인이 퉁명스럽게 그의 말을 끊었다. "이건 당신과 관련된 소식이오. 당신의 딸이 밤사이 도망을 쳤소. 유감스럽게도 내가 부득불 이곳을 비워야 하고 따라서 지금으로서는 당신을 도울 수 없으니, 이 일은 당신이 알아서 처리해줘야겠소. 이곳 수비대 대장에게 당신 딸의 수색에 최대한 협조하라고 지시해놓았소. 필요하다면 이곳에 얼마든지 머무르며 내 부하들과 마구간을 이용해도 좋소. 나 또한 카르나르본을 향해 서쪽으로 곧장 나아가는 동안 주위를 잘 살피며 그 여인에 대해 수소문하겠소. 마크 부제와 캐드펠 수사 역시 반고르로 가는 동안 그렇게 해주실 거요. 그러니 당신은 아베르 부근 및 동쪽과 남쪽 방면을 수색하고 탐문해보시오. 하지만 여자 혼자의 몸으로 감히 산악 지대로 들어갔을 성싶지는 않군. 어쨌든 여건이 허락하는 대로 나도 수색에 다시 합류하겠소."

왕이 거기까지 이야기를 이어가는 내내 메이리온 참사회원은 몹시 놀라 크게 뜬 눈으로 멍하니 그를 바라보고 있었다. 그의 안색이 점차 창백해지더니 이내 두드러진 광대뼈까지 새하얘졌다.

"내 딸이!" 숨도 못 쉰 채 입만 벌리고 있던 그가 간신히 쉰 목소리를 내뱉었다. "그 애가 사라져요? 해적들이 상륙한 이 와중에 혼자서 나갔다는 겁니까?"

헬레드가 이 자리에 있어서 그 말을 들었다면 자신을 향한 아버지의 진심 어린 애정과 걱정을 실감할 수 있었을 텐데, 캐드펠은 생각했다. 아주 잠시뿐이라 해도, 그는 출세 따위는 완전히 잊은 채 온통 딸의 안위에 대한 걱정에 잠겨 있었다.

"여기서 그곳까지의 거리는 아주 멀고, 나는 놈들이 더 이상 접근하지 못하도록 할 생각이오." 오아인이 말했다. "당신 딸도 전령이 전한 소식을 들었으니, 바보가 아닌 이상 놈들의 품으로 달려들지는 않겠지."

"하지만 그 아이는 고집불통입니다!" 메이리온이 고통 어린 외침을 토해냈다. "헬레드가 어떤 위험한 짓을 저지를지 누가 알겠습니까? 게다가 나한테서 도망친 거라면, 한사코 내 눈을 피해 숨을 거예요. 이런 일이 일어날 줄은 꿈에도 생각하지 못했습니다. 그 애가 그토록 괴로워할 줄은······."

"다시 말하는데," 오아인이 단호하게 말을 이었다. "내 수비대와 마구간, 부하들을 충분히 사용하고, 사람들을 시켜 딸을 찾는다는 소식을 사방에 알리도록 하시오. 아직 멀리 가지 못했을 거요. 서쪽 방면은 우리가 가면서 찾아보겠지만, 자세히 살필 수는 없소. 그 사정은 당신도 잘 알겠지."

"주님께서 전하와 함께하시길 바랍니다." 메이리온은 이내 침착함을 되찾아 허리를 반듯하게 세우며 넓은 어깨를 폈다. "예, 전하로서는 다른 수가 없겠지요. 제 딸의 목숨은 하나에 불과하지만 전하께서는 많은 사람들의 목숨을 지고 있으니까요. 그 애는 제가 찾아낼 겁니다. 최근 들어 저 자신의 문제에만 골몰하느라 그 애에게 소홀했어요. 그러지 않았다면 그런 식으로 제 곁을 떠나지 않았을 텐데······."

이어 메이리온은 서둘러 인사를 한 뒤 돌아서서 홀을 향해 달려가더니 급히 부츠를 꿰어 신고는 말에 안장을 얹기 위해 마구간으로 향했다. 그동안 딸을 먼 곳으로 서둘러 치워버리고자 노심초사했던 그가, 이제는 사라진 딸을 찾아 미친 듯 동분서주하며 온갖 곳을 헤맬 것이었다. 모건트 참사회원은 마치 인간의 선악을 기록하는 검은 머리의 천사라도 된 양 모든 광경을 마음에 담은 채 알 수 없는 표정으로 조용히 그를 뒤따랐다.

*

내내 말없이 골똘한 생각에 잠겨 있던 마크 수사가 입을 연 것은 해안을 따라 2킬로미터쯤 나아갔을 때였다. 그들은 아베르를 벗어나면서 왕의 군대와 헤어진 터였다. 왕은 남서쪽으로 방향을 틀어 카르나르본으로 가는 지름길로 접어들었고, 캐드펠과 마크는 해안을 향해 내처 나아갔다. 오른쪽에서는 평원처럼 드넓게 펼쳐진 라반 모래톱을 뒤덮은 얕은 바닷물이 아침 햇살을 받아 환한 빛을 발했고, 왼쪽 좁은 띠처럼 늘어선 해안의 저지대 너머로는 겹겹이 둘러선 브러리의 연봉들이 하늘을 찌를 듯 솟아 있었다. 라반 모래톱 건너 깊은 수로 저편, 햇살 속에 환하게 떠오른 앵글시섬의 모습이 눈에 들어왔다.

"그분은 그 사람이 죽었다는 사실을 알았을까요?"

"그분이라면, 메이리온 말인가?" 캐드펠이 말했다. "그야 모를 일이지. 마부가 말 한 마리가 사라졌다며 소리치고 우리 모두 블레드리가 그 말을 훔쳐 타고 제 군주에게로 도망쳤다 생각했을 때, 그 사람도 현장에 있었네. 그러니 그도 그렇게만 알고 있지 않았을까 싶은데. 이후 우리가 블레드리의 거처로 가 그의 시신을 발견했을 때 메이리온은 보이지 않았지. 당시 두 참사회원이 방에서 얌전히 자고 있었다면 오늘 아침까지는 그의 사망 소식을 들을 수 없었을 걸세. 하지만 그것이 중요한가? 죽었든 도망을 쳤든, 블레드리는 더 이상 메이리온의 앞길을 막지 못하고 모건트의 심기도 거스르지 않게 되었는데 말이야. 메이리온이 지극히 담담한 얼굴로 그 사실을 받아들인 것도 하등 이상할 게 없지."

"혹시 그분이 자기 눈으로 직접 본 것은 아닐까 싶어서 말이지요." 마크가 말했다. "그것도 다른 사람이 알기 전에요." 캐드펠이 침묵을 지키자 마크는 머뭇거리다가 조심스레 덧붙였다. "그런 생각 안 해보셨어요?"

"얼핏 스쳐 가긴 했지. 자네는 그 사람이 살인을 저지를 수 있다고 생각하나?"

"글쎄요." 그가 말을 이었다. "어쨌든…… 고래고래 소리치며 거칠게 날뛰며 분노를 해소해버리는 사람은 아니지요. 그분은 화를 속에 꾹꾹 눌러 담는 성격인 것 같더군요. 그렇게 속에 쌓이다 보면 점점 크게 끓어오르기 마련이고, 결국 행동으로 분출되어 나올 가능성이 훨씬 더 높죠. 예, 저는 그분이 사람을 죽일 수도 있다고 생각합니다. 만일 어젯밤 블레드리 압 리스와 단둘이 맞닥뜨렸다면, 순간 그분의 내면에는 오로지 증오와 경멸만이 소용돌이쳤을 거예요. 폭력적인 결말을 빚어내기에 충분한 것들이죠."

"그런 일이 있은 뒤 곧장 자기 침대로 갈 수 있었을까? 그렇게 엄격하고 까다로운 동료가 있는 곳에, 태연한 표정으로? 게다가 잠까지 쿨쿨 자고?"

"그분이 잤다고 누가 그럽니까? 그분은 그저 아무 일도 없었던 양 조용히 눕기만 하면 되었을 겁니다. 그랬다면 모건트 참사회원은 아무것도 눈치채지 못했겠죠."

"다른 질문을 하나 하지. 키헬린은 거짓말을 할 수 있는 사람일까? 그는 블레드리를 죽이고 싶었다 말했고, 그런 생각을 했다는 것에 아무런 거리낌도 내비치지 않았지. 따라서 진상이 드러났을 때도 굳이 거짓말을 할 이유가 없었으리라 생각하나?"

"왕은 그 사람을 믿고 있어요." 마크는 생각을 하느라 이맛살을 찌푸리며 말했다.

"자네는?"

"거짓말을 할 만한 이유가 없는 경우에도 사람들은 거짓말을 할 수 있죠. 키헬린도 그럴 수 있을 겁니다. 하지만 저는 그 사람이 왕 앞에서 거짓말을 했으리라 생각하지 않아요. 허웰 앞에서도 그렇고요. 그 사람은 두 번이나 맹세를 했습니다. 두 번째로 맹세할 때도 첫 번째만큼 단호했고요. 하지만 키헬린에 관해서는 다른 두 가지 의문점이 있습니다. 그는 자신이 블레드리 압 리스에 관해 알고 있던 사실을 다른 이에게 얘기했을까요? 아마 자신을 구해주고 아베르로 데려와 왕을 모시게 한 허웰에게는 무엇도 숨기지 않았을 겁니다. 그러니 블레드리가 자기 군주를 살해한 이들 중 하나라는 것을 누군가에게 말했다면 그 상대는 바로 허웰이었겠죠. 허웰 역시 키헬린에 못지않게 아나라우드를 습격한 자들을 증오할 테니까요."

캐드펠은 고개를 끄덕였다. "더하여 아나라우드의 복수를 위해 허웰과 함께 카드왈라드르를 몰아낸 이들, 또 블레드리가 카드왈라드르의 대리인으로서 주교 관저의 홀에 나타나 오만 무례하게 굴며 협박조의 말을 내뱉는 것을 보고 분노한 이들도 마찬가지일 걸세. 그가 미움을 많이 사고 그러한 감정을 상쇄할 만한 어떤 행동도 하지 않은 건 사실이야. 블레드리가 그 궁정에 머물고 있다는 것 자체를 모욕으로 여기는 이들이 많았지. 하지만 그렇다고 왕이 이 살인 사건을 그냥 두고 보지 않을 걸세."

"어쨌든 우리가 할 수 있는 일은 없습니다." 마크가 한숨을 내쉬었다. "제 임무를 마칠 때까지는 그 여인을 찾으러 나설 수도 없고요."

"사람들에게 물어볼 수는 있지."

반고르를 향해 나아가는 동안, 그들은 마을이나 집이 나올 때마다 사람들을 붙잡고 검은 머리의 웨일스 여자 하나가 밤색 말을 타고 지나가는 것을 보지 못했는지 물었다. 왕의 마구간에서 나온 혈통 좋은 말이 지나갔다면 사람들의 눈에 띄지 않을 리가 없었고, 그 말에 젊은 여자 혼자 타고 있었다면 더더욱 그럴 것이었다. 하지만 메이리온의 딸 헬레드를 봤다는 사람은 없었다. 그렇게 시간이 흘러 오후 중반, 하늘이 잠깐 흐려졌다 다시 밝아질 무렵 두 사람은 마침내 반고르로 들어섰다.

*

시내 거리를 이리저리 가로질러 대성당 경내에 들어서자마자 반고르의 메이리그 주교가 나와 그들을 맞이하며 부주교에게 소개했다. 미리 거창한 의식을 준비하여 공개적으로 환영식을 거행한 아사프 측과 달리, 반고르에서는 모든 것이 간단히, 그리고 일사천리로 진행되었다. 그곳은 덴마크 침입자들이 있는 곳에서 그리 멀지 않기에 혹시 모를 위급 상황에 대비해 모든 조처를 세심하게 취하고 있었다. 게다가 메이리그 주교는 웨일스 사람이라 길버트 주교와 달리 지위를 확고히 하기 위한 대책에 신경을 곤두세울 필요가 없었다. 초기에 노르만인들의 압력에 굴복하고 캔터베리 당국에 복종함으로써 웨일스 왕에게 실망을 안겨준 건 사실이나, 그는 완강함을 잃지 않고 보다 교묘한 방법으로 계속 저항을 이어온 터였다. 적어도 캐드펠의 눈에는 그가 캔터베리 당국이나 노르만인들에게 끈질기게 저항해보지도 않은 채 켈트 교회의 관례에 대한 애착과 자신의 웨일스적 기질을 순순히 버릴 사람으로 보이지 않았다.

메이리그 주교는 겉모습 또한 아사프 관구의 동료와는 아주 달랐다. 키 크고 건장한 체격에 자의식 강한 엄격한 귀족 같은 풍모를 지닌, 그러나 그 내면은 몹시 불안정한 길버트 주교와 달리, 메이리그 주교는 작고 통통한 체형에 머리칼이 텁수룩한 40대 사내로 다소 수다스럽긴 했지만 눈치가 빨라 핵심을 정확히 짚어냈고, 눈매 또한 날카로웠다. 흡사 냄새를 맡고 요란하게 짖어대며 목표물을 향해 달려드는 사냥개처럼 온몸에 기민한 순발력과 활기가 넘치는 사람이었다. 그는 마크 수사가 건넨 성무일도서보다 두 수사가 그곳까지 찾아와줬다는 사실에 더 기뻐하는 듯했다. 하지만 좋은 책에 대한 안목 또한 지니고 있었으니, 굵고 억센 손가락들로 성무일도서의 페이지들을 조심스럽게 넘겨가며 입을 열었다.

"덴마크 사람들이 우리 해안으로 침입해 왔다는 얘기는 그대들도 이미 들어서 알고 있을 테니 우리가 그들을 막는 일에 온 신경을 기울여야 한다는 점을 이해할 거요. 그들이 이곳에 상륙하는 일 같은 건 없어야 할 텐데. 아니, 상륙한다 해도 해안에서만 얼쩡거리다 가면 좋으련만. 만일 그들이 이곳으로까지 들어올 경우엔 우리 성직자들도 나서서 맞서 싸워야 할 거요. 그런 이유로 두 분을 위한 공식적인 행사나 의식 같은 건 생략하겠지만, 형제들은 내 편지를 가지고 리치필드 주교님께 돌아가기에 앞서 하루 이틀 우리의 손님으로서 편히 쉬었다 가기를 바라오."

따뜻한 마음에서 나온 이 초대에 응할 것인지는 마크에게 달려 있었다. 한데 환영의 인사를 건네는 중에도 메이리그 주교는 무언가 다른 것에 마음이 가 있는 듯했다. 그의 시선 또한, 그리 넓지 않은 개펄이 드러났다가 밀물이 지면 좁은 수로 속으로 사라지곤 하는 바닷가 쪽을 줄곧 힐끔거렸다. 거기서 아베르메나이 서쪽 끝까지는 약 25킬로미터, 스무 명쯤 되는 이들이 노를 잡은 흘수 얕은 작은 배라면 금방 주파할 수 있는 거리였다. 웨일스 사람들이 그 바다와 친하지 않은 것이 얼마나 유감스러울까! 메이리그 주교는 강한 사람이며, 돌봐야 할 이들을 거느리고 있었다. 그들이 고통을 겪도록 내버려둘 수는 없으리라. 그는 자신의 두 손, 필요할 때 언제라도 칼이나 활을 쥘 수 있을 두 손을 자유롭게 하기 위해서라면 잉글랜드에서 온 손님들을 태연히 리치필드로 쫓아 보낼 사람이었다.

"주교님께 무례가 되지 않는다면……" 마크는 잠시 머뭇거리다가 입을 열었다. "저희는 내일 떠났으면 합니다. 더 오래 머물고 싶지만 금방 돌아가겠다고 말씀드렸거든요. 게다가 우리와 함께 아사프를 떠난 일행 중 오아인 전하의 보호 아래 이곳 반고르까지 함께 올 예정이었던 여인 하나가 혼자서 말을 타고 아베르를 빠져나가 어딘가에서 길을 잃은 상태입니다. 전하께서는 카르나르본으로 급히 달려가셨으니 이제는 그분의 보호도 받을 수가 없게 되었죠. 지금도 그곳 사람들은 그 여인을 찾느라 아베르 근방을 돌아다니고 있습니다. 이왕 반고르에 왔으니, 주교님께서 허락하신다면 저희도 하루 이틀 이 일대에서 그 아가씨를 찾아보고자 합니다. 그리고 주교님께서 이곳 사람들을 지키고 돌봐주시느라 여념이 없으시리라는 점은 저희도 잘 압니다. 그러니 다른 일에 대해서는 전혀 신경 쓰지 말아주십시오."

참으로 현명한 친구야, 마크의 이야기를 들으며 캐드펠은 생각했다. 헬레드가 도망친 이유에 대해 일절 언급하지 않음으로써 그녀의 품위를 지켜주는 동시에, 그렇지 않아도 바쁜 메이리그 주교가 혹시라도 그녀를 찾는 일에 시간을 허비하지 않아도 되게끔 대답하지 않았는가. 그가 마크의 말을 신중하게 통역하자 주교는 즉각 그 뜻을 이해하고 고개를 끄덕여 보였다.

"그 여인은 더블린에서 덴마크인들이 침입해 왔다는 사실을 알고 있소?" 주교가 물었다.

"아뇨. 카르나르본에서 보낸 전령은 여자가 떠난 이후에 도착했습니다. 그러니 그녀로서는 아무것도 모르는 상태죠."

"그렇다면 여자 혼자 아베르와 이곳 사이 어딘가에서 혼자 헤매고 있단 말이오?" 메이리그가 이맛살을 찌푸렸다. "사람이 있으면 그 여인을 찾아보게 하고 싶은데, 이미 다들 카르나르본으로 보내 왕과 합류하게 한 상태요. 그리고 남은 소수 인원들은 이곳에 꼭 필요한 터라……."

"그 여인이 어느 길로 갔는지는 아직 아무도 모릅니다." 캐드펠이 얼른 말했다. "어쩌면 안전한 동쪽으로 갔을지도 모르지요. 돌아가는 길에 사방으로 그녀의 행방을 수소문해볼 생각입니다."

"그 여인도 지금쯤 덴마크인들의 침입 소식을 듣고 현명하게 안전한 피난처를 구했을지 모릅니다." 마크가 기대 어린 표정으로 말을 이었다. "그래서 드리는 질문인데, 혹시 이 일대에 홀로 여행하는 여자에게 피난처가 되어줄 만한 곳, 이를테면 수녀원 같은 곳이 있을까요?"

굳이 주교의 입을 빌리지 않고 직접 대답을 들려줄 수 있었지만, 캐드펠은 마크의 말을 그대로 통역했다. 웨일스 교회 당국은 그때껏 수녀원을 운영한 적이 없었다. 남자들을 위한 수도원 역시 잉글랜드와 같은 방식으로 운영되지 않았다. 웨일스에서 찾을 수 있는 건 공인된 권위와 규율하에 잘 조직된 수녀원이 아니라, 외지고 인적 없는 황야에 나뭇가지 같은 것으로 대충 엮어 만든, 아마 소박한 성녀 한 사람 정도만 기거할 수 있을 조그마한 기도원 같은 곳들뿐이었다. 성녀로 공인받지 않았기에 교회의 어떤 혜택도 받지 못하는 옛 시대의 성녀들은 그런 곳에서 약간의 채소와 약초를 재배하고 산딸기와 야생 과일을 채집해 먹었다. 그들은 주변에 사는 들짐승들과 사이좋게 어울려 지냈으니, 짐승들이 쫓기다 달려와 그들의 치마 속에 숨으면 사냥꾼들도 감히 더 이상 다가오지 못하고 물러서곤 했다. 하지만 더블린에서 온 덴마크인들 역시 그런 성녀나 성자들에 대한 존경심을 지니고 있을까? 아니, 그럴 가능성은 높지 않으리라.

"우리네 성녀들은 당신네처럼 집단으로 모여 살지 않고 황야의 암자에서 혼자 지내오." 주교가 고개를 가로저었다. "마을 근처가 아닌 산속 깊은 곳에 들어가 살기를 좋아하지. 이 근방에도 성녀 한 분이 있는데, 그분의 암자는 여기서 서쪽으로 몇 킬로미터 떨어진 곳 수로 곁에 자리 잡고 있소. 계곡 몇 개를 넘어가야 나오지. 그래도 덴마크인들이 침입했다는 얘기가 들리자마자 그분에게 사람을 보내 소식을 알리고 이리로 모셔 오게 했소. 주님께서는 선하시니 홀로 사는 여성들을 가장 우선적으로 보살펴주시겠지만, 그래도 모든 걸 주님께만 내맡기는 건 옳지 않다는 게 내 생각이오. 나는 내 영역에서 순교자가 나오는 것을 원치 않소. 성녀라 해서 외적의 침입으로부터 무사하리라는 보장은 없잖소."

"그렇다면 그분의 암자는 비어 있겠군요." 마크가 한숨을 내쉬곤 말을 이었다. "만일 그 여인이 거기까지 갔다면, 하지만 안식처를 제공해줄 사람을 찾아내지 못했다면, 그다음에는 어떻게 할까요?"

"숲속으로 더 깊이 들어가겠지. 내가 알기로 이 근방에는 외적을 피할 만한 곳이 없소. 하지만 그자들이 배에서 멀리 떨어진 곳까지 들어가지는 않을 거요. 그 여인은 아르본 지역에 사는 누구의 집에도 묵을 수 있지만, 아마 해안 가까이에 사는 이들은 노략질을 당할지 모른다는 생각에 이미 산악 지대로 피신했을 거요. 여기 있는 그대의 동료는 우리 웨일스 사람들이 필요할 때 얼마나 재빨리 움직이는지 잘 알 거요."

"저는 그 여인이 우리보다 훨씬 더 멀리 갔을 거라 생각하지 않습니다." 캐드펠이 여러 가지 가능성을 떠올리며 입을 열었다. "어쩌면 자기 나름의 계획을 품고 확실한 목적지를 향해 떠난 건지도 모르고요. 어쨌든 저희는 온 길을 되짚어가면서 그녀의 행방을 수소문하겠습니다." 어쩌면 메이리온 참사회원이 이미 아베르 근방에서 딸을 찾았을 수도 있지 않을까?

"나도 그 여인을 지켜달라고 주님께 기도드리겠소." 주교는 진심 어린 어조로 말했다. "하지만 지켜야 할 양들이 있으니 그 길 잃은 양 한 마리를 찾아 나설 수는 없는 형편이군. 아무튼 떠나기에 앞서 오늘 밤만큼은 이곳에서 편히 쉬도록 하시오. 그래야 기운을 내 여행도 무사히 마치고, 또 두 분이 찾는 그 여인에 관한 소식을 얻을 수도 있을 것 아니오."

*

방어 태세를 갖추는 데 온 힘을 기울이면서도 메이리그 주교는 손님 접대를 소홀히 하지 않았다. 그는 미리 준비한 고기와 벌꿀주를 풍성히 제공했고, 이튿날 아침에는 일찍 일어나 길 떠나는 손님들을 전송했다. 밤사이 내리던 비가 오전 무렵에는 말끔히 걷혀, 찬연한 햇살이 동쪽의 모래톱을 금빛으로 물들였.

"여행길에 주님께서 함께하시길!" 주교가 어떤 침입자도 혼자서 다 막아내겠다는 듯한 자세로 정문 앞에 우뚝 버티고 선 채 소리쳤다. 마크의 안장주머니에는 이곳 벌꿀로 만든 코디얼(단맛과

향내가 나는 독한 알코올 음료—옮긴이)이 가득 담긴 조그만 금빛 유리병과 리치필드 주교에게 감사의 뜻을 전하는 그의 답장이 들어 있었고, 캐드펠은 두 사람이 아니라 여섯 사람이 먹고도 남을 만한 음식이 담신 바구니를 싣고 있었다. "리치필드까지 무탈히 돌아가시길 바라오. 그대의 주교님께도, 그리고 캐드펠 수사의 수도원에도 주님의 은총이 함께하시길. 언제고 다시 만날 날이 있을 거요."

침입자들이 언제 쳐들어올지 모르는 위험한 상황에서도 그는 아무 두려움 없이 꿋꿋하게 버티고 있었다. 잠시 후 두 사람이 고개를 돌리자, 넓은 마당을 부지런히 가로지르는 그의 뒷모습이 눈에 들어왔다. 호전적이지는 않으나 결코 가볍게 여길 수 없는 태도로 고개를 쭉 내민 모습이, 흡사 작고 단단한 황소를 연상케 했다.

*

마을 변두리에서 넓은 길로 나오자 마크가 고삐를 당겨 말을 세웠다. 그는 안장에 그대로 앉은 채 골똘히 생각에 잠겨 아베르로 가는 길 쪽을 돌아보다가, 다시 아르본 지방과 앵글시섬을 분리하는 구불구불한 좁은 해협 방향을 바라보았다. 캐드펠은 친구의 머릿속에 어떤 생각이 흐르고 있는지 짐작하고는 그의 곁에 말을 세운 채로 가만 기다렸다.

"그 여인이 이 길목을 지나갔을까요? 서쪽으로 가면서 찾아보는 게 좋지 않을까요? 헬레드는 우리보다 몇 시간 먼저 아베르를 떠났어요. 그녀가 덴마크인들의 침입 소식을 들은 건 어느 시점이었을까요?"

"밤새 말을 달렸다면 아침나절이 되어서야 겨우 소식을 접했겠지. 밤중에는 누군가를 만나 이야기를 나눌 기회가 없었을 테니까. 아마 꽤 멀리 간 뒤였을 걸세. 또 그 여인이 결혼하지 않으려는 생각에 도망쳤다면 남편 될 사람이 있는 곳 근처로는 가고 싶지 않았을 거야. 그래, 자네 말이 맞네. 헬레드는 이 길을 통해 서쪽으로 갔을 공산이 커. 침입자들에게 잡힐지도 모르는 곳을 향해⋯⋯ 그리고 뒤늦게 소식을 들었다 해도 돌아서지 않았을 걸세."

"그렇다면 이렇게 가만히 서서 지체할 이유가 없죠." 마크는 짧게 대꾸한 뒤 곧장 서쪽으로 말 머리를 돌렸다.

그들이 마침내 헬레드와 관련한 소식을 들은 것은 반고르에서 남서쪽으로 한참 들어간, 그리고 해협에서는 3킬로미터가량 떨어진 곳에 자리 잡은 세인트데이니올 교회에 이르러서였다. 그녀는 로마인들이 건설한 옛 도로, 즉 오아인과 군대가 따라간 길을 따라 그들보다 몇 시간 앞서 지나간 것이 분명했다. 어째서 그렇게 먼 곳까지 갔을까? 두 사람이 그곳 신부를 붙잡고 헬레드의 용모를 대며 혹시 그런 여자를 보았는지 묻자, 즉시 대답이 튀어나왔다. 전날 저녁기도 무렵 말에서 내려 길을 물었다는 것이었다.

"혼자서 밤색 말을 타고 온 젊은 여자였습니다. 노나의 암자로 가는 길을 묻더군요. 그 암자는 여기서 서쪽 깊숙한 곳 숲속에 있지요. 제가 이곳에서 하룻밤 묵어가라 권했지만 곧바로 성녀에게 가겠다며 그냥 떠나버렸어요."

"그곳에 가봐야 빈 암자만 발견했을 겁니다." 캐드펠이 말했다. "메이리그 주교가 이미 그 은둔 성녀의 안위를 염려해 반고르로 모셔 갔으니…… 여자는 어느 방향에서 왔습니까?"

"남쪽에 있는 저 숲에서 나왔습니다." 신부는 걱정스러운 표정으로 말을 이었다. "그 암자가 비어 있을 줄은 몰랐는데요. 그럼 그 여인은 어디로 갔을까요? 늦은 시각이긴 했지만 반고르로 갔다면 아마 잠자리를 찾기는 어렵지 않았을 텐데요."

"아니, 그리로 가진 않았을 겁니다. 그렇게 늦은 시각에 암자에 도착했다면, 어둠 속에서 길을 떠나느니 그곳에서 하룻밤을 보내기로 했겠지요." 캐드펠은 마크의 얼굴을 살폈다. 그는 이 젊은 수사가 어떤 생각을 하고 있는지 훤히 들여다보고 있었다. 그러나 이번 여행길에서 주도권을 쥔 이는 마크였고, 캐드펠은 말로도 행동으로도 그걸 빼앗을 생각이 추호도 없었다.

"어서 암자로 가 그녀를 찾아보도록 하지요." 마크가 단호하게 입을 열었다. "만일 그곳에 아무도 없다면 수사님과 저는 따로 헤어져 그 여인에게 묵을 곳을 제공해주었을 만한 곳을 찾아 나서기로 하고요. 이 근처 초원 지대에 가옥들이 좀 있을 겁니다."

그러자 신부가 회의적인 표정으로 고개를 가로저었다. "덴마크인들이 쳐들어왔다는 소식이 이미 널리 퍼졌어요. 게다가 한두 주 뒤면 다들 소 떼와 양 떼를 몰고 고원지대로 올라가는 시기죠. 해마다 그래왔거든요. 주민들은 놈들에게 가축들을 빼앗기느니 차라리 일찍 이동하는 편이 나으리라 생각했을 겁니다."

"어쨌든 시도는 해봐야죠." 마크가 완강하게 말했다. "필요하다면 그 여인을 찾아 산에도 올라가볼 겁니다."

그는 신부에게 꾸벅 고개 숙여 인사를 건넨 뒤 말에 박차를 가해 서쪽 방향으로 곧장 나아갔다. 세인트데이니올 교회의 신부는 눈썹을 올리며 흥미와 염려가 뒤섞인 표정으로 마크의 뒷모습을 바라보더니 고개를 절레절레 흔들었다.

"참으로 열성적인 젊은이군요. 진정으로 염려가 되어서 그러는 건가요, 아니면 자기 마음의 평화를 위해 그러는 겁니까?"

"대답하기 어려운 질문이군요." 캐드펠이 조심스럽게 말했다. "어느 쪽도 다 가능하니까요. 하지만 그게 무슨 상관이겠습니까? 마크 수사는 여자고 짐말이고 멜랑에홀 성인의 산토끼고, 아무튼 큰 해를 입거나 죽을지도 모를 위험에 처해 있는 사람이나 동물을 보면 늪이건 모래언덕이건 가리지 않고 뛰어들 사람입니다. 아마 헬레드가 길을 잃은 채 헤매는 동안에는 절대로 그를 슈루즈베리로 끌고 갈 수 없을 겁니다."

"그렇다면 수사님 혼자 돌아가실 겁니까?" 신부가 물었다.

"그럴 리가요! 그가 헬레드를 찾으러 간다면 저도 갑니다. 돌아가도 그와 함께 가야지요!"

"여인을 염려하는 마음이 이슬보다도 더 순수하다 해도, 이후 그녀를 찾아냈을 때 저 사람은 자신이 서약을 한 몸이라는 점을 명심해야 할 겁니다." 신부가 단호하게 말했다. "어제 잠깐 보았을 뿐이지만, 지금껏 내가 만난 그 어떤 사람보다 아름다운 여인이더군요. 이곳에서 하룻밤 묵어가라고 권했을 땐 내가 이미 삶의 황혼기에 접어든 사람이라는 것을 큰 다행으로 여겼어요. 그녀가 거절했을 때는 오히려 감사한 마음이었고요. 하지만 저 사람은…… 삭발을 했든 안 했든, 인생의 절정에 이른 꽃다운 나이의 청년이지요."

캐드펠은 고개를 끄덕였다. "내가 그와 함께해야 하는 중요한 이유 중 하나도 바로 그겁니다. 유익한 충고 감사합니다! 얼른 그를 따라가 그 말씀을 전해야겠군요."

*

"노나 성녀님은 데이비드 성자의 어머니셨어." 캐드펠이 입을 열었다. 두 사람은 해협에서 내륙 쪽으로 펼쳐진 숲길을 따라 이리저리 나아가고 있었다. "이 나라 곳곳에 그분의 성스러운 샘들이 흩어져 있는데, 그 물에 치료 효과가 있다더군. 특히 눈에 좋아서, 맹인의 눈을 뜨게 해준 적도 있다지. 이 근방에 산다는 성녀도 그분을 기리는 의미로 이름을 딴 모양이야."

마크 수사는 아무런 대꾸 없이 좁은 길을 따라 내처 앞으로 나아갈 뿐이었다. 새벽에 몇 차례 비가 내린 터라 길 양쪽 나뭇잎들이 습기를 머금은 햇살 속에서 번들거렸다. 그곳에는 여러 종의 나무들이 이른 오후의 햇살을 충분히 받을 만큼 넓은 간격으로, 그러나 말 한 필 이상이 지나가기는 힘들 정도로 촘촘하게 우거져 있었다. 이파리들이 성장의 절정에 달한 시기라 숲 전체가 싱싱한 신록으로 뒤덮여 있었고, 가는 곳마다 새들의 노래가 가득했다. 해마다 찾아오건만 언제나 이 계절은 새롭고 경이롭군, 이런저런 근심 걱정에도 불구하고 캐드펠은 가슴에 은은히 차오르는 나직한 기쁨을 느끼며 생각했다. 봄은 매년 느닷없이 닥쳐왔다. 마치 처음 일어나는 일처럼, 하느님이 그 신비로운 조화를 막 눈앞에 펼쳐 보이기라도 한 것처럼, 캐드펠에게 봄은 늘 불가능한 일의 구현과도 같았다.

사람들의 발과 말발굽에 짓밟힌 풀밭을 따라 나아가던 마크 수사가 문득 말을 세우더니 전방을 지그시 바라보았다. 저만치 떨어진 곳, 보다 드문드문하게 선 나무들 사이로 햇살이 환하게 비쳐 들어와 수면에 빛을 떨구고 있었다. 어느새 해협 가까이에 이른 듯했다. 왼편 숲 사이로 구불구불하게 이어진 길이 대로로 연결되는 지점에서 몇 미터쯤 떨어진 곳에 지붕 낮은 오두막이 한 채 있었다.

"저곳이 그 암자인 것 같군요."

"노나 성녀의 거처 말이지." 캐드펠은 고개를 끄덕였다.

길 양편에 난 젖은 풀들이 이슬처럼 작은 빗방울들을 잔뜩 머금어 온통 은회색을 띠고 있었지만 바닥을 잘 살피자 누군가의 자취가 눈에 들어왔다. 조금 전 지나온 길은 통행이 잦은 편이라 자세히 살필 엄두도 내지 못했는데, 비가 내린 뒤 길을 잠식해 들어온 덤불 사이로 그 길을 보니 분명하게 알 수 있었다. 이곳으로 틀림없이 말 한 마리가 지나갔다. 오두막 쪽이 아니라 오두막에서 큰길 방향으로. 새로 난 가지 몇 개가 끝이 부러진 채 길을 향해 고개를 숙이고 있는 데다, 발굽에 밟혀 눌리고 짙어진 긴 풀들 또한 말의 진행 방향을 분명하게 드러내었다.

"아침나절 이후에 지나간 모양이군." 캐드펠이 중얼거렸다.

두 사람은 말에서 내려 암자로 다가갔다. 작고 나지막한 오두막에 방은 하나뿐이었다. 벽 앞에 마련된 조그마한 돌 제단과 또 다른 벽에 맞닿아 있는 소박한 밀짚 잠자리 말고는 아무것도 필요로 하지 않는 한 사람만을 위한 공간이었다. 집 뒤에는 채소와 약초를 가꾸는 조그만 빈터가 자리 잡고 있었다. 문은 닫힌 채였지만 자물쇠 없이, 어떤 여행자라도 손쉽게 들어 올릴 수 있는 걸쇠 하나만 달려 있었고, 안에도 빗장 같은 건 보이지 않았다. 지금 그곳은 비어 있었다. 선선히 따라 나섰을지는 알 수 없지만, 어쨌든 노나는 주교의 간곡한 권유를 받아들여 반고르로 갔다. 그리고 이후 찾아온 손님 역시 떠나고 없었다. 하지만 숲 사이에 자리 잡은 손바닥만 한 풀밭에는 말이 풀을 뜯은 흔적과 이리저리 돌아다닌 자취가 남아 있었다. 풀들에 빗방울이 맺혀 있는 것으로 보아 아마 비가 내리기 전에 생긴 것이리라. 군데군데 떨어진 말똥들도 비에 젖어 축축했다.

"헬레드는 여기서 밤을 보냈어." 캐드펠이 말했다. "그러곤 아침에, 비가 그친 뒤 이곳을 떠났지. 신부의 말에 따르면 그녀는 내륙 쪽에서 산을 넘고 숲을 지나 란데이니올렌으로 왔네. 처음엔 자신을 받아줄 듯한 친척의 집으로 가려고 마음먹었던 게 아닐까? 그런데 그 집에 가보니 사람들이 이미 떠나고 없었던 게지. 그래서 노나의 암자를 떠올리곤 이렇게 먼 길을 오게 된 거야. 하지만 그다음에는 어디로 갔을지……."

"이제는 그녀도 덴마크 사람들의 침입에 대해 알고 있을 겁니다. 바다 쪽은 위험하다 여길 테니 굳이 서쪽으로 나아갔을 리는 없겠지요. 그렇다고 결혼 상대자가 기다리고 있는 반고르 쪽을 택했을 것 같지도 않고요. 애초에 그리로 가지 않기 위해 도망쳤으니까요. 그렇다면 아버지가 기다리는 아베르 방향일까요? 아닐 겁니다. 그러면 또다시 같은 처지에 빠질 테니까요."

"그래, 어찌 됐건 헬레드가 그 결혼을 피하려 하는 건 분명해. 이상하게 들릴지 모르지만 그녀는 자기 아버지를 미워하는 만큼 사랑하고 있는 듯하네. 사랑과 미움은 동전의 양면과도 같지. 아마 딸을 향한 아버지의 사랑보다 아버지를 향한 딸의 사랑이 훨씬 더 클 거야. 아버지가 본인의 영달과 출세를 위해 자기를 너무 쉽게, 그리고 기꺼이 포기하려 하기에 그 사랑이 미움으로 변해버린 게지. 내가 기억하기에, 그 여인은 자신의 그런 마음을 분명하게 밝힌 적이 있어."

"저도 기억합니다."

"그럼에도, 결국 아버지에게 해가 될 어떤 짓도 하지 못할 걸세. 헬레드는 수녀원에 들어가기를 거부했네. 그리고 순전히 아버지를 위해, 그리고 수녀가 되는 것보다야 낫다는 생각에서 이번 결혼을 받아들였지. 하지만 막상 결혼식이 임박하자 도망쳐버렸어. 아마 다른 이들이 자기 인생을 멋대로 장악하도록 내버려두기보다는 아버지의 출셋길에 방해가 되지 않게끔 스스로 종적을 감춰버리는 쪽을 택한 것 같아. 앞으로의 인생을 온전히 자기 뜻대로 살기로 결심한 게지. 여러 위험을 각오하고 저 자신과 아버지를 자유롭게 만든 걸세. 아마 그 결심은 쉽사리 꺾이지 않을 거야."

"하지만 그녀의 아버지에게 자유란 없을 겁니다." 마크는 안타까운 얼굴로, 얼핏 단순해 보이나 실은 그렇지 않은 부녀 관계에 내재된 고통의 뒤틀린 핵심을 짚어냈다. "메이리온 참사회원을 보셨잖아요. 딸이 매일 충실히 시중을 들 때는 존재조차 거의 인식하지 못하다가 눈앞에서 사라지고서야 비로소 그 소중함을 깨달았어요. 헬레드가 안전하다는 걸 알 때까지 그분은 결코 마음의 평화를 얻지 못할 거예요."

"그래." 캐드펠이 대답했다. "그러니 어서 그녀를 찾아보세."

*

큰길로 나온 캐드펠은 나무들의 장막 뒤로 햇살을 받아 반짝이는 바다를 돌아보았다. 그 너머에 앵글시 해안이 펼쳐져 있었다. 가벼운 바람이 일자 윤기 흐르는 초록빛 이파리들이 커튼처럼 하늘거리며 일렁이는 바다를 찬연히 드러내었다. 그 순간, 무언가 이질적인 것이 캐드펠의 눈에 띄었다. 조수의 흐름을 타고 물결치듯 아래위로 까딱이면서 나뭇잎이 만든 커튼의 움직임과 더불어 계속 모양을 바꾸는 빨간색의 물체가……

"잠깐!" 캐드펠이 말을 세우면서 소리쳤다. "저게 뭐지?"

자연계에서는, 특히 대지가 신록을 배경으로 엷은 황금빛과 흐릿한 자줏빛, 흰빛 같은 연한 색조만을 띠는 늦은 봄철에는 찾아볼 수 없는 붉은 빛깔이었다. 그 어떤 것도 침투해 들어갈 수 없을 만큼 단단하고 견고해 보이는 빨강. 캐드펠은 말에서 내려 몸을 돌리곤 숲 사이를 요리조리 빠져나가 비교적 지대가 높은 곳으로 향했다. 거기서라면 상대에게 모습을 드러내지 않은 채 300보 아래 있는 해협을 자세히 관찰할 수 있을 터였다. 이윽고 평탄한 초록 풀밭과 밭 몇 뙈기, 주인 없는 듯 보이는 가옥 한 채 너머 은빛으로 반짝이는 푸른 해협이 눈앞에 펼쳐졌다. 가장 폭이 좁은 곳이라지만 그래도 1킬로미터에 이르는 해협 너머로 웨일스의 곡창지대인 앵글시섬의 비옥하고 풍요로운 평야와 조수, 개펄과 모래사장의 띠가 반쯤 드러난 해안까지 한눈에 들어왔다.

캐드펠은 자신이 선 곳 바로 아래쪽을 내려다보았다. 거기 이물과 고물을 용머리로 장식한 좁고 긴 배 한 척이 닻을 내리고 정박해 있었다. 중앙 돛은 접혀 있고 노들도 배 안으로 거두어진 채였다. 배의 옆구리에는 새빨간 방패들이 줄줄이 늘어서 있었다. 지금은 무해하고 아름다운 도마뱀이 유유히 몸을 뒤채듯 조수의 흐름에 천천히 까딱이고 있지만, 언제 그 모습을 바꿀지 몰랐다. 금발에 덩치가 큰 승무원 둘이 좁은 뒤편 갑판의 노잡이용 의자에 앉아 한가롭게 노닥거리고 있었는데, 그중 한 사람은 머리를 두 가닥으로 땋아 목 양쪽에 늘어뜨린 모습이었다. 그리고 조금 떨어진 해협 중간에서는 또 한 명의 사내가 벌거벗은 채 한가롭게 수영을 즐기고 있었다. 캐드펠은 선체에 뚫린 구멍을 잘 살펴보았다. 한쪽 옆구리에만 열두 개. 그렇다면 그 배에는 열두 쌍의 노가 있고, 노잡이는 스물 네 명이라는 얘기다. 지금 보이는 세 사람 외에도 많은 이들이 배를 지키고 있을 것이다.

마크 수사가 말 두 마리를 나무에 묶어놓고 캐드펠 옆으로 다가왔다. 그도 곧 캐드펠이 본 것을 보았지만 아무것도 묻지 않았다.

"더블린에서 온 덴마크인들의 배야!" 캐드펠이 낮게 속삭였다.

7

더 이상의 말은 필요 없었다. 두 사람은 그저 눈짓만 주고받은 뒤 서둘러 말들이 있는 곳으로 가서 고삐를 잡아 숲 안쪽으로 들어섰다. 그러곤 해안에서 꽤 멀리 떨어진 곳에 이르러서야 비로소 말에 올라탔다. 헬레드가 암자에서 밤을 보낸 뒤 전사들을 태운 약탈선이 오는 걸 보았다면 서둘러 그 일대를 떠났을 것이다. 아마도 내륙 쪽으로, 가능하면 깊이 들어갔을 테고, 그들로부터 멀리 떨어진 다음엔 마을로 피신하려 했을 것이다. 적어도 올바른 판단력을 가진 여자라면 누구라도 그렇게 했으리라. 그곳은 반고르와 카르나르본의 중간쯤 위치한 곳이었다. 그녀는 그 두 곳 중에서 어느 쪽을 택했을까?

"고작 배 한 척에 불과합니다." 말 두 마리가 나란히 갈 수 있을 만큼 길이 넓어졌을 때 마크가 마침내 입을 열었다. "저들이 현명하다면 내륙으로 들어오려 하지 않을 거예요. 오히려 공격을 당하거나 생포될 수도 있잖습니까."

"그럴 수도 있겠지." 캐드펠은 고개를 끄덕였다. "하지만 이곳 주민들은 이미 대피를 마친 상태 아닌가. 저들은 분명 지난밤에 카르나르본을 지나쳤을 걸세. 다시 그리로 돌아갈 때도 밤 시간을 택하겠지. 저 배는 놈들의 함대 중에서도 가장 작고 가장 빠른 배일 걸세. 그런데도 무장한 노잡이들 스무 명 이상이 타고 있네. 자네도 구조를 봐서 알겠지만, 저 배는 순식간에 방향을 바꿀 수 있어. 선원들은 뭍에 상륙해 번개같이 약탈을 마친 뒤 재빨리 해변으로 돌아가 다시 배에 올라탈 거야."

"하지만 어째서 한 척만 왔을까요? 제가 듣기로 그들은 늘 대규모로 몰려다니면서 물건을 약탈하고 사람들을 붙잡아 간다던데요. 배 한 척만으로는 그렇게 할 수 없을 겁니다."

"이번에는 목적이 다른 게지." 캐드펠이 생각에 잠겨 말을 이었다. "카드왈라드르는 많은 보수를 약속하며 저 사람들을 고용했을 걸세. 그리고 그의 목적은 오아인을 다그쳐 땅을 돌려받는 것이지. 저들로서는 굳이 전투를 벌여 많은 사람을 죽이거나 다치게 할 필요가 없어. 자기들이 이곳에 상륙한 것만으로 목적을 달성할 수 있다면 그 편을 더 선호할 걸세. 카드왈라드르도 결과만 좋다면 굳이 반대하지 않을 테고. 생각해보게. 자기가 뜻한 바를 이루어 땅을 되찾는다 해도 앞으로 계속 형의 곁에서 살아야 하는데, 무엇 하러 형제 관계를 필요 이상으로 악화시키려 하겠나? 그러니 마구잡이로 방화와 살인을 벌이지는 않을 거야. 사람들을 잡아 오라는 지시도 내리지 않을 거고. 흥정이 뜻대로 되지 않는다면 또 모르지만……."

"그렇다면 굳이 배를 몰고 해협을 따라 이렇게 멀리까지 거슬러 올라온 이유는 뭐죠?"

"군대를 먹여야 하니까. 저들도 이제 웨일스 사람들의 생활 방식을 훤히 꿰고 있을 걸세. 늘 짐을 꾸려놓고 지내다가, 적이 쳐들어오기 전에 소식이 들리면 언제라도 식구와 가축들을 이끌고 산속으로 들어간다는 걸 잘 알지. 저 배는 아베르메나이에서 육지로 들어가는 대신 곧장 바닷길을 따라 이리로 온 게 분명해. 빨리 오면 뒤늦게 소식을 듣거나 동작이 굼뜬 주민들의 가축을 빼앗을 수 있으니까. 오늘 밤 가축이며 밀가루, 곡식 따위를 배에다 잔뜩 싣고 자기편 사람들에게로 돌아갈 걸세. 지금 이 순간에도 이 근방의 숲이나 들판을 분주히 설치고 돌아다니겠지!"

"그들이 혼자 있는 여자를 만나면 어떤 식으로 나올까요? 그럴 경우에도 불필요한 공격을 삼갈까요?"

"덴마크인이건 웨일스인이건 노르만인이건 그럴 경우 어떻게 나올지는 뻔하지." 캐드펠이 말했다. "혹시 그 여인이 귀네드의 왕비라도 될 경우엔 잘 모셔둘 가치가 있으니 강간하거나 학대하지 않고 잘 대우해줄 걸세…… 물론 헬레드도 왕족은 아니지만 말솜씨가 좋은 편이니, 자신이 웨일스 왕의 보호를 받는 사람이며 따라서 자기를 건드렸다가는 이후 큰 대가를 치르리라는 점을 분명히 할 거야. 하지만 그렇다 해도……."

그들은 숲길이 둘로 갈라지는 지점에 이르렀다. 하나는 서쪽 내륙 방향으로 비스듬히 이어진 길이요, 다른 하나는 동쪽으로 곧장 뻗은 길이었다.

"여기서는 반고르보다 카르나르본 쪽이 더 가깝지." 캐드펠이 두 갈래 길 앞에 말을 세우고 말했다. "하지만 헬레드도 그걸 알았을까? 이제 어떻게 하는 게 좋겠나, 마크? 동쪽? 아니면 서쪽?"

"여기서 갈라서는 게 좋겠습니다." 마크는 잠시 이맛살을 찌푸린 채 생각에 잠겼다가 입을 열었다. "아마 그렇게 멀리 가지 못했을 거예요. 만일 저 배를 봤다면, 배가 오늘 밤 자기네 진영으로 돌아가리라 생각하고 그때까지 안전하게 몸을 숨길 만한 곳을 찾겠지요. 캐드펠 수사님께서 먼저 선택하세요. 저는 남은 길로 가겠습니다."

"다시 만날 방도부터 정해두어야지." 캐드펠이 말했다. "자, 그럼 헤어져 양쪽으로 가되 몇 시간 뒤 여기서 다시 만나도록 하세. 상황이 상황인 만큼 모든 게 우리가 마음먹은 대로 되지는 않을 걸세. 자네는 카르나르본 쪽으로 가게. 가다가 헬레드를 만나거든 그 근방에 안전하게 숨겨두고, 만나지 못하면 저녁 무렵까지 이리로 돌아오는 거야. 나도 그렇게 하겠네. 이 왼쪽 길로 가다가 그녀를 만나면 적당한 곳을 찾아 숨겨놓고, 마땅한 피난처가 없을 경우 함께 반고르로 돌아가 거기서 자네를 기다리지. 그러니 석양 무렵 이곳으로 돌아와 기다려도 내가 나타나지 않으면 반고르로 오게."

임시변통이긴 하나 지금으로서는 최선의 방법이었다. 헬레드는 오늘 아침에야 암자를 떠났다. 가급적 조심스럽게, 천천히 말을 몰아 숲길을 따라가야 했을 테니 멀리 가지는 못했으리라. 운이 좋으면 그들은 헬레드를 찾아내 저녁 무렵까지 돌아오거나, 혹은 그녀를 안전한 곳에 피신시킨 뒤 다시 만나 느긋하게 잉글랜드로 돌아갈 수도 있을 것이었다.

"아직 해가 질 때까지는 네 시간쯤 여유가 있겠군요." 마크는 하늘 한가운데서 약간 벗어난 태양을 올려다보며 중얼거리고는 말 머리를 휙 돌려 그곳을 떠났다.

*

캐드펠은 평탄한 지형을 따라 동쪽으로 뻗은 길을 1킬로미터가량 나아갔다. 길은 이따금씩 숲을 빠져나와 사방이 탁 트인 초원으로 이어졌고, 저 아래 성긴 숲 사이로는 해협이 언뜻언뜻 보이곤 했다. 곧 내륙 쪽으로 꺾인 오르막이 나타났다. 앵글시섬의 풍요롭고 비옥한 땅과 연결된 길로 경사는 그리 심하지 않았다. 캐드펠은 주위의 동정을 살피며 천천히 말을 몰다가 한 번씩 멈춰 서서 주의 깊게 귀를 기울여보았지만 새들의 지저귐 말고는 어떤 소리도 들리지 않았다. 새들은 인간들이 일으키는 소동에 아랑곳없이 봄철을 맞아 자기들의 일을 하느라 분주히 움직이고 있었다. 주민들이 가축들을 더 높은 산악 지대로 몰고 가 안전한 우리 속에 가둬둔 터이니 침입자들은 대열에서 뒤처진 몇 마리밖에 찾아낼 수 없을 테고, 감히 해협을 따라 더 거슬러 올라갈 엄두를 내지 못할 것이다. 빈집들은 이미 다 뒤져 쓸 만한 노획물을 충분히 챙겼을 테고……. 만일 헬레드가 이 길로 접어들었다면 별다른 위험을 겪지 않았으리라.

넓은 초원을 가로질러 왼쪽에는 햇살을 받아 얼룩덜룩한 그림자를 드리운 무성한 덤불이, 오른쪽에는 울창한 숲이 펼쳐진 고지대의 숲으로 들어섰을 때, 풀뱀 한 마리가 작은 초록빛 번개처럼 말발굽 앞을 순식간에 가로질러 반대편 풀밭 속으로 사라졌다. 이에 말이 놀라 낮은 울음을 내지르며 뒷걸음질 치자 갑자기 오른쪽 숲속 그리 멀지 않은 곳에서 또 다른 말이 기분 좋게 화답하듯 울음소리를 냈다. 캐드펠은 고삐를 잡고 멈춰 선 뒤 방향을 가늠하며 그 말이 다시 소리를 내기를 기다렸지만, 더는 아무 소리도 들리지 않았다. 숲속에 몸을 숨기고 있는 주인이 재빨리 말을 얼러서 입을 다물게 한 모양이었다.

그는 말에서 내린 뒤 고삐를 잡고는 숲으로 들어섰다. 그러곤 또 다른 여행자가 있음 직한 곳을 향해 나아가기 시작했다. 이따금씩 걸음을 멈추고 귀를 기울이며 숲속 꽤 깊은 곳까지 들어갔을 때, 한순간 앞에 있는 가지들이 흔들리며 부스럭 소리를 내다가 이내 조용해졌다. 조심조심 걸음을 옮겼으나 캐드펠이 움직이는 소리 역시 상대의 귀에 들어갔을 터였다. 가까운 곳에서 누군가 몸을 숨긴 채 그가 다가오기를 기다리고 있었다.

"헬레드!" 그는 입을 열어 또렷한 소리를 내었다.

이에 그곳을 지배하던 침묵이 한층 더 깊어졌다.

"헬레드? 나 캐드펠 수사요. 안심해도 돼요." 그가 다시 말을 이었다. "이 근방에는 침입자가 없소. 그러니 앞으로 나와 모습을 보여주시오."

곧 덤불 사이를 뚫고 나온 사람은 정말로 헬레드였다. 한 손에 단검을 쥐고 있었는데, 이 순간 자신이 그걸 들고 있다는 사실조차 모르는 눈치였다. 구겨진 가운에는 덤불에서 떨어져 나온 부스러기들이 잔뜩 묻어 있었고, 이끼밭이나 풀밭에서 잠을 잤는지 한쪽 뺨에 초록빛 물이 약간 들어 있었다. 침침한 숲 그늘 속에서 어깨 주위로 늘어진 머리칼이 칠흑처럼 새카맣게 보였다. 그러나 격투를 벌일 마음의 준비를 갖추고 있었던 듯, 선명한 윤곽을 지닌 갸름한 얼굴이 온통 불그레하게 상기된 채였고, 그늘 속에서 유난히 커 보이는 검은 눈동자에는 인광이 번득였다. 그녀의 뒤편 숲속에서 말이 몸을 뒤채며 발을 구르는 소리가 작게 들려왔다. 낯선 곳에 혼자 있는 게 불안한 모양이었다.

"수사님이시군요." 그녀가 한숨을 내쉬며 칼을 든 손을 아래로 늘어뜨렸다. "어떻게 저를 찾아내셨죠? 마크 부제님은 어디 가고 혼자 계세요? 두 분이 진작 잉글랜드로 떠나셨겠거니 생각했는데요."

"그날 밤 당신이 도망치지만 않았더라면 그랬겠지." 캐드펠은 당당함을 잃지 않은 그녀의 모습에 안도하며 대답했다. "마크는 카르나르본 방향으로 가고 있을 거요. 당신을 열심히 찾으면서. 아까 길이 갈라지는 곳에서 헤어졌거든. 우리 둘이 이렇게 저렇게 추측해가며 당신 뒤를 쫓아왔소. 노나의 암자에도 갔지. 세인트데이니올 교회의 신부가 당신에게 그곳으로 가는 길을 알려줬다고 하더군."

"그럼 두 분도 그 배를 보셨겠군요." 헬레드는 어쩔 수 없다는 듯 어깨를 으쓱이며 말을 이었다. "제 말이 다리를 삐끗하지만 않았더라면 저 산 높이 올라갔을 거예요. 거기 양 치는 곳에서 제 어머니의 사촌들을 찾아보려고 말예요. 평지에 있는 집으로 먼저 가봤는데 이미 피신하고 없더라고요. 그러다 말이 다치는 바람에 어두워질 때까지 숲속에 숨어 쉬려고 했죠. 이제 일행이 하나 생겼네요." 그녀가 비로소 긴장을 풀고 환하게 웃으며 덧붙였다. "만일 마크 부제님을 찾으면 전부 셋이 될 거고요. 이제 어떻게 하실 생각이세요? 저랑 같이 저 산을 넘어가시죠. 그러면 디 강으로 이어지는 안전한 길을 찾을 수 있을 거예요. 미리 말씀드리지만, 아버지에게 돌아갈 생각은 없어요." 그녀의 검은 두 눈이 번득였다. "저를 치워버리는 게 그분의 바람이잖아요. 아버지에게 피해를 주고 싶은 마음은 없지만, 기왕 떠나온 마당에 다시 돌아가 생전 보지도 못한 사람과 결혼하거나 수녀원에서 썩고 싶지는 않아요. 제가 어머니 친척들과 잘 지내고 있다는 소식을 수사님이 직접 아버지께 전해주세요. 그러면 아버지도 마음을 놓을 수 있을 거예요."

"이제 난 당신이 몸을 숨기기에 적당한 곳을 찾아볼 거고, 그런 곳이 나오면 당신은 거기 숨어 있어야 하오. 그런 다음 이 난리가 끝나면, 당신 원하는 대로 자기 삶을 살도록 해요." 캐드펠은 부아가 치밀어 무뚝뚝하게 내뱉었다. 그녀가 조금이라도 고민하고 두려워하는 모습을 보였다면 그런 감정을 느끼지 않았을까? 하지만 말을 내뱉는 동시에 헬레드가 자신의 뜻대로 세상을 살아갈 수 있으며, 나아가 훌륭한 일도 해낼 만한 사람이라는 생각이 들었다. 설령 세상 모두가 비웃는다 해도 그녀의 뜻을 막을 수는 없으리라. "말 상태는 좀 어떻소? 움직일 수 있겠소?"

"제가 고삐를 잡고 끌어주면 돼요. 가면서 상태를 지켜보죠."

캐드펠은 잠시 생각에 잠겼다. 그들은 반고르와 카르나르본 중간에 있었다. 만일 이곳에서 지름길을 택해 카르나르본으로 이어지는 대로 쪽으로 나아가면 마크와 재회하게 될 것이다. 그가 이미 교차점을 지났다 해도, 저녁 무렵 약속 장소인 갈림길로 되짚어 오다 보면 저절로 그들과 마주칠 터였다. 그리고 지금 이곳은 오아인의 전투 병력으로 가득했다. 침입자들도 바보가 아닌 이상, 길을 잃은 채 헤매는 소 몇 마리 잡아 가거나 마을 사람들을 위협해 가벼운 도적질을 하는 정도면 모를까, 굳이 오아인의 군대를 자극해 병력의 공격력이 일제히 자기들을 향하도록 만들지는 않으리라.

"일단 말을 데리고 오시오." 그가 마침내 입을 열었다. "그 녀석은 내가 끌고 가지. 당신은 내 말을 타시오."

헬레드는 초롱초롱한 눈빛으로 그를 바라보았다. 순순히 따르겠다는 기색은 아니나, 그렇다고 무언가 다른 꿍꿍이속이 있는 듯한 표정도 아니었다. 그녀가 잠시 망설이는 사이, 바람 한 점 없는 오후의 고요한 대기에 팽팽한 긴장이 감돌았다. 이윽고 헬레드는 가만히 돌아서서 뒤에 있는 나뭇가지들 사이로 모습을 감췄다. 깊은 덤불을 뚫고 지나가는 소리가 긴장 어린 침묵을 깨뜨렸다. 그리고 잠시 후, 말의 나직한 울음과 발굽 소리가 들리는가 싶더니, 갑자기 놀라움과 분노로 가득한 사나운 고함 소리가 울렸다.

캐드펠은 본능적으로 그녀를 향해 달려갔다. 그러나 두세 걸음도 떼어놓기 전에 양쪽 덤불에서 손들이 튀어나와 그의 두건과 수사복 자락을 움켜쥐었다. 캐드펠은 그 손들에 두 팔이 단단히 결박된 채 더 이상 나아가지 못하고 발버둥쳤다. 묘하게도 그들은 그를 제자리에 붙잡아놓는 이상의 행동은 하지 않았다. 곧이어 손바닥만 한 빈터가 가죽 허리띠를 두르고 맨팔뚝을 드러낸 덩치 큰 금발 사내들로 가득 찼다. 캐드펠 앞쪽 덤불에서 그보다 머리 두 개는 더 큰 젊은 거인 하나가 튀어나와 너털웃음을 터뜨렸고, 그러자 고요하던 숲이 쩌렁쩌렁 울렸다. 거인은 두 팔로 헬레드를 단단히 붙잡고 있었다. 그녀는 분노를 이기지 못해 온 힘을 다해 몸부림치고 발길질을 해댔지만 별 소용이 없어 보였다. 헬레드가 자유로운 한 손을 들어 거인의 뺨에 손톱자국을 내고 긴 금발을 마구 잡아당기자, 그는 고개를 한쪽으로 젖혔다가 새하얗고 큼직한 이로 재빨리 그녀의 손목을 물었다. 연약한 피부를 상할 만큼의 강도는 아니었으나 어쨌든 두 팔에 안겨 있던 그녀는 놀라 입을 다물었다. 동시에 그의 몸을 쥐어뜯으려고 잔뜩 구부렸던 손가락들도 저절로 풀렸다. 하지만 그가 몸을 풀어주며 다시 껄껄대고 웃자 그녀는 새삼 분노에 치를 떨면서 거인의 넓은 가슴을 주먹으로 마구 두드렸다.

그의 뒤에서 열다섯 살쯤 된 소년 하나가 말고삐를 잡고 나오더니 씩 웃어 보였다. 말은 앞다리를 약간 절고 있었다. 곧 빈터 가장자리에 있는 나무에 또 다른 말 한 마리가 묶인 채 불안하게 몸을 뒤채고 있는 것을 보더니 소년이 환성을 내질렀다. 사실 그들 모두 하나같이 쾌활하고 기분이 좋아 보여서인지 그다지 두려움은 느껴지지 않았다. 애초에 빈터를 점령한 이들도, 워낙 덩치가 크고 동물 같은 활력이 넘쳐흘러 처음에는 숫자가 꽤 많아 보였으나 알고 보니 몇 되지 않았다. 캐드펠의 양팔을 단단히 움켜쥔, 가슴이 술통같이 육중하고 양 뺨으로 밀짚 빛깔 머리칼을 늘어뜨린 두 사람, 그리고 캐드펠의 밤색 말 곁으로 가 고삐를 잡은 채 이마에 난 하얗고 긴 반점과 크림빛 갈기를 쓸어주고 있는 소년 하나가 전부였다. 하지만 조금 떨어진 길 쪽에서 기척이 들리는 것으로 미루어 일행이 더 있는 게 분명했다. 그렇게 많은 인원이 소리 없이 다가와 순식간에 두 사람을 포위해버리다니. 말들의 울음소리가 의미하는 바를 캐드펠과 헬레드는 알아채지 못했고, 그사이 약탈자들은 두 사람에게 접근해 와 수사 한 사람, 그리고 차림새와 타고 온 말로 보아 지체 높은 여자임이 분명한 여인 하나, 더하여 좋은 말 두 마리까지 손에 넣는 뜻밖의 전과를 거둔 것이다.

젊은 거인은 주먹질을 하는 헬레드의 머리 너머로 자신의 전리품들을 찬찬히 뜯어보았다. 어쩌다 헬레드에게 거칠게 굴기는 했지만 본성이 난폭한 자는 아닌 듯했다. 헬레드 역시 이를 깨닫고, 또 저항해봐야 허사임을 알고 점차 조용해졌다.

"사이손(색슨인, 즉 잉글랜드인을 가리키는 웨일스식 표현—옮긴이)인가?" 거인이 호기심 어린 눈으로 캐드펠을 쳐다보며 물었다. 헬레드가 웨일스 여자라는 사실은 이미 알고 있었다. 그녀가 기진맥진해질 때까지 웨일스 말로 고함을 질러댔으니까.

"웨일스 사람이오!" 캐드펠이 대답했다. "그리고 이 여인은 아사프 관구 참사회원의 딸로 오아인 귀네드의 보호를 받고 있소."

"그분이 살쾡이를 키우는군." 그가 다시금 너털웃음을 터뜨렸다. 이어 유연한 동작으로 헬레드를 땅에 내려놓은 뒤 그녀의 가운 허리띠 안쪽으로 큼직한 손을 넣어 단단히 비틀어 쥐었다. "그래서, 이 여인을 머리카락 하나 상하게 하지 않고 고스란히 돌려보내야 한다는 뜻이오? 하지만 이 여자가 먼저 제 목줄을 끊고 도망친 것 같은데. 그게 아니라면 경호하는 사람도 없이 베네딕토회 수사 하나만 데리고 여기서 이러고 있을 리가 없잖소."

그는 에르스어(스코틀랜드 고지에 사는 켈트족의 언어—옮긴이)와 덴마크어, 그리고 웨일스어를 적당히 섞어 쓰고 있었는데, 그런 뒤죽박죽된 언어로도 이 일대 사람들과 이야기를 나누는 데는 전혀 부족함이 없었다. 지난 몇 백 년간 더블린 사람들과 웨일스 사람들 사이에는 간헐적이나마 접촉이 끊이지 않았으니, 이러한 접촉이 반드시 침략과 약탈의 방식을 통해서만 이루어진 것은 아니었다. 두 군주국 간에는 수많은 통혼이 이루어졌고, 또 양측 모두에 이익이 되는 정직한 교역도 활발히 지속되어왔다. 아마 거인 청년은 노르만 사람들이 쓰는 프랑스어도 조금 할 것이다. 학생일 땐 아일랜드 수사들로부터 라틴어를 배웠을 가능성도 컸다. 솔직하고 쾌활하며 당당한 태도로 보아 그는 중요한 임무를 맡고 있는 신분 좋은 청년임이 분명했다. 분명 남의 소중한 자산을 함부로 훼손할 사람은 아니리라.

"이 수사를 데려가 잘 지켜라."

청년이 활달한 목소리로 제 부하들을 향해 입을 열었다.

"오아인은 성직자에게 큰 존경심을 품고 있으니, 나중에 거래가 이루어질 때 좋은 값을 받을 수 있을 거야. 여자는 내가 감시하도록 하지."

다른 이들은 두말없이 그의 명령에 따랐다. 값진 전리품들을 얻어서인지 다들 흡족한 표정이었다. 말들을 데리고 길로 나선 순간, 캐드펠은 아까 그 소년이 왜 그렇게 즐거워했는지 금방 알 수 있었다. 다섯 명의 사람들이 거기서 기다리고 있었는데, 말을 탄 이가 하나도 없었던 것이다. 게다가 그중 한 사람은 조악하게 만든 나무 멍에에 포도주 부대 두 개를 얹어 짊어지고, 다른 넷은 가축들의 고기를 줄줄이 꿴 장대 두 개와 역시 고기가 들어 있는 듯한 자루를 양쪽 어깨에 짊어진 채였다. 인가에서 잡은 가축들과 숲에서 사냥한 사슴의 고기인 것 같았다. 그 배에 타고 있던 이들이겠군. 해협에서 보았던 기다란 배를 떠올리며 캐드펠은 생각했다. 이번에 쳐들어온 덴마크인들이 전부 몇 명이나 되는지는 알 길이 없으나, 어쨌든 그들로서도 이곳에서 양식을 조달하지 않고는 버틸 수 없었으리라.

캐드펠은 그들이 이끄는 대로 순순히 따라갔다. 양옆에서 그를 붙들고 있는 건장한 전사 중 한 사람조차 제대로 상대하기란 불가능할 터였다. 게다가 헬레드까지 붙잡혀 있지 않은가. 도망치기보다는 쓸모 있는 인질로 함께 끌려가 헬레드 곁을 지키고 그녀에게 의지할 만한 친구가 되어주는 편이 나을 것이었다. 저들이 그녀에게 큰 해를 입힐지도 모른다는 걱정은 접어두어도 될 듯했다. 캐드펠이 깨우쳐주기 전에도 저 거인 청년은 이미 헬레드가 중요한 인물이라는 사실을 짐작하고 있었다. 그리고 이것은 전면전이 아니라 최소의 비용으로 최대의 이익을 얻으려는 상업적인 원정이었다.

그들은 노획물 일부를 나눈 뒤 다리를 다친 헬레드의 말에 짐을 실었는데, 과중한 부담이 되지 않을 정도로 무게를 많이 줄인 듯했다. 자기들끼리 이야기할 때는 북구 말을 썼지만, 저 젊고 강건한 전사들 모두 조상들과 마찬가지로 더블린왕국에서 태어나 켈트족 사람들의 언어를 골고루 익히고 전시건 아니건 그들과 자유롭게 교류하며 지내온 것이 분명했다.

캐드펠은 자신의 건강한 말에 누가 올라타는지 유심히 지켜보았다. 틀림없이 예의 거인 청년이 타겠거니 생각했는데, 그는 뜻밖에도 일행 중 가장 체구가 작은 소년더러 말을 타라고 하더니 이어 헬레드를 번쩍 들어 그의 품에 안겼다. 아직 어린 소년이라지만 허리띠로 두 손을 묶인 헬레드로서는 그를 떨쳐내거나 뿌리치지 못할 것이었다. 저항해봤자 소용없고 모양새만 구길 것을 알았기에, 헬레드는 잠자코 소년의 넓은 가슴에 몸을 맡겼다. 이후 탈출할 기회가 올 때를 대비하여 자신이 가진 모든 지혜와 힘을 아끼기로 마음먹은 듯했다. 그녀는 분노와 두려움을 지그시 억누르고 입을 굳게 다문 채 줄곧 침묵을 지켰다. 엄숙하고 위엄 있는 자세를 유지하고 있었지만 그 차분한 얼굴 저편에서 어떤 생각들이 흐르고 있는지 알 길이 없었다.

"저 여인이 걱정된다면 말 곁에서 자유롭게 걸어가게 해드리지요." 청년이 여전히 두 사내에게 팔을 결박당한 채 서 있는 캐드펠을 돌아보았다. "하지만 미리 경고드리는데, 여기 토르스텐이 수사님 뒤에 바짝 붙어서 갈 겁니다. 이 친구는 창을 던져 50보 거리에 떨어져 있는 어린 나무를 두 쪽 낼 수 있는 사람이지요. 얌전히 가시는 게 좋을 겁니다." 그러나 캐드펠이 헬레드를 내버려두고 혼자 도망칠 리 없다는 사실을 이미 알고 있는 터라 거인은 말을 맺으며 씩 웃어 보였다. "자, 이제 신속하게 전진하도록 하지."

그가 기분 좋은 어조로 명령한 뒤 앞장서서 출발하자 나머지 일행도 일렬종대를 이루어 뒤따라 내려가기 시작했다. 캐드펠은 자신의 밤색 말 곁에서 소년의 발이 끼워져 있는 등자의 가죽끈을 한 손으로 붙잡은 채 따라갔다. 큰 힘이 되지는 않을지언정 그래도 그가 곁에 있어주기를 원한다면 어느 정도 위안이 되겠지만, 헬레드가 과연 그런 걸 바랄지는 의문이었다. 안장에 오른 이후 그녀는 이따금 몸을 살짝 움직여 자세를 바꿀 때 말고는 꼼짝도 하지 않았다. 얼굴에 어린 긴장감은 깊은 생각에 잠기면서 많이 누그러져 있었다. 앞으로 어떻게 될지 모르는 불안한 상황이었지만 캐드펠이 고개를 들어 살필 때마다 헬레드의 표정은 점점 더 차분해졌다. 그리고 그때마다 매번 그녀의 눈길은 일행의 앞에서 성큼성큼 걸어가는 거인 청년의 머리에 머물러 있었다. 다른 이들의 머리 위로 우뚝 솟아 부드러운 바람에 가볍게 휘날리는 그 긴 금빛 머리칼에.

숲과 초원을 가로지르며 빠른 속도로 언덕길을 내려가다 보니 얼마 후 나무들 사이로 반짝이는 바다가 보였다. 태양이 서쪽으로 천천히 기울며 수면에 일어난 잔물결들을 황금빛으로 물들였다. 마침내 그들이 바닷가로 나오자 배를 지키고 있던 이들이 일제히 환호성을 올리며 용머리 배를 해안으로 몰기 시작했다.

*

　서쪽으로 헬레드를 찾으러 갔던 마크 수사는 허탕을 치고 해가 지기 전에 캐드펠과 만나기 위해 약속한 곳으로 돌아오고 있었다. 그러던 중 한 무리의 사람들이 앞쪽 어딘가에서 신속하게 길을 가로질러 해안 쪽을 향해 내달리는 소리가 들려왔다. 그는 덤불에 몸을 숨긴 채 기다렸다가 그들이 자신을 볼 수 없고 아무 소리도 들을 수 없을 만큼 멀리 갔는지 확인한 뒤 나왔다. 그런데 숲 사이로 빠져나온다는 것이 우연히도 그들이 지나가는 좁은 길로 나오는 바람에 너무 가까운 곳에서 그 무리를 맞닥뜨리게 되었으니, 마크는 다시금 얼른 후퇴하여 말을 세운 뒤 이번에는 여름 숲의 모습을 갖추기 시작하는 관목 덤불 사이로 그들의 모습을 지켜보았다. 세 살배기 전나무만큼이나 키가 큰 한 청년의 금빛 머리칼이 바람에 날리는 프리뮬러 꽃잎처럼 가볍게 떠서 지나가는가 싶더니 다른 사내가 짐말을 끌고, 다른 두 사내가 도살된 가축이 꿰인 장대를 어깨에 멘 채 부지런히 걸음을 옮기는 광경이 보였다. 이어 낯선 소년과 꼭 붙어 있는 헬레드의 모습이 눈에 들어왔다. 지상에서 2미터가량 떠오른 상태로 일정한 리듬에 맞추어 나아가는 것으로 보아 두 사람은 말을 타고 있는 듯했다. 그리고 다음 순간, 흔들거리며 시야를 가린 나뭇잎들 틈으로 그들 곁에서 터덜터덜 걸어가는 이의 삭발한 정수리와 회갈색 머리칼이 보였다. 틀림없는 캐드펠 수사였다.

결국 캐드펠 수사는 헬레드를 찾아낸 것이다. 하지만 두 사람이 안전한 장소로 피하기도 전에 저 반갑지 않은 손님들에게 발견된 모양이었다. 그들을 뒤따라가는 것 외에 마크로서는 달리 뾰족한 수를 떠올릴 수 없었다. 먼저 두 사람이 어디로 끌려가는지, 그리고 약탈자들이 그들을 어떻게 다루는지 눈으로 직접 확인해야 했다. 그런 다음에는 두 사람에게 관심을 보일 만한 곳에 소식을 전하고 그들을 탈출시킬 방법을 강구해야 할 것이었다.

그는 땅에 내려선 뒤 말고삐를 나무에 잡아맸다. 보다 조용하고 신속하게 이동하기 위해서였다. 잠시 후 덴마크인들의 배에서 울려 퍼지는 환호 소리가 들려왔다. 이에 마크는 마음 놓고 길로 나와 급히 언덕길을 달려 내려가서는 해협이 잘 보이는 지점에 이르렀다. 배의 키잡이가 잔풀로 덮인 둑 밑에 배를 바싹 붙이고 있었다. 곧 이글거리는 노란 불꽃 같은 금발 머리들이 줄지어 배에 올라 말들을 살살 달래가며 태우고 자기들의 전리품을 조그만 갑판과 양쪽으로 늘어선 긴 의자 사이의 우묵한 공간에 쌓기 시작했다. 캐드펠도 그들과 함께 배에 올랐는데, 보아하니 아무 일도 없다는 듯 태연자약한 모습으로 그들의 지시를 따르는 것 같았다. 피할 길이 없어서이기도 하겠지만, 만일 그가 아닌 다른 사람이었다면 그처럼 신속하게 판단을 내리고 유유자적하기는 어려웠을 것이다.

헬레드는 여전히 말 위에서 소년에게 꼭 붙들려 있었다. 잠시 후, 일행이 배에 오르는 모습을 지켜보던 금발 머리 거인 청년이

다가와 마치 어린애 다루듯 두 팔로 그녀를 가볍게 안아 올리더니 노잡이들의 긴 의자들 사이에 내려놓았다. 이어 그는 말의 고삐를 잡고 마크로서는 무슨 뜻인지 이해할 수 없는 부드러운 말로 녀석을 살살 구슬려 녀석을 배에 태웠다. 마지막으로 소년이 배에 오르자 키잡이가 즉시 있는 힘껏 둑을 밀었고, 약탈한 물건들을 부리느라 분주하게 움직이던 이들은 일사불란하게 각자의 자리에 앉아 노를 잡았다. 마크가 무슨 생각을 떠올리기도 전에 그 날씬하고 작은 용머리 배는 둑에서 멀어지더니 카르나르본과 아베르메나이가 있는 남서쪽을 향해 뱀처럼 날렵하게 미끄러져 나아가기 시작했다. 더블린에서 함께 떠나온 배들이 기다리고 있는 정박지를 향해 가는 것이리라. 저 배는 앞과 뒤가 똑같아 방향을 돌릴 필요가 없었고, 속도도 워낙 빨라 적이 어느 방향에서 공격해 오든 신속하게 빠져나갈 수 있었다. 오아인이 카르나르본에서 저들을 발견한다 해도 배를 나포할 수는 없을 것이다. 용머리 배가 조용히, 그러나 신속하게 물살을 헤치고 멀어져가 금방 하나의 작은 점으로 변하는 광경을 마크는 그저 놀라 숨죽인 채 지켜볼 뿐이었다.

이윽고 그는 몸을 돌려 말이 묶여 있는 곳으로 돌아갔다. 그러곤 말의 허리에 박차를 가해 카르나르본이 있는 서쪽을 향해 달리기 시작했다.

 두 사내가 긴 의자들 사이의 우묵한 곳으로 그를 떠밀어놓고 각자의 자리로 돌아가자, 캐드펠은 좁은 갑판 판자에 등을 기대고 앉아 자신이 처한 상황에 대해 잠시 생각해보았다. 생포한 쪽과 생포당한 쪽 모두 많은 시간을 들이거나 진을 빼는 일 없이 쉽사리 자리를 잡았다. 여기서 저항한다는 것은 불가능했다. 판단력이 있는 사람이라면 그저 묵묵히 상황을 받아들일 수밖에 없었다. 양쪽으로 바다가 2킬로미터 이상 펼쳐져 있는 데다 배가 워낙 빠르게 나아가는 터라 생포한 이들도 굳이 포로들을 감시할 필요가 없었다. 그들은 감시인을 따로 붙여두지 않은 채 보다 시급한 일, 즉 노획물을 안전하게 본부로 가져가는 일에 전념했다. 배에 오른 뒤 캐드펠의 몸에 손을 대는 사람은 아무도 없었다. 거인 청년이 안서 내려놓은 자리, 그러니까 용머리를 향해 솟아오른 끄트머리 기둥 앞자리에서 제 몸을 지키려는 듯 스커트로 덮인 무릎을 세워 두 팔로 끌어안은 채 한껏 웅크리고 앉아 있는 헬레드에게 신경을 쓰는 사람도 없는 듯했다. 웨일스 사람들의 수영 솜씨가 시원치 않다는 건 널리 알려진 사실이었으니, 그녀가 배 밖으로 뛰어내려 앵글시 해안을 향해 헤엄쳐 갈 가능성에 대해서는 생각도 않는 모양이었다. 두 사람을 모욕하거나 해치려는 마음을 품은 이도 없는 것 같았다. 그들은 앞으로를 위해 고이 모셔둬야 할 자산이었으니까.

캐드펠은 시험 삼아 몸을 일으키고는 한가운데 우묵하게 파인 자리에 쌓인 고기와 식량 사이를 조심스럽게 거닐며 호기심 어린 눈으로 길고 날렵한 배 곳곳을 자세히 살펴보았다. 노 젓는 사람들은 손길을 멈추지도, 고개를 돌려 그의 행동을 주시하지도 않았다. 속도에 주안점을 둔 이 늘씬한 배는 길이가 열여덟 보에 폭은 서너 보쯤 되었다. 측면 널의 수는 열 개, 배 한가운데의 깊이는 2미터가량 되었으며, 하나뿐인 돛대는 배 뒤쪽을 향해 누워 있었다. 그는 널들을 결합시킨 리벳을 눈여겨보았다. 리벳으로 널과 널을 단단히 고정하고 흘수는 얕게, 무게는 가볍게 만든 배였다. 아베르메나이의 모래언덕 앞에 정박하기에는 더없이 좋겠지만, 지금 여기 있는 화물보다 더 육중한 짐을 싣기에는 적당치 않아 보였다. 아마 그런 용도에 적합한, 더 크고 비교적 느린 화물선들을 따로 몰고 왔으리라. 북해의 다른 배들이 모두 그렇듯 가로돛을 달고, 바람 없는 날 위험한 곳에서 빠져나오게 해줄 소수의 노잡이들만 태운 그런 배 말이다. 이 북구의 항해자들은 지중해의 배들을 본 적이 있을까? 두 개나 되는 돛대에 삼각돛을 단 그 배들을 캐드펠은 잊으려야 잊을 수 없었다.

그런 것들을 관찰하는 데 너무 열중한 나머지, 그는 장난스레 위로 치켜뜬 숱진 황금빛 눈썹 밑에서 얼음처럼 푸른 두 눈으로 자신을 면밀하게 지켜보는 시선을 알아차리지 못했다. 약탈자들의 젊은 대장은 어느 것도 놓치는 법이 없었으며, 자기 배를 살펴보는 캐드펠의 눈빛을 어떻게 해석해야 할지도 잘 알고 있었다.

그가 갑자기 키잡이의 옆자리에서 뛰어내리더니 배 한가운데의 우묵한 자리로 다가왔다.

"배에 대해 좀 아시오?" 베네딕토회 수사가 그런 것에 깊은 관심을 가진다는 사실에 흥미와 놀라움을 느끼는 눈치였다.

"전에는 좀 알았지. 하지만 배를 타본 지도 이젠 꽤 오래됐소."

"바다에 나가본 적이 있다는 거요?" 그가 호기심으로 두 눈을 빛내며 재차 물었다.

"이쪽 바다는 처음이오. 한때 지중해와 그 동쪽 해안은 많이 다녀봤지만." 캐드펠은 남자의 빛나는 푸른 눈을 마주 바라보았다. 그 눈 속에는 상대에 대한 인정과 일종의 기쁨이 어려 있었다.

"몸값이 더 올라가는군." 젊은 덴마크인이 감탄 어린 어조로 말을 이었다. "수사님을 잘 붙들어두고 더 자세히 알아봐야겠소. 선원 출신 수사는 아주 드물거든. 수사님 같은 사람은 생전 처음 보오. 이름이 어떻게 되시오?"

"캐드펠이라 하오. 웨일스 출신이지만, 지금은 슈루즈베리 수도원에 소속되어 있소."

"상대가 이름을 밝히면 이쪽도 이름을 밝히는 게 공정하겠지. 나는 티르카일의 아들이요, 이번 원정대 대장인 오티르 님의 친척인 티르카일이라 하오."

"그럼 당신은 웨일스의 두 군주가 무엇 때문에 다투는지 알고 있겠군. 왜 서로 칼을 겨눈 두 사람 사이에 뛰어든 거요?" 캐드펠이 물었다.

"보수를 받기 위해서지. 하지만 보수가 아니었다 해도, 오티르 님이 바다에 나오신 이상 뒤에 남지는 않았을 거요. 뭍에 있으면 멍청해지거든. 나는 농장에서 땅이나 파고 농작물이 자라는 걸 지켜보는 것에 만족하는 뭍사람이 아니오."

틀림없이 그런 사람은 아닌 듯하군, 캐드펠은 생각했다. 청춘 시절의 모험을 마친 뒤 수도원으로 들어갈 사람도 아니고. 동물 같은 에너지로 가득한 육체를 지닌 이 청년은 결혼해서 아이들을 낳고 역시 모험 정신으로 충만한 다음 세대를 양육할 사람이요, 바다처럼 한시도 가만있지 못할 사람이며, 두둑한 보수를 대가로 언제든 목숨을 건 채 다른 이들의 싸움에 뛰어들 각오가 되어 있는 사람이었다.

그는 캐드펠의 어깨를 툭 치고는 돌아선 뒤 빠르게 전진하는 배 안을 성큼성큼 걸어 뒤편 갑판에 앉아 있는 헬레드의 곁으로 훌쩍 뛰어올랐다. 이제 주위가 어둑어둑해지고 있었지만, 캐드펠은 헬레드가 경멸 어린 표정으로 입술을 꼭 다물고 오만상을 한 채 자신의 스커트 자락이 상대의 몸에 닿을세라 얼른 끌어당기며 고개를 돌리는 광경을 볼 수 있었다.

티르카일은 불쾌한 기색 없이 소리 내어 웃더니 그녀의 곁에 앉아 허리띠에 달린 조그만 자루에서 빵을 꺼냈다. 이어 큼직한 두 손으로 그걸 반으로 뚝 잘라 한쪽을 건넸으나 그녀는 받지 않았다. 이에 그는 다시금 웃음을 터뜨리고는 그녀의 오른손을 강제로 끌어당겨 빵을 쥐여주었다. 헬레드는 이길 수 없는 상대에게 저항해 괜히 모양만 우습게 만들기 싫은지 잠자코 있었다. 티르카일은 곧바로 일어나 뒤도 돌아보지 않고 자리를 떠났다. 그녀는 빵을 검은 바닷물에 던져버리지도, 받아들인다는 뜻으로 한 조각 베어 물지도 않고 그대로 손에 든 채 가늘게 뜬 두 눈으로 그의 금발을 응시했다. 그 시선이 무엇을 뜻하는지 알 수 없었으나, 캐드펠은 문득 이유 모를 불안감이 엄습하는 것을 느꼈다.

*

어느덧 사위가 어둠에 잠겨 노가 휘저어놓은 물살들만 황금빛으로 반짝이고 있었다. 해협 한가운데를 조용하고도 빠르게 내달리던 배는 오아인이 있을 카르나르본 해변의 불빛들 곁을 지나 넓은 만으로 들어섰다. 파도처럼 굽이치는 모래언덕과 그 꼭대기에 빽빽하게 우거진 덤불이며 나무들이 눈에 들어오는가 싶더니, 곧 바닷가에 늘어선 배들의 검은 그림자들이 어렴풋이 나타나기 시작했다. 돛대를 세운 배도 있었고, 그들이 타고 있는 배처럼 낮고 날렵한 배들도 있었다. 해변에 일정한 간격을 두고 늘어선 덴마크인들의 초소들에서 횃불이 조용히 타올랐다. 그 위편 모래언덕 꼭대기에, 불을 환하게 밝힌 덴마크인 본대의 숙영지가 자리잡고 있었다.

키잡이가 배를 정박시키기 위해 모래톱을 향해 매끄럽게 방향을 틀자, 티르카일의 노잡이들은 허리를 숙여 마지막으로 크게 한 번 휘저은 뒤 노를 배 안으로 거두어들였다. 선원들 몇몇이 약탈한 물건들을 들고 뱃전을 넘더니 물을 첨벙거리며 걸어가서는 해변을 지키고 있던 동료들과 합류했다. 티르카일 역시 헬레드를 두 팔로 가볍게 안아 들고 뱃전을 넘었다. 몸부림쳐봐야 아무 소용도 없을 터였다. 헬레드는 이제 품위 있는 태도를 유지하는 일에만 신경을 쓰기로 한 모양이었다.

캐드펠도 순순히 그들의 명을 따랐다. 두 노잡이가 굳이 자신의 양쪽에 따라붙어 채근하듯 떠밀지 않았어도, 또 물속에 내려선 뒤에도 어깨를 단단히 붙잡아 밀어내지 않았어도 그렇게 했을 것이다. 어쩌다 도망칠 기회가 온다 해도 헬레드를 함께 데려갈 수 없는 이상 아무 의미가 없었다. 깊은 생각에 잠긴 채 모래언덕을 터덜터덜 올라가 덴마크인들의 숙영지 안으로 들어선 그는, 뒤편 어둠 속 곳곳에 자리 잡은 채 신중하게 자신을 지켜보는 경비병들의 존재를 의식하며 노잡이들이 이끄는 대로 따라갔다.

8

잠에서 깨었을 때 제일 먼저 눈에 들어온 건 진주처럼 희뿌연 새벽빛이었다. 이어서 서서히 사그라드는 무수한 별들이 흩어진 드넓은 하늘이 보였다. 그 순간 캐드펠은 자신이 처한 상황을 다시금 상기했다. 모든 정황으로 미루어보건대, 흥정의 대상이 될 만한 가치를 지니고 있는 이상 그가 덴마크 사람들을 두려워할 이유는 전혀 없었다. 또한 저들이 면밀한 감시를 이어가고 있으니 그곳을 빠져나갈 가능성이 없는 것도 분명했다. 덴마크인 경비병들은 숙영지 주변과 해안을 철저히 지켜보고 있었다. 그러나 젊은 여자와 늙은 수사가 숙영지 울타리 안에 있는 한 걱정할 필요가 없다고 판단했는지 두 사람이 마음대로 돌아다니도록 내버려두었다.

간밤에 캐드펠은 이곳의 젊은 경비병들과 마찬가지로 충분한 식사를 제공받았다. 다른 거처로 끌려간 헬레드도 마찬가지일 것이었다. 아마 그녀는 보는 눈이 없는 것을 확인하고서야 그들이 제공한 음식을 먹었으리라. 헬레드는 바보가 아니었다. 넘치는 투지를 주체하지 못해 음식을 내동댕이치거나 하지는 않았을 것이다.

캐드펠은 울타리가 바람을 막아주고 두터운 풀이 깔린 우묵한 곳에 자리를 잡고 외투로 몸을 두른 채 편안하게 누워 있었다. 간밤에 티르카일이 캐드펠의 말을 배에서 내린 뒤 안장주머니에 있던 그 외투를 꺼내 던져주었다. 주변에서는 열 명 남짓 되는 덴마크 청년들이 누워 코를 골고 있었다. 그는 자리에서 일어나 크게 기지개를 켠 뒤 옷자락에 달라붙은 모래를 털어냈다. 주위를 돌아볼 생각으로 높은 곳을 향해 걷기 시작했지만 그를 제지하는 사람은 아무도 없었다. 잠자리를 털고 일어난 이들 몇몇이 벌써 불을 피우느라 부산하게 움직였고, 그의 말을 포함한 말 몇 마리는 물을 마신 뒤 풀이 더 많이 자라는 육지 쪽으로 나아가고 있었다. 캐드펠은 잠시 서서 그쪽을 바라보았다. 보기만 해도 마음이 든든해지는 친숙한 웨일스 땅이었다. 이어 아무런 방해도 받지 않은 채 캠프 한가운데를 가로질러 가는데, 문득 가장자리에 둘린 울타리 너머 높은 지대가 눈에 들어왔다. 만일 오아인이 육로를 통해 덴마크인들의 거점을 공격할 생각이라면 분명 남쪽에서 나타나겠지, 그는 생각했다. 남쪽 깊이 파여 썰물 때만 바닥이 드러나는 만을 길게 돌아서 올 거야. 그에게는 덴마크인들에 대적할 만한 좋은 배가 없으니 바다에서 싸우면 불리할 터였다. 문득 이곳 캠프에서 카르나르본까지의 거리가 참으로 멀게만 느껴졌다.

원정대의 지휘관들이 묵는 튼튼한 텐트들은 캠프 한가운데 설치되어 있었다. 캐드펠은 그 텐트들 곁을 지나다가 걸음을 멈추곤 주위에서 움직이는 몇몇 사람들을 유심히 살펴보았다. 그중 둘은 지위가 꽤 높은 이들로 보였는데, 그들의 외모가 왠지 기묘한 부조화를 이루었다. 50대 초반으로 보이는 한 사람은 술통처럼 넓은 가슴과 나무둥치처럼 듬직하고 다부진 몸매를 지니고 있었다. 햇살과 물보라와 바람에 단련된 피부는 평퍼짐한 얼굴 양쪽으로 땋아 내린 머리칼의 밀짚 빛깔보다 훨씬 짙은 적갈색을 띠었고, 콧수염은 턱 아래까지 길러 내려뜨린 모습이었다. 가죽 띠로 감싼 팔뚝과 두툼한 금팔찌를 낀 손목을 제외하고는 어깨와 팔이 그대로 노출되어 있었다.

"오티르예요." 문득 헬레드의 목소리가 들려왔다. 그가 한눈을 파는 사이 부드러운 모래밭을 살며시 밟으며 다가온 모양이었다. 그녀는 이제 그 싹싹하고 활달한 거인 청년보다 더 막강한 사람을 상대해야 할 처지였다. 거인 청년이 그녀에게 아주 호의적이긴 하나 언제나 도움이 되어주지는 못할 것이다. 여기서는 티르카일도 오티르의 부하에 불과하니까. 하지만 그들 앞에 있는 이 막강한 사람, 다른 모든 이들을 좌지우지할 수 있는 오티르를 견제하는 또 다른 인물이 있었다. 그의 곁에 선 사람, 다른 누구의 지시에도 순순히 따를 성싶지 않은 오만한 인상의 사내였다.

"저 사람은 누구지?" 캐드펠은 고개를 돌리지 않은 채 물었다.

"카드왈라드르요." 헬레드가 조용히 대답했다. "소문이 사실이었어요. 저 사람이 오아인 왕에게 압력을 가해 제 권리를 되찾을 생각에 이 긴 머리 야만인들을 웨일스로 끌어들인 거예요. 저는 저 사람을 알아요. 전에 본 적이 있거든요. 그리고 저 덴마크 사람의 정체는 다른 이들이 부르는 이름을 듣고 알았죠."

그 내면이야 어떻든 외모 하나는 훌륭한 사람이군, 캐드펠은 카드왈라드르의 빼어난 용모를 보며 생각했다. 자기 형만큼은 아니나 키가 꽤 크고 단단하면서도 보기 좋은 근육질의 다부진 몸매를 지닌 그는 덴마크인 곁에서 느긋하면서도 활기 있게 몸을 놀리고 있었다. 잘생긴 머리통을 덮은 숱진 곱슬머리는 형의 머리색보다 짙어 거의 적갈색에 가까웠으며, 거의 붙어 있다시피 한 양쪽 눈썹 밑에 알맞게 자리 잡은 거만한 두 눈은 그보다도 더 짙은 빛을 띠고 있었다. 수염은 말끔하게 밀었지만 더블린에서 온 이들과 함께 지내며 그들의 옷과 장신구를 받아 걸친 터라 그가 바로 이 원정대를 끌어들여 제 나라를 치게 한 웨일스 귀공자라는 사실을 금방 알아채기란 어려웠다. 그는 성미가 급하고 경솔하며, 친구들에게는 아주 너그럽지만 적에게는 더없이 혹독한 사람으로 알려져 있었다. 그 얼굴이 이 모든 평판들을 고스란히 드러내는 듯했다. 더하여, 그동안 무수히 말썽을 일으켰음에도 형 오아인이 여전히 그에게 애정을 보이는 이유 또한 그 얼굴을 보면 이해할 만했다.

"아주 잘생겼구먼." 캐드펠은 카드왈라드르를 조심스레 훑어보며 중얼거렸다.

"내면이나 행실도 얼굴만큼 괜찮다면 얼마나 좋겠어요." 헬레드가 말했다.

오티르와 카드왈라드르가 한 무리의 지휘관들에게 둘러싸인 채 동쪽에 있는 해협으로 나아가기 시작하자 캐드펠도 남쪽을 살펴보기 위해 높은 지대로 향했다. 헬레드가 이내 그의 곁에 따라 붙었다. 다른 이와 함께 있어야 마음이 안정되고 편해서가 아니라, 그녀 역시 그곳의 지형이나 상황에 관심이 있어서, 또 혼자보다는 둘이 머리를 맞댈 때 보다 정확하고 지혜로운 판단을 내릴 수 있으리라는 생각에 그러는 듯했다.

캐드펠은 곁에서 나란히 걷는 헬레드의 얼굴을 유심히 살펴보았다. 지극히 차분하고 절제된 표정에, 입가에는 단호한 의지가 깃들어 있었다.

"식사는 했소?" 그가 물었다. "여기 사람들이 무례하게 굴지는 않았고? 여자 하나 없는 삭막한 곳이라 묻는 거요."

그녀가 피식 웃었다. "아직 필요하거나 모자란 건 없었어요. 만약 필요한 게 생기면 제가 스스로 해결할 수 있을 테고요. 저는 텐트 한 곳에 배정되었어요. 먹을 건 어제의 그 아이가 날라다 주더군요. 이리저리 돌아다니도록 내버려두다가 동쪽 해안에 가까이 접근하니까 제지하더라고요. 제가 수영을 한다는 걸 아는 모양이에요."

"하지만 당신은 해안에서 얼마 채 떨어지지 않은 곳을 지날 때도 물에 뛰어들지 않았잖소." 캐드펠이 묻는 듯한 눈길로 그녀를 바라보았다. 힐책의 기색은 없었다.

"그랬죠." 그녀는 빙긋이 웃으며 그렇게만 대꾸한 뒤 입을 다물었다.

"만일 우리가 말을 되찾는다 해도, 녀석들을 끌고 이곳을 빠져나가기란 힘들 거요."

"게다가 제 말은 다리를 절고요." 고개를 끄덕이는 그녀의 얼굴에는 내밀한 뜻이 함축된 미소가 어려 있었다.

그는 아직 헬레드에게 그 말에 대해 묻지 못한 터였다. 아베르의 성에서 연회가 한창일 때, 그녀는 어떻게 왕의 마구간으로 몰래 침입해 좋은 말을 빼돌렸을까?

"당신의 말이라는 그 녀석을 대체 어떻게 빼낸 거요?"

"빼낸 게 아니라 발견했어요." 헬레드는 망설임 없이 대답했다. "안장과 마구를 제대로 갖춘 채 정문에서 그리 멀지 않은 숲속에 매여 있더라고요. 저로서는 전혀 기대하지 않았던 일이라 그저 좋은 징조로 받아들이고 하느님께 감사했죠. 그 말이 아니었다면 밤새도록 걸어야 했으니까요. 하지만 그렇게 해서라도 저는 그곳을 떠났을 거예요. 술 단지를 다시 채우려고 홀에서 나왔는데, 막상 마당에 나오고 보니까 다시 안으로 돌아갈 이유가 없다는 생각이 들더군요. 라넬루이에는 제가 소중히 간직할 만한 게 더는 남아 있지 않았고, 반고르나 앵글시에는 제가 원하는 게 없었어요. 하지만 이 세상 어딘가에는 저를 위한 무언가가 틀림없이 있을 거예요. 내가 원하는 것을 얻도록 도와줄 사람이 아무도 없다면 스스로 그것을 찾아 나서야 하지 않겠어요? 그때 전 성벽 아래 그늘 속에 서 있었는데 정문을 지키던 경비병들이 전혀 신경을 안 쓰더라고요. 그래서 그 사람들 뒤로 살그머니 빠져나왔죠. 맨몸으로 나왔지만 불만은 없었어요. 제가 선택한 길이었으니까요. 그러다 숲속에서 그 말을 발견한 거예요. 안장과 마구를 제대로 갖춘 말을요. 마치 하느님께서 저를 위해 미리 준비해주신 선물 같아 도저히 그냥 지나갈 수 없었어요." 이어 그녀는 진지한 태도로 덧붙였다. "이제 와서 말을 잃는다 해도 저로서는 불만이 없어요. 어쨌든 녀석은 이미 제가 가려고 마음먹었던 곳으로 절 데려다주었으니까요."

"이건 당신이 밟아야 할 여정의 한 단계일 뿐 끝이 아니오." 캐드펠은 말했다. "지금 우리는 앞날이 어찌 될지 모르는 아주 애매한 상황에서 이곳에 인질로 갇힌 상태요. 당신이 자유를 아주 소중히 여기는 사람이라는 것 잘 알고 있소. 그러니 어떻게 해서든 이곳에서 벗어나야겠지. 아니면 오아인이 그렇게 만들어주기를 기다리거나." 캐드펠은 그녀가 들려준 이야기를 되새기며 아베르에서 일어난 모든 일들을 다시 더듬어보았다. "그래, 그 말이 마구를 제대로 갖춘 채 성 밖에 숨겨져 있었다고? 그렇다면…… 하느님의 뜻과는 상관없이 그 말에 안장을 얹어 숲으로 끌고 나온 다른 누군가가 있었다는 얘기인데…… 정말 블레드리 압 리스가 오아인 진영의 군세와 방어 태세 등에 관한 정보를 가지고 제 군주에게로 달아나려 했던 것인지…… 하지만 그 사람은 자기 방에서 벌거벗은 채로 발견되었단 말이지. 곧 말을 타고 달아날 사람답지 않은 모습으로 말이오. 침대에 누운 채 성안의 모든 사람들이 깊이 잠들 때까지 기다리려 했던 걸까? 그러다 적당한 시간이 오기 전에 살해되었고? 경비병들이 성의 모든 문을 지키고 있는 상황에서 무슨 방법으로 빠져나가려 했을까?"

헬레드는 미간을 찌푸린 채 캐드펠의 얼굴을 유심히 바라보았다. 그가 무슨 말을 하는지 좀처럼 이해할 수가 없어 열심히 머리를 굴리는 듯했다.

"지금 블레드리 압 리스가 죽었다고 말씀하시는 건가요?" 이윽고 그녀가 진상을 깨닫고 놀라 물었다. "살해되었다고요? 제가 성을 떠난 날 밤에?"

"모르고 있었소? 하긴, 우리도 당신이 떠난 뒤에 알았으니까. 그 이후로 아무에게서도 그쪽 얘기를 듣지 못했던 거요?"

"덴마크 사람들이 침입했다는 얘기는 들었어요. 바로 이튿날 소식이 사방으로 퍼졌으니까요. 하지만 그 사람의 죽음에 대해서는 듣지 못했어요. 단 한 마디도……."

더 크고 중대한 소식이 있었으니 묻힐 만도 했다. 덴마크인들의 침입이야 카르나르본으로 병사들을 동원하라는 왕의 소집령과 함께 북웨일스 곳곳에 전했겠지만, 블레드리의 죽음은 그런 식으로 빠르게 퍼져 나가지 않았으리라. 헬레드는 뒤늦게 접한 이 죽음의 소식에 우울한 표정으로 이맛살을 찌푸렸다. 잠시였지만 안면을 트고, 또 자신의 애정을 함부로 짓밟은 아버지를 괴롭히기 위해 자기 나름의 방식으로 이용했던 사람 아닌가.

"그 사람이 그렇게 갔다니 안됐네요." 잠시 후 그녀가 다시 입을 열었다. "혹시 누군가 그 사람이 도망치려는 걸 알고 죽였을까요? 카드왈라드르 측에 전사 하나가 더 합류하는 것, 또 카드왈라드르가 크게 반길 만한 정보가 새어 나가는 것을 막으려고? 대체 누구였을까요? 누가 그 사람의 도주를 간파하고 그런 끔찍한 짓을 저질렀죠?"

"그건 알 길이 없지. 쓸데없이 지레짐작해봐야 소용도 없고. 하지만 조만간 왕이 범인을 찾아낼 거요. 블레드리도 어떤 의미에서는 왕의 손님이니, 오아인이 그냥 넘어갈 리 없소."

"수사님은 또 다른 사람의 죽음을 예고하시는군요." 헬레드가 씁쓸하게 말했다. "하지만 범인의 죽음이 대체 무슨 의미가 있을까요?"

그런 질문에 딱 맞아떨어지는 대답은 있을 수 없다. 무엇이든 선악의 애매한 구석들을 건드리지 않을 수 없으리라. 두 사람은 말없이 걸어 숙영지 남쪽 가장자리에 있는, 보다 높은 지대에 이르렀다. 거기까지 가는 동안 만난 덴마크 전사들이 호기심 어린 눈으로 힐끔거리기는 했지만 그들을 제지하는 이는 없었다. 그들은 듬성듬성 흩어진 수풀들을 지나 언덕 꼭대기에 이르러 걸음을 멈추고는 그 일대의 지형을 살펴보았다.

애초에 오티르는 해협 북쪽이 아니라 남쪽 연안에 상륙하는 편을 택했다. 앵글시섬의 모래언덕들과 황야가 드넓게 펼쳐진 북쪽은 자칫 물에 잠길 위험이 있는 데다, 그 끝은 모래밭과 갯벌이라는 긴 장애물로 막혀 있었다. 반면에 남쪽은 지대가 훨씬 높고 땅이 단단해 방어하기 유리한 숙영지를 얻을 수 있었고, 바닷물도 더 깊어 배를 정박시키기에 좋았다. 여차하면 넓은 바다로 재빨리 달아날 수 있을 것이었다. 오아인의 막강한 군세가 집결해 있는 카르나르본의 거점과 거의 맞닿아 있는 곳이었으나 오티르는 그런 점에 별로 개의치 않았다. 숙영지의 해안에는 많은 병력이 배치되어 있었다. 적이 육지 쪽으로 습격해 온다 해도 언제든 방어할 수 있을 만한 병력이었다. 게다가 두 진영 사이에는 밀물 때마다 잠기는 드넓은 만이 펼쳐져 있었다. 캐드펠은 그 만으로 몇 줄기의 강이 흘러든다는 것을 알고 있었다. 썰물 때면 드넓은 모래톱 위를 구불구불하게 흘러가는 은빛 띠처럼 가느다란 물줄기에 불과하지만, 모래톱의 지반이 약해 대규모 군대가 함부로 건너기는 어려울 터였다. 결국 오아인이 안전하게 적과 대치하려면 남쪽으로 멀리 돌아 10킬로미터가량을 행군해 와야 하리라.

문제는, 그 10킬로미터의 거리가 밤중에는 불과 2킬로미터 남짓으로 줄어들 수 있다는 것이었다. 캐드펠은 능선 꼭대기에 선 채 주위를 둘러보았다. 오른쪽으로는 막 떠오른 아침 햇살을 받아 반짝이는 먼바다가, 왼쪽으로는 넓은 모래톱과 그 위에 얕게 고인 푸르스름한 바다가 펼쳐져 있었다. 그러다 야영지 가장자리 너머 남쪽을 바라보자 드넓게 펼쳐진 모래언덕과 밭과 덤불 뒤로 저 멀리 햇빛에 번쩍이는 병장기와 다채로운 빛깔의 텐트들, 그리고 하룻밤 사이 세워진 방벽이 눈에 들어왔다. 햇살 속에서 진지를 쌓느라 이리저리 돌아다니는 군사들의 움직임이 마치 밀밭에 잔물결을 일으키며 지나가는 바람의 일렁임 같았다. 오아인이 밤의 어둠을 틈타 군대를 이동시킨 것이다. 적의 창이나 화살이 미치지 않을 정도로 떨어져 반도 꼭대기를 봉쇄함으로써 덴마크군을 가둬두려는 모양이었다. 이제 두 당사자는 이마를 맞대고 정면충돌한 셈이었다. 어느 쪽에서든 상황의 해결을 위해 나서지 않으면 안 될 것이었다.

*

먼저 교섭을 제안해 온 쪽은 오아인이었다. 오후가 되기 전, 덴마크군의 지휘관들은 한데 모여 적들이 그렇게 가까이 접근해 온 사실을 두고 논란을 벌였다. 그들 사이에 긴장이나 불안의 분위기는 감지되지 않았다. 여차하면 금방 넓은 바다로 빠져나갈 수 있는 데다, 웨일스 사람들은 해전에서 상대가 되지 않는다 생각했기 때문이었다. 한 무리의 병사들이 모래언덕으로 올라오는 것을 보고 캐드펠은 조심스레 뒤로 물러섰다. 오아인이 카르나르본에 얼마나 많은 수비 병력을 남겨뒀는지 확인하고, 급습이 있을 경우 해협을 건너가 카르나르본을 공격할 수 있을지 따져보려는 모양이었다. 그러나 아직은 이쪽에서도 적지 않은 희생자가 나올 모험을 감행할 생각이 없었다. 그들은 적진의 움직임을 지켜보며 기다리기를 택했다. 오아인이 먼저 나서게 가만히 내버려두자. 과거 여러 차례 그랬듯 이번에도 이미 동생을 너그럽게 포용해주려고 마음먹고 있을지 모르는데 무엇 하러 먼저 나서서 그 바람직한 해결책을 무산시킨단 말인가?

희부연 태양이 중천에 떠오를 무렵, 양쪽 군대 사이에 펼쳐진 모래벌판에 말을 탄 두 사람이 모습을 드러내었다. 파도처럼 굽이치는 벌판 밑으로 사라졌다가 이어 다시 언덕 위로 떠오르기를 반복하며, 아직 작은 점에 불과한 그 두 사람은 덴마크군 진영 쪽으로 꾸준히 다가오고 있었다. 그곳 모래언덕과 황야 지대에는 쓸모 있는 목초지나 경작지가 거의 없어 인가라 해봐야 고작 대여섯 채에 불과했고, 거기 거주하는 주민들은 이미 밤사이 철수하고 없었다. 이 순간 그 황막한 곳에 있는 사람이라곤, 아마 수많은 인명을 희생시킬지 모를 무의미한 충돌을 예방하기 위한 첫 협상안을 전달하기 위해 오고 있을 그 둘뿐이었다. 오티르는 긴장과 만족감이 어린 표정으로 그들을 지켜보았고, 카드왈라드르 또한 긴장 섞인 모습이었지만 내심 자신의 승리를 예견한 듯 허리를 꼿꼿이 세우고 넓게 벌린 두 발로 웨일스 땅을 딛고 선 채 왕의 사절들을 기다리고 있었다.

창이나 화살이 겨우 닿을까 싶은 지점에 이르자 둘 중 한 사람이 작은 수풀 뒤에 말을 세웠고, 다른 한 사람은 고함을 치면 들릴 만한 곳까지 더 접근해 온 뒤 안장에 그대로 앉은 채 앞의 낮은 언덕 위에서 자신을 지켜보는 이들을 올려다보았다.

"오아인 전하께서 당신을 대신해 여기 계신 분들과 교섭할 사절을 보내셨소." 그가 또렷한 목소리로 외쳤다. "전하께서 믿고 파견하신, 무장하지 않은 평화의 사절이오. 그분을 받아들이시겠소?"

"그 사람을 보내시오. 정중하게 영접하겠소." 오티르가 대답했다.

전령이 멀찌감치 물러나자 이번에는 두 번째 사람이 말에 박차를 가해 이쪽 숙영지 가장자리를 향해 달려왔다. 체구가 작고 여윈 젊은 사람이었는데, 제후나 사자들이 타는 우아한 말이 아니라 흡사 농장의 짐말을 부리는 듯한 품새로 말을 몰았다. 다른 이들과 함께 모래언덕 꼭대기에서 그 광경을 지켜보던 캐드펠은 문득 숨을 깊이 들이마셨다가 크게 내쉬었다. 베네딕토 수사회의 검고 낡은 수사복을 걸친 채 차분하면서도 결의 있는 표정으로 다가오는 그 사람은 다름 아닌 마크 수사였다. 주교의 사절로 왔다가 이제는 군주들의 사절이 된, 명실상부한 평화의 사절. 아마 그가 자진해서 오아인에게 간청했을 것이다. 자신은 자유와 목숨과 마음의 평화 외에 잃을 것도 얻을 것도 없는 사람이라고, 무기를 사용하거나 이익을 탐하고자 하지도 않으며, 또 웨일스 왕이든 덴마크 왕이든 아일랜드 왕이든 누구의 비위도 맞출 필요가 없는 사람이라고, 이처럼 동기를 의심받지 않을 만한 사절을 이용하는 것이 여러 모로 유리할 것이라는 말로 설득했으리라. 아닌 게 아니라, 그처럼 겸허한 사람이라면 자만심으로 가득한 이들의 충돌을 막아주기에 더없이 적합할 것이었다.

  마크 수사가 캠프 앞에 이르자 경비병들은 그가 들어가도록 길을 내주었다. 그 순간 누군가 선뜻 앞으로 나서서 정중한 태도로 마크 수사가 탄 말의 고삐를 잡았다. 마크 수사보다 두 배쯤 커 보이는 거인 청년 티르카일이었다. 마크는 가볍게 말에서 내린 뒤 오티르와 카드왈라드르가 기다리고 있는 작은 구릉을 향해 부지런히 걸음을 옮기기 시작했다.

*

  오티르와 부하들이 발 디딜 틈도 없이 꽉 들어찬 텐트 안에서 마크 수사는 자신이 하고 싶은 말과 오아인 귀네드의 뜻을 전했다. 이 덴마크 해적들 사이에서는 하급자도 상급자들의 회의에 참석할 권리가 있다는 사실을 본능적으로 감지했는지 그는 텐트 바깥에 몰려선 이들도 충분히 들을 수 있게끔 목소리를 높였다. 캐드펠 수사 역시 가까운 곳에 자리 잡고 있었지만 그에 대해 불만을 표하는 사람은 아무도 없었다. 바로 여기 인질로 잡혀 있는 처지이니 사절의 방문에 관심이 있는 것도 당연하지 않겠는가.

여기서는 이해관계가 있는 사람이라면 누구든 자리를 잡고 상황을 지켜볼 권리를 주장할 수 있었다.

"저는 여기 계신 분들을 웨일스로 끌어들인 이번 싸움과는 아무 관련도 없는 사람입니다. 그래서 이번 사절의 임무를 맡겠다고 자청했지요." 이어 마크 수사는 말을 고르느라 잠시 뜸을 들인 뒤 다시 입을 열었다. "저는 무기를 소지하지 않았으며, 아무런 이익도 추구하지 않습니다. 목숨 말고는 잃을 것도 없지요. 하지만 이번 싸움이 불필요한 유혈 사태를 부를 경우 두 형제분과 저와 여기 계신 모든 분들은 너무나 많은 손실을 입게 될 겁니다. 이 싸움의 양쪽 당사자들이 서로를 비난하는 이유가 무엇인지는 저 또한 들어서 알고 있으나 지금 이 자리에서 그에 관해 언급할 생각은 전혀 없습니다. 저는 다만 민족과 민족이, 그리고 형제와 형제가 상대에게 큰 적의와 증오심을 품고 있다는 사실을 슬퍼하며, 서로 피 흘리지 않고 모든 분쟁을 해결해야 한다는 점을 역설하고자 합니다. 그리고 귀네드의 군주이신 오아인 님을 대신하여 그분의 말씀을 전하겠습니다. 그분은 이번 싸움은 단지 두 형제 사이에서 벌어진 것이니 이와 무관한 분들은 관여하지 말아 달라고 하십니다. 또 당신의 동생이신 카드왈라드르 님께, 불만이 있으면 직접 와서 얼굴을 맞대고 이야기해보자는 말씀을 전하라 하셨습니다. 올 때와 갈 때의 안전은 보장해주겠다는 말씀도 덧붙이셨고요."

"안전에 대한 아무 보장책도 없이 그 양반 말을 액면 그대로 받아들이라는 소리요?" 카드왈라드르가 물었다. 그러나 두 눈에 기대 어린 빛이 어른거리는 것으로 미루어, 그 제안이 그리 싫지 않은 모양이었다.

"그분의 말을 믿을 수 있다는 건 잘 아실 텐데요." 마크는 간단히 대꾸했다.

물론 그는 잘 알고 있었다. 그곳에 있는 다른 모든 사람들도 마찬가지였다. 아일랜드 사람들은 오아인 귀네드와 여러 차례 접촉해왔고, 그러한 접촉이 늘 싸움으로만 이루어진 것은 아니었다. 웨일스에서는 이미 널리 알려진 오아인의 사람됨을 잘 아는 친지들이 아일랜드에도 있었다. 카드왈라드르는 그 첫 번째 교섭이 많은 걸 약속해준다고 여겼는지 흡족한 기색을 감추지 못했다. 침략군의 군세를 확인하자 오아인이 은근히 겁을 집어먹고는 이쪽을 달래는 식으로 나오려나 보다 생각한 것이다.

"하긴, 형님이 약속을 지키는 사람이라는 건 모두가 아는 사실이지." 카드왈라드르가 선선히 고개를 끄덕여 보였다. "형님 또한 내가 겁을 먹고 망설이리라 생각지 않을 거요. 좋소, 틀림없이 가겠소."

"잠깐!" 그때까지 잠자코 듣고 있던 오티르가 그 육중한 몸을 돌리며 입을 열었다. "그렇게 서두르면 안 되지! 애초에 싸움은 두 사람 사이에서 일어났지만, 이젠 우리 쪽 사람들도 대가를 약속받고 끼어든 상황이오. 나로서는 공을 함부로 보내기 어렵군. 공은 구두 약속만 믿고 기꺼이 나설 수 있을지 몰라도, 나는 내가 가진 귀중한 자산을 함부로 내주고 싶지 않소이다. 공이 오아인을 만나 그의 설득이나 강압에 굴복할지도 모르니 나는 공을 무사히 돌려받기 위해 인질을 요구하겠소. 말뿐인 약속은 필요 없소."

"나를 붙잡아두시오." 마크가 선선히 말했다. "카드왈라드르 님을 무사히 돌려보내겠다는 약속을 보증하는 이의 자격으로 내가 기꺼이 이곳에 남아 있겠소."

"오아인이 당신에게 그런 임무를 맡겼소?" 오티르가 물었다. 이 맞교환이 과연 자신에게 이익이 될지 확신할 수 없다는 표정이었다.

"아니, 이건 내 제안이오. 상대가 약속을 지키지 않을까 염려하는 마음 충분히 이해하오. 오아인 님도 공의 요구를 거부하지 않으실 거요."

오티르는 여전히 회의적인 표정이었으나, 자신을 당당히 마주 보는 이 빈약한 몸집의 청년이 그런대로 마음에 드는 듯 다정함이 깃든 눈길로 그를 바라보았다. "웨일스 왕이 자신의 혈육이나 적 못지않게 당신을 중요하게 여길까? 나라면 수중에 들어온 귀한 새를 붙잡아두기 위해 다른 새는 그냥 날려 보내고 싶어 할 것도 같은데."

"나는 오아인 님의 손님이기도 하지만 그분의 사절이기도 하오." 마크가 고집스러운 표정으로 말을 이었다. "즉 그분의 권한과 명예를 대리하는 사람의 자격으로 이 자리에 왔다는 뜻이지요. 물론 나 개인으로 말하자면 공께서 지금 보시다시피 그저 그런, 하잘것없는 사람이지만 말입니다."

"좋소, 무슨 뜻인지 알겠소." 오티르가 너털웃음을 터뜨리며 손뼉을 쳤다. "그렇다면 수사께서는 여기 머물러 계시오. 기꺼이 환영하지! 이곳에는 다른 수사도 한 사람 더 있다오. 그분처럼 당신도 여기서 자유롭게 지내도록 하시오. 하지만 미리 경고하는데, 경계선에 너무 가까이 가서는 안 되오. 내 부하들에게도 그렇게 지시해둘 거요. 나는 저쪽 편에서 카드왈라드르 공을 무사히 돌려보낼 때까지 내가 가진 것을 잘 지킬 작정이오. 카드왈라드르 공이 아무 탈 없이 돌아오면 당신을 오아인에게 돌려보내겠소. 우리 둘 모두가 적절하다고 생각하는 답변도 그대 편으로 보낼 테고."

마크뿐 아니라 카드왈라드르까지 겨냥한 일종의 경고군, 캐드펠은 생각했다. 저 두 사람은 서로를 그다지 신뢰하지 않는 게야. 오티르가 카드왈라드르의 귀환에 대한 명확한 보장책을 요구한 건 카드왈라드르의 안전을 위해서라기보다 오티르 자신의 이해 관계를 염려하는 마음이 더 크기 때문일 것이다. 그에게 카드왈라드르는 세심하게 신경 써서 지켜야 할 투자 자본일 뿐 전적으로 신뢰할 만한 존재가 결코 아니었다. 저 무모하고 경솔한 공자가 이곳을 벗어난 뒤 자기 형이 제시하는 유리한 조건들을 제 뜻대로 이용해먹을지 누가 알겠는가?

카드왈라드르는 만족스러운 기분으로 자리에서 일어나 보기

좋게 균형 잡힌 몸을 쭉 폈다. 어떤 조건이나 단서가 덧붙었든, 그는 형이 사절을 보냈다는 사실을 아주 고무적인 일로 받아들였다. 틀림없이 귀네드의 평화가 위협받을 수도 있다는 사실을 면밀히 검토한 뒤 자신에게 땅을 양도하기로 마음먹은 것이리라. 얼마나 줄지는 모르지만, 어쨌든 이 혼란에서 벗어날 수 있을 만큼은 줄 것이다. 이제 그는 그저 형을 만나러 가 다른 사람들 앞에서 기품 있게 행동하는 모습을 보여주기만 하면 될 터였고, 기품 있게 보이는 것이야말로 그의 뛰어난 장기였다. 하지만 단둘이 만나서 얘기할 때는 요구 사항들을 한 치도 양보하지 않을 생각이었다. 형이 빼앗아 간 땅은 물론, 자신을 따랐던 가신들 역시 모두 되찾을 것이다. 형이 먼저 접근해 와 그렇게 부드럽고 합리적인 제안을 건넨 것으로 보아 일이 다른 식으로 엇나갈 리는 없었다.

"형님에게 다녀오겠소." 그는 음산한 미소를 띠며 말했다. "거기서 얻어 올 소득은 나와 공 모두의 이익이 될 거요."

*

화창한 오후, 넓은 바다가 굽어 보이는 모래밭의 우묵한 자리에 마크는 캐드펠과 함께 앉아 있었다. 그들의 눈앞에서부터 해안까지 펼쳐진 모래밭에는 억세고 질긴 누런 풀들과 바닷바람이 조각한 긴 모래 이랑들이 일정한 간격을 두고 늘어서 있었다. 해안에서 조금 떨어진 깊은 곳에 정박한 오티르의 배 일곱 척도 눈에 들어왔다. 그중 네 척은 혹시라도 이번 원정의 대가가 충분치 않아 귀네드 지방 여러 곳을 약탈하게 될 경우 수많은 노획물들을 얼마든지 실어낼 수 있을 만한 육중하고 튼튼한 화물선이었고, 다른 세 척 또한 꽤 큼직하면서도 길고 날렵한 배들이었다. 보다 작고 빠른 배들은 모두 만 어귀에 정박해두어 필요할 경우에는 언제든 뭍으로 끌어 올릴 수 있도록 해두었다. 큰 배들 너머 서쪽으로 구름 한 점 없는 푸른 하늘을 거울처럼 반사하는, 그러나 곳곳에 흩어진 황금빛 모래톱으로 인해 얼룩이 진 은빛 바다가 반짝이고 있었다.

"여기 오면 수사님을 만날 수 있으리라 생각했습니다." 마크가 말했다. "그게 아니었더라도 왔겠지만요. 수사님과 만나기로 한 곳을 향해 가던 중 덴마크인들이 길을 가로지르는 광경을 보았는데, 그들 사이에 두 분도 끼어 있더군요. 수사님과 그 여인 말입니다. 제가 할 수 있었던 일이라고는 카르나르본으로 가서 오아인 왕에게 소식을 전하는 게 고작이었지요. 아마 이번 교섭을 추진할 때 그분의 머릿속엔 두 분의 안위에 관한 고려도 있었을 겁니다. 수사님 표정을 보니, 다행히 덴마크 사람들이 두 분을 고약하게 대접한 것 같지는 않네요. 사실 저는 헬레드 때문에 걱정을 좀 했습니다."

"쓸데없는 걱정을 했군." 캐드펠이 가벼운 말투로 입을 열었다. "여기 사람들에게 헬레드가 웨일스 왕의 보호를 받고 있다는 사실을 미리 밝혀뒀네. 오티르는 어떤 식으로든 몸값을 받아내고자 하니 인질을 함부로 다뤄서 무가치한 존재로 만들지 않을 걸세. 그리고 다들 가급적이면 아무런 희생도 없이 원정의 대가를 받아내고 싶어 하더군. 이 원정이 자기들에게 아무 소득 없이 끝나리라는 판단이 서지 않는 한, 귀네드 사람들 전체를 적으로 돌릴 만한 짓은 저지르지 않을 거야. 헬레드는 안전하네."

"그 여인은 대체 무슨 이유로 아베르에서 달아났답니까? 그리고 어떻게 해서 성을 빠져나갔는지 얘기하던가요? 덴마크 사람들이 왕이 타는 말에나 어울릴 법한 화려한 마구와 안장을 착용한 말을 끌고 가는 것을 봤습니다. 헬레드가 빼돌린 말이겠지요? 그녀는 그 말을 어떻게 빼돌린 거죠?"

"우연히 발견했다고 하더군. 경비병들이 돌아선 틈을 타 살그머니 정문을 빠져나갔는데, 숲속에 그 말이 안장을 얹고 마구를 착용한 상태로 나무에 매여 있었다는 거야. 자기는 걸어서라도 달아날 마음이었는데 그렇게 완벽한 준비를 갖춘 말이 기다리고 있었다고⋯⋯ 자네는 그게 무엇을 뜻한다고 생각하나? 어쨌든 헬레드가 거짓말을 하는 것 같지는 않았네."

마크는 심각한 표정으로 생각에 잠겼다가 한참 뒤 자신 없이 입을 열었다. "설마 블레드리 압 리스가⋯⋯? 그 사람이 도망쳐야겠다 마음먹고 낮에 정문이 열려 있는 동안 말을 미리 빼돌려둔 걸까요? 그를 의심한 누군가가 도주를 막으려 살인을 저질렀고요? 하지만⋯⋯ 그 사람이 도망치려 했다는 근거가 전혀 없잖습니까! 그는 왕의 손님으로 만족스럽게 머물고 있었어요. 자기가 아무 피해도 입지 않도록 왕이 잘 보호해줄 거라 믿었고요. 적어도 제가 보기엔 그랬습니다."

"그에 관한 진실을 아는 이는 단 한 사람뿐일 걸세." 캐드펠이 말했다. "그자는 무슨 일이 생겨도 입을 굳게 다물 테고. 하지만 결국은 진실이 드러나겠지. 왕이 이대로 넘어가지는 않을 테니까. 헬레드한테도 그렇게 말해뒀네. 그녀는 내가 또 다른 누군가의 죽음을 예고하는 것 같다며, 그래서 뭐가 해결되겠느냐고 묻더군."

"맞는 소리네요." 마크는 침울하게 말했다. "그녀가 대부분의 군주나 성직자들보다 더 뛰어난 판단력을 가진 것 같습니다. 그나저나, 이곳에서 아직 그 여인을 보지 못했군요. 헬레드도 수사님처럼 이곳을 자유롭게 다닐 수 있습니까?"

"오른편 저 아래쪽으로 시선을 돌리면 지금이라도 볼 수 있지. 저기, 얕은 바다로 곶처럼 돌출한 모래톱이 있는 곳 말이네."

마크 수사는 고개를 돌려 캐드펠이 가리키는 방향을 바라다보았다. 밀물 때도 물에 완전히 잠기지는 않아 꼭대기가 누렇고 거친 풀들로 뒤덮인 모래톱이었다. 오른편에 펼쳐진 넓은 모래벌판에서 손처럼 불쑥 튀어나온 것이, 마치 앵글시섬의 해안 남쪽을 향해 뻗어나가려고 안간힘을 쓰는 듯한 모양새였다. 그곳의 가장 높은 지점에는 관목 몇 그루와 부드러운 모래 사이로 조그만 바위 하나가 솟아 있었다. 헬레드는 발목 깊이의 물을 첨벙거리며 천천히 나아가서는 바위 앞에 이르렀다. 그러곤 그 위에 걸터앉아, 거기서는 보이지 않는 아일랜드 쪽을 한참이나 바라보았다. 작고 여윈, 더없이 연약하고 고독한 모습이었다. 그녀는 자기를 잡아 가둔 자들로부터 어떻게든 멀리 떨어져, 도저히 빠져나갈 길 없는 운명으로부터 힘겹게 스스로를 지키려 애쓰고 있었다. 머리 위에는 텅 빈 하늘이, 눈앞에는 텅 빈 바다가 펼쳐진 그 외딴 자리에서 그렇게 적어도 마음으로나마 자유를 좇고 있었다.

캐드펠 수사는 마음 뭉클한 이 광경에서 일종의 기만을 느꼈다. 헬레드는 자신이 처한 상황의 강점과 취약점을 정확히 파악하고 있었다. 두려워할 이유가 전혀 없다는 것도 잘 알았으며, 실제로 그녀가 무언가를 두려워할 사람도 아니었다. 더하여 그녀는 자신이 어느 정도까지 행동의 자유를 누릴 수 있는지도 훤히 꿰고 있었다. 만일 그녀가 해안의 반대쪽, 육지로 둘러싸인 만의 저편으로 접근한다면 당장에 누군가 제지하고 나설 것이다. 그들은 그녀가 헤엄칠 수 있다는 사실을 알고 있으니까. 하지만 이쪽 해안에는 탈출할 길이 전혀 없었다. 여기서 헬레드는 모래톱을 마음껏 걸어다닐 수 있었다. 게다가, 그 앞의 해안에 덴마크 함대가 정박해 있지 않다 해도 과연 그녀가 아일랜드를 향해 헤엄쳐 가고 싶어 할지는 의문이었다. 맨살이 그대로 드러난 팔로 두 무릎을 꼭 끌어안은 채 서쪽을 바라보며 아주 조용히 앉아 있었으나, 머리를 꼿꼿하게 세운 모습으로 미루어 지금 그녀는 주위의 동정에 주의 깊게 귀를 기울이고 있는 게 분명했다. 그녀의 머리 위에서는 갈매기들이 울어댔다. 바다가 오후의 햇살 속에 아른거리며 고양이처럼 나른한 잠에 빠져드는 시각이었다. 헬레드는 촉각을 곤두세운 채 무언가를 기다리고 있었다.

"저보다 외로운 사람이 또 있을까!" 마크가 혼잣말하듯 탄식했다. "한시라도 빨리 저 여인과 이야기를 나눠봐야겠습니다. 카르나르본에서 헬레드의 신랑 될 사람을 만났거든요. 왕과 합류하기 위해 앵글시섬에서 급히 달려왔다는군요. 아주 품위 있고 건강한 남자였습니다. 자기 신부를 위해서라면 격렬한 싸움도 마다하지 않을 사람이었고요. 그럴 리야 없겠지만 설령 오아인이 저 여인의 운명을 신의 뜻에 맡겨버린다 해도, 유안이라는 그 청년이 절대 가만히 보고 있지 않을 겁니다. 다른 병력 없이 맨몸으로라도 저 여인을 구출하러 나설 거예요. 한시라도 빨리 헬레드를 빼내고 싶어 안달을 하더군요."

"그래, 나도 저들이 헬레드에게 아주 괜찮은 신랑감을 구해줬으리라 믿네." 캐드펠은 말했다. "하지만 그 사람에겐 치명적인 약점이 있지. 헬레드가 직접 선택한 사람이 아니라는 사실 말이야."

"직접 선택하면 오히려 그보다 훨씬 못난 남자를 고를 수도 있어요. 직접 만나보면 그녀도 유안을 마음에 들어할 겁니다." 이어 마크는 씁쓸하게 덧붙였다. "세상 모두가 그렇듯 헬레드도 자신이 얻을 수 있는 것에 만족하며 살아야 하지 않겠습니까?"

"글쎄, 나이가 훨씬 많았다면 그냥 받아들였을지도 모르지. 하지만 열여덟 살 젊은이로서는 그게 쉽지 않을 걸세."

"그 사람이 무장을 하고 자기를 구하러 오면, 열여덟 살 젊은 여인도 그 점을 높이 평가하고 마음을 다르게 먹을 겁니다." 하지만 마크 자신도 그 말을 그리 확신하는 눈치는 아니었다.

캐드펠은 문득 고개를 돌려 모래언덕 높은 곳을 바라보았다. 한 남자가 막 언덕을 넘어 해변 쪽으로 내려가고 있었다. 넓은 가슴을 쭉 펴고 햇살을 받아 환하게 빛나는 금발을 가볍게 까딱이며 성큼성큼 걷는 모습. 더 먼 거리에서 보았더라도 누군지 금방 알 수 있었으리라.

"나 같으면 마음이 바뀌지 않으리라는 쪽에 걸겠네." 캐드펠이 조심스레 입을 열었다. "설사 그럴 가능성이 있었다 해도 다른 사람이 이미 무장을 하고 나타나 헬레드를 낚아챘으니 그 유안이라는 청년은 조금 늦은 셈이지."

마크 수사는 티르카일이 모래밭으로 이루어진 곳으로 나아갈 즈음에야 비로소 그의 모습을 발견했다. 청년은 굳이 수면 위로 돌출한 길을 따라가는 게 마뜩잖은지 얕은 물을 첨벙거리며 헬레드가 앉아 있는 곳으로 곧장 걸어갔다. 그녀는 여전히 그에게서 등을 돌린 자세로 앉아 있었지만 두 귀는 바짝 곤두서 있을 것이었다.

"저 사람은 누구죠?" 마크가 물었다.

"티르카일의 아들 티르카일일세. 자네도 길에서 우리 일행을 목격했을 때 유달리 높이 솟은 저 친구의 머리통을 보았을 텐데."

"저 사람이 헬레드를 붙잡아 간 장본인인가요?" 마크는 미간을 찌푸린 채 헬레드가 앉아 있는 작은 섬을 응시했다. 그녀는 줄곧 가만히 앉아 누군가 자신의 호젓한 영역을 침범해 오는 것을 모르는 체하고 있었다.

"그래. 저 사람이 무장을 하고 나타나 헬레드를 붙잡았지."

"지금은 뭘 하려는 걸까요?"

"해치려는 건 아냐. 저 친구도 여기서는 오티르의 명령에 복종해야 하는 처지니까. 설사 그렇지 않다 해도 저 여인을 해칠 사람이 아니고."

티르카일은 물보라를 날리며 바위 곁으로 올라가 헬레드의 발치께 모래밭에 털썩 주저앉았다. 그래도 그녀는 알은체를 하지 않았다. 아니, 오히려 다른 쪽으로 고개를 돌려버리는 듯했다. 두 사람 사이에 말이 오가는 중일지도 모르지만 거리가 워낙 멀어 들을 수가 없었다. 그 순간, 묘하게도 헬레드가 거기 앉아 있는 게 이번이 처음이 아니고, 또 티르카일이 저 모래밭에 그 긴 다리를 모으고 앉아 있는 것 역시 처음이 아니라는 확신이 캐드펠의 머리를 스쳐 지나갔다.

"둘이서 은밀한 신경전을 벌이고 있구먼." 캐드펠은 차분하게 말했다. "둘 다 그걸 즐기고 있고. 저 친구는 헬레드의 성깔을 돋우며 즐거워하고, 헬레드는 저 친구를 모욕하며 기쁨을 맛보는 게야."

캐드펠이 보기에 이는 일종의 게임이었다. 즐거운 시간을 보내기 위한 자극적이고 생생한 전투. 두 사람 모두 이를 심각하게 받아들이지 않기에 더더욱 즐거울 것이다. 그러니 캐드펠 또한 이를 심각한 일로 여길 필요는 없으리라.

그리고 이것이 자신의 성급한 짐작에 불과했다는 사실을 그는 나중에야 깨닫게 될 터였다.

9

 오티르의 진영에서 2킬로미터가량 떨어진 곳, 오아인이 본부를 꾸린 어느 주인 없는 농가에서 카드왈라드르는 자신의 불만을 토로하고 있었다. 그는 평소와 달리 신중한 태도로 말을 이어나갔다. 그 자리에 자신의 형뿐 아니라 그가 증오해 마지않는 허웰, 그리고 좋은 관계를 유지할 수만 있다면 가급적 멀리하고 싶지 않은 대여섯 명의 지휘관들도 함께 앉아 있는 터였다. 그러나 이야기가 길어질수록 내면에서 끓어오르는 분노를 억누를 수 없었고, 더군다나 그들이 묵묵히 자신의 말을 듣고만 있기에 한층 더 화가 치밀었다. 결국 이야기가 끝나갈 무렵에는 그동안 자신이 겪어온 부당한 일들에 마음이 격해져, 줄곧 암시에만 그쳤던 결정적인 말을 그대로 내뱉을 참이었다. 땅을 돌려주지 않으면 전

면전도 불사하겠다고 말이다.

"문제의 본질을 잘못 생각하고 있는 것 같군." 도무지 속을 알 수 없는 표정으로 동생을 물끄러미 바라보던 오아인이 마침내 차분한 목소리로 천천히 운을 뗐다. "한 사람이 죽었다는 사실을 완전히 잊은 거냐? 너는 그를 죽였고, 그래서 마땅한 대가를 치른 거야. 그런데도 나를 위협한답시고 더블린의 덴마크인들을 이 땅에 끌어들였지. 나는 그런 위협에 쉽게 흔들릴 사람이 아니다. 이제 네게 분명한 현실을 보여주지. 문제의 핵심은 다른 데 있어. 아마 넌 땅을 돌려받을 때까지 귀네드에서 저 야만인들을 거두지 않겠다고 할 모양인데, 내가 하는 말을 잘 듣도록 해라. 이 땅에 그자들을 끌어들인 사람은 너고, 따라서 그들을 몰아낼 책임도 너에게 있어. 땅을 돌려받는 건 그다음이다. 이 말을 똑똑히 기억해야 할 거다."

이는 카드왈라드르가 바랐던 대답이 아니었다. 하지만 형의 엄포를 있는 그대로 받아들여야 할까? 그는 생각했다. 아니, 틀림없이 이보다는 더 큰 배려를 보여줄 거야. 다만 아직 그런 말을 입 밖에 낼 준비가 되지 않은 거지. 형은 과거에도 내 잘못을 너그럽게 봐주곤 했잖아. 이번에도 그럴 거야. 결국은 자기와 손을 잡고 외국에서 온 침략자들에 맞서 그들을 쫓아버리자고 하겠지.

카드왈라드르는 입을 열어 최대한 부드럽고 정중한 목소리를 끌어냈다. "형님이 저를 받아주시고 힘을 합쳐—"

"아니, 그런 이야기가 아니다." 오아인이 무자비하게 말을 잘랐다. "다시 한번 말하지. 그 사람들을 돌려보내라. 그런 다음 케레디기온 땅의 권리 문제에 대해 생각해보지. 나는 네게 무엇도 약속한 적이 없다. 네가 웨일스 땅에서 다시 제후로 군림하느냐의 여부는 전적으로 너 자신에게 달려 있어. 앞으로도 나는 아무것도 약속하지 않을 생각이다. 덴마크인들을 바다 건너로 돌려보내는 일을 거들지 않을 것이고, 그 어떤 배상도 해주지 않을 것이며, 휴전도 하지 않을 생각이야. 설령 휴전을 해도 내가 편리할 때 할 거야. 그자들을 처리하는 문제는 네 문제지 내 문제가 아니다. 나는 감히 내 영역을 침범한 그자들을 상대로 지금 당장 싸움을 벌일 수 있어. 물론 나중 일로 미뤄둘 수도 있고. 네가 이제 와서 그자들의 도움을 거절하든 말든 나는 상관하지 않을 것이다. 그들과의 문제를 해결해야 할 사람은 너니까."

카드왈라드르의 얼굴이 순식간에 달아올랐다. 도저히 믿기지 않는 이 이야기에 놀라고 분노하여 그는 핏발 선 두 눈으로 형을 잡아먹을 듯 노려보았다. "나더러 어쩌라는 겁니까? 그 막강한 군대를 나 혼자서 어떻게 처리하란 말이에요? 아무 도움도 주지 않겠다면, 대체 날 왜 이리로 부른 거죠?"

"네가 할 일은 아주 간단해." 오아인이 냉정하게 말을 이었다. "그자들과 맺은 계약을 준수하는 것이지. 주겠다고 약속한 보수를 주거나, 계약 불이행에 따른 결과를 감수하거나."

"나한테 할 얘기라는 게 그게 전붑니까?"

"그래. 하지만 네가 분별을 갖춘 사람이라면 지금부터는 나와 어떤 이야기를 더 할 수 있을지 차분히 고민해보겠지. 원한다면 여기서 하룻밤 지내며 생각해봐도 좋다. 그게 싫다면 당장이라도 그냥 돌아가고. 하지만 이곳 웨일스 땅에 덴마크인들이 버티고 있는 한, 나에게 그 이상의 어떤 것도 기대하지 않는 게 좋을 거야."

일말의 희망도 기대할 수 없을 만큼 단호하고 가차 없는 태도였다. 카드왈라드르는 맥없이 자리에서 일어나 얼빠진 사람처럼 멍한 표정으로 그곳을 걸어 나왔다. 하지만 자신의 노력이 수포로 돌아갈지 모른다는 사실을 순순히 받아들인다는 건 그의 천성에 맞지 않는 일이었다. 그는 군사들이 빈틈없이 지키고 있는 질서 정연한 캠프에서 형의 손님이자 혈육으로서 정중한 영접을 받은 터였다. 그들은 최상급의 예우를 다해 극진히, 그러면서도 아주 친숙한 태도로 그를 맞아주었다. 그의 천성적인 낙관주의와 오만함이 다시금 크게 부풀어 오르지 않을 수 없었다. 형의 말 속에는 분명 다른 속뜻이 있을 것이었다. 게다가, 과거 그의 잘못으로 곤경에 빠지기도 하고 그리하여 그를 크게 나무라기도 했지만, 그럼에도 이 말썽꾸러기 공자에게 애정을 품은 이들이 여전히 오아인의 부하들 중에는 꽤 많았다. 그래, 같은 캠프에서 함께 밤을 보내면 과거 못지않은 우애를 되찾을 수 있을 거야, 그는 생각했다. 그 우애를 우롱하여 심한 견책을 받거나 쫓겨난 일이 한두 번이 아니었지만, 형은 매번 마음을 누그러뜨리고 전처럼 애정 어린 손길을 그에게 내밀어주지 않았던가. 틀림없이 이번에도 그럴 터였다.

이튿날 아침, 그는 늘 그래왔듯이 이번에도 형을 제 마음대로 주무를 수 있으리라 자신하며 잠자리에서 일어났다. 그들을 하나로 결속하는 혈연이라는 끈은 그리 쉽게 끊어지는 것이 아니었다. 일단 눈앞에 큰일이 닥치면 형은 그 모진 말을 모두 잊을 것이고, 아무리 어려운 상황이라도 철저히 자신을 도와줄 것이다. 카드왈라드르는 형을 어쩔 수 없는 상황으로 몰아넣을 패를 던지기만 하면 되었다. 형이 그를 저버릴 일은 결코 없었다. 여느 합리적인 사람이라면 이러한 계산을 미심쩍은 도박이라 여겼겠으나, 카드왈라드르는 그런 사람이 아니었다. 그는 모든 일이 자신의 바람대로 되리라 확신했다.

오아인의 진영을 살피던 그는 익숙한 몇몇 얼굴들을 알아보았다. 케레디기온에서 쫓겨나기 전 그의 가신으로 일하던 이들이었다. 카드왈라드르는 든든한 원군이 되어줄 그 사람들의 수를 찬찬히 헤아려보았다. 혹시 문제가 생긴다 해도, 이들만큼은 그의 편이 되어줄 것이었다. 하지만 당장은 그들 중 누구도 동원할 필요가 없었다.

오전 중반 무렵, 그는 말에 안장을 얹은 뒤 인사도 없이 오아인의 캠프 밖으로 나섰다. 한시라도 빨리 덴마크인들에게 돌아가 소 떼나 황금을 내어주고 가급적 체면을 잃지 않는 선에서 흥정을 마무리 지으려는 듯 서두르는 기색이었다. 많은 이들이 딱하다는 눈길로 그의 뒷모습을 지켜보았다. 분명 오아인도 홀로 말에 올라 드넓은 모래벌판을 쓸쓸하게 가로질러 가는 동생을 보며 그런 감정을 느꼈으리라. 카드왈라드르가 파도처럼 굽이치는 모래벌판의 좁은 계곡 속으로 사라졌다가 그다음 언덕에서 다시 모습을 드러냈을 땐, 이미 누구인지 알아보기 어려울 만큼 작고 희미한 형체로 변해 있었다. 그가 형의 질책을 이렇게 순순히 받아들인 적이 있었던가? 한마디 불평도 없이 자신에게 주어진 짐을 짊어지고 할 일을 하기 위해 부지런히 행동에 나서다니. 앞으로도 쭉 이런 태도를 보여줄까? 그렇다면 당장이라도 구해줄 만한 가치가 있을 텐데.

*

정오 직전, 오티르 진영으로 이어지는 육로에 카드왈라드르의 모습이 나타났다. 길목을 지키고 있던 경비병들은 그리 놀라지 않았다. 오아인 측에서 그의 이동을 막지 않겠다 약속했으니까. 이곳 경비를 통솔하는 이는 50보쯤 떨어진 어린 나무도 정확히 두 쪽 낼 만큼 뛰어난 창 솜씨를 지닌 것으로 유명한 토르스텐이었다. 그는 즉각 오티르에게 부하를 보내 카드왈라드르가 아무 방해도 받지 않고 혼자서 돌아오고 있다는 소식을 전했다. 오아인이 약속을 어기리라 생각한 사람은 아무도 없었기에, 모두 그저 카드왈라드르가 그쪽에서 어떤 대접을 받았는지, 또 오아인이 어떤 협상안을 내놓았는지 궁금해하며 하나둘 모여들었다.

아침나절부터 줄곧 경비병들 뒤편 높이 솟은 모래언덕에 앉아 그쪽 방면을 주의 깊게 살펴보던 캐드펠에게도 카드왈라드르의 귀환 소식이 들려왔다. 헬레드와 마크도 궁금한지 그의 곁으로 다가왔다.

"아마 목에 잔뜩 힘을 주고 있을 걸세." 캐드펠이 말했다. "정말로 오아인에게 어느 정도 양보를 받아냈거나, 아니면 곧 그렇게 되리라 본인 스스로 믿고서 말이지. 다른 경우는 아예 생각하지도 않을걸. 카드왈라드르라는 사람이 결코 맞닥뜨리고 싶지 않은, 세상에서 제일 고약한 게 있다면, 그건 바로 절망일 거야."

곧 카드왈라드르의 모습이 눈에 들어왔다. 그는 오티르의 진영을 둘러싼 울타리에서 조금 떨어진 곳, 관목들이 솟은 언덕으로 유유히 올라오다가 꼭대기에 이르러 말을 세웠다. 이쪽 진영에서 화살이나 창이 닿을락 말락 한 거리였다. 그 상태로 그는 몇 분간 아무 움직임도 보이지 않았고, 그러자 오티르의 병사들 사이에서 가벼운 수군거림이 일었다.

"왜 저러고 있을까요?" 캐드펠 곁에 서 있던 마크가 말했다. "저 사람은 양 진영을 자유롭게 왕래할 수 있잖아요. 오아인 왕은 저 사람을 붙잡아두려는 어떤 조처도 취하지 않았을 테고, 덴마크 사람들도 그가 가져올 소식을 기다리고 있는데…… 게다가 수사님 말씀대로 목에 잔뜩 힘이 들어간 것 같군요. 별다른 이유가 없다면 들어와서 소식을 전하는 게 당연할 텐데요."

"오티르를 불러라!" 그 순간 카드왈라드르가 쩡쩡 울릴 만큼 큰 목소리로 방책 안에 있는 사람들을 향해 외쳤다. "귀네드 진영에서 그에게 전할 소식을 가져왔다."

"이게 무슨 영문이죠?" 헬레드는 황당하다는 표정이었다. "전할 소식이 무엇이든 일단 들어와야 하지 않나요? 설마 애초부터 무슨 다른 꿍꿍이를 품고 나갔던 걸까요? 왜 저 먼 곳에 서서 고래고래 소리를 지를까요?"

마침내 오티르가 티르카일을 포함한 지휘관 열두어 명을 대동하고 캠프 안에 있는 언덕을 넘어왔다. 그는 방책 입구에 이르러 고함을 질렀다. "환영하오. 여기 내가 왔소. 이리 들어와서 소식을 전하시오."

이 순간 오티르의 마음속에 불안과 의심이 스치지 않았다면, 그는 아마 여기 모인 이들 중 이 원정의 성공에 대한 확신을 잃지 않은 유일한 사람이었을 것이다. 하지만 불안과 의심이 있다 한들 어쩌겠는가? 당장은 그러한 기색을 감춘 채 상대의 속내가 밝혀질 때까지 차분히 기다리는 편이 나으리라.

"귀네드 측의 입장을 전하겠소." 카드왈라드르는 거기 있는 모두가 들을 수 있게끔 높고 분명한 목소리로 말을 이었다. "그대는 그대의 모든 병사들과 배들을 이끌고 더블린으로 돌아가시오! 귀네드 형제는 화해했고 카드왈라드르는 자신의 땅을 돌려받을 것이니, 더는 그대들의 개입이 필요치 않소. 그러니 이만 해산하고 본국으로 돌아가시오!"

이어 그는 웨일스 진영 쪽으로 말 머리를 돌리더니 말에 박차를 가해 모래언덕의 우묵한 곳으로 달려 내려갔다. 덴마크 진영에서 즉각 분노의 함성이 일었고, 왠지 미심쩍은 마음에 활을 든 채 지켜보던 두세 명의 병사가 쏜 화살이 언덕 꼭대기에 떨어졌다. 카드왈라드르는 덴마크인들이 가진 말들 중 가장 빠른 녀석을 골라 탔으니 그를 뒤쫓기란 불가능한 일이었다. 이제 그는 자신이 큰 소리로 공언한 말을 현실로 바꾸기 위해 쏜살같이 형에게로 달려가고 있었다. 오티르의 군사들은 파도처럼 굽이치는 모래언덕 밑으로 사라졌다가 다시 나타나기를 반복하며 조그마한 점으로 변해가는 그의 뒷모습을 그저 바라만 볼 뿐이었다.

"이게…… 가능한 일입니까?" 마크 수사가 믿기지 않는다는 듯 물었다. "저렇게 태도를 바꾸다니…… 오아인이 이 상황을 알고 있을까요?"

덴마크 해적들 사이에서 일어나던 분노의 외침이 갑자기 낮은 웅얼거림으로 바뀌었고, 이 변화가 캐드펠에게 모종의 섬뜩함을 안겨주었다. 이는 당면한 현실을 재빨리 인정하고 스스로를 억제하는, 그럼으로써 한층 더 강력한 분노를 벼리는 이들의 음산한 침묵이었다. 오티르는 배반자에게 등을 돌리고 지휘관들과 함께 당당한 걸음으로 언덕을 넘어왔다. 그의 텐트 안에서는 곧 회의가 열릴 터였다. 오티르는 카드왈라드르를 비난하거나 위협하는 일에 시간을 낭비할 생각이 없었다. 그 펑퍼짐한 얼굴에는 머릿속 생각과 감정을 드러내는 어떤 흔적도 보이지 않았다. 오티르는 자신이 원하는 모습이 아닌, 있는 그대로의 현실을 보는 사람이요, 그 현실과 직면하기를 주저하지 않는 사람이었다.

"지금 한 가지 확실한 게 있다면……" 음산하리만치 담담한 얼굴로 텐트를 향해 나아가는 다부진 체구의 남자를 바라보며, 캐드펠이 조용히 입을 열었다. "저 사람은 일단 계약을 맺은 이상 그 내용이 옳은 것이든 그른 것이든 철저히 이행하고, 상대방에게도 그렇게 하기를 요구하는 사람이라는 거야. 카드왈라드르는 이제 매 순간 뒤를 조심하지 않으면 안 될 걸세. 오티르는 기필코 대가를 받아내고야 말 테니까."

*

그러나 형의 진영으로 돌아가는 카드왈라드르의 마음속에는 그런 불길한 예감이 전혀 떠오르지 않았다. 캠프 앞을 지키던 경비병이 그를 막아서며 어떻게 된 일이냐고 묻자 그는 말고삐를 잡아당기며 명랑하게 말했다. "나를 들여보내주게. 나도 그대와 마찬가지로 웨일스 사람이고, 이곳은 내가 속한 곳이니까. 이제 우리의 목표는 같다네. 과거 일에 대해서는 내가 전하 앞에서 책임을 지겠네."

대체 무슨 일이 있었는지 알 리 없는 경비병은 그가 곧 왕에게 사유를 밝히리라 여기고 일단 카드왈라드르를 안으로 들인 뒤 오아인이 있는 곳까지 정중하게 안내했다. 그를 보고 몰려든 사람들 중에는 한때 그를 위해 일했던 이들도 상당수 끼어 있었다. 카드왈라드르는 마음이 든든했다. 이미 충성을 잃은 뒤였으나 조금만 노력하면 다시 그들을 휘하에 끌어들이고 교묘한 방법으로 연합하여 자신의 뜻을 관철할 수 있을 것이었다. 그는 여전히 자신의 낙관론에 취한 채, 불신 어린 눈길을 던지는 이들에게 거만한 미소로 답하면서 당당하게 걸음을 옮겼다.

방책을 보강하느라 기술자들과 함께 있던 오아인은 뜻하지 않은 동생의 귀환에 이맛살을 찌푸렸다. 이는 혹시 예상치 못한 불상사가 일어나 동생이 적진에 들어가지 못하게 된 건 아닌가 하는 염려 때문이기도 했다.

"다시 돌아온 거냐? 무슨 바람이 불어서?" 그가 퉁명스레 물었다.

"나 자신으로 돌아왔지요." 카드왈라드르는 의기양양하게 대답했다. "내가 있어야 할 곳으로 돌아왔고요. 나도 형처럼 웨일스 사람이고 웨일스 왕족 아닙니까?"

"이제야 기억이 되살아난 모양이군. 그래, 여기서 뭘 어떻게 할 생각이지?"

"형님 말대로 이 땅에서 아일랜드인과 덴마크인들을 몰아내야지요. 나는 형님의 동생이잖습니까. 형님의 군대와 내 군대는 하나요, 또 마땅히 그렇게 되어야 해요. 우리의 이해관계와 바람과 목표는 같지요."

순간 오아인의 얼굴이 험악해졌다. "간단명료하게 말해. 빙빙 돌리는 건 질색이니까. 무슨 짓을 한 거냐?"

"오티르와 덴마크 녀석들에게 도전장을 던지고 왔죠!" 카드왈라드르가 자랑스럽게 내뱉었다. 그는 형이 이 일을 받아들이고 자신과 힘을 합치리라 자신하고 있었다. "놈들에게 배를 타고 떠나라고 했어요. 형님과 내가 우리 땅에서 너희를 몰아내기로 결정했으니 괜히 맞서 피를 흘리기보다는 순순히 더블린으로 물러나는 편이 좋을 거라고요. 그놈들을 이 땅에 끌어들인 건 내 잘못이에요. 그 점에 대해 사과하라면 백번이라도 하지요. 잘잘못을 따지느라 형님과 다툴 생각은 없어요. 어쨌든 놈들의 도움 따위는 필요 없다고 선언했으니, 이제는 놈들을 모조리 몰아낼 일만 남았어요. 우리가 힘을 합친다면 놈들은 우리한테 감히 맞서지 못할 거예요."

그는 형이 아니라 자기 자신을 납득시키려 애쓰는 사람처럼 정신없이 말을 쏟아냈다. 그러나 오아인이 줄곧 입을 다물고 얼굴을 잔뜩 찌푸린 채 싸늘한 침묵을 지키자 이내 불안감에 젖어들었다. 막힘없이 나오던 말들도 힘을 잃기 시작했다. 카드왈라드르는 깊이 심호흡을 한 뒤 다시 말을 이어가려 했지만 조금 전의 자신감은 이미 사라지고 없었다.

"그러니까…… 나한테도 아직 부하들이 있으니 뭐라도 역할을 할 수 있지 않겠어요? 우리가 실패할 리 없어요. 놈들은 든든한 거점을 확보하지 못한 상탭니다. 자기들이 쳐놓은 방어망에 갇혀 고전하다가 결국 바다로 내빼고 말 거예요……."

이제 그는 말하려는 노력 자체를 포기한 듯했다. 긴 침묵이 내려앉았다. 그들과 같은 종족에 속한 자유민의 일원들, 방책 보수 작업도 중단한 채 큰 관심을 가지고 이들 형제를 지켜보던 몇몇 부하들에게 이 침묵은 웅변보다도 큰 의미를 내포하고 있었다. 웨일스에서는 누구든, 설령 군주 앞에 선 시민이라 해도, 자기 마음과 생각을 있는 그대로 밝히지 못하는 법이 없었다.

"도대체 네 녀석은 대체 어떻게 된 인간이냐!" 하늘로, 다시 땅으로 시선을 옮기던 오아인이 마침내 큰 소리를 토해냈다. "누구나 다 알아들을 얘기를 왜 못 알아먹는 거지? 내게서 아무것도 얻지 못할 거라고 분명히 얘기했잖아! 나는 동전 한 닢 내어주지 않을 거고, 누군가의 목숨을 위험하게 하는 일도 하지 않을 거라고! 이 고약한 사태는 네가 빚어낸 일이니 해결하는 것도 너여야 한다고!"

"그래서 문제를 해결하러 다녀왔잖아요!" 카드왈라드르는 얼굴을 벌겋게 붉히며 벌컥 화를 냈다. "형님이 성의껏 역할을 다 해준다면 우리가 함께 놈들을 몰아낼 수 있다고요. 게다가, 누구의 목숨이 위험해진다는 겁니까? 놈들은 감히 우리와 싸울 엄두를 내지 못해요. 아마 기회를 보아 금세 철수할 겁니다."

"내가 너의 그런 배신 행위에 가담해주리라 믿었느냐? 너는 저들과 계약을 맺었어. 그러곤 이제 와서 바람에 날리는 엉겅퀴 관모만큼이나 가볍게 깨버렸지. 설마 내가 잘했다고 칭찬해주기를 기대하는 건 아니겠지. 네 말과 맹세가 그렇게 가볍다면, 이제 내가 불같은 노여움으로 무게를 더해주어야겠다." 그가 음산한 목소리로 말을 이었다. "나는 너를 네 어리석음에서 건져내는 일에 손가락 하나도 까딱하지 않을 생각이다. 누구의 목숨이 위험해지냐고? 저곳에 베네딕토회 수사 두 사람이 잡혀 있다는 걸 잊은 거냐? 아니, 애초에 그들에겐 관심도 없었나? 그중 한 사람은 너를 믿고 자진해서 인질이 되었는데, 이제 네가 그 믿음을 헌신짝처럼 저버리는 바람에 그 선량한 사람의 자유는 물론이고 목숨마저 위태로워졌어. 게다가 저들은 내 보호하에 있던 여인 하나도 붙잡고 있다. 알아서 길을 찾겠다며 몰래 성을 떠나긴 했지만, 그렇다고 그 여인을 향한 내 의무가 사라진 건 아니야. 나는 그 세 사람을 무사히 돌려받아야 할 책임이 있다. 그런데 너는 그들이 놈들에게 어떤 보복을 당하든 신경도 쓰지 않은 채 모두 내팽개쳐버렸지. 더하여 오티르에게 욕설을 퍼붓고 계약을 깨뜨려 곤경에 빠뜨림으로써 너 자신의 명예에도 먹칠을 했어. 이 모든 게 다 네가 한 짓이다! 내가 그 일부나마 회복시키기 위해 갈 테지만, 너도 네게서 배신당한 저 동맹자들과 가능한 한 화해하려고 애써보는 게 좋을 거다." 아우가 무어라 대꾸할 틈도 주지 않은 채, 오아인은 곧장 돌아서서 가장 가까이에 있는 부하에게 소리쳤다. "내 말에 안장을 얹어서 갖고 와! 지금 당장!"

카드왈라드르는 몸을 한 차례 부르르 떨더니 그제야 정신을 차렸는지 얼른 형을 쫓아가 그의 팔을 붙들었다. "뭐 하려는 겁니까? 정신 나갔어요? 이제는 선택의 여지가 없어요. 형님도 이 일에 나만큼이나 깊숙이 빠져들었다고요!"

오아인은 혐오감에 진저리를 치며 붙잡힌 팔을 거칠게 잡아 빼곤 동생의 가슴을 세게 떠밀었다. "내 몸에 손대지 마! 떠나든지 여기 머물든지 네 마음대로 해라. 하지만 내가 네 꼴을 보거나 너와 몸이 닿는 걸 참고 견딜 수 있을 만한 때가 오기 전까지는 눈앞에 얼씬도 하지 않는 게 좋을 거다. 애초에 넌 내 의사를 대변할 자격이 없었어. 만일 그 젊은 부제의 머리카락 한 올이라도 다친다면, 그리고 그 여인이 조금이라도 모욕이나 봉변을 당한다면, 너는 큰 대가를 치러야 할 거야. 자, 내 앞에서 썩 꺼져라. 어디 깊숙한 곳에 숨어 네 가련한 처지에 대해 곰곰이 생각해봐. 이 순간 너는 내 아우도 동지도 아니다."

*

정오에서 두 시간쯤 지났을 무렵, 말을 탄 또 다른 사내 하나가 모래언덕에 나타났다. 그는 덴마크 사람들의 진영을 향해 곧장 달려오고 있었다. 뚜렷하고도 화급한 목적이 있는지, 활이나 창이 닿는 거리에 이르러서도 속도를 늦추지 않고 경비병들을 향해 빠르게 달려왔다. 경비병들은 미간을 좁힌 채 그의 거동과 옷차림을 유심히 살폈다. 무기를 지니고 있는 것 같지는 않았다.

"해를 끼칠 사람은 아닌 듯하군." 토르스텐이 말했다. "무언가 용건이 있어 오는 모양이야. 오티르 님께 가서 또 다른 방문객이 오고 있다고 말씀드리게."

소식을 전한 사람은 티르카일이었다. 그는 자기가 보고 느낀 대로 보고했다. "타고 있는 말이나 마구로 보아 지체 높은 사람인 것 같습니다. 머리색이 아주 밝은 게 우리네 종족 같기도 하고요. 덩치도 아주 큽니다. 저랑 비슷하거나 더 클지도 몰라요. 지금쯤 캠프에 거의 이르렀을 겁니다. 그를 들여보낼까요?"

오티르는 잠시 생각에 잠겼다가 곧바로 대답했다. "그래, 들여보내. 이리로 곧장 달려와 나와 직접 대면하려는 사람이라면, 그 말을 들어볼 가치가 있겠지."

티르카일이 가벼운 마음으로 경비 초소로 되돌아갔을 때, 문제의 사람은 막 정문 앞에 도착한 참이었다. 그는 고삐를 잡아당겨 말을 세우고는 아무것도 들지 않은 맨몸으로 뛰어내린 뒤 자신을 소개했다. "오티르 님과 그의 동료들에게 귀네드의 군주 오아인 압 그리피스 압 커난이 만나뵙기를 청한다고 전해주시오."

카드왈라드르가 도전적인 말을 쏟아내고 사라진 뒤 오티르와 그의 측근들은 줄곧 차분하고 조용하면서도 아주 심각한 분위기 속에서 회의를 계속해온 터였다. 이들은 그런 배신 행위를 용납할 사람들도, 함정에서 벗어나기 위해 순순히 그곳을 떠날 사람들도 아니었다. 하지만 그동안 카드왈라드르에게 앙갚음하기 위해 어떤 방안들을 의논했든, 티르카일이 만면에 미소를 머금은 채 깜짝 놀랄 만한 사절을 대동하고 텐트 안으로 들어온 이 순간 당장 논의를 중단할 수밖에 없었다.

"여기 귀네드의 오아인 왕께서 여러분을 만나뵙고 말씀을 나

넜으면 하십니다." 티르카일이 말했다.

오티르는 영리하고 상황 판단이 빠른 사람이었다. 오아인이 직접 찾아온 것에 적잖이 놀라긴 했지만, 그는 당혹스러운 표정을 재빨리 감추고 자리에서 벌떡 일어나 텐트 입구로 다가갔다. 그러곤 손님을 한 팔로 감싸 호의를 표한 뒤 자신의 참모들이 모여 앉아 있는 탁자로 손수 안내했다.

"환영하오. 이렇게 친히 왕림해주시니 반갑군요. 공의 가문과 명성은 우리도 익히 아는 바요. 공의 외가 쪽 조상들은 우리 쪽 가문과도 혈연적으로 가까운 사이지요. 과거 서로 맞서 싸웠고, 지금도 갈등 상황에 놓여 있으며, 또 앞으로도 그럴 가능성이 없지 않으나, 지금 우리가 공정하고 개방적인 분위기에서 얼굴을 마주하고 협상을 진행하는 데 걸림돌이 될 만한 것은 전혀 없다고 보오."

"나 역시 동의하오. 비록 그쪽이 내게 호의적이지 않은 이유로 내 땅에 침범한 건 사실이나, 사실상 나로서는 당신들을 적대시할 만한 그 어떤 이유도 없소. 오늘 나는 우리 사이에 오해의 소지가 있는 문제를 바로잡으러 왔소."

"오해라······." 오티르는 느긋하게 말을 이었다. "나는 우리가 처한 상황이 아주 명백하다 생각했는데. 방금 공이 직접적으로 말하지 않았소? 우리가 호의적이지 않은 이유로 이 땅에 침범했다고 말이오."

"그 문제에 대한 이야기는 다음으로 미룹시다. 내가 말한 오해란, 다름 아니라 오늘 오전 내 아우 카드왈라드르가 이곳을 방문한 일에 관한 것이오."

"아, 그 일 말이지!" 오티르가 빙긋이 웃어 보였다. "그자는 공의 진영으로 돌아간 거요?"

"그렇소. 그는 돌아왔고, 나는 이리로 왔지. 그가 내 생각을 대변한 게 아니라는 점을 분명하게 지적하기 위해 내가 왔소. 나는 그의 의도에 대해 아무것도 알지 못했소. 그저 당신에게는 동지요 내게는 적으로서, 또 본인이 서약한 대로 당신과 굳게 결속한 상태에서 이곳으로 다시 돌아갔다 생각했소. 그가 당신과 맺은 소중한 계약을 저버린 건 내 뜻이 아니며, 또 내가 허락한 일도 아니오. 나는 그와 화해하지 않았고, 그와 함께 당신을 상대로 전쟁을 벌일 의도도 없소. 그는 내게서 땅을 돌려받지 못했소. 아직 당신과 맺은 계약을 준수해야 하는 입장이라는 얘기요."

두 사람은 서로의 눈을 지그시 응시했다. 다른 이들은 판단을 미뤄둔 채 잠자코 앉아 돌아가는 상황을 살피고 있었다.

"글쎄올시다······." 마침내 오티르가 입을 열었다. "공이 이렇게 왕림해주신 건 무척이나 기쁜 일이나, 나로서는 아직 그 의도를 명확히 알 수가 없군······."

"의도는 지극히 간단하오. 나는 이 캠프에 억류된 세 인질에 대한 권리를 주장하러 왔소. 그중 하나인 마크라는 젊은 부제는 내 아우의 안전한 귀환을 보증하기 위해 자진해서 여기 남았지만, 아우가 제멋대로 행동하는 바람에 이제는 돌아갈 수 없게 되었소. 그리고 다른 두 사람, 그러니까 아사프 대성당 참사회원의 딸인 헬레드와 슈루즈베리 수도원 소속의 캐드펠 수사는 메나이 강 상류에서 포로가 된 사람들이오. 나를 이곳으로 안내한 저 젊은 전사가 그들을 붙잡았지. 나는 카드왈라드르의 배신을 이유로 그 세 사람에게 해를 가해서는 안 된다는 점을 분명히 하기 위해 왔소. 그들은 내 아우와 아무 관련도 없소. 그들은 모두 내가 보호해야 할 사람들이오. 당신의 병사들과 내 병사들 사이에 벌어질 일과는 상관없이, 내가 그 사람들의 몸값을 지불하고 싶소. 카드왈라드르가 당신에게 빚을 졌다면, 그 빚은 무고한 이들이 아니라 그자가 직접 치러야 하오."

오티르는 빙긋이 웃기만 했다. 비록 입 밖에 내지는 않았으나 동의의 뜻이 담긴 미소였다. "흥미로운 제안이군." 그가 말했다. "물론 우리 둘이서 그들의 적정한 몸값을 정할 수 있을 거요. 하지만 당장은 내가 소유한 재산의 처리를 유보하려 하니 이를 양해해주셨으면 하오. 당면한 상황에 대한 검토를 모두 마치면, 그때 여기 모시고 있는 손님들을 공에게 돌려보낼지 말지, 그리고 돌려보낸다면 어느 정도의 금액을 요구할지 통보해드리겠소."

"그렇다면, 이후 내가 몸값을 치르든 혹은 내 힘으로 그들을 되찾든, 그 전까지는 그들 모두 아무 피해도 입지 않게끔 해주겠다는 것만이라도 약속해주셨으면 하오."

오티르는 고개를 끄덕였다. "귀한 재산에 흠을 낼 수야 없지. 그렇게 하겠소. 그리고, 내가 받아야 할 빚은 빚진 사람에게서 직접 받아내겠소. 그 점 또한 분명히 약속드리오."

"당신의 약속을 믿겠소. 그럼 마음이 내킬 때 내게 사람을 보내주시오."

"모처럼 이렇게 둘이 만났는데, 더 할 얘기는 없소?"

"지금으로서는 이게 다요. 당신이 선택을 유보했으니 나도 유보할밖에."

오아인 왕이 일어나 말이 있는 곳으로 향하자 덴마크 병사들은 말없이 양쪽으로 물러나 길을 터주었다. 그때까지 텐트 곁 그늘 속에서 꼼짝하지 않고 조용히 서 있던 캐드펠도 옆으로 물러서서 그를 지켜보았다. 말에 오른 오아인은 이제 서두르지 않고 느긋하게 걸음을 옮겼다. 자신의 아우가 소년 시절부터 지금껏 늘어놓은 그 수많은 말보다 조금 전 적이 던진 한마디가 그에겐 더 믿음직스러웠다. 머리에 아무것도 쓰지 않아 햇빛에 그대로 노출된 금발이 낮은 골짜기 속으로 잠겼다가 떠오르기를 두어 번 반복한 뒤 희미한 금빛 점으로 줄어들자, 캐드펠은 돌아서서 헬레드와 마크를 찾으러 모래언덕들이 늘어선 곳으로 향했다. 그들은 함께 있을 것이다. 마크는 조금 쑥스러워하면서도 덴마크 사람들이 헬레드에게 함부로 접근하지 못하게끔 감시하는 역할을 자진해서 떠맡았다. 그는 헬레드가 원치 않을 때 언제든 자기 곁을 떠날 수 있도록, 또 자신을 필요로 할 때면 언제든 달려갈 수 있도록 그녀와 적당히 거리를 둔 채 앉아 있었다. 수줍으면서도 단호한 태도로 자신을 지켜주려 하는 마크를 헬레드 또한 마치 누이처럼 다정하고 너그럽게 대했는데, 그 모습이 캐드펠에게 묘한 감동을 주었다. 헬레드는 마크의 권위를 존중해주었을 뿐 아니라, 아버지에게 앙갚음하기 위해, 또 스스로의 즐거움을 위해 즐겨 쓰던 자신의 무기들을 그에게는 드러내지 않으려 신경을 썼다. 헬레드는 구겨지고 닳아 해진 가운 차림이었고, 햇살을 받아 푸른빛이 감도는 검은 머리도 엉망으로 풀어헤친 채 얕은 바닷물에 잠겨 서늘한 모래톱을 맨발로 걸어다니곤 했지만, 그러한 순수함이 그녀가 지닌 본연의 아름다움을 한층 더 두드러지게 만드는 것 같았다. 마음만 먹으면 이곳에 있는 청년들을 자극하고 농락하는 일은 헬레드에게 식은 죽 먹기나 다름없었다. 그러나 그녀는 내면에서 샘솟는 생기발랄한 에너지를 억제하고 가급적 그곳 청년들과의 접촉을 피했으니, 이는 스스로를 방어하기 위한 것이기도 했지만 시종 눈길을 떼지 않은 채 그녀의 안전을 지키려 애쓰는 마크와 티르카일을 의식한 행동이기도 했다. 헬레드는 어느새 티르카일의 존재와 그의 장난에 익숙해졌고, 그와의 대화 속에서 즐거움을 맛보곤 했다.

덴마크 진영에 갇혀 지낸 며칠 사이 헬레드의 얼굴은 꽃처럼 환하게 피어났다. 그 얼굴에 어린 눈부신 빛은 따뜻한 햇살이 만들어내는 것과는 다른 성질의 것이었다. 포로 신세임에도 그녀는 이곳에서 편안함을 느꼈다. 자신이 무력한 처지라는 사실을 받아들였으며, 자기 뜻대로 할 수 없는 현실과 싸우기를 단념한 채 어떤 기대도 없이 그날그날을 무사히 보낼 수 있는 것에 만족했다.

캐드펠이 보기에 헬레드는 자유로운 몸일 때보다 지금 더 즐겁게 지내는 것 같았다. 어머니는 서서히 죽어가고, 길버트 주교는 라넬루이에 오자마자 부적격인 성직자들을 가려내겠다며 혈안이 되어 돌아다니던 그 혼란의 시기와 비교하면 더더욱 그러하리라. 당시 그녀는 지옥과도 같은 고통을 겪었다. 아버지가 자리를 지키고 싶은 마음에 어머니의 죽음을 바라고 있지는 않을까 생각하며 불안과 배신감 속에 매일을 보냈다. 그러나 이제 그런 먹구름은 사라졌다. 그녀의 얼굴은 어떤 근심이나 시름도 없는 사람의 것처럼 환히 빛났다. 그녀는 어찌할 수 없는 상황과 차분하게 맞닥뜨려 어려움을 이겨냈을 뿐 아니라, 심지어 이를 즐기기까지 했다.

캐드펠은 나무들이 듬성듬성 자라는 모래언덕 위에서 두 사람을 발견했다. 오아인이 떠나는 모습을 보려고 거기 올라간 모양이었다. 그의 빛나는 금발이 시야에서 완전히 사라진 뒤에도 헬레드는 여전히 둥그렇게 뜬 눈으로 그쪽을 바라보며 침묵을 지켰다. 마크는 늘 그렇듯 약간 떨어진 곳에 서 있었다. 헬레드와 거리를 두려는 그의 태도에서 캐드펠은 이따금씩 일종의 경계심을 읽어내곤 했다. 그 젊은이의 감정이 늘 성직자답게 흘러갈 것이라 그 누가 단언할 수 있겠는가? 그는 불안정한 과거와 그보다 훨씬 더 불안정한 미래 사이에서 일시적인 유예 상태를 보내고 있는 헬레드의 처지를 염려했으며, 어찌 보면 이는 이성적인 끌림보다도 위험한 감정이었다.

"오아인 왕은 손가락 하나 까딱하지 않을 걸세." 캐드펠이 입을 열었다. "카드왈라드르가 거짓말을 했고, 왕은 그걸 바로잡았어. 그의 아우는 스스로 살길을 찾아내야겠지. 어떤 도움도 없이 혼자서 그 파멸의 나락으로부터 벗어나야 할 거야."

"그걸 어떻게 확신하십니까?" 마크가 물었다.

"텐트에서 오가는 얘기를 들었지. 웨일스 사람들은 자기 안위가 걸린 문제라면 아무것도 놓치지 않는 법이거든."

"웨인스인들의 미덕은 끝이 없군요." 마크가 싱긋 웃어 보였다. "그래서, 텐트 가죽에 귀를 대고 엿들으신 건가요?"

"나뿐 아니라 자네들을 위해서라도 그래야 했네. 왕이 우리 세 사람에 대한 몸값을 지불하겠다고 제안하더군. 오티르는 당분간 협상을 유보하되, 결정을 내릴 때까지는 우리에게 아무 해도 입히지 않을 거라 약속했고. 그러니 우리로서는 상황이 더 나빠질까 봐 두려워할 필요가 없어."

"전 두려워했던 적이 없어요." 헬레드가 생각에 잠긴 표정으로 여전히 남쪽을 응시하며 운을 뗐다. "왕이 아우를 제 운명에 맡기기로 결정했다면, 이제 어떤 일이 일어날까요?"

"우리야 오티르가 몸값을 받기로 결정하든가, 아니면 카드왈라드르가 돈으로든 가축으로든 덴마크 사람들에게 약속한 금액을 치를 때까지 여기 편안히 앉아서 기다리면 되겠지."

"만일 오티르가 그때까지 기다리지 못하고 부하들을 귀네드 지방에 풀어 그에 해당하는 재물을 강탈하게 할 경우에는요?" 마크가 물었다.

"어떤 바보가 이들 중 누군가를 죽여서 어쩔 수 없이 그런 상황으로 내몰리지 않는 한, 오티르 쪽에서 먼저 나서지는 않을 거야. 받아야 할 빚은 빚진 사람한테서 직접 받아내겠다고 본인 입으로 말했거든. 그리고 그는 정말로 그렇게 할 작정인 것 같아. 그저 물질적인 이익을 위해서만이 아니라, 자기를 속인 카드왈라드르에게 단단히 앙갚음을 하겠다는 생각에서 말이지. 그 사람은 오아인과 그의 병력을 싸움터로 끌어들이지 않을 걸세. 어떻게든 전투는 피하되, 그러면서도 최대한의 이익을 취하려 하겠지. 그는 주도면밀함에 있어 그 누구에게도 뒤지지 않는 사람이야. 최선보다는 차선을 추구하는 사람이기도 하고. 오아인과 그의 아우에게 끌려다니는 대신 자기 나름의 방편을 강구할 걸세."

"전 누구라도 죽지 않았으면 해요." 헬레드는 무기를 든 모든 이들에게 명령을 내리듯 단호하게 말했다. "누굴 위해서든, 무엇 때문이든, 사람이 사람을 죽일 수는 없어요. 누군가 죽는 꼴을 보느니 전 차라리 여기 계속 인질로 남는 편을 택할 거예요." 그녀가 서글프게 덧붙였다. "하지만 상황이 이런 식으로 마냥 교착상태에 빠져 있지는 않겠죠. 어떤 식으로든 결말이 날 거예요."

예기치 않은 재난이 끼어들지 않는 한, 결국 오티르는 오아인이 제시하는 세 인질에 대한 몸값을 받아들이는 것으로 이 사태를 마무리 지을 것이었다. 하지만 그보다 시급한 일은 카드왈라드르와의 문제이니, 그는 다른 무엇보다 그 일부터 해결하려 들

것이다. 카드왈라드르와 맺은 계약이 완전히 깨어진 지금, 그는 옛 동맹자에게 더 이상 아무런 의무도 없었다. 카드왈라드르로서는 오티르에게 빚을 갚은 뒤 이 땅에서 추방당하든지, 아니면 제 형에게 무릎을 꿇고 땅을 돌려달라 애걸해야 할 터였다. 그리고 많은 부하들을 거느린 오티르는 오아인이 몸값이라는 형태로 지불해줄 추가적인 이득을 거부하지 않을 것이다. 헬레드는 풀려나서 오아인의 진영으로 돌아갈 것이다. 그곳에는 그녀를 기다리고 있는 청년이 있다. 마크의 말에 따르면 인상과 풍채가 좋고, 선량하고, 주변 사람들로부터 좋은 평판을 듣는, 또 왕과 좋은 관계를 유지하며, 많은 땅을 갖고 있는 사람. 하지만 헬레드는 어떻게 나올까? 그리로 돌아가는 것이 그녀에겐 더 나쁜 일이 되는 게 아닐까?

"물론 사람의 목숨은 소중하지요." 마크는 말했다. "하지만 그렇다고 이 사태가 계속되기를 바랄 수는 없습니다. 당신은 아직 만나보지 못했지만, 그 유안이라는 청년은 온 마음을 다해 당신을 사랑할 준비가 되어 있어요. 당신이 마음을 열고 받아들일 만한 훌륭한 사람이기도 하고요."

"예, 수사님 말씀 믿어요." 헬레드는 고분고분하게 대답했다. 그러나 그녀의 두 눈은 바다 건너 아주 먼 곳을 응시하고 있었다. 대기의 빛과 물빛이 신비롭게 아른대는 안개 속에 함께 녹아드는 곳, 수많은 것들을 감추고 있는 그 희뿌연 빛 속을⋯⋯. 그 순간 문득, 마크 수사의 목소리에 어린 확신도, 헬레드의 대답에 담긴 체념과 순종도 모두 허상이 아닐까 하는 생각이 캐드펠의 머리를 스쳤다.

10

　회의가 끝나자 티르카일은 오티르의 텐트에서 나와 육지 안쪽으로 깊숙이 팬 넓은 만의 가장자리를 향해 걸어갔다. 그의 작고 날씬한 용머리 배는 메나이해협 어귀의 얕고 잔잔한 수면에 낮은 허리를 비추며 정박해 있었다. 자갈밭으로 이루어진 긴 곶 너머 남쪽으로는 두 줄기의 강과 지류들이 드넓은 모래톱을 구불구불하게 가로지르며 해협을 통해 넓은 바다로 흘러들고 있었다. 티르카일은 잠시 걸음을 멈추고 땅과 물이 어우러진 그 경관을 훑어보았다. 남쪽으로 4킬로미터 가까이 뻗어 있는 기나긴 만, 연한 황금빛 모래톱 위를 구불구불하게 흘러가는 은빛 강물, 그리고 만 건너편으로 보이는 아르본의 초록빛 해안과 그 뒤쪽 아득히 먼 곳까지 파도처럼 굽이치며 흘러가는 낮은 산들……. 만 안으로 밀물이 들어오고 있었다. 밀물이 최고점에 도달하면서 만의 해안을 두른 좁은 갯벌의 띠를 모두 뒤덮을 때까지는 아직 두 시간쯤 더 지나야 할 것이었다. 물은 자정 무렵 다시 빠지기 시작할 테지만 만 안쪽 해안에 정박된 그의 배는 흘수가 얕으니 문제 될 것이 없었다. 운 좋게도 내륙에는 사람들의 움직임을 가려줄 수풀이 우거져 있었다. 그리고 그들은 그리 멀리 이동할 필요가 없었다. 오아인의 진영은 반도의 허리를 가로지르듯이 걸쳐 있을 터였다. 1.5킬로미터에 이르는 반도 양쪽 해안에 경비 초소를 설치했겠지만, 덴마크인들의 커다란 배들이 만 안쪽 모래톱을 거슬러 올라와 공격할 가능성은 거의 없다 생각하여 인원을 많이 배치하지는 않았을 것이다. 저들이 집중하는 곳은 반도 서쪽 해안이리라.

 티르카일은 흡족한 기분으로 낮게 휘파람을 불면서 어두워지는 하늘을 바라보았다. 이제 두 시간만 지나면 이곳을 떠날 것이다. 옅은 구름들이 모여들어 회색 베일처럼 저녁 하늘을 두르고 있긴 하지만 비가 내릴 성싶지는 않았다. 그는 만 바깥에 자리 잡은 정박지에서 출발해 자갈밭으로 이루어진 곶을 돌아 강어귀에 이른 뒤 물길을 따라 만 안쪽으로 거슬러 올라갈 예정이었다. 강어귀까지는 15분 정도밖에 걸리지 않으리라. 자정이 지나서 출발해도 괜찮겠군, 그는 가벼운 마음으로 생각했다.

 그는 다가올 원정의 세부 사항을 다시금 되짚어보며 진영 쪽으로 돌아섰다. 입에서는 여전히 흥겨운 휘파람 소리가 새어 나오고 있었다. 그때 긴 다리로 모래언덕을 탄력 있게 걸어 내려오는 사람이 보였다. 헬레드였다. 구름을 몰고 오며 대기를 가볍게 휘젓는 저녁 바람에 어깨까지 늘어진 그녀의 검은 머리가 마구 휘날렸다. 그들의 만남은 서로의 피를 사납게 뛰게 하는 일종의 대결이었으며, 그 격렬함은 두 사람 모두에게 묘한 쾌감을 안겨줬다.

"무슨 일로 여기까지 내려왔죠?" 티르카일이 휘파람을 그치고 물었다. "저 모래밭을 가로질러 도망칠 궁리라도 하는 겁니까?"

"당신 뒤를 밟았어요." 헬레드가 말했다. "오티르의 텐트에서부터 하늘과 바다와 당신의 날씬한 허리를 보면서 죽 따라왔죠. 궁금했거든요."

그가 빙그레 웃어 보였다. "당신이 나나 내가 하는 일에 관심을 가진 건 이번이 처음인 것 같은데…… 왜 이제 와서 새삼스럽게?"

"사냥을 코앞에 두고 이번에는 또 무슨 음모를 꾸미는지 궁금해서."

"음모 같은 건 없어요. 왜 굳이 그런 짓을 벌이겠어요?"

헬레드와 나란히 언덕을 내려가면서, 티르카일은 주의 깊게 그녀를 살폈다. 평소와 달리 그녀의 얼굴에는 진지하면서도 걱정스러운 표정이 드리워 있었다. 무장한 두 세력이 서로 맞선 가운데 인질로 잡혀 있는 여자로서는 양측의 움직임이 촉발할 재난이나 살육 행위를, 더불어 자기 자신의 안위를 염려하지 않을 수 없을 터였다.

"내가 바보인 줄 알아요?" 헬레드는 짐짓 투정하듯 말했다. "오티르는 카드왈라드르의 배신을 그냥 보고 넘길 사람이 아니죠. 자기가 받을 돈이 손가락 사이로 빠져나가도록 내버려둘 사람은 더더욱 아니고요. 오늘 하루 종일 참모들과 머리를 맞대고 그자에게 어떤 조치를 취하면 좋을지 논의하더군요. 그러다 당신이 갑자기 희희낙락하며 텐트에서 뛰어나왔잖아요. 얼간이 남자들이 싸움터로 뛰어들 때 노상 짓는 표정으로 말이에요. 그래놓고 뭐? 음모 같은 건 없다고요?"

"적어도 당신을 위험에 빠뜨릴 음모는 없습니다." 그가 진지한 얼굴로 다짐하듯 말했다. "오티르 님은 오아인 왕과 싸우지 않을 거예요. 그 사람들은 카드왈라드르의 배신과 아무 관계가 없거든요. 오히려 자기가 벌인 일은 자기가 알아서 수습하고, 빚도 스스로의 힘으로 갚으라고 엄포를 놓았다더군요. 그런 마당에 우리가 그쪽을 공격할 이유가 어디 있겠어요? 카드왈라드르가 애초에 약속했던 보상만 해주면 우리는 더 이상 당신들을 괴롭히지 않고 조용히 바다로 나갈 겁니다."

"그렇게만 된다면 얼마나 속이 시원하겠어요." 헬레드가 날카롭게 대꾸했다. "하지만 일이 정말 그리 매끄럽게 흘러갈까요? 당신들은 기회만 왔다 하면 사람들을 다치게 하거나 죽이려 들잖아요. 보나마나 큰 전투가 벌어지고 수많은 사람들이 무참하게 죽어 나자빠지겠지."

"그렇다면 당신은 내가 그 음모라는 것을 꾸며서―"

"아니, 당신은 음모의 도구죠." 그녀가 쏘아붙이듯 말을 잘랐다.

"어쨌든, 그 계획을 통해 좋은 결과를 불러올 수도 있다는 생각은 하지 않는 겁니까?"

"당신을 어떻게 믿고요?" 헬레드는 사납게 맞받아쳤다. "난 당신을 잘 알아요. 당신은 위험한 곳에 뛰어들지 않고는 못 배기는 사람이죠. 당신만큼 무모한 사람은 없을 거예요. 잔혹한 전투를 통해 우리 모두를 파멸의 구덩이로 몰아넣고―"

"정말 대단한 충심을 지닌 웨일스 여인이군요." 티르카일이 씁쓸하게 웃으면서 말했다. "오아인 왕과 그 부하들의 안위를 이토록 염려하니 말입니다."

"그곳엔 내 신랑 될 사람도 있어요." 그녀가 매섭게 쏘아붙이고는 입을 꾹 다물었다.

"오, 그렇군! 내 당신의 신랑을 절대 잊지 않으리다." 티르카일이 씩 웃으며 말했다. "한 걸음 한 걸음 옮겨놓을 때마다 유안 이포르를 떠올리면서, 그 친구를 위험한 전투로 끌어들일 가능성이 있는 그 어떤 짓도 삼가도록 하지요. 당신이 앵글시 출신의 훌륭하고 착실한 영주에게 시집가는 모습을 꼭 보고 싶거든요. 그 기대만큼 내 경솔하고 무모한 행동을 확실하게 막아줄 수 있는 건 없을 겁니다. 자, 이제 만족합니까?"

그녀는 고개를 돌려 자줏빛이 도는 큰 두 눈으로 흔들림 없이 그를 바라보았다. "정말 저들을 습격할 계획이 있긴 있는 모양이군요." 티르카일은 항변도 부인도 하지 않았다. "그럼 내게 한 약속을 지키도록 해요. 그 어떤 사람도 다치지 않게 하라고요. 나는 당신이 다치는 것도 바라지 않아요." 상대의 예리한 푸른 눈과 맞부딪치자 그녀는 얼른 고개를 뒤로 젖히고는 거만하고 엄숙한 태도로 한마디 덧붙였다. 그러나 타이밍이 지나치게 빨랐다. "내 나라 청년들은 더 말할 것도 없고요."

"당신의 동포 유안 이포르를 최우선적으로 배려하지요." 티르카일이 짐짓 엄숙하게 말했다. 헬레드는 이미 그에게 등을 돌리고는 고개를 꼿꼿하게 세운 채 자신의 조그만 텐트가 설치된 우묵한 곳을 향해 빠르게 걸어가고 있었다.

*

캐드펠은 염분이 있는 토양에서도 잘 자라는 키 작은 덤불 가장자리에 마련된 자신의 잠자리에 누워 있었다. 왠지 마음이 불안해 잠을 이루지 못하던 그는 마침내 몸을 일으켜 이미 곤히 잠든 마크의 곁에 자신의 외투를 놓아두고 밖으로 나왔다. 밤중이긴 했지만 기온이 높은 편이었다. 그들이 그곳에 잠자리를 정한 건, 헬레드가 소리치면 들릴 만큼 가깝되 남들로부터 방해받는 것을 싫어하는 그녀의 성격에 거슬리지 않을 정도로 먼 곳에서 자야 한다고 마크가 주장했기 때문이었다. 정작 캐드펠은 그녀의 안전에 대해 염려하지 않았다. 이곳 병사들 중 오티르의 명령을 가볍게 여길 사람은 아무도 없을 테고, 어차피 그들의 마음은 꽤나 매력적인 웨일스 여인보다 쏠쏠한 이익을 안겨주는 약탈 쪽에 더 쏠려 있을 것이었다. 젊은 시절 수많은 모험의 역정을 거친 캐드펠은 모험가들이 아주 실제적인 사람들이며 황금과 재물을 무엇보다 소중히 여긴다는 사실을 잘 알았다. 탐나는 전리품들의 등급을 매길 때 여자들은 아주 낮은 등급에 속했다.

그는 헬레드의 야트막한 텐트를 바라보았다. 그 주변은 어둡고 고요했다. 그녀는 잠든 모양이었다. 무슨 이유에서인지 캐드펠은 도통 잠이 오지 않았다. 하늘은 엷은 구름에 덮여 있고, 그 구름들 사이로 한두 개의 별들만이 희미하게 빛을 발하고 있었다. 바람은 거의 불지 않았다. 오늘 밤 달은 뜨지 않으리라. 새벽이면 구름들은 더 짙어질 것이고 어쩌면 비도 내릴지 모른다.

자정 무렵, 숨 막히는 고요함 속에 동서 양쪽에 솟은 모래언덕들의 형체가 희미하게 보였다. 바다는 거의 만조에 이르러 있었다. 캐드펠은 보다 적은 수의 경비병들이 배치되어 있는 동쪽 해안 쪽으로 걷기 시작했다. 아침나절까지 천천히 타도록 토탄을 덮어둔 캠프 중앙의 모닥불 말고는 모든 불이 꺼져 있었다. 작은 반점처럼 가물거리는 횃불 비슷한 것도 보이지 않았다. 덴마크 경비병들은 오로지 육안에만 의지하여 주변을 살폈다. 눈이 어둠에 익자 무정형의 세계에서 갖가지 형체들이 서서히 모습을 드러내기 시작했다.

참 기묘한 일이야, 캐드펠은 생각했다. 수없이 많은 이들에게 둘러싸여서도 이렇게 홀로 동떨어질 수 있다니, 또 사실상 죄수나 다름없는 이가 자신을 붙잡아둔 사람들, 엄격한 규율에 묶여 있는 그들보다 훨씬 더 자유로운 기분을 느낄 수 있다니 말이야.

그는 넓은 바다와 해협 사이의 후미진 곳, 가볍고 빠른 덴마크 배들이 아늑하게 자리 잡은 정박지 위로 불쑥 솟은 모래언덕 꼭대기에 이르렀다. 희미한 빛줄기가 시야에 잡혔다 사라지기를 반복하며 해안을 훑고 있었다. 해안선 안에 정박한 길고 날렵한 배들은 찰랑거리는 밀물이 순간적으로 만들어내는 작은 그림자의 형태로만 간신히 눈에 띄었다. 배들은 제자리를 벗어나지 않은 채 가볍게 흔들리고 있었다. 단 하나, 가장 작고 날씬한 배 한 척만 빼고. 처음에 캐드펠은 자신이 파도를 배로 착각한 게 아닌가 생각했다. 그만큼 그 배는 너무도 조용하게 정박지를 빠져나가고 있었다. 그러나 곧 물살을 젓는 노의 모습이 눈에 들어왔다. 노는 작은 반점처럼 잠시 반짝였다가 이내 모습을 감추곤 했다. 아주 고요했지만 거리가 멀어서인지 소리는 전혀 들리지 않았다. 그 용머리 배들 중 가장 빠른 배 한 척이 선수를 동쪽으로 돌린 채 메나이 해협으로 살며시 빠져나가고 있었다.

약탈을 하러 가는 것일까? 그런 의도라면 한밤중에 출항하는 것도 이상할 게 없다. 날이 밝기 전에 카르나르본 위쪽 어딘가에 상륙하여 약탈을 시작하려면 말이다. 오아인의 병사들이 잘 방비하고 있긴 하지만, 저 해안은 얼마든지 습격할 수 있으리라. 그곳 주민들 대부분은 가축들과 쉽게 옮길 수 있는 살림살이들을 가지고 이미 산으로 올라갔을 터였다. 웨일스 사람들은 필요할 경우 언제라도 집을 버린 채 떠날 수 있었고, 위험한 상황이 지나가면 돌아와 쉽게 다시 세울 수 있었다. 수백 년 동안 그렇게 살아와 다들 그런 일에 이골이 나 있었다. 하지만 저쪽 마을들은 이미 한 차례 훑지 않았나? 캐드펠은 생각했다. 충분한 식량을 조달하려면 차라리 넓은 바다로 나가 남쪽 해안 쪽을 훑는 게 나을 텐데. 오아인의 캠프와 가까운 곳이지만 그 편이 훨씬 낫고말고. 하지만 배는 해협 안쪽으로 나아가고 있었다. 그쪽에는 기나긴 메나이 해협만 뻗어 있을 뿐인데. 혹시 자갈밭으로 이루어진 곳을 돌아 밀물을 이용해 남쪽으로 가려는 것일까? 그래서 제일 작고 흘수가 얕은 배를 내보낸 걸까? 그렇다면 굳이 왜 이런 한밤중에?

"저 사람들, 기어코 가는군요." 뒤에서 헬레드의 우울한 목소리가 들려왔다.

그녀는 낮 동안 햇빛에 달궈져 여전히 따뜻한 모래를 맨발로 밟으며 소리 없이 다가와 캐드펠처럼 해안 쪽을 내려다보고 있었다. 그 시선은 신속하게 동쪽으로 미끄러져 나아가는 배의 꼬리에서 길게 뻗어나간 희미한 물살을 좇고 있었다. 캐드펠은 고개를 돌려 그녀를 바라보았다. 헬레드는 구름 같은 머리칼을 어깨 위로 드리운 채 차분하고 고요하게 서 있었다.

"저 배가 떠날 줄 알고 있었소?"

"예, 뜻밖의 일은 아니에요. 물론 저들 계획의 구체적인 면면은 모르지만요. 카드왈라드르가 배신하고 떠난 뒤로 이곳 사람들끼리 종일 머리를 맞대고 무언가를 계획하더라고요. 그게 우리 모두에게 어떤 결과를 가져올지, 저로서는 짐작하고 싶지도 않네요. 어쨌든 좋지 않은 결과를 가져올 거라는 건 분명해요."

"저건 티르카일의 배요. 이미 어둠 속으로 사라져 보이지 않지만, 아직 저 곳 끝까지는 이르지 못했겠지."

"곧 도착할 거예요. 이 사람들은 무슨 계획인가를 꾸몄고, 티르카일은 그걸 실행에 옮기는 행동대원 역할을 맡았어요. 물론 오티르가 강요한 일은 아니겠죠. 그 사람 스스로 결과가 어찌 될지에 대해서는 생각해보지도 않고 그저 흥분해서 일에 뛰어들었을 거예요."

"당신은 어떤 일이 벌어질지 이미 충분히 생각해본 모양이군." 캐드펠이 조용히 말했다. "그래, 그 결과들이 마음에 들지 않소?"

"마음에 들 리가 없죠! 그 사람이 어쩌다 오아인의 부하를 죽이기라도 하면, 곧장 전쟁과 학살극이 벌어질 거예요. 이제 와서 그렇게 참혹하고 격렬한 사태를 불러일으킬 필요가 있나요?"

"티르카일이 대체 무슨 의도로 그런 위험을 감수하겠소? 그렇게 생각할 근거라도 있는 거요?"

"그 바보가 어떤 생각을 하는지 제가 어떻게 알겠어요?" 헬레드는 성마르게 대꾸했다. "제가 걱정하는 건 그 사태가 우리한테 몰고 올 결과예요."

"그가 바보라는 말에는 동의할 수 없군." 캐드펠이 웃으며 부드럽게 말을 이었다. "그는 뛰어난 솜씨를 지닌 유능하고 영리한 청년이오. 그 친구가 벌이는 일에 대해서는 그의 귀환 이후에 판단하도록 합시다. 나는 티르카일이 성공적으로 임무를 마친 뒤 돌아오리라 믿소." 캐드펠은 마지막으로 덧붙이려던 말을 애써 참았다. '그러니 그 사람 걱정은 그만둬요!' 이 말을 들으면 그녀는 얼굴을 붉히며 어찌할 바를 모를 것이다. 헬레드는 자기 자신을 기만할 수 있는 사람이 못 되었다. 그러니 이대로 내버려두는 편이 나으리라.

저 남쪽에 있는 오아인의 진영에는 그녀가 한 번도 보지 못한 유안 이포르라는 사람이 있다. 서른 살을 갓 넘긴 젊은 나이에 오아인 왕의 신뢰를 받고 있으며, 많은 땅을 소유한, 인상과 체격이 좋은 남자. 하지만 그에겐 하나의 단점이 있었고, 바로 그것 때문에 헬레드는 그를 하잘것없는 사람으로 여기고 있었다. 그러니까, 그는 헬레드 자신이 선택한 사람이 아니라는 이유였다.

"어쨌든 내일이면 모든 게 분명해질 거예요." 헬레드가 쌀쌀맞게 말했다. "이제 그만 가서 눈을 붙이는 게 좋겠어요. 그런 다음 앞으로 닥쳐올 일을 대비해야겠죠."

*

그들은 곶 끄트머리를 돌아 해협을 등진 채 남쪽으로 나아갔다. 일단 만 안쪽으로 깊숙이 들어가 뭍 가까이 접근하고부터는 오아인 진영의 최전선을 살피며 경비병들의 존재를 파악해야 했다. 레이프는 좁은 앞쪽 갑판에 무릎을 꿇고 앉아 해안을 주의 깊게 살펴보고 있었다. 그는 열다섯 살로 웨일스어를 유창하게 했다. 그의 어머니가 웨일스인이었기 때문이다. 어머니는 어린 시절 북서 지방을 약탈하던 덴마크인들에게 납치되어 더블린왕국의 덴마크인과 결혼했는데, 이후로도 모국어를 잊지 않아 아들과 대화할 때면 늘 웨일스어를 썼다. 레이프는 웨일스의 성이며 어촌 마을을 자유로이 드나들며 덴마크인들에게 유용한 정보를 제공하곤 했다.

진영을 떠나기 전에도 그는 카드왈라드르에 대한 정보를 얻어 온 터였다. "그자는 자기에게 충성하는 이들과 줄곧 연락을 취해 왔어요. 지금 그 사람 형의 진영에도 그와 행동을 함께하고 싶어 하는 사람들이 얼마쯤 있죠. 듣자 하니 그들을 통해 카드왈라드르가 케레디기온에 있는 자기 부하들한테 소식을 전했다는데, 그 내용은 정확히 모르겠어요. 무장을 하고 와서 합류하라는 건지, 아니면 우리에게 약속한 보수를 지불해야 할 경우에 대비해 돈이나 소들을 모아두라는 건지…… 어쨌든 케레디기온에서 전령이 오면, 그에게는 새로운 기회가 열리는 셈이죠."

다른 소식도 있었다. "오아인은 카드왈라드르를 가까이 두려 하지 않는대요. 그래서 그는 지금 휘하에 몇 사람을 거느리고 캠프 남쪽 가장자리, 그러니까 만과 가까운 한구석에 거점을 마련한 상태예요. 전령이 오면 아마 형에게는 알리지 않은 채 얼른 그를 안으로 들일 거예요. 그러곤 자기에게 가장 이익이 될 길을 모색하겠죠."

그야 물론이었다. 잠시 속아 넘어가긴 했으나 이제는 덴마크인들도 카드왈라드르의 사람됨을 잘 아는 터였다. 그리고 레이프는 카드왈라드르를 만나러 온 전령의 역할을 할 수 있었다. 웨일스에서 남자는 열네 살만 되어도 소년 딱지를 떼고 성인으로 대접받는다.

배는 조심스럽게 해안으로 다가갔다. 오른쪽 어둠 속에서 모래언덕과 바위, 여기저기 흩어진 덤불들이 각기 다른 덩어리들의 형태로 나타났다가 스쳐 지나가곤 했다. 이윽고 그들은 보이고 들리는 것들이 아니라 냄새로, 즉 모닥불 연기와 긴 방책 너머에서 풍겨온 갓 쪼갠 나무들의 진액 냄새로 자신들이 웨일스군 진영의 외곽에 이르렀음을 알았다. 키잡이가 얕고 잔잔한 수면 밑에서 일렁이는 질긴 풀에 걸리지 않게끔 신중하게 배를 몰아 해변 가까이 붙인 뒤, 캠프의 본진 곁을 지나 카드왈라드르가 캠프를 차렸다는 만 남쪽 해안을 따라 계속 나아갔다. 카드왈라드르는 자신에게 충성하는 옛 부하들을 그곳으로 끌어들였다. 이미 이곳저곳에서 보내온 전령들도 만났을 것이다. 그의 너그럽고 관대한 면모를 기억하는 몇몇 사람들이 여전히 그를 제후이자 군주로 생각한다며 충성의 서약을 전했으리라. 반면 그가 짊어진 책임과 갚지 않은 빚 등을 상기시키는 이들도 있었을 것이고.

배가 카드왈라드르의 캠프 곁을 지나가면서 그들 곁을 떠나 뒤로 물러났던 해안선이 다시 서서히 가까워지기 시작했다. 소리가 아니라 원초적인 감각에 의해 포착되는 캠프 안의 희미한 온기와 움직임, 보이지도 않고 들리지도 않지만 주위의 동정에 몹시 신경을 쓰며 적대감을 발산하고 있는 그 무형의 존재들이 그들의 곁을 스쳐 지나 밤의 적막 속으로 사라져갔다.

"배를 해안에 대." 티르카일이 키잡이의 귀에 입을 바싹 붙이고 소곤거렸다.

노잡이들은 부드럽게 노를 저었다. 작고 유연한 배는 물가에 머리를 풀어헤치고 늘어선 수초 속으로 조용히 미끄러져 들어가 깃털이 내려앉듯 살며시 뭍에 닿았다. 레이프가 뱃전 너머로 두 발을 넘겨 얕은 물에 살짝 내려섰다. 그의 맨발에 단단한 모래바닥이 닿았다. 수심은 그의 정강이 높이 정도밖에 되지 않았다. 소년은 고개를 돌려 자기들이 지나온 해안선과 웨일스군의 진영을 바라보았다. 그쪽 상공에 희미한 빛이 감돌고 있었다.

"목적지에 가까이 왔어요. 소식을 알아 올 테니 잠시 기다리세요."

그는 염분 많은 토양에서도 잘 자라는 풀숲과 드문드문한 관목 사이를 요리조리 헤치고 나아가 모래언덕으로 올라갔다. 그리 높지 않은 언덕 위쪽은 거친 목초지였고, 그 너머로는 잘 경작된 밭들이 이어져 있었다. 레이프의 호리호리한 몸이 곧 짙은 어둠 속으로 녹아들었다.

15분쯤 지난 뒤, 소년이 안개처럼 살며시 밤의 어둠에 스미듯 모습을 드러냈다. 일행은 귀를 바짝 곤두세운 채 주위의 동정에 신경을 기울이고 있었지만 그가 바로 곁에 올 때까지도 아무런 기척을 느끼지 못했다. 레이프는 다리를 휘감는 수초와 싸늘한 물을 헤치고 뱃전으로 다가와 흥분 섞인 목소리로 소곤거렸다.
"그 사람이 어디 있는지 알아냈어요! 아주 가까이서 확인했죠! 경비 초소에는 한 사람뿐이니 놈에게 가는 건 식은 죽 먹기나 다름없어요. 우리가 뭍에서 공격해 오리라는 생각은 전혀 하지 않는 것 같아요. 우린 자유롭게 움직여도 돼요."
"안쪽으로 더 들어가보지 않았나?" 티르카일이 물었다.
"그럴 필요가 없었어요! 더 들어가려는데, 남쪽에서 온 누군가가 먼저 그리로 가더라고요. 전 근처 덤불에 숨어 있었어요. 가까운 곳이라 오가는 소리를 모두 들을 수 있었죠. 그 사람이 이름을 대자 경비병은 그를 곧장 안으로 안내했어요. 지금 그 사람은 카드왈라드르의 텐트에 있어요. 경비병은 제자리로 돌아갔고요. 그러니까 텐트 안에는 카드왈라드르와 그 사람뿐이고, 밖을 지키는 사람은 그 경비병 하나뿐이라는 얘기예요."
"카드왈라드르가 그 안에 있는 게 확실해?" 토르스텐이 낮은 목소리로 물었다. "그자를 눈으로 확인한 것도 아니잖아."
"귀로 확인했죠. 저는 더블린을 떠나올 때부터 쭉 그 사람의 시중을 들었어요. 그의 목소리를 착각했을 리 없어요." 소년이 자신 있게 대꾸했다.
"둘 사이에 오가는 이야기도 엿들었나? 카드왈라드르가 손님으로 온 사람의 이름을 부르던가?"

"아뇨, 그냥 '아니 자네가!'라고만 했어요. 크고 또렷한 목소리로요. 몹시 놀라고, 또 반가워하는 것 같았어요. 하지만 그가 누구인지 무슨 상관이겠어요? 일단 경비병을 처치한 뒤 그 둘을 붙잡아 신원을 확인하면 되잖아요."

"우리는 딱 한 사람만 데리고 돌아간다." 티르카일이 말했다. "누구도 죽여선 안 돼! 오아인은 이 문제와 무관하지만, 만일 자기 부하가 한 명이라도 희생된다면 가만있지 않을 거야."

"동생을 붙잡아 가는 건 괜찮고요?"

"그 동생도 다치는 일은 없을 테니까." 그가 말을 이었다. "모두들 명심해. 카드왈라드르에게 상처 하나도 내서는 안 된다! 적당한 대가만 지불하면 그 사람은 처음처럼 말짱한 몸으로 돌아갈 거야. 오아인도 그러한 사실을 잘 알고 있지. 자, 이제 나와 함께 가자. 어서 그를 붙잡아 썰물과 함께 이곳을 빠져나가자고."

그들은 출발하기 전에 이미 모든 계획을 세워둔 터였다. 남쪽에서 온 손님은 계산에 넣지 않았지만 상황에 맞춰 처리하면 될 일이었다. 고맙게도 오아인 진영과 가까운 곳에 자리한 그 텐트 속의 두 사람은 일단 경비병만 제압하고 나면 공략하기 쉬운 표적이었다. 카드왈라드르의 부하는, 좀 거칠게 다루기야 하겠지만 영영 깨어나지 못하게 하거나 심각한 상처를 입힐 필요는 없을 것이었다.

"경비병은 내가 처리하지." 토르스텐이 먼저 레이프 곁으로 내려섰다. 그 두 사람 말고도 티르카일, 그리고 다른 다섯 사람이 배에서 내려 티르카일을 따라 바닷물이 드나드는 수로로 들어가 백사장을 가로질렀다. 밤의 짙은 어둠은 아무 일도 없다는 듯 조용히 그들을 받아들였다. 레이프가 여기저기 흩어진 덤불을 이용해 한 곳에서 다른 곳으로 이동하면서 캠프 가장자리를 향해 그들을 이끌었다. 이윽고 그가 키 작은 나무들이 듬성듬성 늘어선 작은 숲속에서 걸음을 멈춘 뒤 나뭇가지들 사이로 앞을 내다보았다. 옅고 불분명한 배경 한가운데, 오아인의 진영을 빙 둘러싼 방책이 보다 짙고 단단한 어둠의 형태로 드러났다. 그 앞을 오가며 출입구를 지키는 경비병의 윤곽이 희뿌연 하늘을 배경으로 선명하게 눈에 들어왔다. 덩치가 크고 무장한 모습이었지만 위험한 일이 닥치리라고는 생각지 않는지 비교적 느긋하게 움직이고 있었다. 토르스텐은 몇 분쯤 그 한가로운 움직임을 주시하며 그가 어디서부터 어디까지 오가는지 확인한 다음, 방책에서 불과 몇 미터 되지 않는 숲의 동쪽 끝까지 횡으로 이동했다. 그곳 나무들을 이용하면 경비병의 눈에 띄지 않고 방책 가까이 접근할 수 있을 것이었다.

경비병이 나직하게 휘파람을 불면서 방향을 돌리는 순간, 토르스텐이 억센 왼팔로 그의 몸과 두 팔을 휘감은 뒤 오른손을 들어 입을 단단히 막았다. 부드럽게 이어지던 휘파람 소리가 뚝 그쳤다. 경비병은 상대의 팔을 움켜잡으려고 미친 듯 허공을 허우적대고 사납게 뒷발길질을 했지만 소용없었다. 토르스텐에게 아무 피해도 주지 못한 채 저 혼자 균형을 잃고 비틀거릴 뿐이었다. 토르스텐은 그의 몸을 번쩍 쳐들었다가 얼굴을 모래바닥에 그대로 눌러 쓰러뜨렸다. 티르카일이 곁에서 기다리고 있다가 토르스텐의 손이 사내의 입에서 떨어지자마자 그 안에 모직 천 자락을 쑤셔 넣었고, 사내는 목구멍으로 들어간 모래와 풀 때문에 연신 캑캑거렸다. 두 사람은 그의 외투로 머리와 어깨를 둘둘 싸맨 뒤 손과 발을 단단히 결박했다. 그러곤 덤불 깊숙이 그를 숨긴 뒤 캠프 가장자리 쪽을 주의 깊게 살펴보았다. 주위는 고요했고, 방책 안에서 사람이 움직이는 기척도 느껴지지 않았다. 오아인의 텐트 주위에서는 많은 이들이 경비를 서고 있겠지만, 카드왈라드르는 제 나름의 속셈으로 그와 가장 멀리 떨어진 곳에 거점을 마련한 터였다. 밤사이 그를 도우러 올 사람은 아무도 없으리라.

  아무도 지키지 않는 대문을 통해 레이프가 살며시 안으로 들어가자 티르카일과 토르스텐, 그리고 다른 두 사람이 그의 뒤를 따라갔다. 레이프는 눈여겨봐두었던 곳을 향해 나아갔다. 자정 무렵 찾아온 손님을 보고 카드왈라드르가 놀라움과 기쁨을 감추지 못하며 위엄 있는 목소리로 맞이하던 곳. 그들은 어둠 속에서 더 짙은 그림자의 형태로 소리 없이 이동했고, 곧 레이프가 손가락으로 카드왈라드르의 텐트를 가리켰다. 새삼스레 확인할 필요도 없었다. 카드왈라드르는 덴마크군과 지낼 때도 자신의 잠자리에 신경을 쓰며 최대한 편하게 지내려 애썼기에 그의 텐트가 무엇인지는 한눈에 알아볼 수 있었다. 비바람을 충분히 막아줄 만큼 튼튼하고 커다란 텐트. 아마 그 안에는 온갖 편의 시설이 잘 갖춰져 있을 터였다. 천으로 된 입구 가장자리에서 가느다란 빛줄기들이 새어 나오고 있었다. 두 사람의 목소리가 고요한 밤공기를 타고 흘러왔지만 너무 작아서 무슨 내용인지는 알아들을 수 없었다. 남쪽에서 온 사자가 아직 그 안에서 제 군주와 머리를 맞댄 채 무엇인가를 의논하고 있는 게 틀림없었다.

토르스텐이 단검을 들고 텐트 뒤로 돌아가 가죽과 가죽을 잇대어 꿰맨 솔기를 찾아낼 때까지 티르카일은 입구에 손을 올린 채 조용히 기다렸다. 가느다란 가죽끈이나 기름 먹인 끈 같은 것은 날카로운 단검으로 쉽게 끊어버릴 수 있을 것이었다. 텐트 안의 흐릿한 불빛이 흔들리지 않고 꾸준히 타오르는 것으로 보아 조그만 기름접시에 심지를 넣은 접시형 등잔불을 피워놓은 듯했다. 안쪽에서는 바깥에서 움직이는 이들의 그림자를 전혀 볼 수 없으리라. 그리고 토르스텐은, 안에 있는 두 사람의 형체를 눈이 아닌 감각으로 포착해낼 수 있었다.

티르카일이 천으로 된 문을 옆으로 홱 젖히고 번개같이 안으로 뛰어들었다. 다른 두 사람도 곧바로 뒤를 따랐다. 카드왈라드르는 놀라 벌떡 일어났지만 그 이상은 아무것도 할 수가 없었다. 막 입을 열어 고함을 치려는 순간 날카로운 단검이 그의 목에 선득하게 닿은 것이다. 순식간에 긴장된 침묵이 텐트 안의 공기를 내리눌렀다. 아무리 무모한 카드왈라드르라 해도 눈치는 있었다. 칼을 겨눈 상대와 맨손으로 맞붙어 좋을 게 없었다. 반격을 개시해 온 쪽은 그가 아니라 남쪽에서 온 손님이었다. 카드왈라드르 바로 옆, 질 좋은 담요 위에 앉아 있던 사람이 갑자기 용수철처럼 벌떡 일어나 티르카일에게 달려들었다. 그러나 마침 단검으로 텐트의 가죽끈들을 전부 베어낸 토르스텐이 뒤에서 큼직한 손을 내밀어 그의 뒤통수를 움켜쥔 채 뒤쪽으로 세게 당겼다. 손님은 몸을 다시 일으키기도 전에 티르카일의 부하들에게 붙잡혀 침대보로 단단히 묶였다.

카드왈라드르는 제 목을 지그시 누르고 있는 단검의 날을 의식하며 조용히 서 있었다. 감정을 억제하느라 이를 앙다물었지만 그 새카만 눈동자는 분노로 이글거렸다. 반가운 친구가 침대보에 감싸인 채 길게 누워 무력하게 발버둥치는 광경을 보고도 그는 꼼짝하지 않았다.

"가만있으면 아무 피해도 입지 않을 거요." 티르카일이 말했다. "하지만 찍소리라도 냈다가는 내 손이 삐끗할지 모르지. 자, 오티르 님이 당신과 해결하고 싶어 하는 작은 문제가 하나 있어서 왔소."

"이런 짓을 한 걸 후회하게 될 거야." 카드왈라드르가 앙다문 잇새로 말했다.

"그럴지도 모르지." 티르카일은 덤덤하게 말을 받았다. "하지만 아직은 아니오. 걸어가는 것과 끌려가는 것 중 어떤 것이 좋은지 선택하게 하고 싶기는 한데, 당신을 전혀 신뢰할 수가 없는 게 문제란 말씀이야……." 이어 그는 단검을 칼집에 넣으며 두 부하들에게 지시했다. "이자를 잡아 묶어!"

고함을 질러 도움을 요청할 마지막 기회였다. 그러나 카드왈라드르가 입을 벌린 순간 티르카일의 부하 하나가 재빨리 바닥의 담요를 집어 그의 머리에 씌운 뒤 큼직한 손으로 그 끝자락을 입 속에 쑤셔 넣었다. 카드왈라드르의 입에서 억눌린 신음이 새어 나오다가 이내 그쳤다. 그가 두 주먹과 발을 마구 휘둘렀지만 티르카일의 부하들은 올이 거친 모직 천으로 그의 온몸을 휘감은 뒤 단단히 묶었다.

레이프는 텐트 밖에서 망을 보고 있었다. 혹시라도 일을 망칠 낌새가 있는지 신중하게 주의를 기울였지만 사위는 그저 고요하기만 했다. 카드왈라드르가 아무런 방해 없이 손님과 단둘이 이야기를 나눌 생각으로 누구도 접근하지 말라 지시했던 거라면, 그는 티르카일의 일을 철저히 도와준 셈이었다. 경비병을 처박아둔 잡목림에서 인기척이 나 소년은 재빨리 고개를 돌렸다. 그들 일행 중 마지막 사람이었다. 살그머니 빠져나온 그는 동료들이 카드왈라드르를 잡아 묶어 어깨에 멘 광경을 보고는 나직하게 웃었다.

"경비병은?" 티르카일이 그에게 속삭이듯 물었다.

"살아 있어요. 연신 욕설을 내뱉고 있죠. 다른 이들이 눈치채기 전에 얼른 이곳을 뜨는 게 좋겠어요."

"그 손님은 어떻게 됐죠?" 엄폐물과 엄폐물 사이로 이동하며 해변을 향해 가고 있을 때 레이프가 물었다.

"푹 쉬게 해줬지." 티르카일이 대답했다.

"죽이면 안 되잖아요!"

"아무도 안 죽었다. 그 사람에게 상처 하나 내지 않았으니 안심해. 오아인이 알아도 악감정을 품지는 않을 거야."

"하지만 그가 누구인지, 거기서 뭘 하고 있었는지 우린 모르잖아요." 레이프가 썰물이 남겨놓은 축축한 모래땅을 밟으며 얼굴을 찌푸렸다. "지금이라도 그 사람을 데려오는 게 낫지 않을까요?"

"우리는 한 사람을 잡으러 왔고, 그러니 한 사람만 데리고 가면 돼. 우리가 원하고 필요로 하는 건 카드왈라드르뿐이야."

배에 남아 있던 이들이 카드왈라드르의 몸을 받아 긴 의자들 사이 우묵한 공간에 내려놓은 뒤 동료들이 배에 오르는 것을 도왔다. 키잡이가 무거운 키에 체중을 싣자 노잡이들은 힘 주어 바닥을 밀었다. 작은 배는 고랑을 따라 가볍게 움직이다가 이내 썰물의 흐름을 타며 기분 좋게 나아가기 시작했다.

*

그들은 날이 밝기 전 자랑스러운 기분으로 자신의 전리품을 오티르에게 전했다. 막 잠에서 깨어난 오티르는 카드왈라드르의 얼굴을 보자 흡족하게 눈을 빛냈다. 카드왈라드르는 헝클어진 머리와 시뻘겋게 달아오른 얼굴을 하고 천에서 놓여나 격렬한 노여움을 애써 억누르고 있었다.

"어려움을 겪지는 않았나?" 오티르가 흐뭇한 얼굴로 포로를 살피며 물었다. 티르카일 일행은 카드왈라드르의 몸에 아무런 상처도 입히지 않았고, 그의 막강한 형의 심기를 불편하게 하는 일도 없이 감쪽같이 그를 빼내 온 터였다. 꼭 해야 할 일을 더없이 깔끔하게 처리한 셈이었다.

"전혀요." 티르카일이 대답했다. "이자는 진영 가장자리에 거점을 마련하고 경비병 하나만 세워뒀더군요. 스스로 제 무덤을 판 꼴입니다. 옛 영지에서 소식이 오기를 기다리느라 문까지 활짝 열어놓고 지냈어요. 그리고 오아인 왕은 이자를 위해 손가락 하나 까딱하지 않을 겁니다."

이에 카드왈라드르가 앙다문 입을 달싹였으나 굳게 맞물린 입술이 좀처럼 떨어지지 않는 듯 잠시 머뭇거렸다. 아마 그 자신도 무슨 말을 해야 할지 몰라서였으리라. "당신들은……" 마침내 그가 말문을 열었다. "당신들은 웨일스 사람들의 강한 혈연적 유대감을 과소평가하는군. 우리 형님은 이 아우의 편을 들어줄 거요. 이 일로 우리 형님과 그의 전 병력이 일어날 거요."

"아, 당신이 우리 더블린 사람들을 고용해 이리로 끌고 왔을 때처럼 말이지?" 오티르가 조롱 어린 투로 내뱉고는 껄껄거리며 웃었다.

"형님이 어떻게 나올지는 두고 보면 알 거요." 카드왈라드르가 사납게 대꾸했다.

"암, 우리도 당신도 곧 알게 되겠지. 하지만 내 생각엔 우리보다 당신이 좀 더 쓴맛을 보게 될 것 같군. 오아인 왕은 당신의 싸움이 본인과는 무관하며 당신이 진 빚은 당신이 직접 갚아야 한다는 사실을 우리 모두에게 분명히 통고했거든." 오티르는 흐뭇하게 웃으면서 말을 이었다. "그리고 당신은 틀림없이 그 빚을 갚아야 할 거요. 약속했던 것을 모두 받기 전까지는 당신을 여기서 내보낼 생각이 없거든. 은화도 좋고 소도 좋소. 무엇으로든 우리가 받기로 한 만큼만 채워주면 상관없소. 그 빚을 다 갚은 뒤에는 마음대로 가도 좋소. 당신의 옛 땅으로 돌아가든, 혹은 당신 형이 바라는 것처럼 무일푼으로 세상을 떠돌든. 그리고 분명히 경고해두는데, 우리에게 다시 도움을 청할 생각은 꿈에도 하지 마시오. 당신의 말이 얼마나 공허한 것인지 이젠 분명히 알고 있으니까." 그는 목 밑으로 늘어진 두툼한 군살을 문지르며 가만 생각하다가 마지막으로 덧붙였다. "도무지 믿을 수 없는 사람이니, 이제 당신이 우리 수중에 들어와 있다는 사실을 분명히 확인시켜줘야겠군." 그가 초연한 자세로 서서 두 사람을 지켜보던 티르카일에게로 고개를 돌렸다. "이자를 토르스텐에게 넘겨주고 지키게 해. 쇠사슬로 단단히 묶어두는지 잘 확인하고. 이자에게 말과 맹세는 아무 구속력도 없다는 걸 잘 알고 있으니 부득이 다른 수단을 사용할밖에."

"어찌 내게 감히!" 카드왈라드르가 사납게 으르렁거리며 오티르에게 달려들려 했지만 옆에서 대기하던 오티르의 부하들이 그의 두 팔을 거칠게 잡아챘다. 그들은 몸을 뒤틀며 안간힘을 쓰는 그를 꼼짝 못 하게 붙잡고는 재미있다는 듯 히죽히죽 웃었다. 노여움 가득한 얼굴로 발버둥치는 그의 모습은 성질 나쁜 어린아이의 난동을 연상시켰다. 그러나 카드왈라드르의 머릿속에도 자신이 무력한 상태이며 이미 반전된 운을 어찌할 수 없다는 생각이 자리 잡기 시작했으니, 그도 금세 분노를 가라앉히고 체념할 수밖에 없었다.

"하루빨리 우리한테 진 빚을 갚고 이곳을 떠나길 바라오." 오티르는 칼로 자르듯 말하고는 토르스텐을 바라보았다. "이자를 끌고 가!"

11

 두 병사는 아침 일찍 진영의 남쪽 변두리를 자세히 둘러보던 중 캠프 중앙에서 가장 멀리 떨어진 대문에 지키는 사람이 아무도 없다는 사실을 깨닫고 즉각 상관에게 달려가 보고했다. 만일 그들의 상관이 키헬린이 아닌 다른 사람이었다면 그렇게 아침 일찍부터 방어 태세를 점검하러 나서지 않았을 터였다. 키헬린은 어쩔 수 없이 카드왈라드르를 받아들였으며, 그가 왕의 진영 안에 있다는 사실 자체가 대단히 불쾌했다. 그에게는 이 일이 죽은 아나라우드뿐 아니라 살아 있는 오아인 왕까지 모독하는 일로 여겨졌던 것이다. 카드왈라드르가 왕의 캠프에 들어와 보이는 행동들도 그의 의혹과 혐오감을 조금도 가볍게 하지 못했다. 그가 그렇게 후미진 구석에 자리 잡은 것도 그랬다. 다른 이들은 그저 형이 자신을 보기 싫어한다는 점을 의식하고 한 행동으로 해석할지 모르지만, 키헬린은 카드왈라드르가 다른 이의 감정 따위는 전혀 아랑곳하지 않는 오만무례한 사람이라는 사실을 잘 알고 있었다. 그는 늘 무모하고 엉뚱한 행동을 일삼는, 도무지 신뢰할 수 없는 인간이었다. 그러니 키헬린으로서는 카드왈라드르의 일거수일투족과 그 주변에 모여드는 사람들의 동정을 감시하는 일을 결코 게을리할 수 없었다. 그들이 모이는 곳은 항상 주의 깊게 지켜보아야 했다.

경비병이 자리를 이탈했다는 보고를 듣자 그는 다른 사람들이 깨어 일어나기 전에 급히 그곳으로 갔다. 그리고 곧 방책에서 그리 멀지 않은 숲속에서 모직 천을 말아놓은 듯한 모양새로 땅바닥에 쓰러져 있는 경비병을 발견했다. 경비병은 결박을 풀지 못했으나 한참 안간힘을 쓴 끝에 줄을 조금 느슨히 할 수 있었고, 입을 틀어막은 천 자락 일부를 뱉어내는 데 성공했다. 토해낼 수 있는 소리라 해봐야 억눌린 낮은 외침 정도에 불과했지만, 마침 숲으로 들어온 키헬린 일행을 부르기에는 충분했다. 줄에서 풀려난 그는 뻣뻣한 몸을 간신히 일으켜 부어오른 입술로 간밤에 일어났던 일을 보고했다.

"덴마크 놈들이, 적어도 다섯 명은 되는 인원이 저 만에서 이리로 왔습니다. 그중에는 웨일스말을 할 줄 아는 어린 소년이 끼어 있었는데, 아마 그 녀석이 놈들을 여기로 안내한 것 같습니다."

"덴마크 사람들이라고!" 키헬린이 놀라 소리쳤다. 카드왈라드르르와 관련하여 모종의 사건이 생기리라는 건 애초에 예상하고 있었다. 그러나 덴마크 사람들이 왔었다면, 카드왈라드르가 주체가 아닌 표적이 되어 이루어진 일이란 말인가? 그렇게 생각하자 꼬인 심사가 은근히 풀리는 기분이었다. 하지만 아직 확실한 것은 없었다. 어쩌면 또 다른 종류의 장난이 아닐까? 그가 덴마크 사람들과 좋지 않은 방식으로 결별한 것을 후회하고 서로 견해 차이를 해소한 뒤 힘을 합쳐 은밀히 오아인 왕을 공격하는 일에 나선 것일지도 몰랐다.

그는 급히 카드왈라드르의 텐트로 달려가 격식도 차리지 않고 대뜸 문을 열었다. 상석 너머 갈라진 가죽들을 펄럭이며 들이친 바람이 얼굴에 부딪쳐 왔다. 포대기로 감싼 아이처럼 천으로 둘둘 말아놓은 한 사람이 침대 위에서 연신 몸을 뒤채며 조그만 동물의 신음 비슷한 소리를 내고 있었다. 숲속에서 경비병을 발견하고 그가 떠올리던 이런저런 가능성을 모조리 무너뜨리는 광경이었다. 덴마크 사람들은 대체 무슨 생각이었을까? 기껏 남들 눈을 피해 여기까지 찾아와서는 왜 카드왈라드르의 입을 틀어막고 꽁꽁 묶어놓은 채 가버린 거지? 해가 뜰 무렵이면 필연적으로 누군가 그를 발견하고 풀어줄 수밖에 없는데. 그와 새로운 음모를 꾸미러 왔던 걸까? 아니면 빚을 받아내기 위해서? 그러다 이야기가 틀어졌나? 그렇다면 잡아가지 않고 왜 그를 여기 묶어둔 걸까? 키헬린은 당혹스러운 심경으로 그의 팔과 다리를 결박한 줄을 풀었다. 한 손밖에 쓸 수 없는 처지라 무진 애를 써야 했다. 마침내 줄을 다 푼 뒤 천을 벗겨내기 시작하자 자유롭게 된 손 하나가 제 몸을 더듬으며 올라오더니 머리를 감싼 천 자락을 뒤로 젖혔다. 마구 헝클어진 검은 머리와 충격을 받아 멍해진 얼굴이 나타났다. 키헬린도 잘 아는 얼굴이었다.

그는 카드왈라드르가 아니었다. 그보다 더 젊고, 여위고, 더 열정적이며 민감한 사람이요, 거울 속에 비친 키헬린의 모습과도 닮은 인물, 케레디기온 출신의 마지막 인질인 귀온이었다.

*

두 사람은 함께 오아인의 본부로 갔다. 한 사람은 끌려가는 게 아니라 자진해서 가고 싶은 곳으로 간다는 걸 주위의 모두에게 분명히 알리려는 듯 당당하게 성큼성큼 걸음을 옮겼고, 다른 한 사람은 그 뒤를 묵묵히 따라갔다. 둘 사이에는 일찍이 볼 수 없었던 냉랭한 적의와 긴장이 감돌았다. 텐트로 들어선 오아인 또한, 뻣뻣하게 긴장한 몸과 잔뜩 굳은 표정으로 나란히 선 채 판결을 기다리는 두 사람의 모습에서 그러한 분위기를 읽어냈다.

엄숙하고 열정적인 성격에 똑같이 검은 눈동자와 검은 머리를 가진 두 젊은이. 한 사람은 약간 더 큰 키에 여윈 몸을, 다른 한 사람은 보다 강건한 체격을 지녔으나, 이 순간 긴장한 채 몸을 떨며 나란히 서 있는 모습을 보니 두 사람은 정말로 쌍둥이 같았다. 딱 한 가지, 그들을 명확하게 구분하게 해주는 요소는 그중 한 사람의 팔이 반쯤 달아났다는 점이었으니, 이는 다른 한 사람이 충성을 바치는 군주의 뻔뻔스러운 배신 행위가 만든 결과였다. 그러나 지금 둘 사이에 감도는 팽팽한 적의와 분노는 그것 때문이 아니었다.

"이게 대체 무슨 의미지?" 오아인이 음울한 얼굴을 한 두 젊은이를 번갈아 바라보며 차가운 목소리로 물었다.

"이자의 언약이 자기 군주의 언약만큼이나 무가치하다는 의미입니다." 키헬린이 이를 갈며 말했다. "카드왈라드르 님의 텐트 안에서 입은 틀어 막히고 온몸은 꽁꽁 묶인 채 쓰러져 있는 이자를 발견했습니다. 도대체 왜, 어쩌다 그렇게 됐는지는 이자가 직접 말씀드릴 겁니다. 저는 아무것도 모르니까요. 카드왈라드르 님은 사라지고 텐트 안에 이자만 남아 있었습니다. 그쪽 방책을 지키던 경비병 말로는, 어제 밤중에 만 쪽에서 덴마크 사람들이 침입해 자기 몸을 결박한 뒤 숲속에 던져놓았다는군요. 이 모든 소동이 무슨 뜻인지 말씀드릴 사람은 제가 아니라 이 사람입니다. 다만 저는 이자가 아베르에서 도망치지 않겠다 서약한 뒤 그 서약을 깨뜨림으로써 명예를 더럽혔다는 사실을 알 뿐입니다. 전하께서도 이제 누구보다 잘 아실 테고요."

"저 자신을 위해서 그러지는 않았겠지." 오아인은 거친 담요 자국이 난 귀온의 얼굴과 마구 헝클어진 검은 머리, 천으로 틀어 막혀 퍼렇게 멍이 들고 부어오른 입술을 보며 웃음을 꾹 참았다. 그러곤 도전하듯 고개를 뻣뻣하게 치켜든 채 침울한 표정으로 침묵을 지키고 있는 청년을 향해 부드럽게 입을 열었다. "자네는 뭐라고 대답할 텐가, 귀온? 그래, 정말로 서약을 어겼나? 그로써 본인의 명예를 더럽혔나?"

그의 부은 입술이 벌어졌다. 잔뜩 긴장한 탓에 입가에 잠시 경련이 스치고 지나갔다. 귀온은 잘 들리지 않을 만큼 낮은 목소리로 분명하게 잘라 말했다. "예."

그 순간 키헬린이 몸을 틀어 그를 외면했다. 귀온은 검은 눈으로 오아인의 얼굴을 똑바로 바라보았다. 가장 털어놓기 힘든 사실을 입 밖에 내자 마음이 편해진 듯 그가 숨을 깊이 들이마셨다.

"왜 그랬지, 귀온?" 오아인이 물었다. "자네답지 않은 행동이군. 어찌 된 영문인지 얘기해보게. 아베르에서 나는 자네에게 일을 맡겼네. 죽은 블레드리 압 리스 건을 알아서 잘 처리하라고. 또한 자네의 서약을 진심으로 믿었지. 나뿐 아니라 모두가 그랬을 걸세. 그러니 이제 어떤 연유로 서약을 저버렸는지 말하게."

"아뇨, 이대로 벌을 받겠습니다." 귀온이 부르르 몸을 떨었다. "저는 서약을 어겼으니 그 대가를 치르게 해주세요."

"말해. 나는 알아야 하니까." 오아인이 대꾸했다. 조용하지만 엄청난 무게가 실린 목소리였다.

"제가 저 자신을 지키기 위해 변명을 늘어놓으리라 생각하십니까?" 귀온이 차분하면서도 확고한 태도로 말했다. 자기에게 어떤 일이 일어나든 개의치 않겠다는 듯 초연하고 냉정한 얼굴이었다. 이어 그는, 자신이 저지른 행동의 복잡한 성격에 대해 이제야 깊이 생각하기 시작한 듯, 동시에 그것을 파고들었다가는 어떤 사실이 드러날지 알 수 없어 두려운 듯, 내키지 않는 태도로 기억의 가닥을 헤치며 천천히 입을 뗴었다. "저는 맹세를 저버렸고, 그에 대해 변명하지 않겠습니다. 수치스러운 일이라는 건 압니다. 하지만 어떻게 해도 수치스럽기는 마찬가지여서 덜 수치스러운 쪽을 선택할 수밖에 없었습니다. 아니, 잠깐만요! 제가 말하려는 것의 핵심은 이게 아닙니다. 제가 저지른 일을 있는 그대로 말하게 해주세요. 전하께서는 블레드리의 시신을 그 사람 아내에게 보내 매장하게 하고 그가 어쩌다 죽었는지 전하는 일을 제게 맡기셨습니다. 전 그리 어려운 일이 아니라 생각했지요. 블레드리의 아내를 만나 그 사람의 시신을 직접 인도하면 그만이니까요. 그런 다음에는 다시 아베르의 성으로 돌아올 생각이었고요. 하지만…… 그곳에서 전하의 아우이신 카드왈라드르 님이 한 일에 대해 이야기를 나눴던 것 기억하십니까? 그분이 권리를 되찾기 위해 덴마크 함대를 끌어들인 일 말입니다. 그때 저는 그 사태를 전하와 카드왈라드르 님 모두를 위한, 그리고 귀네드와 웨일스 전체를 위한 관점에서 바라보게 되었습니다. 그 시점에서 선택할 수 있는 최선의 길은 두 분이 화해하고 힘을 합쳐 덴마크 사람들을 빈손으로 더블린으로 돌아가게 하는 것이라 생각했지요. 저뿐 아니라 수많은 전쟁을 경험한 끝에 깊은 지혜를 갖추게 된 나이 든 분들도 같은 생각을 하시더군요. 저는 카드왈라드르 님께 충성을 맹세한 사람입니다. 지금도 마찬가지고요. 그러니 그분을 등질 수는 없습니다. 나이 든 지휘관들은 두 형제분의 화해가 절실하다는 점을 지적해주셨고, 저도 그러한 의견이 합당하다 느꼈습니다. 그리하여 카드왈라드르 님 밑에서 일했던 분들과 힘을 합쳐 그분을 위해 싸울 군대를 급히 끌어모았습니다. 물론 이는 전적으로 두 분의 화해를 위해서였지요. 그렇게 저는 서약을 어겼습니다." 이제 귀온은 아무런 주저함도 없이 단호하게 말을 이었다. "우리의 계획이 성공했든 실패했든, 전하께 숨김없이 말씀드리고자 합니다. 저는 카드왈라드르 님을 위해 기꺼이 덴마크 사람들과 싸울 생각이었습니다. 그 사람들이 대체 무슨 권리를 가지고 그런 식의 거래를 하려 든단 말입니까? 그리고 대단히 죄송한 말씀입니다만, 피치 못할 경우에는 전하와도 싸울 생각이었습니다. 그분은 제 군주요, 제게는 그분 이외의 다른 군주가 없으니까요. 그래서 아베르로 돌아가지 않았던 겁니다. 저는 저와 같은 생각을 가진 훌륭한 병사 100여 명을 카드왈라드르 님께 넘겨주어 그분 뜻대로 쓰시게 하려고 이리로 데려왔습니다."

"그래서 내 진영에 들어와 그를 만난 건가?" 오아인이 빙긋 웃어 보였다. "여기 도착해서는 마음을 꽤 놓았겠군. 우리 형제가 화해했다는 얘기를 들었을 테니까. 자네의 계획이 절반은 이루어졌다 생각했을 거야."

"예, 바람대로 일이 이루어지려나 보다 생각했지요."

"하지만 우리의 화해 소식을 전한 게 누구였지? 분명 카드왈라드르였겠지. 덴마크 사람들이 만으로부터 침입해 와 자네는 놔

두고 그 아이만 잡아 가기 전에 그런 얘기를 했을 거야. 카드왈라드르가 구체적으로 무어라 말하던가?"

"제가 아는 건, 그자들이 와서 그분을 잡아갔다는 사실뿐입니다." 귀온의 얼굴이 잠시 일그러졌다. "조금 전에 말씀드린 대로 저는 이제 전하의 처분에 달려 있습니다. 그분은 제 군주이십니다. 만일 저를 전하 밑에서 싸우게 해주신다면, 저는 그분을 위해 싸울 겁니다. 그럴 의향이 없으시다면 할 수 없고요. 그분이 덴마크 사람들에게 둘러싸여 온갖 시달림을 당하리라 생각하면 가슴이 미어집니다. 저는 그분께 충성을 바쳤고, 이제는 그분을 위해 제 명예마저 포기했습니다. 그리고 그분을 잃은 지금 제가 한층 더 비참한 처지에 빠졌다는 사실을 너무도 잘 알고 있습니다. 전하께서 마땅하다고 여기시는 대로 결정을 내려주십시오."

"그러니까, 내 아우가 우리 둘 사이의 일이 어떻게 돌아가고 있는지 전혀 얘기하지 않은 모양이군?" 오아인은 미간을 좁힌 채 그의 얼굴을 유심히 바라보았다. "자네가 방금 그랬지, 자네를 내 밑에서 싸우게 해줄 의향이 있냐고. 내가 왜 그래야 하지? 설령 덴마크 사람들을 상대로 싸울 의향이 있다 해도, 일찍이 나는 자네 같은 부적격자를 휘하에 거느린 적이 없네. 게다가, 굳이 싸우지 않고도 목적한 바를 이룰 수 있는 지금 내가 무엇 하러 그들과 싸우려 들겠나? 자네는 도대체 무슨 근거로 내가 공격 나팔을 불 거라 생각하는 거지?"

"덴마크인들이 전하의 아우님을 잡아갔잖습니까!" 귀온은 답답하다는 듯 외치더니 갑자기 당혹한 기색으로 물었다. "정말로 아우님을 구할 의도를 갖고 계시기는 한 겁니까?"

"아니, 추호도 그럴 생각이 없네." 오아인은 퉁명스럽게 말했다. "나는 그 녀석을 위해 손가락 하나 까딱하지 않을 거야."

"전하와 화해했다는 이유로 그자들이 그분을 납치해 갔는데도요?"

"그자들은 그것 때문에 놈을 잡아간 게 아니야. 돈을 받아내기 위해 데려갔지. 나를 공격해 그 아이가 몰수당한 땅을 되찾아줄 경우 2천 마르크를 주겠다고 그 녀석이 약속했었거든."

"그자들이 그분을 적대하는 이유야 뭐가 되었든 상관없습니다. 어쨌든 그분은 전하의 동생 아닙니까? 그런 분이 지금 적의 수중에 들어가 목숨을 위협받고 있다고요! 그런데도 전하께서는 상황을 이대로 내버려두실 겁니까?"

"돈만 내어주면 동생은 털끝만큼도 해를 입지 않을 걸세. 그러니 어떻게든 그 빚을 갚아야겠지. 약속한 금액에 해당하는 소와 물건과 장비를 그들 배에 넘겨주면 동생은 상처 하나 없는 말짱한 상태로 놓여날 거야. 그 사람들은 나만큼이나 정면충돌을 원치 않네. 그저 자기들의 몫을 받고 싶어 할 뿐이야. 게다가 만일 내 동생을 죽이거나 불구로 만들 경우에는 나와 상대해야 한다는 것도 잘 알고 있지. 나와 덴마크 사람들은 서로의 마음을 온전히 이해하고 있어. 그런데도 저 스스로 원해서 뛰어든 진창으로부터 그 아이를 건져내기 위해 내 부하들을 전쟁터로 내몰아야 하나?

천만에! 난 사람 하나, 칼 한 자루, 활 한 대도 동원할 수 없네!"

"어떻게 그런 말씀을……." 귀온은 둥그렇게 뜬 눈으로 오아인을 멍하니 바라보았다. "도무지 믿을 수가 없군요!"

"어쩌다 사태가 이렇게 되었는지는 키헬린 자네가 얘기해주게." 오아인이 한숨을 내쉬며 의자에 기대앉았다. 이처럼 순수하고 꽉 막힌 충성심을 지닌 부하에게 제 군주의 배신에 관해 이야기하는 것이 난감한 모양이었다.

이제 키헬린이 귀온에게 사태의 전말을 요약해서 들려주기 시작했다. "전하께서 먼저 카드왈라드르 님께 사람을 보내 의논을 하자고 제안하셨소. 그러곤 덴마크 사람들을 일단 돌려보내라고, 그러면 땅을 돌려주는 문제를 고려하겠다고 말씀하셨지. 또 그 사람들을 제 나라 땅으로 돌려보낼 수 있는 유일한 방법은 약속한 돈을 주는 것이며, 이 싸움은 그분의 싸움이니 그분 스스로 알아서 해결해야 한다는 말씀도 덧붙이셨소. 그러나 카드왈라드르 님은 돈을 주지 않으려는 생각에 자기 나름대로 머리를 썼소. 전하를 붙들고 늘어지면 전하께서 부득이 자신과 손을 잡고 무력으로 덴마크인들을 몰아낼 수밖에 없으리라 생각한 거요. 그렇게 빚도 갚지 않고 깨끗이 손을 털 마음이었지! 그리하여 그분은 오티르를 찾아가 자기는 형님과 화해했으니 너희는 더블린으로 돌아가라고, 순순히 닻을 올리고 가지 않으면 무력으로라도 몰아내겠다고 위협했소." 이 대목에 이르러 키헬린은 도전하는 듯한 사나운 눈길로 오아인을 지그시 응시했다. 결국 이 사람도 그 사악한 인간의 형 아닌가. 동생에게 명확히 핵심을 짚어 이야기하기를 회피했을지도 모른다. "물론 전부 거짓말이었지. 전하는 그분과 화해를 하지도, 동맹을 맺지도 않았으니까. 그로써 그분은 덴마크 사람들과 맺은 엄숙한 계약을 깨뜨린 거요. 그러더니 돌아와 형님이 자신의 행동을 인정해주고 칭찬해주기를 기대했소! 더 고약한 건, 그 거짓말 때문에 세 명의 인질이 위험한 지경에 빠졌다는 사실이오. 덴마크 사람들에게 붙잡힌 두 성직자와 한 여인 말이오. 그리하여 전하께서는 오티르를 찾아가, 그들을 되찾는 대가로 충분한 몸값을 지불하겠다고, 하지만 카드왈라드르 님을 위해서는 손가락 하나 까딱하지 않겠다고 단언하셨소. 그러니 이제 당신도 왜 덴마크 사람들이 밤중에 몰래 와 그분을 납치해 갔는지, 또 자기들에게 아무 잘못도 하지 않은 당신은 그대로 내버려두고 떠났는지 이해할 거요. 그 사람들은 전하의 부하들에게 아무런 피해도 입히지 않았소. 그들이 원하는 건 카드왈라드르 님에게서 빚을 받아내는 것뿐이니까. 그들도 그럴진대, 적어도 웨일스의 제후 정도 되는 사람이라면 자신이 한 약속을 지켜야 하지 않겠소?"

키헬린은 마지막까지 감정을 억제하고 신중한 어조로 이야기를 마쳤으나, 그 내면에서 소용돌이치는 사나운 분노에 귀온은 차마 입을 열 수가 없었다.

"키헬린이 얘기한 건 모두 사실일세." 오아인이 말했다.

"저도 사실이라 믿습니다." 귀온은 입술을 달싹이다가 맥 빠진 어조로 간신히 말을 꺼냈다. "하지만 그분이 전하의 동생이고 제 군주라는 사실에는 변함이 없습니다. 그래요, 그분은 성급하고 충동적인 분입니다. 그거야 저도 잘 알지요. 이따금씩 아무 생각 없이 행동하시곤 해요. 그럼에도, 저는 제 충성심을 버릴 수는 없습니다. 전하께서는 그분과의 혈연관계를 끊으실 수 있을지 몰라도 말입니다."

"나는 내 아우와의 혈연관계를 끊어내고자 한 적이 없네." 오아인은 참을성 있게 말을 이어갔다. "아우더러 그들과 맺은 계약을 지키라 이야기하고, 침입자들로부터 내 땅을 지키려 했을 뿐이지. 물론 그 아이는 여전히 내 아우일세. 다만 나는 그 아이가 부당한 악의와 사기 거래를 깨끗이 청산하기를 바라며, 따라서 그가 스스로를 욕되게 한 행위를 인가하지 않을 걸세."

귀온은 고통 어린 미소를 머금은 채 쓸쓸하게 대꾸했다. "저는 제 충성심에 그런 조건이나 제한을 둘 수 없습니다. 이미 그분과 함께 있기 위해 전하와의 서약마저 어긴 마당입니다. 저는 그분이 가는 곳이면 어디든 함께 갈 겁니다. 지옥까지라도."

"자네는 지금 내 보호를 받고 있어. 그리고 난 자네나 내 아우를 지옥으로 보낼 생각이 없네."

"하지만 당장 그분을 도울 생각도 없고요! 아, 전하, 전하께서는 동생을 적의 수중에 쥐여주신 셈입니다. 이를 알고 사람들이 뭐라 할지 한번 생각해보십시오."

"불과 며칠 전까지만 해도 덴마크 사람들은 그 아이의 친구이자 전우였네." 오아인은 끈질긴 인내심을 발휘하여 부드럽게 말했다. "그 아이가 내 뜻을 제멋대로 해석하고 그들을 배신하지만 않았다면 여전히 그런 관계가 유지되고 있었겠지. 내 뜻을 멋대로 곡해하여 어리석게 행동한 건 어찌어찌 눈감아준다 해도, 덴마크 사람들을 속이고 배신한 사실은 그냥 넘어갈 수 없네. 나는 신성한 계약을 맺었다가 금세 제 구미에 따라 없었던 일로 치부하고 돌아서는 염치없는 이들에게 관대한 사람이 될 수 없어."

"그분만이 아니라 제게도 하시는 말씀이군요." 귀온이 수치심으로 괴로워하며 중얼거렸다.

"자네의 입장은 이해할 수 있네. 자네의 배신은 너무도 확고부동한 충성심에서 나온 것이니까. 물론 명예스러운 일은 아니야. 하지만 자네가 동료들로부터 외면당하는 일은 없을 걸세."

"저는 전하의 처분에 맡겨진 몸입니다. 이제 저를 어떻게 하실 작정이신가요?"

"아무것도. 여기 있든지 떠나든지 마음대로 하게. 이곳에 머무르며 좋은 결과가 나오기를 기다릴 작정이라면 아베르에서 그랬듯 자네를 재워주고 먹여주겠네. 만일 그럴 마음이 없다면 자네 가고 싶은 곳으로 가도 좋아. 자네는 그 아이의 신하지 내 신하가 아니니까. 아무도 자네의 앞길을 가로막지 않을 걸세."

"제가 전하께 순종하기를 원치 않으십니까?"

"이제 나는 자네의 순종을 소중히 여기지 않네." 그렇게 말한 뒤 오아인은 두 사람더러 그만 물러가라는 손짓을 하며 자리에서 일어났다.

*

두 사람은 나란히 함께 그곳을 나왔다. 오아인의 본부로 쓰이는 농가 정문을 빠져나온 뒤 키헬린은 홱 돌아서서 말없이 떠나려 했으나 귀온이 팔을 붙잡는 바람에 걸음을 멈추었다.

"그분은 관대함으로 나를 벌하시는군! 내 목숨을 빼앗거나 쇠사슬로 나를 칭칭 묶어놓을 수도 있었소. 내가 자초한 일이니 그런 처분을 받아도 싸지. 하지만…… 당신마저 나를 외면할 생각이오? 우리의 처지가 뒤바뀌었다면, 만약 오아인 왕이나 허웰이 적의 수중에 들어갔다면, 당신도 서약보다는 그분들에 대한 충성심을 더 중요하게 여기지 않았겠소? 어떻게든 그분들에게 달려가지 않았겠소?"

키헬린은 조금 전 돌아섰을 때만큼이나 갑작스럽게 다시 몸을 돌렸다. 그의 얼굴은 잔뜩 굳어 있었다. "천만에. 나는 자신이 명예롭게 행동하며 자신을 섬기는 자들에게도 그처럼 행동하기를 요구하는 군주들에게만 충성을 바쳐왔소. 만일 내가 당신처럼 했다면, 그건 허웰 님에게 수치를 안겨주는 일이니 그분은 나를 가차 없이 내치셨을 거요. 하지만 카드왈라드르는 분명 몹시 기뻐하면서 쌍수를 들어 당신을 맞이했겠지."

"나도 몹시 괴로웠소." 귀온은 절망 어린 얼굴로 말했다. "죽기보다 더 힘든 일이었지."

 그러나 키헬린은 마치 더러운 것이 몸에 닿을까 봐 피하듯 진저리를 치더니, 잠자리를 털고 일어나 부지런히 움직이는 사람들 사이로 성큼성큼 걸어가버렸다.

*

 오아인 진영 사람들 중 귀온의 존재를 못마땅하게 여겨 그를 내쫓거나 멀리하려 하는 이는 하나도 없었지만, 귀온 자신은 마치 추방당해 떠도는 신세가 된 기분이었다. 그의 능력과 솜씨는 오아인 왕의 것이 아니라 이제 그곳으로 돌아올 수 없는 처지가 된 카드왈라드르의 것이었다. 그는 풀죽은 표정으로 진영을 말없이 가로질러 북쪽 끄트머리에 자리한 언덕에 올랐고, 거기 서서 저 멀리 어른거리는 모래언덕을 한참이나 바라보았다.

 밭들은 파도처럼 굽이치는 모래언덕들과 만나고, 듬성듬성 자라는 나무들은 점점 키가 작아지며 관목숲과 덤불들로 이어졌다. 그 너머 어딘가에 카드왈라드르가 쇠사슬에 묶인 채 형의 도움을 간절히 고대하고 있을 터였다. 냉정한 형은 동생을 도울 생각도 하지 않건만……. 어떻게 형이 제 아우를 저버릴 수 있을까? 귀온은 생각했다. 카드왈라드르가 무슨 죄를 저질렀든, 계약을 깨뜨리고 아나라우드를 죽였다 해도, 그런 매몰찬 행위를 정당화할 수는 없어. 물론 귀온 자신이 아베르를 떠남으로써 왕과의 서약을 깨뜨린 일을 용서할 수 없는 죄로 보고 비난하는 사람들에게는 아무런 원망도 품지 않았다. 하지만 카드왈라드르가 저지른 그 어떤 짓도 그를 존경하고 따르는 이 헌신적인 가신의 마음을 돌아서게 하지는 못했으며, 앞으로도 그럴 것이었다. 일단 충성을 바치고 또 상대가 그걸 받아들인 이상, 그 마음은 영원히 지속되어야 했다.

그가 할 수 있는 일은 아무것도 없었다. 자신이 원할 경우에는 언제든 그곳을 떠나도 좋다는 허락을 얻었고, 거기서 그리 멀지 않은 곳에 100여 명의 용감한 병사들을 모아놓기는 했지만, 덴마크인들이 자기들 진영을 철통같이 지키고 있는 마당에 그 정도의 병사들을 데리고 무엇을 할 수 있겠는가? 앞뒤 따져보지 않고 무모하게 덴마크인들의 진영을 습격해 카드왈라드르를 구하려 해 봐야 아까운 목숨만 잃을 것이다. 아니, 목숨이 문제가 아니다. 저들이 재빨리 닻을 올려 그들로서는 대적할 수 없는 바다로 나가버리면 그땐 정말 손쓸 길이 없었다. 아일랜드로 잡혀간 카드왈라드르를 어떻게 구해낸단 말인가.

멀리 떨어진 적진을 아무리 바라보아도 군주를 구해낼 방도는 전혀 떠오르지 않았다. 이미 많은 것을 잃은 그의 군주가 남아 있는 모든 것을 긁어모아 금은보화로든 가축으로든 2천 마르크를 갚아야 하며, 그렇게 해도 빼앗긴 땅을 돌려받을 보장이 없다는 사실이 그를 너무나 슬프게 했다. 설사 빚을 갚아 덴마크인들로부터 풀려난다 해도, 그들에게 사로잡히고 그들의 요구에 순순히

응하는 과정에서 느낀 모욕감과 굴욕감은 그 자부심 강한 사람의 영혼에 깊은 상처를 안겨줄 것이었다. 귀온으로서는 오티르와 그의 부하들에게 단 1마르크도 내어주고 싶지 않았다. 사람들은 카드왈라드르가 애초에 자기 형에게 맞서 외국인들을 끌어들인 게 잘못이라 말할지도 모른다. 하지만 그에게도 지혜와 현명함이 있었다. 격렬하고 무모한 충동에 가려져 좀처럼 보이지 않을 뿐. 그를 사랑하는 사람들은 이를 잘 알았고, 그래서 그가 일으키는 혼란을 묵묵히 감내하곤 했다. 그런 너그러운 마음이 어느 때보다도 절실한 이 시점에서 그냥 물러서는 것은 인정상 못 할 짓이었다. 정의롭지도 않은 일이고 말이다.

귀온은 여전히 북쪽을 주시하며 능선을 따라 걸음을 옮겼다. 바다에서 불어오는 소금기 섞인 바람을 맞으며 이리저리 구부러지고 비스듬히 기운 능선의 평퍼짐한 정상부에 이르자, 한편에 자리한 작은 숲에서 건장한 체구를 지닌 한 사내가 나무둥치처럼 제자리에 꼼짝 않고 선 채 덴마크 진영 쪽을 망연히 바라보는 광경이 눈에 들어왔다. 떡 벌어진 어깨에 근육질의 체구, 흰머리가 간간이 섞인 갈색 머리칼을 지닌 30대의 사내였다. 짙은 갈색 눈썹 밑으로 깊은 그늘이 진 그의 두 눈은 드넓게 펼쳐진 모래의 파도에 고정되어 있었다. 무장하지 않은, 그러나 힘 있고 팽팽한 가슴과 두 팔이 아침 햇살에 고스란히 드러났다. 분명 마른풀을 밟는 발소리를 들었을 텐데도 그는 고개를 돌리거나 자세를 흐트러뜨리지 않았다. 그러다 귀온이 바로 곁에 다가서자 무관심한 태도로 마지못해 천천히 고개를 돌렸다.

"계속 이렇게 바라본다고 해서 거리가 더 가까워지지 않는다는 건 나도 압니다." 오랫동안 잘 알고 지내온 사람을 대하는 듯 친근한 어조였다.

귀온은 잠시 할 말을 잃고 멍하니 그를 바라보았다. 그의 말이 자신의 속내를 너무도 정확히 표현한 터였다. 이윽고 귀온이 조심스럽게 입을 열었다. "당신도 나와 같은 처지입니까? 저 덴마크인들의 진영에 어떤 분이 계시기에……."

"아내가 있지요." 사내는 무뚝뚝하게 잘라 말했다. 그 내면에 소용돌이치는 엄청난 상실감을 더 이상 어떤 말로 표현할 수 있을까.

"아내가요!" 귀온은 깜짝 놀라 그의 말을 반복했다. "어쩌다가 그런 일이……." 카드왈라드르가 변절하고 덴마크인들에게 도전장을 던진 뒤 세 명의 인질이 위험한 처지에 빠졌다는 얘기를 조금 전 키헬린으로부터 들은 터였다. 아베르에서 출발한 두 성직자와 한 여자. 아마 처음부터 그리 위험한 처지는 아니었을 텐데, 카드왈라드르의 배신 이후 용병들이 그에게 앙갚음하기 위해 그들을 계속 억류해두고 있는 것일까? 그 빚과 관련된 일들이 생각보다 더 오랜 시간에 걸쳐 복잡한 양상으로 발전해온 모양이니, 그렇다면 오아인이 그렇게 완강한 태도를 보이는 것도 무리는 아니다. 하지만 카드왈라드르는 원래부터 생각이라는 걸 할 줄 모르는 사람 아닌가. 그는 늘 먼저 행동하고 나중에 후회했다.

아마 지금 이 순간에도 잃어버린 권리를 되찾기 위해 더블린 왕국으로 손을 뻗은 치명적인 실수는 물론, 이후 자신이 저질러온 모든 일들을 후회하고 있으리라.

맞아, 그 여자가 틀림없어. 귀온은 헬레드를 기억해냈다. 키가 크고 여윈 몸에 선명한 검은 눈썹을 지닌 아름답고 과묵한 여자. 왕이 베푼 연회장에서 손님들에게 포도주와 벌꿀주를 따라주며 자신의 아버지를 향해 이따금 악의 어린 미소를 지을 때를 빼고는 웃음기 한번 보이지 않았지. 그 미소, 제 아버지가 살얼음판 위를 걷고 있으며, 자신이 마음만 먹으면 언제든 그 얼음판을 깨뜨릴 수 있다는 사실을 상기시키던 미소가 눈에 보이는 듯했다. 그녀와 아버지 사이의 갈등은 아베르성에 있는 마부와 하녀, 갑옷 장인, 시종 들을 비롯한 모든 이들에게 널리 퍼져, 마침내는 케레디기온에서 온 마지막 인질의 귀에까지 들어왔다. 귀온은 귀네드 사람이 아니고, 오아인의 가신이 아니며, 아사프 관구의 길버트 주교를 자신의 주교로 두지 않았기에 남들과 동떨어진 채 그 모든 사태를 냉정한 눈으로 지켜볼 수 있었다. 그래, 그 여자군. 그가 기억하기로 헬레드는 오아인을 군주로 모시는 앵글시섬의 한 남자와 결혼하러 가는 중이었다.

"당신이 참사회원의 따님과 결혼하기로 되어 있는 유안 이포르라는 분이군요." 그가 말했다.

"맞습니다." 사내는 숱진 검은 눈썹을 찡그리며 귀온을 지그시 쳐다보았다. "내 이름을 알고, 내가 여기서 뭘 하고 있는지도 알고 있는 듯하군요. 당신은 누구십니까? 전하의 가신들 중에서는 얼굴을 본 적이 없는 것 같은데요."

"그렇겠죠. 저는 오아인 왕의 가신이 아니니까요. 제 이름은 귀온이라 합니다. 오아인 왕이 케레디기온에서 데려온 인질들 중 마지막으로 남은 사람이지요. 저는 카드왈라드르 님에게 충성을 바쳤고, 지금도 그렇습니다." 이어 귀온은 자신을 주시하는 이의 예리한 눈에 분노의 불꽃이 서서히 피어오르는 모습을 지켜보았다. "그래요, 전 그분을 모시는 사람입니다. 그분에게 충성을 바친 것이 잘한 일이 되기를 간절히 바라고 있지요."

"메이리온 님의 따님이 저 해적들에게 억류되어 있는 건 바로 그 사람이 저지른 짓 때문입니다!" 유안이 사납게 으르렁거렸다. "카드왈라드르 밑에 있던 분이라면 그의 도량이 도토리 속만큼도 못 된다는 걸 잘 알겠군. 그 사람은 저 야만인들을 귀네드 땅에 끌어들인 뒤 그들과의 약속을 저버렸어요. 그러곤 죄 없는 인질들이야 어떤 곤욕을 치르든 아랑곳없이 저만 살겠다고 내빼버렸죠. 그는 자신과 가장 가까운 혈육에게 혹심한 재앙이나 다름없는 존재입니다. 그 사람이 죽인 아나라우드에게도 마찬가지였고."

"그분을 너무 심하게 비방하지는 말아주십시오. 내가 더는 참지 못하고 그 입을 막아버릴 수도 있으니까요." 분개한 자의 것이라기보다는 슬픔과 피로에 지친 사람의 목소리였다.

"물론 자기 군주에게 충성을 다하는 사람을 비난할 생각은 없습니다." 유안이 다소 누그러진 투로 말을 이었다. "다만……주님께서 당신에게 보다 나은 군주를 내려주셨으면 좋았을 텐데…… 당신이야 그자가 당신에게 어떤 수모를 안겨주든 상관 않고 그의 모든 걸 용서할 수도 있겠죠. 하지만 그자가 내 아내 될 사람을 저 해적들의 수중에 내팽개치고 저 혼자만 살겠다고 도망친 이상, 내게 그런 관대함을 요구해서는 안 됩니다."

"오아인 왕은 덴마크 사람들에게 그 여인이 자신의 보호를 받는 사람이라고 분명히 말했습니다. 불과 한 시간 전에 그 얘기를 들었죠. 왕이 잉글랜드에서 온 두 성직자와 그 여인을 돌려받는 대가로 충분한 몸값을 지불하겠다고 제안했다더군요. 특히 그 여인은 자신이 소중히 여기는 사람이니 아무 탈 없이 돌려줘야 한다고 분명히 못을 박았고요."

"하지만 전하는 여기 계시고 그 사람은 저기 있지요." 유안은 우울하게 말했다. "게다가 저자들은 단단히 붙잡아놓자고 했던 사람을 놓쳐버린 상태고요. 그러니 다른 포로들이 그 사람 대신 앙갚음을 당할 수도 있어요."

"아니, 당신은 잘못 알고 있어요. 그분에게 어떤 원한을 갖고 있든, 내 얘기를 들으면 만족할 겁니다! 지난밤 오티르가 만에 배 한 척을 파견했고, 그 배에 탄 덴마크 사람들은 뭍에 상륙하여 이 진영에 있는 카드왈라드르 님의 텐트까지 침투해 들어와 그분을 납치해 갔습니다. 배상금을 못 갚겠으면 몸으로 때우게 하려는 심산이겠지요. 그들은 이제 자기들이 선택한 사람을 단단히 억류하고 있습니다. 그러니 다른 희생자는 나오지 않을 거예요."

그 순간 유안의 얼굴에서 가장 표정이 풍부한 짙은 눈썹이 한 차례 꿈틀거렸다. 잠시 의심 어린 시선을 던지던 그는 귀온의 눈빛이 추호도 흔들리지 않는 것을 확인하고서 당혹스러운 표정으로 중얼거렸다. "당신이 속은 것 아닙니까? 그런 일은 있을 수가—"

"아니, 사실입니다."

"그걸 어떻게 압니까? 누구에게서 그런 얘기를 들었죠?"

"누구에게도 들을 필요가 없었지요. 그자들이 습격해 왔을 때 내가 그 자리에서 모든 것을 목격했으니까요. 오티르의 부하들 넷이 텐트 안으로 들어왔을 때 나도 거기 있었습니다. 그자들은 대문을 지키던 경비병과 내 입에 재갈을 물리고 손발을 단단히 결박해둔 채 카드왈라드르 님만 잡아갔지요. 이 손목을 보십시오. 밧줄에 묶였던 흔적이 아직도 남아 있습니다."

아닌 게 아니라 그의 양쪽 손목에는 밧줄에 상한 자국이 선명하게 남아 있었다. 유안은 한동안 말없이 그 자국들을 들여다보더니 마침내 인정하듯 고개를 끄덕였다.

"그래서 내게 같은 처지냐고 물은 겁니까? 당신이 저 덴마크인들의 진영에서 누구를 구해내고 싶어 하는지는 물어볼 필요가 없겠군요. 미안한 얘기지만 당신의 괴로움은 내게 아무런 연민도 일으키지 않아요. 그 사람이 당한 일은 <u>스스로</u> 자초한 것이니까. 하지만 내 아내 될 사람은 대체 무슨 죄로 그런 고초를 당해야 합니까? 카드왈라르드가 잡혀서 그 여인이 풀려날 수만 있다면 나로서는 정말 기쁘기 그지없는 일일 겁니다."

귀온은 침묵을 지켰다. 그로서는 무어라 반박할 여지가 없는 얘기였다.

"만일 나와 뜻을 같이하는 병사들 열두 명만 있다면……" 유안은 스스로에게 이야기하듯 조용히 말을 이었다. "그러면 이 땅에 상륙한 모든 덴마크 녀석들과 맞서 싸워서라도 헬레드를 구출해낼 텐데. 그 여인은 내 사람이니까요. 나는 반드시 그녀를 돌려받을 겁니다."

"그 여자를 아직 만나보지도 못했잖아요." 귀온이 말했다. 그토록 침착하고 조용한 사람이 갑자기 격렬한 열정을 드러내는 것에 다소 놀란 터였다.

"아니, 봤어요. 저편 방책에서 돌을 던지면 닿을 곳까지 들키지 않게 살그머니 접근한 적이 있거든요. 그때 방책 너머 모래 언덕 꼭대기에서 자기를 구출해주기를 고대하며 남쪽을 바라보는 그녀를 봤습니다. 사람들이 얘기하는 것보다 훨씬 더 아름답더군요. 유연하고, 화사하고, 움직이는 모습은 꼭 새끼 사슴 같은…… 혼자서라도 그녀를 구하러 가고 싶었지만 내가 적진을 뚫고 접근하기도 전에 그녀를 죽음으로 몰아넣을까 두려워서 참았지요."

"저도 똑같은 심경입니다." 그 대담한 열정이 자신의 내면에도 작은 희망을 불러일으켰기에 귀온은 열띤 목소리로 호응했다.

"카드왈라드르 님이 당신에게 아무것도 아닌 존재이듯, 내게도 헬레드라는 아가씨는 별 의미가 없는 분입니다. 하지만 우리가 서로 지혜와 힘을 합친다면 서로에게 이익이 될 겁니다. 둘은 하나보다 나으니까요."

"그래봤자 둘뿐이지." 그렇게 대꾸면서도 유안은 귀온의 말을 귀담아듣는 눈치였다.

"둘은 시작에 불과해요. 며칠 안에 훨씬 많은 숫자로 불어날 겁니다. 그자들이 내 군주를 다그쳐 몸값을 지불하게 한다 해도, 은화를 긁어모으고 소 떼를 끌고 와 배에 싣기까지는 시간이 걸릴 테지요." 그는 유안에게 좀 더 가까이 다가붙어 목소리를 낮추었다. 혹시라도 누군가 지나가다가 엿들을지도 모를 일이었다. "저는 여기 혼자 온 게 아닙니다. 여전히 카드왈라드르 님께 충성하는 100여 명의 사람들을 규합해 케레디기온에서 이리로 데려왔지요. 아, 처음부터 이럴 생각으로 그들을 끌어모은 건 아닙니다. 저는 두 형제가 화해하고 힘을 합쳐 덴마크 사람들을 몰아내리라 확신했거든요. 그래서 제 군주에게도 오아인 왕을 위해 싸우는 이들과 어깨를 나란히 할 최소한의 병력은 있어야겠다 생각했지요. 그분이 전적으로 형님에게만 의지하는 건 원치 않았습니다. 많은 부하들을 거느린 당당한 군주로서 사셔야죠. 아무튼 카드왈라드르 님께 그런 소식을 전하려고 서둘러 달려왔는데, 와서 보니 왕은 아우를 저버리셨더군요. 그리고 이제는 덴마크 사람들이 그분을 납치해 갔고요."

유안은 어느새 냉정함을 되찾은 뒤였다. 하지만 먼 곳을 바라보는 그 무표정한 얼굴 너머에서는 뜻밖에 굴러든 이 새로운 기회에 내재된 이익과 손실을 면밀히 따져보느라 분주한 듯했으니, 아니나 다를까 그가 곧 그가 기대 어린 말투로 입을 열었다. "그 100여 명의 병력은 지금 어디쯤 있습니까?"

"행군으로 이틀쯤 되는 거리에 떨어져 있지요. 저는 여기서 남쪽으로 2킬로미터쯤 내려간 곳에 내 말과 마부 한 사람을 두고 왔고요. 오아인 왕은 저더러 여기 머무르든 떠나든 마음대로 하라고 하셨습니다. 그러니 당장이라도 마부에게 가 지시할 수 있어요. 어서 병력이 있는 곳으로 달려가 최대한 빨리 이리로 행군해 오라는 명령을 전하라고 말입니다."

"이 진영에도 그런 모험을 반길 사람들이 있습니다." 유안이 말했다. "몇 사람은 내가 설득할 수 있어요. 아예 설득할 필요조차 없는 사람들도 있고요." 그가 크고 억센 두 손을 부드럽게 비비더니 보이지 않는 무기를 단단히 움켜쥐듯 주먹을 쥐어 보였다. "먼저 우리 둘이서 이 일에 대해 더 자세히 논의해봅시다. 어쨌든 당신은 오늘 안에 마부를 만나봐야 할 것 같군요."

12

 정오가 한참 더 지난 시각, 토르스텐은 쇠사슬에 묶인 포로를 다시 오티르 앞으로 데려왔다. 카드왈라드르의 잘생긴 입술은 굳게 닫혀 있었고, 들끓는 분노를 줄곧 억눌러온 탓에 검은 눈은 격렬하게 이글거리고 있었다. 이제 와서 새삼 형이 태도를 바꿀 리는 없었다. 헛된 희망의 시간은 사라지고 이제 현실이 그를 삼켜 궁지로 몰아넣었다. 더 이상 버텨봐야 소용없을 것이다. 결국 그는 상대의 요구에 응할 수밖에 없으리라.

 "이자가 전하께 드릴 말씀이 있다고 합니다." 토르스텐이 씩 웃으며 말했다. "쇠사슬에 묶여 지내는 게 아무래도 성미에 맞지 않는 모양이에요."

 "말해보시오." 오티르가 말했다.

"당신에게 2천 마르크를 지불하겠소." 앙다문 이빨 사이로 가느다란 목소리가 새어 나왔다. 카드왈라드르는 그런대로 제 마음을 잘 다스리고 있었다. "내 형이 형답지 않게 나오는 이상, 내겐 다른 선택의 여지가 없군." 이어 그는 연이은 불운 속에서도 아직까지 남아 있는 실낱같은 가능성을 시험해보았다. "나를 며칠간 풀어줘야 할 거요. 그렇게 많은 가축과 물건을 모으려면 적지 않은 시간이 걸릴 테니까. 그 금액을 은화로만 전부 지불할 수는 없잖소."

이에 토르스텐은 터져 나오는 웃음을 참지 못했고, 오티르는 강하게 고개를 가로저었다.

"오, 그럴 수는 없지, 친구! 나는 당신에게 두 번이나 속을 만큼 멍청한 인간이 아니거든. 내 배에 가축과 물건을 싣고 출항할 준비를 마치기 전까지 당신은 여기서 한 발짝도 나갈 수 없소. 족쇄에서 벗어날 수도 없고."

그러자 카드왈라드르가 사납게 으르렁댔다. "그럼 나더러 어떻게 몸값을 마련하라는 거요? 당신 말만 듣고 내 사람들이 순순히 가축을 넘겨주고 지갑을 열어줄 것 같소?"

"믿을 만한 대리인을 쓰면 되겠지." 오티르는 평온하게 말을 이었다. 카드왈라드르가 완전히 수중에 들어온 이상, 그가 화를 내든 도전적으로 나오든 전혀 상관없다는 투였다. "물론 그 사람이 대리인 역할을 수락해줄 때의 얘기지만, 아마 거절하지는 않을 것 같군. 내 제안을 받아들이면 당신은 이 진영 안에서나마 자유롭게 돌아다닐 수 있을 거요. 다만 그 전에 당신의 인장을 우리에게 넘겨줘야 하오. 당신이 늘 그걸 몸에 지니고 다니며, 그것 없이는 한 발짝도 움직이지 않는다는 걸 알고 있소. 아, 그리고 편지 한 통을 써서 내게 주시오. 당신이 직접 쓴 편지라는 걸 오아인이 분명히 알아볼 수 있도록 말이지. 우리 사이가 어떻든, 우리가 친구든 적이든, 나는 내가 믿을 수 있는 사람하고만 거래할 생각이오. 그가 당신의 몸값을 지불해줄 생각이 있는지 없는지 모르겠지만, 어쨌든 당신이 빚을 갚겠다 약속했다는 소식을 들으면 아마 크게 기뻐할 거요. 그리고 우리 사이에 남은 계산이 무사히 끝나도록 기꺼이 돕겠지."

"아니, 형님은 절대로 그렇게 나오지 않을 거요!" 카드왈라드르가 발끈해 소리쳤다. "내가 그 인장을 자진해서 내놓았다고 생각할까? 당신이 마음만 먹으면 강제로 빼앗을 수 있는 상황인데? 편지도 그렇소. 당신이 내 목에 단검을 들이대고 협박하면서 억지로 쓰게 한 게 아니라 내가 자진해서 써 보낸 거라는 걸 형님이 어떻게 믿고 확신할 수 있단 말이오?"

"그도 내가 어떤 사람인지 잘 아니까." 오티르는 퉁명스럽게 말했다. "그리고 나는 나 자신에게 큰 이익이 될 것을 함부로 훼손할 만큼 어리석은 인간이 아니지. 하지만 당신이 그렇게 나오리라는 건 이미 예상하고 있었소. 그래서 그분이 믿을 만한 대리인을 보낸다는 거요. 그 사람은 당신한테서 직접 지시를 받고, 오아인 왕에게 가 당신이 온전한 상태에서 그 지시를 내렸다는 사실을 증언할 거요. 왕도 그를 만나면 모든 걸 믿을 수밖에 없겠지. 내 생각에, 당신에겐 안된 말이지만, 오아인은 당신을 직접 대면하고 싶어 하지 않을 거요. 하지만 대리인을 통해 당신이 빚을 갚기로 결정했다는 사실을 들으면 그땐 형제간의 우의를 생각해서라도 당신을 도울 거요. 그는 내가 떠나기를 원하고 있소. 나역시 목적을 이루고 나면 지체 없이 떠날 생각이고. 그렇게 일이 잘 마무리되면 형님도 돌아온 당신을 환영할 거요."

"이쪽 진영에는 대리인 역할을 할 만한 사람이 없을 텐데." 카드왈라드르가 비웃듯 내뱉었다. "내 형님이 왜 덴마크 사람의 말을 믿어주겠소?"

"아니, 있소! 내 부하도 아니고 오아인 왕의 부하도 아니며 당신의 부하도 아닌 사람이 있지. 그는 우리 모두와 다른 영역에 있는 사람이오. 당신이 형님과 의논하러 간다며 이곳을 떠날 때 당신의 귀환을 보증하는 역할을 자진해서 떠맡았던 사람. 당신이 내 면전에서 도전적인 언사를 퍼붓고 꼬리가 빠져라 형님한테 달아나면서 내 수중에 맡겨버린 사람. 그때 당신은 그의 안위에 대해 전혀 생각하지 않았겠지. 물론 그렇게 달아났다가 결국 형님한테 멸시만 당했고." 따끔한 일침을 가한 뒤 오티르는 벌겋게 달아오르는 카드왈라드르의 얼굴을 흡족하게 바라보았다. "그는 호의 어린 마음으로 인질이 되기를 자청했고, 중간에 불미스러운 일들이 없지 않았으나 결국 당신은 돌아왔소. 그러니 나로서는 더 이상 그를 이곳에 붙잡아둘 권리가 없는 셈이지. 이제 그를 당신의 대리인 자격으로 오아인 왕에게 보낼 것이니, 당신은 형님에게 당신의 모든 재물과 귀중품을 긁어모아 이리로 보내달라 이르시오."

오티르는 말을 마친 뒤, 아주 즐거운 표정으로 그들의 이야기에 귀를 기울이고 있던 토르스텐에게 고갯짓을 해 보였다. "얼른 가서 리치필드에서 온 젊은 부제, 주교의 사절인 마크라는 청년을 데려오게."

*

토르스텐이 왔을 때, 마크는 캐드펠 수사와 함께 능선을 따라 자라는 키 작은 나무들 밑에서 땔감으로 쓸 죽은 나뭇가지들을 주워 모으고 있었다. 그는 넓은 소맷자락 속에 주워 담은 나뭇가지들을 끌어안은 채 허리를 펴고 일어나 놀란 기색 없이, 그저 좀 의외라는 표정으로 토르스텐을 멍하니 보았다. 명목상 포로 신세였지만 누구도 그를 위협한 적이 없었고, 그 자신 또한 갇혀 지낸다는 생각 없이 지내던 터였다. 덴마크인들에게 그는 약소한 몸값을 보장하는 인질일 뿐, 특별한 관심의 대상도 중요한 인물도 아니었다.

"이곳 대장이 나 같은 사람한테 무슨 볼일이 있다고……?" 그는 호기심 많은 소년처럼 눈을 동그랗게 뜨고 물었다.

"별일 없을 거야." 캐드펠이 말했다. "내가 볼 때 이 사람들은 덴마크인보다는 아일랜드인에 가까운 이들이네. 오티르는 잉글랜드나 웨일스의 성직자들만큼이나 기독교적인 사람이지. 믿음이 약한 일부 성직자들보다 훨씬 더 신앙심이 두터울 걸세."

"수사님께 일을 하나 맡기려 합니다." 토르스텐이 씩 웃으며 말했다. "우리 모두에게 이익이 될 만한 일이지요. 직접 가서 들어보시지요."

마크는 주워 모은 땔감을 모래언덕 밑의 우묵한 자리, 돌로 만든 화로 곁에 쌓아두고는 여전히 의아한 표정으로 토르스텐을 따라갔다. 곧 오티르의 텐트 안으로 들어간 그는, 쇠사슬에 묶인 채 당겨진 활시위처럼 잔뜩 긴장하여 허리를 꼿꼿하게 세운 채 서 있는 카드왈라드르를 보고 놀라 걸음을 멈추며 숨을 들이쉬었다. 족쇄를 차고 있는 난폭한 도망자의 모습이 기묘하리만치 섬뜩하면서도 비참해 보였다. 그는 당혹스럽고 민망한 기분이 들어 오티르에게로 시선을 돌렸다. 운명이 끊임없이 모든 걸 뒤집어엎으며 인간들을 희롱하는군, 몹시 만족스러운 듯 냉혹한 미소를 머금고 있는 오티르를 보며 그는 생각했다.

"절 부르셨다고요." 마크가 먼저 입을 열었다.

오티르는 관대함과 애정이 담긴 눈길로 마크를 훑어보았다. 이 청년은 이곳에서 웨일스인과 아일랜드인, 그리고 더블린의 덴마크인들이 모두 인정하는 교회 당국을 대변하는 입장에 선 인물이었다. 지금은 '수사님 Brother'이라 부르지만 몇 년 뒤면 모두가 그 앞에서 '신부님 Father'이라는 호칭을 사용해야 하리라.

"보시다시피……" 오티르가 말했다. "수사님이 인질로 잡혀 그 안전한 왕래를 보증했던 카드왈라드르 공이 우리에게 다시 돌아왔소. 그러니 이제 마음대로 이곳을 떠나도 좋소. 하지만 만일 수사님이 마지막으로 이 양반을 대신해 심부름을 해주신다면, 이 양반뿐 아니라 우리 모두를 위해서도 큰 도움이 될 거요."

"인질이라뇨. 여기서 자유를 빼앗겼다는 느낌은 전혀 받지 못했습니다. 저는 아무 불만 없이 잘 지냈어요." 마크가 말했다. 어쨌든, 그 심부름이 어떤 것인지 말씀해주시죠."

"공은 우리에게 약속한 2천 마르크를 지불할 각오가 되었다는 점을 분명히 밝힌 참이오." 오티르는 흡족한 표정으로 환하게 웃어 보였다. "그리하여 이를 실천에 옮길 방법에 관한 이야기를 형님에게 전하고 싶어 하지. 자, 카드왈라드르 공, 수사님께 직접 말씀드리시오."

마크는 카드왈라드르의 굳은 얼굴과 분노로 이글거리는 눈을 바라보며 의혹 어린 목소리로 물었다. "사실입니까?"

"사실이오." 여전히 이를 갈고 있었지만 그의 목소리는 분명하고 또렷했다. 제 의지로 어찌할 수 없는 현실을 받아들인 터였다. 그는 목을 가다듬은 뒤 할 수 있는 한 위엄 있는 태도로 말을 이었다. "이쪽에서 돈을 줘야 풀어준다고 하기에 그러겠다 했지."

"정말로 공께서 자진해서 선택하신 겁니까?" 마크가 물었다.

"그렇소. 지금 당신이 보고 있는 것 이상의 다른 위협은 받고 있지 않소. 하지만 나는 내 몸값에 해당하는 가축과 물건을 이자들의 배에 싣기 전까지는 족쇄에서 벗어날 수 없소. 직접 나서서 소 떼를 몰아오고 남은 금액을 끌어모을 수가 없는 처지지. 나는 내 형님이 나를 대신해 그 모든 일을, 가급적 빠른 시일 안에 처리해주기를 바라오. 그래서 수사님을 통해 그러한 권한을 형님에게 위임한다는 얘기를 전하려 하오. 그 증거로 내 인장을 수사님께 넘겨줄 거요."

"공께서 그렇게 하기를 원하신다면, 좋습니다. 기꺼이 공의 메시지를 전하지요."

"고맙소. 수사님이 내게서 직접 이 내용을 들었다 전하면 형님도 믿어줄 거요." 내면에 갇힌 울분과 원한을 억누르려는 힘겨운 노력으로 인해 그의 입술이 실낱같이 가늘어졌다. 하지만 이미 모든 걸 결심한 터였다. 이에 대한 앙갚음은 언젠가 할 기회가 있을 것이었다. 이러한 수모의 대가로 배상금까지 받아낼 수도 있으리라. 어쨌든 당장은 적진에서 놓여나는 것이 급선무였으니, 카드왈라드르는 자기 소매 안쪽에 붙은 주머니 속에서 인장을 꺼내어 마크에게 건넸다. 곁에서 오티르가 싱글거리며 그 모습을 바라보았다. "자, 이걸 형님께 드리고, 내가 필요로 하는 것들을 서둘러 마련해달라 전해주시오."

"말씀하신 대로 충실히 이행하겠습니다."

"아, 한 가지 더. 란바다른에 있는 로드리 버한에게 사람을 보내달라고도 부탁해주시오. 그는 과거 내 집사였고, 내가 땅을 되찾으면 다시 집사가 될 사람이오. 그가 내 남은 재산을 어디서 찾아내야 할지 잘 알고 있소. 이 인장을 보면 아마 그것들을 순순히 넘겨줄 거요. 만일 그 사람이 찾아낸 돈으로 충분치 않을 경우, 모자라는 액수는 소로 충당해야 하오. 로드리는 내 소들이 어디 있는지도 알고 있소. 내가 갚아야 할 금액은 총 2천 마르크요. 형님한테 서둘러달라고 전해주시오."

"그렇게 하겠습니다." 마크는 짧게 대답한 뒤, 이곳에 갇혀 있던 인질이 아닌 사절의 자격으로 모두에게 작별을 고하고 서둘러 그곳을 떠났다. 그 왜소하고 여윈 청년이 사라지자 무슨 이유에서인지 갑자기 텐트 안이 텅 빈 것만 같았다.

그곳에서 오아인 진영까지의 거리는 2킬로미터도 되지 않아, 마크는 걸어서 길을 나서기로 했다. 30분 뒤에는 오아인 귀네드에게 소식을 전할 수 있을 테고, 그러면 카드왈라드르에게 땅을 돌려주지는 않을지언정 최소한 그의 신체적인 자유만은 회복시켜줄, 그리고 귀네드 지방을 외국군의 압력과 전쟁의 위협으로부터 벗어나게 해줄 움직임이 시작될 것이었다. 그는 잠시 캐드펠을 만나 자신의 임무에 대해 알린 다음 덴마크인들의 진영을 떠났다.

*

캐드펠 수사는 골똘히 생각에 잠겨 헬레드에게로 갔다. 그녀는 저녁 식사를 준비하느라 돌화로의 불을 휘젓고 있었다. 이런 불안정한 생활이 아주 잘 맞는 모양이군, 불가에서 경쾌하게 움직이는 헬레드의 모습을 보며 그는 생각했다. 햇살을 고스란히 받으며 지낸 탓에 올리브빛으로 그을린 피부가 그녀의 검은 머리와 검은 눈, 그리고 진한 붉은빛을 띤 입술과 너무도 잘 어울렸다. 아닌 게 아니라, 이곳에서 갇혀 지낸 며칠만큼 그녀의 몸과 마음이 자유롭고 홀가분했던 적이 없었다. 그런 자유로움과 해방감의 광채가 마치 황금빛 휘장처럼 그녀를 둘러싸고 있었으니, 찢긴 옷소매나 해지고 더러운 가운의 밑단 같은 것은 아무런 문제도 되지 않았다.

"우리 모두에게 반가운 소식이 있소." 헬레드의 맵시 있는 움직임을 즐겁게 바라보며 캐드펠이 입을 열었다. "자정에 습격을 나갔던 티르카일이 무사히 돌아왔을 뿐 아니라 카드왈라드르까지 잡아 데려왔더군."

"저도 알아요." 헬레드는 그렇게 대꾸하더니 부지런히 움직이던 손을 잠시 멈추고 불길 속을 물끄러미 응시하며 빙긋 웃어 보였다. "동 트기 전에 그 사람들이 돌아오는 걸 봤거든요."

"그런데 왜 아무 말도 하지 않았소?"

그랬다. 그녀는 아무에게도 그 이야기를 하고 싶지 않았다. 괜히 그런 말을 꺼냈다가 자신이 아직 감추고 싶어 하는 사실을 드러내게 될지 몰라서였다. 그 작은 배가 무사히 돌아오는 광경을 보기 위해 해가 뜨기도 전에 일어나 기다렸다는 말을 누구에게 할 수 있겠는가.

"그 이후로 수사님을 못 뵈었잖아요. 뭐, 어떤 목적으로 나갔든 아무 피해도 입지 않고 무사히 돌아왔으니 다행이죠." 그녀는 얼버무리듯 대답한 뒤 호기심 어린 목소리로 물었다. "그래서요? 그 이후 무슨 일이 있었나요? 우리 모두에게 반가운 소식이라는 게 뭔데요?"

"그자가 마침내 분별력을 회복해 이 사람들에게 돈을 지불하겠다고 약속했소. 몸값을 모으고 지불할 권한을 오아인에게 맡긴다는 내용을 전하기 위해 마크 수사가 방금 이곳을 떠났지. 그 돈만 받으면 오티르는 이곳을 떠날 테고, 귀네드 지방은 다시 평화를 되찾을 거요."

헬레드는 그제야 일손을 멈추고 눈썹을 쫑긋 세워 올린 채 캐드펠의 얼굴을 빤히 바라보았다. "그 사람이 굴복했다고요? 벌써? 돈을 갚겠대요?"

"마크한테서 들었소. 마크는 이미 저쪽 진영으로 가는 중이고. 그러니 확실한 얘기지."

"이 사람들이 곧 떠난다고요!" 그녀는 입술을 달싹여 조그맣게 웅얼거리더니 두 무릎을 세워 앉고는 무표정한 얼굴로 앞만 물끄러미 응시했다. 이 새로운 상황이 불러올 이익과 손해를 냉정하게 가늠해보는 모양이었다. "케레디기온에서 여기까지 소떼를 몰고 오는 데 얼마나 걸릴까요?"

"글쎄, 사흘은 있어야겠지." 캐드펠은 그렇게 대답한 뒤 헬레드를 가만 살펴보았다. 그녀는 다시금 무언가를 계산하듯 멍하니 생각에 잠겼다.

"기껏해야 사흘이군요……." 그녀가 입을 열었다. "오아인 왕은 이 사람들을 하루빨리 내보내려 할 테니까요."

"당신도 여기서 풀려나게 되어 기쁘지 않소?" 캐드펠은 두 개의 얼굴을 가진 진실의 영역을 조심스럽게 파고들었다. 그중 어떤 얼굴이 자기를 바라보고 어떤 얼굴이 외면하는지 확신할 수가 없었다.

"물론 기쁘고말고요!" 그러고서 헬레드는 그의 어깨 너머 잔잔하게 물결치는 청회색 바다를 응시하며 생긋 웃었다.

*

"카드왈라드르 님의 가신인 귀온 님이십니까?" 귀온이 진지 안으로 막 발을 내디디려는 찰나, 경비병이 창으로 앞을 가로막으며 날카롭게 물었다.

귀온은 당혹감을 느끼며 그렇다고 대답했다. 간밤의 습격 이후 경비가 강화된 터였다. 경비병은 질책을 피하려는 마음에 이곳으로 드나드는 모든 이들을 철저히 검문하고 있었다.

"그렇소. 오아인 님께서 전하께서는 나더러 여기 남든 떠나든 원하는 대로 하라 말씀하셨소. 키헬린에게 물어보면 그 사람이 사실이라 확인해줄 거요."

"당신께 전할 새로운 소식이 있습니다." 경비병은 여전히 길을 막은 채 말을 이었다. "조금 전 전하께서 지시를 내리셨어요. 당신이 아직 이 진영 안에 있다면 찾아내 보내달라 하시더군요."

"전하께서 그렇게 빨리 마음을 바꾸셨다고?" 귀온이 놀라 되물었다. "그분은 이제 내게 아무 관심도 없을 텐데…… 내가 여기 머물든 떠나든, 살든 죽든 전혀 개의치 않는다는 점을 분명히 하셨소."

"저는 지시받은 대로 전할 뿐입니다. 그분은 이제껏 그 누구도 이유 없이 해한 적이 없는 분이니 걱정 말고 가서 전하를 만나보시지요."

귀온은 어쩔 도리 없이 왕이 본부로 쓰고 있는 야트막한 농가를 향해 걸어갔다. 한 걸음 한 걸음 내디딜 때마다 머릿속에서 온갖 생각들이 마구 들끓었다. 유안과 함께 적진을 습격할 방법과 병력에 대해, 또 그가 수집한 덴마크인들의 포진 상황에 관한 정보를 두고 장시간 의논한 것은 사실이나, 아직 계획이라 할 수도 없는, 기껏해야 막연한 의향에 불과한 그것을 왕이 눈치챘을 것 같지는 않았다. 아, 그 사람과 너무 오래 얘기를 나눈 걸까? 그는 생각했다. 나를 여기 붙잡아두자는 얘기가 나오기 전에 얼른 이곳을 떠났어야 했는데. 조금 전 마부를 남쪽으로 보내 100여 명의 병력이 행군을 시작하게끔 조처한 터였다. 이후의 구체적인 계획은 잠시 미뤄두고 일단 얼른 방책 안으로 돌아와 있으려 했는데, 이미 덫에 걸려든 것인가……. 아니, 아직은 아무것도 확실하지 않았다. 아무리 생각해봐도 왕의 귀에 그 사실이 들어갔을 리는 없었다. 귀온 자신과 유안을 빼면 그 계획에 대해 아는 이가 아무도 없지 않은가. 유안 역시, 계획에 찬성할 이들에게조차 아직 한마디도 하지 않은 상태였다. 분명 왕은 반쯤만 형태를 갖춘 그 계획과는 아무 상관 없는, 완전히 다른 일로 그를 찾고 있을 것이다.

귀온은 온갖 가능성들을 하나하나 떠올리며 야트막한 농가의 홀로 들어가 거친 목재로 짠 테이블 너머에 앉아 있는 왕에게 조심스럽게 인사했다.

오아인 곁에는 허웰이 앉아 있었고, 조금 떨어진 곳에는 귀온이 아직 알지 못하는 사안에 대한 증인 역할을 하러 온 듯, 왕이 신뢰하는 두 명의 지휘관이 조용히 서 있었다. 그 외에 방에는 리치필드에서 온 여위고 왜소한 체구를 지닌 부제 한 사람이 있었다. 빛바랜 검은 수사복을 입고, 정수리 옆으로 아무렇게나 삐져나온 뻣뻣한 밀짚 빛깔 머리에, 솔직하고 차분해 보이는 회색 눈을 언제나 크게 뜨고 있는 청년. 그 두 눈이 귀온을 응시하고 있었다. 귀온은 상대가 자기 마음속을 훤히 들여다본다는 생각에 얼른 고개를 딴 곳으로 돌려버렸다. 그의 눈에 깃든 호의에도 도무지 마음이 편치 않았다. 그런데 이 젊은 성직자는 왜 여기 있는 걸까? 오아인과 카드왈라드르와 덴마크 침입자들이 서로 얽혀 있는 모종의 문제와 무슨 관련이라도 있나? 하지만 곧 오아인의 입에서 나올 이야기가 그런 일과 전혀 무관한 문제라면, 나는 왜 이 자리에 불려온 걸까?

"아직 이곳을 떠나지 않아 다행이군." 오아인이 입을 열었다. "결국 자네가 나를 위해, 그리고 자네의 군주를 위해 할 수 있는 일이 생겼으니 말이야."

"그런 일이라면 틀림없이, 그리고 기꺼이 하겠습니다." 귀온이 얼른 대답했다.

"여기 있는 마크 부제는 내 동생이자 그대의 군주를 인질로 잡고 있는 덴마크 진영의 오티르가 보낸 사절일세. 카드왈라드르가 약속한 금액을 지불하는 데 동의했다는 소식을 가지고 왔지. 그놈이 빚을 갚고 예속 상태에서 풀려나기로 한 모양이야."

"믿을 수 없습니다!" 귀온의 입술이 충격으로 새하얗게 변했다. "그분이 자유로운 처지에서 공개적으로 말씀하시는 걸 제 귀로 직접 들었다면 모를까, 그게 아니라면 전 믿을 수 없어요."

"그 점에서는 나도 자네와 같은 생각이네." 오아인이 퉁명스럽게 말을 이었다. "나 역시 녀석이 이렇게 빨리 제정신을 차릴 거라 기대하지 않았으니까. 자네는 이 문제에 대해 내가 어떤 생각을 갖고 있는지 잘 알 걸세. 나는 내 아우가 약속을 지키는 사람이 되기를, 따라서 계약대로 그들에게 돈을 지불하기를 바랐네. 물론 아우를 빈털터리로 만들 그러한 지시를 그 자신이 아닌 다른 사람에게서 전해 듣고 싶지는 않았지만. 그래도 오티르는 거래에 있어 공정하고 솔직한 사람이야. 내 아우는 빚을 갚을 때까지 풀려날 수 없는 처지라 직접 본인의 의사를 밝힐 수 없고, 그래서 자신의 대리인으로 마크 수사를 보냈네. 마크 수사는 내 아우로부터 그런 내용을 전해 받았고, 또 그 녀석이 몸과 마음이 온전한 상태에서 확고하게, 분명한 의지를 갖고서 그런 얘기를 했다는 사실을 증언했네."

"예, 그건 사실입니다." 마크가 말했다. "그분은 오늘 하루 동안 저쪽 진영에서 포로로 지냈습니다. 족쇄를 차긴 했지만 그분의 몸이나 목숨에는 어떤 위협도 가해지지 않았고요. 그분이 직접 그렇게 말씀하셨고, 저도 그 말씀이 사실이라 믿습니다. 저 사람들은 저나 다른 인질들에게도 전혀 폭력적인 모습을 보이지 않았거든요. 그분은 제게 어떤 일을 해야 하는지 말씀하시며 말이 사실임을 증명하기 위해 당신의 인장을 손수 꺼내 제게 건네셨고, 저는 그분의 지시에 따라 그걸 전하께 넘겨드렸습니다."

"번거롭겠지만 수사께서 아우의 말을 다시 한번 반복해줬으면 하오." 왕이 정중하게 요청했다. "내가 그 전언에 말을 보탰다거나 내용을 고의로 왜곡시켰다는 의심을 조금이라도 사고 싶지 않아서 그러오."

마크는 상대를 두렵게 하는 그 맑은 눈을 들어 귀온의 얼굴에 고정했다. "카드왈라드르 님은 당신의 형님이신 오아인 전하께 말씀드려 란바다른에 있는 로드리 버한에게 급히 사람을 보내달라고 부탁하셨습니다. 그 사람이 당신의 집사였고, 당신의 남은 재산이 어디에 있는지 상세히 꿰고 있다 하시더군요. 그에게 2천 마르크에 해당하는 돈과 가축을 아베르메나이로 보내 더블린에서 협정을 맺은 대로 오티르가 지휘하는 덴마크군에게 넘겨줄 것을 요구한다는 말을 전하라 하시며 인장을 주셨습니다."

부드럽고도 분명한 목소리로 이어지던 마크의 말이 끝나자 긴 침묵이 이어졌다. 귀온은 내면에서 들끓는 거부감, 절망감, 그리고 분노와 싸우며 꼼짝 않고 서 있었다. 카드왈라드르처럼 오만하고 완고한 사람이 그렇게 빨리 굴복했다니, 도무지 믿을 수 없는 일이었다. 물론 더없이 거만하고 성미가 불같은 사람들도 제 목숨과 자유가 위협받을 땐 현실감각을 되찾고 타협하기 마련이다. 그러나 단 하루 만에 그들 앞에 무릎을 꿇고 약속한 돈을 갚겠다며 돈을 긁어모으다니……. 단 며칠만이라도 기다려줬다면 다른 결말이 나왔을 텐데……. 그의 형과 형의 부하들, 그곳에서 대기하던 그의 가신들 모두 그가 오랫동안 쇠사슬에 묶인 채 지내게 내버려두지 않았을 것이다. 신이시여, 제게 이틀간의 말미를 주십시오, 귀온은 굳게 닫힌 어두운 얼굴로 기도했다. 무력을 동원해서라도 기필코 그분을 빼내오겠나이다. 그분은 당신의 땅을 되찾을 것이고, 예전처럼 꼿꼿하고 당당한 카드왈라드르 님으로 다시 설 것입니다.

"나는 아우가 부탁한 대로 최대한 서둘러 이 일을 시행할 작정이야." 귀온의 의식 너머 까마득히 먼 어딘가에서, 마치 내면 깊은 곳에서 흘러나오는 듯 오아인의 목소리가 들려왔다. "아우의 명예와 신병을 되찾는 일은 빠를수록 좋으니까. 내 아들 허웰이 곧 남쪽으로 떠날 걸세. 자네가 마침 이곳에 머물러 있고, 또 내 아우를 위해 일하는 것이 자네의 소원이라 하니, 허웰과 함께 떠나도록 하게. 자네가 함께 가면 로드리 버한도 이것이 정말로 내 아우의 뜻이라는 걸 확실히 믿을 수 있겠지. 아우에게 충성을 바치는 사람들도 순순히 따를 거고. 어때, 가주겠나?"

"예, 가겠습니다."

달리 뭐라고 말할 수 있겠는가? 이미 결정된 일인 것을. 왕의 제안은 그를 쫓아내려는 또 다른 방법이자, 동시에 그의 비타협적인 충성심을 어르는 미끼이기도 했다. 조금 전까지만 해도 군주를 구출할 군대를 동원하고 기분이 최고조에 달해 있었는데, 이제 그는 충성심이라는 명목하에 남은 모든 재산을 군주로부터 벗겨내는 일을 거들어야 할 판이었다. 하지만 이 순간 귀온은 어쩔 수 없는 현실을 고스란히 받아들이고 가겠다 대답할 수밖에 없었다. 덴마크 사람들이 배에 돈과 소들을 싣고 의기양양하게 닻을 올린 채 더블린을 향해 떠나기 전에 그를 기다리는 병력과 접촉할 기회는 아직 남아 있으리라.

허웰 오아인과 귀온, 그리고 무장을 한 열 명의 경호 병력은 그로부터 한 시간도 지나지 않아 길을 떠났다. 다들 원기 왕성한 말을 타고 있었고, 가는 도중 필요하면 언제든 새 말을 징발할 수 있는 권한도 갖고 있었다. 현재 아우에 대한 감정이 어떠하든, 오아인은 아우를 오랫동안 포로로, 혹은 태만한 채무자로 남겨 두려 하지 않았다. 물론 어느 쪽이 그에게 더 중요한지는 알 수 없었다.

*

캐드펠이 언급한 사흘이라는 시간은 서로 대치한 두 진영에서 한없이 지루하게 흘러갔다. 마치 모든 것이 숨을 죽이고 있는 것만 같았다. 큰 마찰 없이 문제가 해결될 조짐이 보였으므로, 양쪽 진영의 방책을 지키는 경비 태세도 조금씩 느슨해졌다. 오직 유안 이포르만이 그 유예의 시간을 힘들게 견디며 혼자 속을 끓이고 있었다. 그런 협상이 실패로 끝나는 경우가 흔하다는 사실을 그는 잘 아는 터였다. 포로는 그대로 포로로 남고, 빚은 청산되지 않고, 그러면 결혼은 영원히 지연될 것이었다. 그는 더 젊고 고집 센 친구들과 은밀한 이야기를 나누기 시작했다. 덴마크군의 방어망을 염탐하려는 목적으로 한밤중 썰물이 들었을 때 개펄과 모래사장을 따라 두 번이나 오갔던 안전한 길을 그들에게 안내하기도 했다. 얕은 바다를 통해 뭍으로 올라가 적당한 덤불과 숲에 몸을 숨긴 채 적진으로 들어갈 수 있다는 것을 확인시켜주기 위해서였다. 카드왈라드르는 굴복했을지 몰라도, 성질이 불같은 그 웨일스 청년들은 그럴 마음이 전혀 없었다. 아일랜드에서 온 침입자들이 아무 피해도 입지 않을 것이며, 심지어 침입의 대가로 막대한 이익을 챙겨 돌아가리라는 것을 알고 그들은 몹시 분개했다. 아직 기회가 있지 않은가. 마침 왕의 아들인 허웰은 오티르가 요구한 금액에 해당하는 돈과 가축을 넘겨주기 위해 남쪽으로 떠난 상황이었다.

유안은 결코 늦지 않았다고 생각했다. 귀온이 허웰 일행과 함께 떠났지만, 그가 데려온 100여 명의 용사들이 이곳과 케레디기온 사이의 어느 곳엔가 주둔하고 있었다. 그 용사들은 자기네 군주가 덴마크인들 앞에서 무릎을 꿇는 것도, 2천 마르크를 강탈당하는 것도 그대로 보고 있을 사람들이 아니었다. 카드왈라드르 자신은 기가 꺾여 그런 모욕을 감수할지 몰라도 그들은 절대 굽히지 않으리라. 허웰 일행이 떠나기 전, 그는 귀온과 이야기를 나누었다. 귀온은 남쪽으로 내려가는 중 기회가 닿는 대로 일행에서 벗어나 자신을 기다리는 용사들과 만나겠다고 말했다. 만일 일행이 그를 의심해 감시의 시선을 거두지 않을 경우엔 북쪽으로 올라올 때 접촉할 생각이었다. 란바다른에서 로드리 버한과 상대할 때 잘 거들어주면 돌아올 땐 허웰도 만족하여 그의 거동에 신경 쓰지 않으리라는 것이었다. 소 떼를 몰고 올라오다가 슬쩍 대열을 이탈해 앞질러 달려오면 될 거라고 했다. 그들에게는 달이 뜨지 않은 어두운 밤, 썰물, 그리고 귀온이 끌고 올 증원군만 있으면 되었다. 그들은 헬레드와 카드왈라드르를 적의 수중에서 해방시킬 테고, 오티르는 목숨을 구하기 위해 허겁지겁 바다로 도망쳐 빈손으로 더블린으로 돌아갈 것이었다.

오아인의 진영에는 교묘한 방법을 써서 목숨을 부지한 채 곤경에서 벗어날 길을 모색하기보다 격렬한 싸움을 통해 모든 문제를 해결하고자 하는 사나운 청년들이 언제나 있었다. 그리고 그들 가운데 몇몇은 왕이 아우를 내팽개친 것은 잘못이라며 공공연히 불만을 드러내곤 했다. 혈족을 위해서는, 그리고 상황이 절박한 경우에는 맹세를 저버릴 수도 있다는 게 그들의 생각이었다. 그들이 유안의 말에 귀를 기울였으니, 덴마크 진영으로 들어가서 오티르와 그의 부하들을 사정없이 몰아붙여 바다로 내몰자는 의견이 강한 호소력을 얻기 시작했다. 게다가 다들 아무것도 하지 않고 무료하게 지내는 하루하루에 진저리를 내던 터였다. 돈을 들이밀고 타협하느니 이쪽에서 먼저 공격을 감행하는 편이 더 명예롭지 않을까?

유안의 머릿속에는 조그만 모래언덕 위에 하늘을 배경으로 거무스름하게 떠오른 헬레드의 모습이 깊이 각인되어 있었다. 그는 그곳에 올라와 있는 그녀를 두 번 보았다. 고개를 꼿꼿이 들고 긴 다리로 유연하고 맵시 있게 걸어가는 모습. 조용히 있을 때조차도 그녀는 내면에서 소리 없이 타오르는 열정적인 아름다움을 발산했다. 캠프 안에서 오직 하나뿐인 여자요, 그처럼 아름답고 매혹적인 사람을 과연 덴마크인들이 탐내거나 건드리지 않고 마지막까지 가만히 내버려둘까? 유안이 생각하기에 그것은 인간의 본성에 맞지 않는 일이었다. 오티르가 제아무리 막강한 권위를 갖고 있다 해도 개중에는 그의 지시를 거스르는 사람이 없지 않을 것이다. 그리고 지금 그를 가장 괴롭히는 건, 그들이 이쪽에서 순순히 넘겨준 전리품들을 배에 싣고 닻을 올릴 때 헬레드도 함께 데려갈지 모른다는 두려움이었다. 그들은 과거에도 많은 웨일스 여인들을 납치하여 더블린으로 끌고 간 뒤 평생 노예로 부려

먹지 않았던가.

사실 카드왈라드르를 위해서는 손가락 하나 까딱하고 싶지 않았다. 유안으로서는 그에게 악감정밖에 느낄 수 없었다. 하지만 침략자들에 대한 강렬한 적개심이, 또 헬레드를 구출해야 한다는 생각이 그를 소수의 용감한 이들과 더불어 과감히 적진으로 뛰어들고자 하는 계획으로 이끌었다. 이 일은 귀온이 전사들을 이끌고 때맞춰 돌아온 뒤에 시작하는 편이 좋을 것이었다. 그리하여 유안은 첫째 날과 둘째 날 내내 남쪽 방면을 주시하며 참을성 있게 기다렸다.

오티르의 진영에서도 유예의 나날은 천천히, 그리고 한가롭게 흘러갔다. 엄중했던 경계 태세는 상당히 느슨해진 상태였다. 많은 짐을 실을 수 있게끔 중앙에 적재 공간을 널찍하게 확보한 화물선들은 이미 뭍 가까이 다가와 대기했고, 작고 빠른 용머리 배들만이 아늑한 정박지 안에 그대로 머물러 있었다. 오티르로서는 오아인의 성실성을 의심할 이유가 없었기에 너그럽게도 카드왈라드르의 족쇄를 풀어주었다. 그러나 토르스텐으로 하여금 계속 곁에 붙어 감시하게 했으니, 그가 언제 또다시 무모하고 경솔하게 나올지 몰라서였다. 그들 모두가 이제 카드왈라드르의 사람됨을 너무도 잘 알고 있었다.

캐드펠은 긴장의 끈을 늦추지 않은 채 주위에서 일어나는 소소한 사건들을 면밀히 주시했다. 그곳에 있는 이들 중 문제를 일으킬 만한 사람은 없는 듯했지만 일이 고약하게 꼬일 여지는 여전히 남아 있었다. 서로 적대적인 두 세력이 무장한 채 가까운 곳에 포진한 상황 아닌가. 조그만 불씨 하나만으로도 양쪽의 적개심에 능히 불을 댕길 수 있었다. 가만히 앉아 결과를 기다리고 있자니 이 고요함이 그에게는 왠지 불길하게만 여겨졌다. 차분하고 침착한 마크가 곁에 없는 것이 아쉽기만 했다.

 이 유예의 시간, 무엇보다 그의 관심을 끈 것은 헬레드의 행동이었다. 그녀는 조바심을 치거나 무언가를 기대하는 기색 없이, 그곳 생활에 적응하며 제 나름대로 이어온 단순한 일상사들을 계속해나갔다. 마치 모든 것이 이미 예정되어 있으며 자신은 이를 조용히 받아들일 수밖에 없고, 그 무엇도 자신을 기쁘게 하거나 괴롭게 하지 못한다는 듯한 태도였다. 말수도 눈에 띄게 줄었다. 자신이 운명에 아무 영향도 미칠 수 없음을 받아들이고 체념한 것일까? 하지만 그녀의 주위를 후광처럼 떠돌며 그 반듯한 이목구비에 인상적인 아름다움을 더해주는 여름의 신비로운 빛은 여전했다. 해변 갯벌의 띠를 훑어보거나 뭍에서 멀리 떨어진 곳에 정박한 배들을 바라볼 때마다 붓꽃빛 눈동자에 어른거리는 강렬하면서도 은은한 빛 또한 그대로였다. 캐드펠은 눈에 띄지 않게 조용히 그녀를 살폈다. 설사 그녀가 모종의 비밀을 간직하고 있다 해도 그는 그걸 굳이 캐낼 생각이 없었다. 그녀가 원하면 이쪽에서 묻지 않아도 알아서 털어놓으리라. 헬레드는 자신에게 필요한 것이 있을 때 스스로 요구하는 사람이었다. 그는 그녀가 이곳에서 무탈히 지내리라 믿었다. 지금 이곳에 있는 혈기 왕성한 젊은이들이 원하는 건 그저 하루빨리 전리품을 싣고 더블린으로 돌아가는 것, 도무지 종잡을 길 없는 자와의 계약을 무사히 끝내는 것뿐이었다.

두 번째 날은 양 진영에서 그렇게 저물어가고 있었다.

*

케레디기온의 로드리 버한은 허웰 오아인으로부터 카드왈라드르가 지시한 사항을 전해 들었다. 군주가 항복했다는 사실을 끝내 받아들이고 싶지 않은 듯 의혹 어린 눈빛으로 내내 목을 꼿꼿이 세우고 있었으나, 귀온의 증언을 듣고 마침내 카드왈라드르의 인장까지 확인한 뒤에는 더 이상 그게 사실이냐고 캐물을 수가 없었다. 그는 양 어깨를 으쓱여 이 모든 것을 받아들인 뒤 덴마크인들이 요구한 배상금의 절반 이상에 해당하는 은화를 허웰에게 넘겨주었다. 그 양이 엄청나 꽤 많은 수의 짐말들을 동원해야 했고, 그 말들 역시 배상금의 일부로 덴마크인들에게 넘겨질 것이었다. 남은 액수는 카드왈라드르가 소유한 검은 소들로 충당하기로 했다. 그 소들은 지금 케레디기온 북쪽 경계선 부근, 즉 귀네드 지방으로 들어가는 길목 부근의 목초지에 있다고, 로드리 버한이 체념 어린 어조로 일러주었다. 1년 전 허웰이 카드왈라드르를 그의 성에서 몰아냈을 때 카드왈라드르 밑에서 일하는 목자들이 소 떼를 그곳으로 옮겨 줄곧 그를 대신해 관리해온 터였다.

귀온이 소 떼를 담당하겠다며 자원하고 나섰다. 속도가 느릴 수밖에 없으니 자신이 일행보다 먼저 북쪽으로 가서 소 떼를 곧장 아베르메나이로 이끌어 가겠다는 것이었다. 허웰 일행은 짐말에 은화를 실은 뒤 천천히 출발해도 금세 자신을 따라잡을 테고, 그렇게 하면 쓸데없는 시간 낭비를 피할 수 있을 거라고 그는 말했다. 이에 로드리는 자신이 거느린 마부 한 사람을 귀온과 보내겠다고 했다. 두 사람은 카드왈라드르의 소 떼 가운데 300두의 소를 떼어내 몰고 가면 되었다.

귀온으로서는 기대 이상의 소득이었다. 남쪽으로 오는 도중에는 대열에서 슬쩍 빠져나올 기회를 도무지 얻지 못했으나, 이제 북쪽으로 가는 동안 계획했던 바를 실행할 수 있을 것이었다. 일단 케레디기온과 귀네드의 경계선을 넘어간 뒤 자신이 앞서 가 오티르에게 소식을 전하여 배를 준비하게 하겠다고, 그러니 나머지는 최대한 빠른 속도로 소 떼를 몰아 아베르메나이로 뒤따라오라고 얘기할 작정이었다.

그렇게 둘째 날 이른 아침 그는 소몰이 대열을 벗어났고, 저녁 무렵에는 자신과 뜻을 같이하는 동지 100여 명이 기다리고 있는 캠프에 도착했다. 여느 떠돌이 군대와 달리 그들은 주민들에게 그리 반발을 사지 않았지만, 그래도 출정 통보를 받자 모두 크게 기뻐했다. 그러나 귀온은 다음 날 아침까지 기다리기로 했다. 당장 출발해봐야 얼마 못 가 잠을 청해야 할 테니, 큰길로부터 얼마 떨어지지 않은 넓은 숲속에 자리 잡은 아늑한 캠프에서 하룻밤을 더 보낸 뒤 날이 밝는 대로 길을 떠날 생각이었다. 카드왈라드르의 소 떼를 몰고 오는 이들 역시 길에서 하룻밤을 묵어야 할 것이니 그들에게 추월당할 염려는 없었다. 귀온은 자신이 할 수 있는 모든 것을 해냈다는 생각에 뿌듯한 마음으로 잠을 청했다.

그날 밤, 그들의 캠프에서 1킬로미터쯤 큰길로 허웰과 말을 탄 그의 부하들이 지나갔다.

13

사흘째 되는 날 초저녁 무렵, 캐드펠은 모래언덕 꼭대기를 걷다가 저 아래 모래톱 쪽으로 시선을 던졌다. 화물선들이 정박해 있고, 옷을 반쯤 벗다시피 한 남자들이 한 줄로 늘어선 채 작은 통들을 손에서 손으로 전달해 갑판으로 나르는 중이었다. 저 통들에 2천 마르크에 달하는 은화들이 들어 있겠군, 캐드펠은 생각했다. 아니, 짐말들과 얼마간의 소 떼도 배상금의 일부로 배에 실릴 테니 그에 못 미치는 금액이려나. 정오 직전 허웰이 란바다른으로부터 도착했다는 소식을 들은 터였다. 곧 소몰이 일행도 도착하리라.

내일이면 모든 것이 끝날 것이다. 덴마크인들은 닻을 올려 고국으로 출발할 테고, 오아인의 군대는 그들이 떠나는 것을 지켜본 뒤 카르나르본으로 돌아가 거기서 각자 고향으로 흩어질 것이다. 헬레드는 남편 될 사람을 만나고, 캐드펠과 마크는 잉글랜드로 돌아가 오랫동안 방치해두었던 본업에 복귀할 것이다. 카드왈라드르는? 이 일이 모두 마무리되면 오아인 왕은 그에게 어느 정도의 권력과 옛 땅의 일부를 돌려줄 것이었다. 혈육에게 영원히 등을 돌린 채 지낼 수는 없는 노릇이니까. 오아인은 매번 동생에게 속아 분노하면서도 그 분노가 가라앉은 뒤에는 다시금 그를 믿어주곤 했다. 동생이 큰 교훈을 얻었기를, 자신이 저지른 어리석고 잘못된 짓을 후회하기를 바라면서. 아닌 게 아니라 카드왈라드르는 매번 교훈을 얻었고 후회도 했다. 그러나 그건 잠시뿐이었으니, 그는 결코 변하지 않을 사람이었다.

허웰 오아인은 청회색 갯벌에 서서 선적 작업을 지켜보고 있었다. 서두르는 기색은 없었다. 날이 어두워지기 전에 소 떼가 도착한다 해도, 그것들을 선적하는 일은 내일로 미룰 수밖에 없을 터였다. 그 아래 중립 지역에서 덴마크 사람들과 웨일스 사람들은 일이 무사히 마무리된 것에 만족한 듯 사이좋게 어깨를 부딪쳐가며 일하고 있었다. 여느 시장에서 이루어지는 상행위와 다름없는 모습이었다. 물론 오아인의 부하들 중 사납고 용맹스러운 이들에게는 이 일이 마뜩지 않을 것이다. 비록 계약한 바를 성실하게 이행하는 일이긴 하지만 자기 나라의 은화가 더블린으로 옮겨지고 있으니 오죽 속이 쓰리겠는가. 오아인이 그 모두를 확고하게 장악하지 않는 이상 전쟁이 일어날 가능성은 아직 남아 있는 셈이었다.

 해변에서 배 안까지 열 지어 늘어선 사람들은 햇볕에 그을린 등을 연신 구부렸다 폈다를 반복하며 성실히 작업을 이어갔다. 햇살에 드러난 그들의 다리에서는 황금빛 모래벌판을 덮은 연한 청록빛 바닷물이 연신 출렁였고, 머리 위에 펼쳐진 연푸른색 하늘에는 희고 투명한 깃털구름들이 군데군데 흩어져 있었다. 차분히 가라앉은 여름철의 쾌청한 날씨였다.
 카드왈라드르 역시 방책 가까운 곳에서 자신의 몸값에 해당되는 은화가 선적되는 광경을 바라보고 있었다. 그의 곁에는 토르스텐이 그림자처럼 붙어 있었다. 캐드펠은 그들의 오른쪽 조금 떨어진 곳에 서서 두 사람을 유심히 바라보았다. 토르스텐은 모든 것이 만족스러운 듯 평온한 표정이었고, 카드왈라드르는 잔뜩 인상을 쓰고 있긴 했지만 어쨌거나 이제는 만사를 체념한 듯했다. 티르카일은 가장 가까운 곳에 정박한 배 위에 올라 통들을 받아 갑판에 쌓느라 분주했고, 오티르는 허웰과 나란히 서서 즐거운 표정으로 일의 진행 상황을 지켜보았다.
 헬레드가 언덕 꼭대기로 올라와서는 관목들과 억센 풀숲을 헤치며 캐드펠 곁으로 다가섰다. 그녀는 차분한 얼굴로 해변에서 이루어지는 작업을 물끄러미 내려다보았지만, 정작 그 일에 아무 관심도 없는 듯한 표정이었다.
 "아직 소들을 실을 일이 남아 있네요." 그녀가 입을 열었다. "동물들에겐 힘겨운 항해가 될 거예요. 사람들한테 들었는데, 거기까지 가는 뱃길이 꽤 험하다더라고요."

"날씨가 좋으니 괜찮을 거요." 캐드펠이 대답했다.

"내일 밤이면 다들 떠나겠죠." 차분하면서도 열의가 느껴지는 어조였다. "우리 모두에게 잘된 일이에요." 그녀의 시선은 열 지어 늘어선 이들 중 마지막 사람이 물을 첨벙거리며 건너가 배 안에 통을 싣는 광경을 좇고 있었다. 티르카일은 갑판에 서서 작업 상황을 잠시 살피다가 뱃전을 넘어가 푸른 물과 하얀 물보라를 날리며 얕은 바다를 가로지르기 시작했다. 그가 문득 고개를 들어 높은 언덕에 서 있는 헬레드를 바라보더니는 금발 머리칼을 뒤로 젖히고 눈부시도록 하얀 이를 드러낸 채 손을 흔들었다.

캐드펠은 허웰의 뒤에 서 있는 무장한 이들 중 한 사람을 주목했다. 육중하고 강건한 체구에 꽤나 잘생긴 얼굴을 한 그 남자 또한 역시 언덕 쪽을 올려다보고 있었다. 줄곧 고개를 뒤로 젖히고 이쪽을 바라보는 그의 두 눈은 헬레드에게 고정되어 있는 듯했다. 헬레드는 덴마크인들의 진영에 있는 유일한 여자이니 뭇 남자들이 관심을 갖고 지켜볼 만도 했다. 하지만 고개도 돌리지 않고 계속 이쪽을 응시하는 그 강렬한 눈빛에는 무언가 묘한 구석이 있었다. 캐드펠은 헬레드의 소매를 잡아당겼다.

"저 아래 있는 남자 보이시오? 허웰 뒤에 서서 이쪽을 계속 주시하는 사람. 혹시 저 사람을 아오? 태도를 보아 하니 저 사람은 당신이 누구인지 아는 것 같은데."

헬레드는 캐드펠이 가리키는 쪽으로 고개를 돌려 그를 잠시 살펴보더니 고개를 가로저었다. "처음 보는 사람이에요. 저 사람이 저를 어떻게 알겠어요?" 이어 그녀는 다시 티르카일에게로 시선을 옮겼다. 티르카일은 해변을 가로질러 가다가 허웰과 경호요원들 앞에서 잠시 걸음을 멈추고 정중하게 인사를 건넨 뒤 부하들을 끌고 모래언덕을 올라가기 시작했다. 그는 유안 이포르 앞을 지나치면서 그에게 눈길 한 번 주지 않았다. 유안도 마찬가지였다. 그저 티르카일의 금발이 모래언덕에 서 있는 헬레드의 모습을 가리는 순간 옆으로 약간 비켜섰을 뿐이었다.

*

거사 날 밤, 유안 이포르는 자신이 오아인 진영 서쪽 방책의 경비 책임을 맡게끔 미리 손을 쓴 뒤 부하를 시켜 그쪽을 철저히 지키게 했다. 귀온은 100여 명의 병사들을 강행군시킨 끝에 그날 밤 자정 직전 오아인 진영의 방책 앞에 이르렀다. 그는 썰물이 질 때면 좁은 띠처럼 드러나는 갯벌 쪽으로 그들을 끌고 가 아무에게도 들키지 않고 살그머니 방책 곁을 지나쳤다. 그가 서쪽 경비 초소로 다가가자 어둠 속에서 유안 이포르가 살그머니 나타났다.

"무사히 도착했소." 귀온이 속삭였다. "저 아래 해변에 우리 편 사람들이 있소."

"왜 이렇게 늦게 온 거요?" 유안은 퉁명스럽게 대꾸했다. "허웰이 먼저 도착했소. 이미 은화를 배에 싣고 소 떼가 오기만을 기다리는 중이오."

"어떻게 그럴 수가 있지?" 귀온이 당황하며 말했다. "내가 그들보다 훨씬 앞서서 란바다른을 떠났는데…… 간밤에 몇 시간 눈을 붙인 뒤 오늘 아침 동트기 전에 출발했단 말이오."

"그 몇 시간 사이 허웰이 댁을 추월했나 보지. 그들은 오전에 여기 도착했소. 내일 오전에는 소 떼도 도착해 저자들의 배에 실리겠지. 일이 다 틀어졌소. 이제 카드왈라드르는 오티르에게서 풀려난 뒤 무일푼 상태에서 왕의 자비로 연명할 수밖에 없을 거요." 사실 그로서는 카드왈라드르의 신세가 어찌 되건 아무 관심이 없었다. 그가 포로가 되는 바람에 헬레드를 구할 기회가 생겼으니, 그 점이 고맙다면 고마울 뿐이었다.

"아직 그렇게 늦지는 않았소." 귀온은 일렁이는 불길처럼 이글거리는 두 눈으로 유안을 응시했다. "당신을 따르는 이들을 데려오시오. 빨리! 아직 물이 빠지는 중이니 시간은 충분하오!"

밤마다 유안이 연락해 오기만을 기다리던 이들이 이내 채비를 갖춘 채 한 사람씩 조용히 모여들었다. 그들은 모래언덕의 완만한 경사로를 미끄러져 내려간 뒤 좁은 갯벌을 가로질러 그 너머에 있는 축축하고 단단한 모래밭에 이르렀다. 거기에서는 발소리가 전혀 나지 않았다. 양 진영 사이의 거리는 2킬로미터쯤 되었지만 한 시간 뒤에야 물이 차기 시작할 테니 일을 마치고 돌아오는 데는 아무런 지장이 없을 것이었다. 수면에서 끊임없이 아른거리는 희미한 빛과 해변에 부서지는 잔물결들의 하얀 포말을 통해 어디까지가 물이고 어디서부터가 백사장인지 가늠하며 유안이 맨 앞에서 일행을 선도했고, 나머지 사람들은 일렬로 그를 따랐다. 그들은 곧 오아인 진영의 방책 밑을 지나 양 진영 사이의 무인지대에 이르렀다. 은화를 선적한 뒤 육지에서 멀리 떨어진 곳에 닻을 내린 덴마크인들의 화물선들이 일렁이는 파도의 희미한 빛과 그보다 조금 밝은 밤하늘을 배경으로 조용히 흔들리고 있었다. 그 모습을 보고 귀온이 돌연 걸음을 멈추었다.

"저들이 은화를 이미 선적했다 했소?" 그가 소곤거렸다. "그걸 되찾읍시다. 야간에는 배를 지키는 소수의 인원만 승선해 있을 거요."

"그건 내일 해요!" 유안은 퉁명스러운 어조로 지시하듯 대꾸했다. "배들은 깊은 곳에 정박해 있소. 저기까지 가려면 한참 헤엄쳐야 하고, 우리는 뱃전에 닿기도 전에 하나하나 죽임을 당할 거요. 저자들은 내일 소들을 싣기 위해 배를 다시 뭍에 댈 수밖에 없소. 전하의 부하들 중에는 저 해적들에게 동전 한 닢 내주는 것도 아까워할 사람들이 얼마든지 있으니, 우리가 공격을 개시하면 그들도 우리 편에 가담할 거요. 그러면 전하로서도 싸울 수밖에 없겠지. 오늘 밤에는 내 여자와 당신의 군주만 되찾아 오기로 합시다. 은화는 내일로 미루고!"

*

　한밤중, 사람들의 고함과 요란한 나팔 소리가 터져 나오는 바람에 캐드펠은 곤한 잠에서 깨어났다. 꿈과 현실 사이에서 갈피를 잡지 못하며 몸을 일으킨 그는 놀랍도록 생생하게 되살아난 옛 전투의 기억에 잠겨 과거 잠을 잘 때마다 늘 발치에 두곤 했던 검을 찾으려고 정신없이 더듬거리다가 맨발에 닿는 모래밭의 싸늘한 감촉과 별이 총총한 밤하늘을 보고서야 정신을 차렸다. 이어 마크 수사를 흔들어 깨우려고 다시 모래밭을 더듬던 그는 마크가 이미 오아인의 진영으로 돌아가고 없다는 사실을 기억해냈다. 지금 일어난 돌발 사태의 정체가 무엇인지는 몰라도, 마크는 이 위협으로부터 안전할 것이었다. 그의 오른쪽, 넓은 바다가 서쪽 저 멀리 아일랜드에 이르기까지 광활하게 펼쳐진 곳으로부터 맹렬히 싸우는 사람들의 고함 소리와 강철과 강철이 부딪치는 날카로운 소리가 뒤섞여 들려왔다. 마치 엄청난 폭풍이 들에 나와 있는 사람들을 한바탕 휩쓸고 있는 듯, 무기를 들고 맞부딪치는 이들과 두려움에 질려 우왕좌왕하는 이들의 혼란스러운 움직임이 모래벌판과 하늘 사이의 고요한 대기를 격렬하게 뒤흔들었다. 냉정하고 무관심하게 드러누운 대지와 고요하게 가로걸린 하늘 사이, 바다 쪽에서 밀려온 폭력적이고 위압적인 힘이 인간들의 불확실한 평화에 종말을 고하고 있었다.
　캐드펠은 단속적인 함성과 격렬한 쇳소리가 들려오는 방향으로 달려갔다. 그와 마찬가지로 곤한 잠에서 깨어난 다른 사람들도 무기를 뽑으며 해안 방책 쪽으로 달려가고 있었다. 전투의 함성이 내륙을 향해 점점 가까워지는 것으로 미루어보아 해안 방책이 돌파당한 모양이었다. 그 수많은 소음들 가운데 돌연 부하들을 독려하는 오티르의 천둥 같은 고함이 터져 나왔다. 캐드펠도 그 고함 소리를 좇아 내달렸다. 내가 왜 굳이 재난을 찾아 달려가고 있는 거지? 그는 생각했다. 나는 저 사람의 부하도 아닌데. 저 현장에서 멀리 떨어진 곳에 머무르며 공격해 오는 자들이 누구인지, 덴마크인들과 웨일스인들 중 어느 쪽이 승기를 잡게 되는지 살펴보고 그것이 내게 미칠 영향을 차분히 따져보는 편이 나을 텐데. 그럼에도 그는 최대한 빠른 속도로 전투의 중심부를 향해 달려가고 있었다. 그런대로 순조롭게 해결되리라 여겨지던 일을 완전히 박살 내기로 작정한 자들에게 욕설을 퍼부으면서.

 오아인의 짓은 아니야! 캐드펠은 확신했다. 오아인은 항시 모든 일을 정당하고 합리적인 방향으로 마무리하던 사람 아닌가. 여태껏 공들여온 일을 그 스스로 망쳐버릴 리가 없었다. 그런 움직임을 용납할 리도 없고 말이다. 혈기 왕성한 일부 청년들이 덴마크인들에 대한 증오심이나 전투의 영광을 동경하는 마음에 일으킨 짓일 것이다. 설령 오아인이 자기 땅에 침입해 온 외국 함대와의 싸움을 결심했다 해도, 이런 식으로 한밤중에 기습적인 공격을 감행하지는 않았을 터였다. 과거에 늘 그랬듯 솜씨 좋은 장인匠人처럼 당당하고 깔끔한 정면승부를 택했으리라.

캐드펠은 이제 양측이 바싹 맞붙어 맹렬한 육박전을 벌이고 있는 현장 가까이 이르렀다. 서로 맞붙어 싸우는 이들의 머리와 어깨에 부딪쳐 부서진 방책들, 침입자들이 경비 초소 사이로 몰래 들어오면서 만들어놓은 큰 구멍들이 눈에 들어왔다. 아직 진영 깊숙이 뚫고 들어오지는 못한 듯했다. 오티르가 이미 창칼로 무장한 막강한 원진을 만들어 그들을 압박하기 시작했으나, 날이 어둡고 적군과 아군을 구별할 수 없는 혼란 통이라 몇몇 사람들은 이미 캠프 안에 진입해 마음대로 돌아다니고 있을지 몰랐다.

캐드펠은 침입군을 거칠게 밀어붙여 방책 바깥으로 몰아내고 있는 덴마크인들 무리에 합류했다. 그렇게 그들과 뒤섞여 서로 어깨를 맞부딪치고 있는데, 누군가 그의 뒤로 빠르게 달려오더니 팔을 움켜잡았다. 놀라서 고개를 돌리자 어둠 속에 하얗게 떠오른 헬레드의 갸름한 얼굴이 보였다. 휘둥그레 뜬 그녀의 두 눈은 분노로 이글거리고 있었다.

"이게 뭐죠? 저 사람들은 누구죠? 다들 미친 것 같아요! 대체 왜 이런 식으로 나오는 거죠?"

캐드펠은 사람들이 마구 휘두르는 창칼을 피해 그녀를 군사들의 대열에서 멀리 떨어진 곳까지 끌어낸 뒤 걸음을 멈추었다. "이 무슨 어리석은 짓이오? 당신이야말로 미친 것 아니오? 죽고 싶지 않다면 싸움이 끝날 때까지 멀리 떨어져 있어요."

하지만 헬레드는 그에게 바싹 달라붙어 움직이지 않으려 했다. 그녀의 얼굴은 두려움이 아닌 분노와 흥분으로 달아올라 있었다.

"왜죠? 오아인의 부하들이 왜 이런 장난을 칠까요? 모든 일이 다 잘되어가고 있는 마당에."

사람들은 무기도 휘두를 수 없을 만큼 가까이 붙어 육박전을 벌이고 있었다. 중심을 잃고 비틀거리는 이들, 한 덩어리로 뒤엉켜 있다가 떨어져 나가며 땅바닥으로 쓰러지는 이들, 다른 사람들의 발에 마구 짓밟히면서 억눌린 비명을 토해내는 이들……. 헬레드는 캐드펠의 손을 뿌리치며 분노 어린 짧은 비명을 내질렀다. 그 소리가 전투의 격렬한 소음을 꿰뚫고 사람들의 귓전을 선연히 파고들어, 전투에 온 신경을 쏟고 있던 이들조차 놀라서 소리 나는 쪽을 돌아보았다. 그 순간 누군가 한 팔로 재빨리 헬레드의 허리를 감아 육박전의 대열에서 그녀를 끌어냈고, 동시에 캐드펠은 그녀의 반대 방향으로 밀려났다. 잠시 후 부하들을 독려하는 오티르의 고함 소리에 덴마크인들은 다시 전열을 가다듬은 뒤 무서운 힘으로 공격자들을 압박해 들어갔다. 그들의 거센 공세에 밀려 공격자들은 자기들이 뚫어낸 방책의 좁은 틈으로 한꺼번에 몰려 허겁지겁 빠져나갔고, 이어 10여 개의 창이 날아오자 모두 뿔뿔이 흩어져 해안으로 이어지는 모래언덕의 비탈길을 따라 퇴각하기 시작했다.

잔뜩 흥분한 한 무리의 덴마크 청년들이 모래언덕 밑으로 후퇴하는 적군을 뒤쫓았지만 오티르는 즉각 그들에게 돌아오라고 명령했다. 이미 부상자들이 나온 마당에 더 이상 손실을 감행할 이유가 없다는 생각이었다. 청년들은 불만스러운 기색으로 오티르의 지시에 순응하며 언젠가 앙갚음하리라는 각오를 다졌다. 하늘에 맹세를 한 것도 아니고 문서로 만들어 인장을 찍은 것도 아니지만, 어쨌든 암묵적인 휴전의 약속을 맺지 않았는가. 당장은 부상자들을 치료하고 피해 입은 부분을 복구해야 할 때였다. 느슨해졌던 경비 태세도 다시 강화해야 할 것이었다.

고요하고 침울한 분위기 속에서 사람들은 쓰러져 있는 이들을 일으켜 세우고 부상을 입은 병사들을 치료하기 시작했다. 몇몇은 방책이 무너진 곳으로 달려가 땜질하는 일을 도맡았다. 무너진 방책 아래 네 사람이 쓰러져 있었다. 아군이 달려오기 전에 압도적으로 많은 공격군들을 상대하던 이들이었다. 그중 셋은 이미 죽었고, 한 사람은 다행히 창에 빗맞아 목숨을 구했으나 남은 평생 왼팔을 자유로이 쓰지 못할 것이었다. 그 외에 살이 찢기거나 피부가 긁힌 정도의 경상을 입은 이들은 꽤 많았고, 발에 짓밟히고 속에 상처를 입어 피를 토해내는 사람도 보였다. 캐드펠은 다른 모든 일을 제쳐놓고 가장 가까이 있는 텐트로 들어가 거기 있는 리넨과 약품을 이용해 부상자들을 치료하기 시작했다. 경험 많은 치료사들이 뛰어난 솜씨로 그를 도왔다. 레이프라는 소년도 그곳으로 옮겨졌는데, 조금 전에 끝난 한밤중의 전투에 아직도 놀라고 흥분한 상태였다. 할 수 있는 모든 일을 한 뒤 캐드펠은 한숨을 쉬며 의자 등에 몸을 기대고는 바로 옆에 앉은 사내를 돌아보았다. 평소와는 달리 침울한 빛이 어린 티르카일의 푸른 두 눈이 캐드펠을 마주 바라보았다. 그의 한쪽 뺨에는 무언가에 긁힌 듯 피 맺힌 상처가 길게 나 있었고 양손은 동료들의 상처에서 나온 피로 흥건했다.

"왜 그랬을까요?" 티르카일이 입을 열었다. "도대체 무엇을 노리고…… 이제 일이 거의 다 마무리되어가는 판국에 말입니다. 그쪽에도 사망자나 부상자가 생겼을 겁니다. 놈들이 뿔뿔이 흩어져 달아날 때 동료를 업고 가거나 질질 끌고 가는 광경을 봤거든요. 대체 왜 이곳을 습격해 왔는지 도무지 이해할 수가 없군요."

"카드왈라드르를 구하러 왔던 것 같소." 캐드펠이 한 손으로 피로한 두 눈을 비비며 대답했다. "그 사람에게는 아직도 추종자들이 있으니까. 제 주인만큼이나 무모하고 경솔한 사람들이지. 오아인 왕은 동생을 저버렸지만, 그들은 어떻게 해서든 그를 이곳에서 빼내려 한 모양이오."

"그 사람은 이미 은화를 지불했잖습니까. 혹시 그걸 노리고 온 건 아닐까요?"

"그랬을 수도 있겠지." 캐드펠은 고개를 끄덕였다. "카드왈라드르를 구출하면서 동시에 은화도 빼내 가려 했을지도."

"내일 배들을 해안에 정박시키기에 앞서 대비책을 세워둬야겠군요. 놈들이 그를 찾아내 무사히 탈출시키든 말든 저로서는 알 바 아니지만, 은화는 그렇게 안 될 겁니다. 그건 우리가 받아야 할 정당한 돈이에요. 그것만은 기필코 지켜야지요."

"그 사람들 결심이 확고부동하다면 양쪽 다 차지하려고 다시 쳐들어올 거요. 카드왈라드르는 토르스텐이 잘 지키고 있소?"

"다시 쇠사슬로 묶어놨습니다. 그 사람 역시 전투가 벌어지는 모습을 봤죠." 티르카일은 빈정거리듯 덧붙였다. "놈들이 빈손으로 쫓겨나는 것도요."

잠시 후 티르카일은 자리에서 일어나 오티르의 텐트로 향했다. 캐드펠도 일어나 헬레드를 찾아 나섰지만 그녀의 모습은 보이지 않았다.

*

"이들을 본국으로 데려가 장례식을 치러줘야겠군." 오티르는 우울한 표정으로 시신 세 구를 내려다보았다. "그대들은 오아인이 그 공격군들을 보냈을 리 없다고 했지. 물론 나 역시 그 사람이 약속을 어길 리 없다 생각하긴 하지만, 과연 그렇게 단정할 수 있을까? 누가 그들을 보냈든, 어쨌든 중요한 건 우리가 정당한 우리의 몫을 지켜내야 한다는 점이오. 그대들의 말이 맞는다면 놈들은 카드왈라드르를 구출하려고 온 것일 터, 앞으로도 놈들이 카드왈라드르와 은화를 탈취해갈 기회가 한 번은 더 남아 있소. 우리는 언제라도 출항할 수 있도록 만반의 준비를 갖춘 뒤 바다를 등진 채 그자들과 맞설 거요. 우리에게는 바다가 친구지만 그들에게는 아니지. 그자들과 해안 사이에 포진하여 놈들이 한밤중에 한 것과 같은 짓을 대낮에도 다시 시도할지 지켜봅시다."

그는 간결하고 분명하게 지시를 내렸다. 날이 밝으면 그곳에 있는 캠프에서 해변으로 철수하여 전투 대형으로 포진하고, 배들은 해변 가까이 이동시킬 것. 만일 그들이 소 떼를 몰고 온다면 오아인은 약속을 어기지 않은 셈이니, 한밤의 침입자들은 오아인의 지시를 받고 온 자들이 아니라는 얘기가 된다. 만일 소 떼가 오지 않을 경우 모든 계약은 자동적으로 파기되며, 그들은 해협을 건너 웨일스군의 방비가 없는 해안 지역으로 쳐들어가서 남은 빚은 물론 죽은 세 병사에 대한 대가까지 받아낼 것이었다.

"소 떼는 틀림없이 올 겁니다." 티르카일이 말했다. "오아인이 그렇게 어리석은 선택을 할 리가 없어요. 그는 이미 자기 아들을 시켜서 군주께 은화를 전했잖습니까. 그러니 소들도 넘겨줄 겁니다." 그가 잠시 호흡을 가다듬은 뒤 말을 이었다. "여기 있는 노수사와 여자는 어떻게 할까요? 오아인이 그들의 몸값을 주겠다고 했지만 군주께서 그 제안을 받아들이지 않았지요. 하지만 캐드펠 수사는 오늘 밤 우리 부상자들을 헌신적으로 치료해준 것만으로도 이미 자유를 얻을 자격이 있습니다. 그들의 몸값을 두고 흥정을 하기에는 이미 때가 늦기도 했고요."

"철수할 때 그 수사와 여자가 먹을 양식을 남겨두고 가세. 그들은 여기서 안전하게 지내다가 우리가 떠난 뒤 온전한 상태로 오아인에게 돌아갈 수 있을 거야."

"두 사람에게 그렇게 전하겠습니다." 티르카일이 싱긋 웃으며 대답했다.

*

 마침 캐드펠 수사는 어수선한 캠프를 가로질러 텐트로 오던 중이었다. 그들에게 전할 소식이 있어서였다. 서두를 필요는 없었다. 이미 모든 상황이 끝났고, 이 전투와 관련해 자신이 할 수 있는 일은 없기 때문이었다. 그는 반듯하게 눕혀 깨끗한 천으로 덮어놓은 시신 세 구를 내려다보다가 오티르의 침울한 얼굴로, 그리고 다시 티르카일의 환한 표정으로 시선을 돌렸다.
 "그들은 빈손으로 돌아가지 않았소." 캐드펠이 입을 열었다. "헬레드가 사라졌소."
 늘 수은처럼 끊임없이, 그리고 유연하게 움직이던 티르카일이 갑자기 모든 동작을 뚝 그쳤다. 그의 안색은 변하지 않았다. 그저 현재의 시공간을 벗어나 아득히 먼 곳을 바라보듯 놀라움이 어린 두 눈을 가늘게 뜰 뿐이었다. 입술에는 여전히 미소의 자취가 남아 있었다.
 "어쩌다 그런 일이……." 그가 말했다. "그녀가 전투 현장 가까이 있었던 겁니까? 하긴, 누가 위험하다고 막으면 오히려 반항하듯 더욱 그쪽으로 달려갈 사람이지요. 그들이 그녀를 데려간 게 확실합니까, 수사님?"
 "확실하오. 온갖 곳을 다 찾아다녔으니까. 양측이 뒤엉켜 격렬하게 싸우던 중 정체를 알 수 없는 누군가 그녀를 잡아끄는 걸 레이프가 봤다는군. 처음에 헬레드는 나와 함께 있었소. 그러다 사람들에게 밀려 서로 떨어졌고…… 그 직후 당신들이 공격자들을 방책 밖으로 밀어냈지. 그쪽 사람이 한 팔로 헬레드의 허리를 끌어안은 채 데리고 갔소."

"놈들이 온 건 그녀를 데려가기 위해서였군요!" 티르카일이 확신 어린 어조로 소리쳤다.

"적어도 그들 중 하나는 그 때문에 왔을 거요." 캐드펠이 말했다. "헬레드를 데려간 사람은 오아인 왕이 정해주었다는 그 남편감이 분명하오. 어제 은화를 배에 싣고 있을 때 허웰의 곁에 서 있던 사람 하나가 좀처럼 그녀에게서 눈길을 떼지 못하더군. 그때 난 그가 누구인지 몰랐기 때문에 별다른 생각 없이 그냥 지나쳤소."

"그렇다면 그녀는 무사히 자유의 몸이 되었겠군." 오티르는 그렇게 중얼거린 뒤 캐드펠을 향해 말을 이었다. "원하신다면 수사님 또한 가도 좋소. 만일 내가 수사님 입장이라면 우리가 출항할 때까지는 이곳에서 멀찌감치 떨어져 있을 거요. 내일 오전에 또 무슨 일이 일어날지 모르니까. 무장한 채 대치한 양 진영 사이에 굳이 끼어 있을 필요가 없지."

캐드펠은 오티르의 말을 건성으로 흘려 넘겼다. 그 내용이 무엇인지는 충분히 알아들었으나, 당장은 티르카일을 주의 깊게 살펴보느라 자신의 거취에 관해 신경 쓸 겨를이 없었다. 티르카일은 일순 넋이 나간 듯 완전히 정지해 있다가 이내 아주 간단히, 그리고 자연스럽게 그 상태에서 빠져나왔다. 입가의 웃음기는 사라졌지만 빛나는 두 눈에는 여전히 미소의 희미한 잔재가 남아 있었고, 호흡도 전과 다름없이 편안했다. 그동안 헬레드와 함께 있을 때마다 떠오르곤 했던 장난기 이상의 어떤 기미도 찾아볼 수 없었다. 그러나 조금 전 사망한 이들의 시신을 내려다보는 순간, 그의 표정은 즉각 달라졌다.

"무사히 떠났다면 잘된 일이지요. 일이 어떻게 끝날지 아무도 모르는 판국이니까."

그 말이 고작이었다. 이어 티르카일은 다른 사람들과 마찬가지로 캠프를 철거하고 전투 준비를 하기 위해 그곳을 떠났다. 그들은 어둠 속에서 텐트를 걷어낸 뒤, 화물선보다 가볍고 긴 배들을 조그만 만 어귀의 정박지에서 넓은 바다로 이동시켜 화물선의 짐들을 지키게 했다. 바다는 이들의 본질을 구성하는 필수 요소의 하나였으며, 거센 파도부터 동트기 전 고요한 대기를 흔드는 부드러운 바람까지 그 하나하나가 이들의 편이었다. 화물선은 속도가 다소 느리지만 적이 공격해 올 때 재빨리 돛을 올려 바람을 가득 받으면 금방 안전한 바다로 빠져나갈 수 있을 것이었다. 그러나 소들을 태우기 전에는 절대로 떠나지 않으리라! 오티르는 받아야 할 빚을 마지막 한 푼까지 다 받아낼 작정이었다.

이제 캐드펠은 모닥불을 피웠던 자리와 텐트들을 걷어낸 자리에 남아 있는 쓰레기들 사이를 천천히 돌아다니며 주위를 둘러보았다. 덴마크군은 짐을 꾸려 집합한 뒤 모래벌판에서 자라는 억센 풀들을 밟으며 배들이 닻을 내리고 있는 곳을 향해 질서 정연하게 행군해 내려가고 있었다.

 그는 헬레드를 떠올렸다. 그녀는 아무 표정 없이, 그저 담담하고 진지한 어조로 말했다. "내일 밤이면 다들 떠나겠죠." 아닌 게 아니라, 그들 모두 이미 출항한 듯 들떠 있었다. 다들 한시라도 빨리 고향으로 돌아가고 싶어 했다. 그날 밤의 공격을 주도한 사람이 정말로 유안 이포르일까? 그렇다면 결국 카드왈라드르를 구출하고 그의 위신과 돈을 되찾아주기 위한 계략은 없었던 셈이다. 이제 해변에서든 바다에서든 다시 전투가 벌어지는 일은 없을 테고, 덴마크 사람들은 냉랭하면서도 정중한 작별 인사를 건넨 뒤 얌전히 이곳을 떠날 것이다. 결혼할 여자를 구출한 이상 유안으로서는 더 이상 분란을 일으킬 생각이 없으리라. 하지만 그는 대체 무슨 수로 그 많은 군사들을 설득했을까? 군사들에게는 얻을 게 전혀 없는 싸움이었고, 실제로 아무것도 얻지 못했는데……. 게다가 그중 몇몇은 유안의 결혼을 거들어주기 위해 목숨까지 잃지 않았는가.

 날렵하고 작은 용머리 배들이 살그머니 만 끄트머리의 곶을 돌아 넓은 바다로 나간 뒤 연안을 따라 얼마쯤 항해하다가 닻을 내렸다. 캐드펠은 좁은 띠처럼 늘어선 갯벌 쪽으로 좀 더 내려가, 절반은 말라 있고 절반은 파도의 왕래로 번들거리는 텅 빈 해변을 바라보았다. 잠시 후 그 인적 없는 해안으로 덴마크군이 행군해 들어갔다. 동트기 직전의 비둘깃빛 여명 속에서 어둡게 떠오른 대열의 선봉은 해안선을 따라 남쪽으로 방향을 틀었다. 이곳 진영에 들어왔다가 밀려난 공격군은 양 진영 사이 군데군데 작은 숲들이 흩어진 인적 없는 들판으로 황급히 퇴각한 터였다. 쳐들어올 때는 물 빠진 해안선을 따라왔겠지만 이제는 밀물이 들 때였다. 해안선 부근에는 물바다가 될 만한 곳이 많으니 부상자들과 전리품을 챙겨 최대한 빨리 내륙의 진영으로 이동했을 것이다.

캐드펠은 점차 강해지는 바람을 피해 능선의 땅딸막한 관목들 밑 모래밭에 아늑한 구멍을 판 뒤 그 안에 들어앉았다. 그러곤 기다리기 시작했다.

*

새벽빛이 부드럽게 퍼져갈 무렵, 귀온은 해안에서 보이지 않는 모래언덕 사이의 우묵한 곳에 100여 명의 군대를 포진시키고 모래언덕 꼭대기에는 한 명의 보초를 올려 보내 사방을 살피도록 했다. 군사들 중 유안이 데려온 이들은 거의 남아 있지 않았다. 그늘 속에 잠겨 있는 해안을 향해 연푸른빛을 띤 투명한 소용돌이 같은 안개가 피어올랐다. 서쪽 바다 수면은 이미 밝은 빛을 띠었고, 지속적으로 불어오는 바람에 하얀 비말飛沫이 아른거렸다. 해안 저 끝에서는 덴마크군이 전투 대형으로 포진한 채 오아인의 소몰이꾼들을 느긋하게 기다리고, 그들 뒤의 얕은 바다에는 이미 화물선들이 정박해 있었다. 무장한 저들 사이에 무방비 상태의 카드왈라드르도 끼어 있으리라. 족쇄를 차고 있지는 않겠지만 여전히 포로 신세를 면치 못한 상태로. 귀온은 모래언덕 꼭대기에서 카드왈라드르를 본 적이 있었다. 군주의 비참한 처지를 목격한 순간 그는 마치 배에 칼을 맞은 듯한 기분이었다.

작전은 참담한 실패로 끝났다. 그의 군주는 여전히 덴마크인들의 수중에 있었다. 혹독한 시련을 겪었건만 오아인의 수중에 들어가 있는 땅을 조금이나마 되찾을 수 있다는 희망도 보이지 않았다. 귀온은 끊임없이 좌절감에 시달리며 쓴 입맛만 다셨다. 애당초 유안 이포르를 믿는 게 아니었어. 그자는 오로지 제 여자에게만 관심이 있었는데. 헬레드를 찾아온 즉시 그는 귀온과 더 머무르려 하지 않고, 울부짖는 그녀의 입을 한 손으로 틀어막은 채 황황히 적진을 벗어나 떠나버렸다. 그자는 여자의 귓전에 대고 자신이 그녀의 남자요 남편 될 사람이라고, 앞으로 잘해줄 테니 두려워할 필요 없다고 연신 속삭였다. 자기가 목숨을 걸고 적진으로 쳐들어가 그녀를 구해냈다고, 이제 안전하다고, 앞으로도 계속 편안히 지낼 수 있을 거라고……. 여자를 수중에 넣은 것이 그저 기쁜 듯, 다른 사람들이야 죽었건 부상을 입었건 아랑곳하지 않고 열에 들떠 그렇게 지껄여댔다. 그렇게 헬레드는 예속 상태에서 벗어났지만 카드왈라드르는 아직 적진에 갇힌 채 굴욕과 분노를 되씹고 있었다. 빚을 전부 갚은 뒤 자기를 저버리고 멸시하는 형에게 넘겨질 순간이 오기만을 고대하면서.

일이 그런 식으로 돌아가게 두어서는 안 되었다. 오아인이 와서 포로가 된 동생의 모습에 경멸 섞인 눈길을 던지기 전에 그를 덴마크인들의 수중에서 구해내야 했다. 기회는 아직 남아 있었다. 몸 여기저기 멍이 든 채 몹시 당혹해하는 여자를 데리고 가버린 유안이나, 한시바삐 상처를 치료하겠다고 돌아간 그의 동료 열댓 명쯤은 없어도 상관없었다. 이곳에는 재차 공격할 각오가 되어 있는 용감한 전사들이 남아 있었다. 하지만 소 떼와 소몰이꾼들이 올 때까지 기다려야 했다. 일단 이쪽에서 공격을 개시하면, 오아인 진영 사람들도 이것이 정당한 싸움임을 깨닫고 합류할 것이다. 허웰이 왕의 사절로 온다 해도 덴마크인들이 피를 흘리며 쓰러지는 광경을 목격한 웨일스 군사들이 흥분하여 이쪽에 합류하는 것을 막을 수는 없으리라. 군주를 구출한 뒤에는 덴마크 배들을 공격할 계획이었다. 공격 대열에 합류한 웨일스 병사들은 싸움을 끝까지 밀고 나갈 것이다. 은화를 되찾고 오티르와 그 해적들을 바다로 몰아낼 때까지.

　기다림은 길었다. 실제보다 훨씬 더 긴 것 같았다. 오티르는 덴마크군 앞에 선 채 줄곧 꼼짝하지 않았다. 어제 그들은 잠시 경비 태세를 늦추었지만, 더는 그런 실수를 범하지 않을 것이었다. 귀온으로서는 절호의 기회를 날려 보낸 셈이었다. 덴마크인들은 이제 허웰은 물론이고 오아인조차도 절대적으로 신뢰하지 않을 터였다.

　모래언덕 꼭대기에 서서 사방을 경계하는 보초는 일정한 간격을 두고 계속 똑같은 보고를 올렸다. 아무 변화도, 움직임도 없으며, 모래벌판을 가로지르는 소 떼의 움직임도 보이지 않는다고. 그가 마침내 소리친 건 해가 뜨고 나서도 30분 이상 지났을 때였다.

"그들이 오고 있습니다!" 이어 소들의 나른한 울음소리가 들려왔다. 아마 밤중에 몇 시간쯤 휴식을 취하고 먹이와 물을 충분히 먹인 뒤 이동해 온 듯했다. "소들이 보여요. 먼지구름 너머 소 떼의 절반 정도가 보입니다. 허웰이 무리를 인솔하고 있습니다. 저들도 덴마크 사람들을 본 것 같습니다……."

아닌 게 아니라, 덴마크인들이 어느새 전투 대형으로 포진하기 시작한 참이었다. 하지만 아무도 걸음을 멈추지 않고 소들의 속도에 맞춰 꾸준히 전진해 왔다. 이제 맨 앞에서 말을 타고 다가오는 이의 모습이 선명하게 눈에 들어왔다. 앉은키가 아주 큰 그 사람은 밝은 금발 머리칼을 햇살에 그대로 드러내고 있었다.

"허웰이 아니에요!" 보초가 외쳤다. "오아인 왕 자신이 직접 무리를 이끌고 오고 있습니다!"

덴마크인들이 철수한 빈 캠프의 언덕 꼭대기에 서 있던 캐드펠 또한 그 금발을 보았다. 북구인들이 자기 땅을 떠나는 모습을 확인하기 위해 귀네드의 군주가 친히 왕림한 것이었다. 그는 곧 덴마크인들과 대면하게 될 해변을 내려다보며 천천히 다가오고 있었다.

귀온은 모래언덕 사이 골짜기에 정렬한 군대를 조금 앞으로 이동시켰다. 바람을 맞아 파도처럼 굽이치는 모래언덕들과 군데군데 튼튼하게 뿌리를 내린 억센 풀, 그리고 관목들 때문에 그들의 모습은 제대로 보이지 않을 터였다.

"그가 어디까지 왔나?" 귀온은 모험을 감행할 작정이었다. 그는 웨일스 군사들의 성정을 잘 알았다. 그들은 늘 군주의 지시를 고분고분 따르기만 하는 이들이 아니었다. 해안 가까이 이르러 자기들 편이 덴마크인들을 공격하는 광경을 보면 금방 흥분해 전투의 대열에 가담할 것이었다.

"가까이 오긴 했지만 아직은 소리쳐도 들리지 않을 정도로 떨어져 있습니다. 조금만 더 기다리십시오!"

오티르는 해안에 밀려와 부서지는 파도 가장자리에 바위처럼 굳건히 서서 다부지게 생긴 거무스름한 소들과 무장 병력의 모습을 가만히 지켜보고 있었다. 단순한 임무를 수행하러 나온 이들답게 다들 무장이 허술했다. 저들은 이쪽을 공격하러 오는 것이 아니었다. 간밤의 그 섣부른 습격 작전에 대해 오아인은 아무것도 모르는 게 틀림없었다. 그래, 오티르는 생각했다. 그가 직접 나섰다면 그렇게 서투르게 일을 벌였을 리 없지.

"지금이에요!" 모래언덕 위에서 보초가 날카롭게 소리쳤다. "저들 모두 오아인을 주시하고 있는 지금이 기회입니다. 지금 공격하시면 적의 측면을 들이칠 수 있습니다."

"전진!" 귀온은 공격 명령을 내린 뒤 환희에 들뜬 사람처럼 고함을 질러대며 은신해 있던 자리에서 뛰쳐나갔다. 그가 거느린 병사들도 칼을 뽑아 들고 짧은 창을 높이 치켜든 채 물밀듯이 쏟아져 나오기 시작했다. 그늘에서 나온 수많은 창검들이 햇살을 받아 번뜩였다. 그들은 해안에서 훤히 보이는 경사진 모래밭을 단숨에 달려 내려가 갯벌로 들어선 뒤 곧장 덴마크인들에게로 달려들었다. 오티르가 얼른 돌아서서 적이 쳐들어온다고 고함치자 모두 그들 쪽으로 방향을 바꾸어 방패를 쳐들었다. 이어 일제히 칼을 뽑아 드는 소리가 거대한 들숨처럼 허공에 울려 퍼졌다. 귀온 군대의 전열이 맞부딪쳐 오고 덴마크군이 그 무게에 밀려 뒤로 물러나는 바람에 뒤이은 전투는 무릎 깊이의 바닷물 속에서 전개되었다.

*

 양군이 맹렬히 부딪치고 그 충격의 반동으로 양 진영 전체가 뒤흔들리는 광경을 캐드펠은 높은 언덕에서 세세히 목격했다. 수많은 사람들이 내지르는 함성과, 그에 놀란 소들이 일제히 울어대는 소리가 들려왔다. 덴마크인들은 팔을 자유로이 쓸 수 있게끔 미리부터 아주 넓게 포진하고 있었다. 귀온의 군사들이 맹렬하게 부딪쳐 온 순간 전열의 일부는 공격군의 서슬에 물을 튀기며 뒤로 밀려났지만, 나머지 대부분은 굳건히 제자리를 지켰다. 귀온은 곧장 오티르에게 달려들었다. 그의 몸을 타넘지 않고서는 카드왈라드르에게 다가갈 길이 없었다. 하지만 오티르는 몸집이 귀온의 두 배나 되었고, 전투 경험 또한 훨씬 풍부한 사람이었다.

귀온이 검을 든 채 맹렬히 달려오자 그는 방패를 들어 검을 막은 뒤 몸을 틀어 가까스로 자리를 벗어났다. 이제 캐드펠의 시야에는 웨일스인들과 덴마크인들이 한 덩어리로 뒤엉켜 사방에 하얀 물보라를 날리며 밀고 당기는 광경만 들어왔다. 그는 자신이 왜 그러는지도 알지 못한 채 무작정 해변을 향해 쏜살같이 달려 내려가기 시작했다.

오아인의 뒤에서 행군해 오던 병사들 사이에서 함성이 이는가 싶더니, 몇 사람이 대열에서 튀어나와 칼집에 손을 뻗으며 모래톱에서 육박전을 벌이는 무리 쪽으로 달려가기 시작했다. 그들이 뭘 하려는지는 자명했다. 바로 눈앞에서 웨일스인들이 외국의 침략자들과 전투를 벌이고 있으니 같은 혈통을 타고난 사람으로서 지켜보고만 있을 수는 없으리라. 이런 순간 선악의 판단 같은 건 무용지물이었다. 다들 함성을 내지르며 들끓는 바닷물 속으로 뛰어들었다. 양쪽의 사이가 너무나 가까운 터라 군사들은 서로 다 가붙어 신음하며 안간힘만 쓸 뿐, 자유로이 손을 놀려 상대를 가격할 수가 없었다. 그 뒤엉킨 대열이 느슨해지기 전에는 누구도 상대의 목숨을 끊지 못할 것이었다.

이때 오아인이 말에 박차를 가해 바닷가로 달려왔다. 그는 정신없이 싸움터로 달려드는 부하들을 칼집으로 후려치면서, 으르렁대는 고함 소리와 창검이 부딪치는 금속음을 압도하는 우렁찬 목소리로 소리쳤다.

"물러서! 비켜나지 못할까! 무기를 거두고 당장 대열로 돌아가라!"

 좀처럼 큰 소리를 내지 않는 그가 분노하여 내지른 고함은 번개가 친 뒤 떨어지는 천둥소리처럼 대기를 부르르 떨게 했다. 대열에서 이탈한 이들을 움츠러들게 한 것은 그의 칼집이 아니라 바로 그 분노 어린 외침이었다. 병사들은 내키지 않는 표정으로, 그러나 조금도 지체하지 않고 황급히 뭍으로 올라와 그에게 길을 터주었다. 카드왈라드르의 옛 부하들조차 우물쭈물거리며 육박전의 현장에서 물러났다. 양 진영의 사이가 벌어지며 창검을 놀릴 여지가 생겨 자칫 부상자가 나올 수도 있었지만, 양쪽 모두 몸을 사리고 있었다.

 그것으로 전투는 끝이었다. 웨일스 군사들은 오아인의 비수처럼 날카로운 눈초리에 질려 검과 도끼와 단창을 늘어뜨린 채 단단한 갯벌로 물러났다. 오아인은 말에 탄 채 파도를 가르며 양군 사이의 빈 공간을 맴돌았다. 덴마크군은 여전히 대열을 유지하고 있었다. 몇몇 사람이 피를 흘리기는 했지만 쓰러진 이는 없었다. 공격자들 중 두 사람이 파도 밖으로 간신히 기어 나와 모래밭에 맥없이 주저앉았다. 이제 그곳에는 정적만이 감돌았다.

 오아인이 손으로 말을 얼러 제자리에 세웠다. 말은 조용했지만 아직 흥분이 가라앉지 않은 듯 줄곧 몸을 떨었다. 오아인은 오티르의 눈을 한동안 지그시 내려다보았다. 오티르 역시 제자리에 우뚝 선 채 상대의 눈을 들여다보았다. 두 사람 사이에는 해명이나 항의 같은 것이 필요 없었다. 오아인이 자신의 눈으로 모든 걸

똑똑히 본 터였다.

"이건 내가 계획한 일이 아니오." 마침내 오아인이 입을 열었다. "이제 나는 내 권한을 침해하여 불신을 조장한 장본인이 누구인지 알아내고 그를 직접 심문할 생각이오. 이 일을 주동한 자는 앞으로 나오도록 하라."

하지만 그 사람이 누구인지 그는 이미 알고 있었다. 귀온이 명령을 내리고, 이에 군사들이 은신처에서 튀어나와 돌진하는 광경을 보았던 것이다. 오아인은 그가 의연하게 나서서 어떤 결과가 따르든 개의치 않고 자신이 한 일이라 당당하게 선언하기를 바랐다. 이윽고 귀온이 검을 쥔 팔을 떨구고는 바닷물을 찰방거리며 앞으로 나왔다. 고개를 꼿꼿이 세우고 오아인을 똑바로 쳐다보는 그의 얼굴에 주저의 기색은 조금도 없었다. 그가 비틀거리면서 해변으로 나오자 뒤따라온 파도가 그의 발을 핥은 뒤 물러났다. 이어 갯벌 가장자리에 이르렀을 때, 그의 꽉 다물린 입술에서 갑자기 한줄기 피가 주르르 흘러나와 가슴으로 떨어졌다. 곧 리넨 안에 심을 댄 상의에 조그만 붉은 반점이 생겨나더니 커다란 별 모양으로 번져나갔다. 그는 오아인 앞에 꼿꼿하게 서서 입을 벌렸으나, 말 대신 검붉은 핏줄기가 분출해 나왔다. 그는 왕이 탄 말의 발치에 그대로 쓰러졌고, 이에 놀란 말은 몇 발짝 뒤로 물러나 요란하게 울음을 터뜨렸다.

14

"이자를 돌보라!" 오아인은 쓰러진 귀온을 무표정하게 내려다보며 말했다. 귀온의 두 손이 꿈틀대며 윤나는 자갈들을 힘없이 더듬었다. "죽지 않았으니 데려가 치료해주도록 하라. 살 수 있는 사람은 살려야지."

명령이 떨어지자 전열에 있던 세 사람이 튀어나왔다. 그중 제일 먼저 달려온 키헬린이 귀온의 입과 콧구멍이 모래로 막히지 않도록 몸을 살며시 돌려 바로 눕혔다. 이어 그들은 창과 방패로 들것을 만들고 그의 몸을 외투로 감싼 뒤 들것에 실었다. 캐드펠 수사도 다른 이들의 눈에 띄지 않게 살며시 방향을 틀어 들것을 따라 모래언덕 사이에 자리 잡은 우묵한 곳으로 걸음을 옮겼다. 그가 가지고 있는 리넨이나 연고들만으로는 환자를 치료할 엄두조차 낼 수 없을 테지만, 부상자를 보다 편히 치료할 만한 곳으로 가기 전까지는 그거라도 없는 것보다는 나으리라.

오아인은 발밑 갯벌에 고여 있는 검은 피 웅덩이를 내려다보다가 다시 오티르의 긴장한 얼굴로 고개를 들었다.

"저 사람은 카드왈라드르의 부하로, 그에게 충성을 다하겠다고 맹세한 사람이오. 그가 잘못을 저지른 건 사실이오. 하지만 저자가 당신 부하들의 생명을 빼앗았다면, 그 대가를 이미 치른 셈이오."

*

귀온을 따라온 두 병사의 시신이 물속에 잠겨 파도가 이끄는 대로 가볍게 까딱거리고 있었다. 해변에 주저앉아 있는 다른 부상자도 보였다. 곁에 있는 이들이 그를 잡아 일으켜주었다. 그는 한쪽 어깨와 팔에 부상을 입은 채였다. 상처에서 피가 흘러나오고 있었지만 목숨에는 지장이 없는 듯했다. 오티르는 본국으로 데려가 매장해주기 위해 이미 배에 실어놓은 세 사람의 목숨에 대해 언급하지 않기로 했다. 웨일스 왕이 잘못을 인정했고, 더욱이 왕 자신은 그 어리석은 행위와 무관함이 밝혀진 터였다. 그에게 불평을 늘어놓을 이유가 없었다.

"우리는 사전에 합의를 했소." 오티르가 입을 열었다. "그리고 나는 공이 그 약속을 지켰다고 생각하오. 더도 덜도 아니게 정확히 액수를 맞췄지. 이번 전투는 공이 계획한 일이 아니고, 또 내가 선택해서 일어난 일도 아니오. 책임은 저 사람들에게 있으니, 그로 인해 일어난 결과는 저 사람들과 내가 알아서 감당해야 할 거요."

"그렇다면 좋소! 이제 무기를 거두고 소들을 선적한 뒤 떠나도록 하시오. 이곳에 올 때 내게 미리 통고하거나 허락을 구하지 않았으니 갈 때도 마음대로 가시오. 그리고 확실히 해둘 것이 있소. 이번만큼은 보상금을 받고 평화롭게 떠나도록 내버려두지만, 또 다시 초대 없이 내 땅에 발을 들여놓을 경우엔 곧장 댁들을 바다로 쓸어버릴 거요."

"이 자리에서 공의 아우 카드왈라드르를 넘겨주겠소." 오티르가 싸늘하게 말을 이었다. "공이 아니라 그의 부하들에게 말이오. 나는 그자를 공에게 넘겨주겠다고 약속한 적이 없소. 그는 본인이 가고 싶은 곳으로 갈 수 있소. 공과 합의하여 공의 진영에 머무를 수도 있겠지." 그는 몸을 돌려 카드왈라드르를 붙잡고 있는 자기 부하들에게로 걸어갔다. 카드왈라드르는 이 모든 싸움의 중심이자 핵심이요, 동시에 아무것도 아닌 존재, 쓸모없는 가축 같은 존재가 되어 있었다. 다른 사람들이 그의 몸과 재산과 명예를 자기들 마음대로 처리하는 동안 그는 죽을상을 한 채 침묵만 지켜왔다. 그는 할 말이 없었다. 사람들이 그를 놔주고 옆으로 비켜서서 길을 터주는 순간 그동안 꾹꾹 눌러 담아온 원한과 분노가 목구멍에서 한꺼번에 치밀어 올랐지만, 카드왈라드르는 모든 걸 꿀꺽 삼키며 지그시 입술을 깨물었다. 그러곤 뻣뻣하게 굳은 어색한 자세로, 형이 있는 해변 쪽으로 향했다.

"배에 소들을 싣도록 하시오!" 오아인이 외쳤다. "오늘 안에 일을 마치고 내 땅을 떠나길 바라오!"

그런 뒤 오아인은 말고삐를 당겨 방향을 돌린 뒤 자기 진영을 향해 천천히 나아가기 시작했고, 부하들 모두가 질서 정연하게 대오를 맞추어 그를 따라갔다. 여기저기 멍들고 상처 입은 귀온의 부대원들도 황급히 시신들을 수습하고는 소몰이꾼들과 소 떼만 남긴 채 뒤를 따랐다. 무수한 발들로 짓뭉개지고 피로 얼룩진 해변에 홀로 동떨어진 카드왈라드르 역시 굴욕과 절망 속에 인상을 구기며 걸음을 옮기기 시작했다.

*

푹신한 풀밭에 누운 채, 귀온은 눈을 뜨고서 아주 가느다란, 그러나 또렷한 목소리로 말했다. "오아인 전하께 드릴 말씀이 있습니다. 그분께 가야 해요."

캐드펠은 그의 곁에 무릎 꿇고 앉아 두툼한 모직 담요의 안감을 뜯어 청년의 옆구리에 난 큰 상처에 댄 채 끊임없이 흘러나오는 피를 그치게 하려 애쓰고 있었다. 키헬린이 귀온의 머리를 자기 무릎 위에 얹고는 벌어진 입에서 끓어오르는 피거품과 서서히 다가오는 죽음으로 검푸르게 물든 이마의 땀을 닦아주었다. 그가 캐드펠을 올려다보고는 귀온의 귀에는 들리지 않을 정도로 조그맣게 속삭였다. "이 사람을 캠프로 데려가야겠습니다. 전하를 간절히 뵙고 싶어 하니 소원을 들어줘야죠."

"이 사람은 어디에도 못 가요." 캐드펠이 나직하게 대꾸했다. "우리가 몸을 들어 올리는 순간 그대로 죽고 말 거요."

귀온의 벌어진 입술에 희미한 미소 비슷한 것이 잠깐 스쳤다가 사라졌다. 아니, 그건 진짜 미소였다. "그럼 전하를 이리로 오시게 해요." 그 역시 두 사람처럼 숨죽인 목소리로 조그맣게 말을 이었다. "그분에게 남은 시간이 내게 남은 것보다 더 길 테니까. 그분은 오실 겁니다. 전하께서 꼭 아셔야 할 것이 있어요."

키헬린은 귀온의 이마에 축축하게 들러붙은 검은 머리칼을 쓸어주었다. 그의 태도에서 적대감 같은 건 더 이상 찾아볼 수 없었다. 그들 사이에 마찰이 없었던 것은 아니나, 두 사람은 끈끈한 우정으로 묶여 있었다. 그들이 거울을 들여다볼 때면 그 안에는 상대의 모습이 흐릿하게 떠오르곤 했다.

"말을 타고 가서 그분을 모셔 오겠소." 그가 말했다. "조금만 참아요. 그분은 꼭 오실 테니."

"빨리 가주시오!" 귀온은 그렇게 말한 뒤 쓸쓸한 미소를 머금은 채 입을 닫았다.

키헬린은 자리에서 일어나 한 손으로 자기 말의 고삐를 잡더니 잠시 망설였다. "카드왈라드르 님은? 그분도 함께 왔으면 좋겠소?"

"아니." 귀온이 내뱉듯 대답하고는 갑작스러운 통증에 괴로운 듯 다른 쪽으로 고개를 돌려버렸다. 그에게 상처를 입힌 사람은 다름 아닌 오티르였다. 오아인의 벼락같은 고함과 함께 뒤엉켜 있던 양 진영이 떨어졌을 때, 오티르는 귀온의 칼날을 받아넘기려던 참이었다. 귀온 역시 오아인의 고함 소리에 칼을 늘어뜨렸고, 그리하여 오티르의 검이 그의 옆구리를 찌르고 말았던 것이다. 이미 그렇게 이루어진 일을 이제 와 어쩌겠는가.

키헬린은 급하게 말을 몰아 사라졌다. 모래가 휘날리는가 싶더니 어느새 그는 넓은 풀밭이 펼쳐진 높은 지대로 내달리고 있었다. 이 순간 그보다 더 간절한 마음으로 귀온을 생각하는 사람은 없을 것이었다. 잠시나마 친구에게서 자신의 초상을 찾지 못하던 시간이 있었으나, 이제 그것도 다 지나간 일이었다.

귀온은 지그시 눈을 감고 누워 있었다. 고통이 그리 크지는 않을 거야, 캐드펠은 생각했다. 이미 통증에 대한 감각이 무뎌졌을 테니. 그는 말을 걸지 않고 조용히 기다렸다. 귀온도 아무 말이 없었다. 조금이라도 움직이면 출혈 속도가 빨라져 오아인이 돌아오기 전에 목숨을 잃을 수도 있으리라 생각하는 모양이었다. 어떻게 해서든 시간을 오래 끌어야 했다. 캐드펠은 이따금씩 키헬린의 투구에 담긴 물로 환자의 이마와 입술에 맺힌 차가운 땀방울을 닦아주었다.

이제 해변 쪽은 고요했다. 일하는 사람들이 주고받는 목소리와, 모래톱 위의 얕은 바닷물을 가로질러 경사로를 밟고 배 안으로 들어가는 소들의 낮은 울음소리만 이따금씩 들려올 뿐이었다. 화물선 중앙에 파인 깊은 바닥에 선 채 항해하는 일이 소들로서는 고달프고 불쾌할 것이다. 하지만 몇 시간만 지나면 다시 푸른 풀밭에 내려서서 다디단 물을 마시고 맛좋은 풀을 뜯을 수 있으리라.

"그분이 오실까요?" 귀온이 문득 조바심 어린 목소리로 물었다.

"올 거요."

그는 이미 오고 있었다. 잠시 후 나직한 말발굽 소리가 들려왔다. 오아인 귀네드는 해변 쪽에서 나타났다. 키헬린이 바로 뒤에 붙어 따라오고 있었다. 그들은 조금 떨어진 곳에서 말을 멈추고 땅에 내려 다가왔다. 오아인은 귀온이 들을 수 없도록 조용한 목소리로 물었다.

"살 수 있겠소?"

캐드펠은 말없이 고개만 가로저었다.

그가 모래밭에 앉아 귀온에게 몸을 바싹 기울였다. "귀온, 내가 왔네. 말하느라 애쓸 필요 없네."

그 소리에 귀온의 눈이 크게 뜨였다. 오전의 햇살에 눈이 부셨지만 그는 오아인의 얼굴을 곧장 알아보았다. 캐드펠이 그의 입술을 물로 촉촉하게 적셨다.

"아니, 꼭 말씀드려야 할 게 있습니다." 귀온이 또렷한 소리를 내려 애쓰며 말을 이었다. "전하께서 반드시 아셔야 할 일이에요."

"다시 말하는데, 나와 화해하는 것에 관한 문제라면 더 얘기할 필요 없네. 하지만 굳이 말하고 싶다면 잘 귀담아듣겠네."

"블레드리 압 리스에 관한 얘깁니다……." 귀온은 그렇게 운을 떼더니 잠시 말을 멈추고는 숨을 들이쉬었다. "전하께서는 누가 그 사람을 죽였는지 아셔야 합니다. 그 책임을 다른 이에게 물으셔서는 안 돼요. 그 사람은 제가 죽였으니까요."

*

귀온은 상대의 반응을 기다리듯 잠시 말을 멈추었다. 하지만 오아인에게서는 아무런 대꾸가 없었다. 그는 방금 들은 말의 의미를 되새기며 묵묵히 생각에 잠겨 있을 뿐이었다. 침묵이 너무 길어진다 싶을 즈음, 마침내 그가 담담하고 차분한 음성으로 물었다. "왜지? 그자는 자네와 마찬가지로 내 아우에게 충성을 바친 사람인데."

"한때는 그랬죠." 귀온이 입술을 뒤틀며 웃어 보이자 가느다란 핏줄기가 턱으로 주르르 흘러내렸다. 캐드펠이 얼른 그 피를 닦아냈다. "그 사람이 아베르로 왔을 때 저는 기뻤습니다. 저는 제 군주가 어떤 일을 계획하고 있는지 알고 있었고, 그 사람도 계획에 가담시키고 싶었지요. 전하의 군세와 동정에 관해 제가 알고 있는 모든 걸 그에게 말해줄 작정이었습니다. 그건 약조를 어기는 짓이 아니었습니다. 저는 이미 전하께 제가 완전히, 그리고 영원히 카드왈라드르 님의 사람이라고 말씀드린 터였으니까요. 하지만 아베르를 떠나지 않겠다고 서약했기에 제 군주에게 갈 수 없는 처지였지요."

"그때까지는 그 서약을 지켰지."

"하지만 블레드리는 그런 서약을 하지 않았습니다. 저는 갈 수 없어도 그 사람은 갈 수 있었죠. 그래서 저는 제가 아베르에서 알아낸 모든 것을 그에게 알려줬습니다. 전하가 어느 정도의 병력을 동원할 수 있는지, 카르나르본까지 얼마나 빨리 출동할 수 있는지, 제 군주가 방어를 하려면 무엇이 필요한지…… 그런 뒤 날이 어두워지기 전에 마구간에서 말 한 마리를 빼돌려 그 근방에 있는 숲속에 매어놓았습니다. 그 사람을 태워 보내려고요. 저는 어리석게도 블레드리가 제 군주에게 충성을 다하리라 믿어 의심치 않았습니다. 그자는 제가 말하는 내내 귀담아듣기만 할 뿐 한 마디도 하지 않더군요. 저로서는 그가 저와 한마음이리라 믿을 수밖에 없었습니다!"

"정문이 닫힌 뒤 어떻게 그 사람을 성 밖으로 빼돌릴 생각이었나?" 오아인이 물었다. 마치 일상적인 업무에 관해 물어보듯 담담한 말투였다.

"방법은 많았습니다…… 저는 아베르에 오래 있었으니까요. 그곳 사람들은 열쇠 관리를 철저히 하지 않더군요. 블레드리도 아베르에 도착해 성안의 모든 것을 유심히 살피며 저처럼 전하의 군세를 따져보고, 또 자신이 어떻게 처신하는 게 유리한지 계산하는 것 같았습니다. 저로서는 그를 의심할 여지가 전혀 없었어요. 밖으로 내보이는 모습이 그 사람의 진짜 속내이리라 생각했습니다!" 이 대목에서 목이 꽉 잠겨 잠시 말이 끊겼다. 귀온은 쓰라린 심경으로 온 힘을 다해 다시금 입을 열었다. "그에게 떠날 시간이 됐다고 알려주고 무사히 성을 빠져나가는 것까지 확인할 생각으로 그 사람 방에 가보니, 그는 벌거벗다시피 한 채로 침대에 누워 있더군요. 그러다 저를 보고는 아주 뻔뻔스럽게 나왔습니다. 자기는 아무 데도 가지 않을 거라고, 자기는 바보가 아니라고, 전하의 군대가 수적으로나 질적으로 얼마나 막강한지 직접 봤다고요. 아베르에서 안전하게 지내면서 바람이 어느 쪽으로 부는지 지켜볼 생각이라고 했습니다. 만일 바람이 전하의 편이라면 전하의 가신이 될 작정이라는 얘기였죠. 당신은 카드왈라드르 님께 충성을 서약한 사람이 아니냐고 묻자 그는 저를 비웃었습니다. 그래서 저는 그자를 후려갈겼지요." 귀온이 이를 갈았다. "그러고 나서 가만 생각해보니, 참 난감했습니다. 그자는 성을 떠날 생각이 없었습니다. 그러니 저로서는 군주와의 서약을 지키기 위해 부득이 전하와의 서약을 깨고 직접 떠날 수밖에 없었지요. 그리고 그의 변절을 알게 된 이상 그를 죽이지 않을 수 없었습니다. 그러지 않으면 그자가 전하에게 가 저희 쪽 계획을 모두 폭로할지도 모르니까요. 그래서 그자가 정신을 차리기 전에 단검으로 심장을 찔렀습니다."

이제 몸에 가득 들어찬 긴장을 풀며 그는 크게 숨을 들이쉬었다가 다시 내쉬었다. 이미 진실이 요구하는 바를 거의 다 행한 터였다. 남은 이야기는 그에게 큰 부담이 되지 않았다.

"그런 뒤 밖으로 나가 숲에 들어갔는데 말이 사라지고 없었습니다. 잠시 후 그 사자가 왔고, 더는 제가 할 수 있는 일이 없었지요. 모든 게 허사로 돌아간 겁니다. 저는 아무 의미 없이 사람을 죽였어요! 전하께서 블레드리 압 리스의 시신을 그 아내에게 넘겨주라 지시하셨을 때, 저는 속죄하는 심경으로 그 일을 행했습니다. 이후 제가 어떤 응보를 받았는지는 전하께서도 이미 아십니다. 물론 당연한 대가이지요!" 마지막으로 그는 스스로에게 말하듯 덧붙였다. "그 사람이 죄 사함도 받지 못한 채 죽었으니, 나도 그렇게 죽어야 마땅합니다."

"그럴 필요 없네." 오아인이 말했다. 차갑지만 연민이 어린 목소리였다. "조금만 더 버텨보게나. 사람을 시켜 사제를 불렀으니 곧 도착할 걸세."

"아뇨, 이미 늦은 것 같습니다." 귀온은 그렇게 말하고 눈을 감았다.

그러나 오아인의 사제가 죽어가는 이의 마지막 고해와 회개를 듣기 위해 서둘러 달려와 도착했을 때도 그는 아직 살아 있었다. 캐드펠 또한 곁에서 임종을 지켜보았다. 죄를 사한다는 사제의 선언에도 귀온에게서는 아무 반응이 없었다. 열기 어린 검은 눈을 덮은 눈꺼풀도, 탈진한 얼굴도 꿈쩍하지 않았다. 그가 사제의 말을 들었을까? 귀온은 자신이 들어설 새로운 영역과 그곳에서 내려질 판결에 두려움이 없었다. 이미 이승에서, 할 말을 모두 꺼내놓은 터였다. 칼을 맞고서도 어느 정도 생명이 연장된 덕에, 그는 자신이 가장 필요로 하던 것, 즉 오아인의 진심 어린 관용과 용서를 얻었다고 확신하며 눈을 감을 수 있었다.

*

"내일이면 돌아가는군요." 마크 수사가 말했다. "애초에 예정했던 것보다 훨씬 더 오래 지체했어요."

그들은 오아인의 캠프 밖으로 나와 들판 끝에 함께 선 채 넓은 바다를 바라보았다. 모래언덕들이 해변을 향해 내려가는 비탈 바로 위쪽에 좁은 띠처럼 펼쳐져 있었다. 한낮의 열기가 한풀 꺾인 오후의 햇살 속에서 얕은 물가의 맑은 수면 아래 모래톱이 희미하게 비쳐 보였고, 그 사이 깊이 파인 수로의 환한 빛을 배경으로 검게 떠오른 덴마크인들의 화물선들은 꾸준히 불어오는 바람의 힘을 받아 더블린을 향해 점점 멀어지며 선명한 수면을 가르고 있었다. 그 너머, 보다 날렵하고 작은 긴 배들도 보였다. 모두가 고향을 향해 열심히 노를 젓고 있었다.

위기는 끝났다. 귀네드 지방은 침략자들로부터 해방되었고, 계약은 이행되었으며, 형제는 다시 만났다. 몇몇 희생자가 나오긴 했으나 엄청난 유혈 사태나 파괴 없이 그 정도로 끝난 게 천만다행이었다.

내일이면 오아인의 군사들은 농가 주위에 급조한 방어 시설을 철거할 것이고 주민들은 집으로 돌아와 다시 땅과 가축들을 차분히 돌볼 것이다. 그들의 조상 역시 침략자들이 올 때마다 순순히 땅을 내주고 얼마간 피신해 있다가 그렇게 돌아오곤 했다. 그들은 침략자들보다 더 빨랐고, 더 참을성이 강했다. 적이 쳐들어오면 살던 집을 순순히 내버리고 산으로 달아나 끈기 있게 기다리다가, 적이 물러나면 아무 일도 없었다는 듯 돌아와 집을 재건했다.

왕은 군대를 이끌고 카르나르본으로 돌아가 아르본과 앵글시에 땅을 가진 이들을 집으로 돌려보낸 다음 아베르로 향할 것이다. 듣자 하니 카드왈라드르를 받아들여 그와 함께 돌아갈 모양이었다. 그동안의 온갖 사건들에도 불구하고 그는 아우를 사랑했으니, 아우가 너무 오랫동안 비참한 처지에 빠져 지내도록 방치할 수는 없으리라. 사람들은 카드왈라드르가 곧 자기 땅을 일부나마 되찾게 될 거라고들 말했다.

"오티르는 수고비를 두둑히 챙겼군요." 마크가 중얼거렸다.

"그야 약속된 것이니까."

"오아인 측에서도 큰 손해는 아닙니다. 그보다 훨씬 큰 대가를 치를 수도 있었다는 점을 고려하면 말이지요."

옳은 얘기다. 하지만 바닷물에서 끌어낸 귀온의 동지들을, 또 지금 배에 실린 채 더블린으로 돌아가는 시신 세 구를 2천 마르크라는 돈으로 살려낼 수는 없다. 냉정하고 계산에 밝으며 신의 라곤 없는 블레드리 압 리스의 목숨도, 맹목적이고 파괴적인 충성심을 지녔던 귀온의 목숨도 살려낼 수 없다. 더욱이, 지난해 저 남쪽에서 카드왈라드르의 사주로 죽음을 당한 아나라우드가 새삼 돌아올 리도 만무하다.

"오아인 왕이 이미 아베르에 있는 메이리온 참사회원에게 사자를 보냈다는군요." 마크가 다시 입을 열었다. "딸은 무사하니 안심하라고…… 지금쯤 그 사람도 자기 딸이 신랑 될 사람과 함께 있다는 걸 알 겁니다." 그의 어조는 더없이 신중하고 중립적이었다. 마치 저 멀리 물러나 일체의 판단을 유보한 채 복잡한 어떤 문제의 양 측면을 동등한 관점에서 바라보려 애쓰는 듯했다.

"헬레드는 여기서 어떻게 처신하던가?" 캐드펠이 물었다. 마크라면 그런 사건들에 일체 관여하지 않되, 관찰하는 것은 멈추지 않았을 것이었다.

"아주 얌전하고 조용해요. 결혼을 앞둔 여인답게 매사에 고분고분하게 나와 유안도 왕도 기뻐하고 있지요. 유안의 말에 따르면, 처음 덴마크군의 진영에서 구출해 왔을 땐 몹시 겁에 질린 상태였다더군요. 하지만 이제 두려워하는 기색은 보이지 않는답니다."

"고분고분하게 나온다고…… 그게 과연 헬레드의 본색일까? 그녀가 우리와 함께 아사프에서 온 이래 그런 모습을 보인 적이 있나?"

"그 이후로 워낙 많은 일들이 일어났으니까요." 마크는 빙그레 웃으며 말했다. "그녀로서는 물릴 만큼 모험을 했으니 이제 아무 아쉬움 없이 좋은 사람과 결혼해 차분히 자리 잡고 싶어 할 수도 있겠죠. 수사님도 여기 돌아와 헬레드를 줄곧 살펴보시지 않았습니까. 그녀가 이 결혼에 불만을 품고 있는 것 같던가요?"

캐드펠도 헬레드의 거동에서 불만스러운 기색을 봤다고 할 수는 없었다. 그녀는 생글생글 웃으며 스스로 할 일을 찾아냈고, 차분하면서도 능숙한 태도로 유안의 시중을 들었다. 그녀의 얼굴에는 불행한 여자에게서는 볼 수 없을, 발랄하고 생기 어린 빛이 어려 있었다. 모든 것에 만족스러워하는 그 표정의 이면에 무엇을 숨기고 있는지야 알 수 없으나, 당장으로서는 불안도 번민도 느끼지 않는 것이 분명했다. 헬레드는 자기 앞에서 열리기 시작한 문을 아주 즐거운 마음으로 바라보고 있었다.

"헬레드와 얘기를 나눠보셨나요?"

"여기 와서는 그럴 기회가 없었지."

"원하신다면 지금 해보시죠. 마침 그녀가 오고 있군요."

캐드펠은 고개를 돌려 능선 꼭대기를 따라 이쪽으로 다가오는 헬레드를 바라보았다. 그녀는 북쪽에 시선을 둔 채 분명한 목적을 가진 사람처럼 성큼성큼 걸어오고 있었다. 그들 곁에 이르러 걸음을 멈추긴 했지만, 하늘을 날던 새가 그러듯 잠시 정지했다가 금세 날아올라 떠나버릴 것만 같았다.

"수사님이 무사하셔서 다행이에요." 그녀가 말했다. "방책을 뚫고 들어온 사람들이 덮치는 바람에 서로 떨어졌잖아요. 그 뒤로 이제야 제대로 뵙네요." 이어 그녀는 반짝이는 수면 위를 떠도는 검은 나무조각 같은 배들을 바라보았다. 그녀의 시선은 줄곧 열 지어 늘어선 배들을 좇았다. 마치 그 숫자를 헤아리고 있기라도 한 것 같았다. "다들 은화와 가축을 싣고 순조롭게 출발했군요. 저들이 떠나는 걸 보셨나요?"

"봤소."

"저들은 제게 아무런 해도 끼치지 않았어요." 헬레드는 배들에서 시선을 거두지 않은 채 조용히 미소를 머금었다. "떠날 때 손이라도 흔들어주고 싶었는데…… 하지만 유안이 위험하다며 말리는 바람에 그만뒀죠."

"이쪽과 아주 우호적으로 헤어진 건 아니니 그 사람으로선 걱정이 될 만도 했겠지." 캐드펠이 말했다. "그건 그렇고, 당신은 어디 가던 길이오?"

그제야 헬레드는 고개를 돌려 그들을 정면으로 바라보았다. 그윽한 붓꽃빛을 띤 그녀의 두 눈은 너무도 순수하고 맑았다. "덴마크 사람들 진영에 제 물건을 두고 왔거든요. 가서 그걸 찾아보려고요."

"유안이 그냥 보내주던가?"

"그럼요. 저들 모두 떠났으니까요."

덴마크인들이 떠난 이상 유안도 자신이 어렵게 구출해낸 신붓감을 보내주지 않을 수 없었을 것이다. 저 모래언덕, 그녀가 잠시 포로 생활을 했던, 그러나 스스로 부자유한 몸이라는 느낌은 한 번도 가져본 적 없었던 곳으로. 두 사람은 들판 가장자리를 따라 곧장 나아가는 헬레드의 뒷모습을 물끄러미 지켜보았다.

"함께 가겠다고 하시지 않는군요." 마크가 말했다.

"바보같이 굴 수는 없지." 캐드펠은 생각에 잠긴 채 스스로에게 말하듯 대답했다. "순조롭게 떠나보내고 싶은 마음뿐이야. 물론 지금이라도 우리 둘이 따라갈 수 있겠지만."

"마중이라도 나갈까요?"

"글쎄, 과연 그녀가 돌아올지 의문인걸."

마크는 그 말에 놀라는 기색도 없이 순순히 고개를 끄덕였다. "예, 제 생각도 그렇습니다."

*

썰물 때였지만 앵글시섬 해안을 향해 뻗은 손처럼 생긴 길고 가느다란 모래곶의 일부는 아직 수면에 잠겨 있었다. 얕은 물 아래 엷은 황금빛을 띤 길과, 수면 여기저기 튀어나온 억센 풀들이 눈에 띄었다. 길 끝에는 주먹 쥔 손의 관절처럼 생긴 바위들이 솟아 있었고, 소금기가 많은 곳에서도 잘 자라는 나지막한 관목들이 하늘로 뻗친 거친 머리칼처럼 서 있었다. 관목들의 뿌리가 노란 모래와 함께 곶의 가장자리를 에워싸듯 두르고 있었다. 캐드펠과 마크는 얼마 전에 그랬듯 능선 위에 서서 전과 똑같은 풍광을 내려다보았다. 그들이 지켜보지 않을 때도 저녁마다 같은 광경이 반복되었으리라. 그들은 약속이라도 한 듯 뒤로 한 걸음 물러섰다. 혹시 헬레드가 올려다볼 경우, 하늘을 배경으로 선명하게 떠오른 두 사람의 실루엣을 보게 되리라는 생각에서였다. 하지만 그녀는 올려다보지 않았다. 그저 황혼 속에서 더없이 엷은 초록빛을 띤 맑은 물을 내려다보며 바다로 둘러싸인 바위의 옥좌를 향해 뻗어나간 좁은 황금빛 길을 꾸준히 따라갈 뿐이었다.

오랜 여행과 포로 생활로 올이 해지고 때가 탄 치맛자락을 두 손으로 걷어 올린 채, 그녀는 무릎 근처에서 찰랑거리는 맑고 차가운 물을 유심히 들여다보았다. 다리의 매끄러운 선이 물살에 흔들려, 걷는다기보다는 수면에 둥둥 떠가고 있는 듯한 모양새였다. 머리에서 핀들을 모두 뽑아낸 탓에 양 어깨 위에서 검은 구름처럼 물결치는 머리칼이 달걀처럼 갸름한 얼굴을 가리고 있었다. 그녀는 우아한 동작으로 느릿하게 춤추는 무희처럼 천천히 움직였다. 헬레드는 어떤 약속을 했을까? 그게 뭔지는 몰라도, 그녀가 제시간보다 이르게 도착한 건 분명했다. 하지만 그녀의 태도에서 불안한 기색은 전혀 찾아볼 수 없었다. 고즈넉한 저녁 무렵이니 기대감을 품은 채 조용히 기다리는 것도 큰 즐거움이 되리라.

헬레드는 종종 걸음을 멈추고 다리 주위의 물이 잔잔해지기를 기다렸다가 수면에 비친 자신의 얼굴을 유심히 들여다보곤 했다. 바람이 그쳐 조수의 흐름은 더없이 부드러웠다. 돛을 펼친 채 출발한 오티르의 배들은 더블린까지 절반쯤 갔을 터였다.

마침내 바위에 이른 그녀는 옥좌에 앉아 치맛자락을 비틀어 물을 짜낸 뒤 조바심치지 않고, 아무 의심 없이 차분히 기다리기 시작했다. 한때 그곳에서 느끼던 한없는 외로움과 고독함도 이제는 환상에 불과했다. 그녀는 바다와 하늘의 친구가 되어 주위에 펼쳐진 모든 것을 조용히 받아들이고 있었다. 서쪽에서 둥그런 태양이 서서히 이울어가며 그녀의 얼굴과 몸을 황금빛으로 물들였다.

갑자기 작고 날씬한 검은 배가 해협 건너편 황무지 너머에 있는 해안선 어딘가에 잠복해 있다가 쏜살같이 튀어나와 그리로 다가왔다. 해가 질 때까지 앵글시섬의 해안선 어딘가에서 줄곧 기다리고 있던 듯했다. 두 사람이 따로 약속을 했을까? 아니, 그럴 리 없어. 캐드펠은 생각했다. 그럴 틈도 없이 그녀는 유안에게 붙잡혔으니까. 그럼에도 그들 사이에는 굳은 확신이 자리 잡고 있었다. 그녀는 배가 나타나리라 믿었고, 그 또한 그녀가 기다리고 있으리라 믿었다. 그들은 서로를 굳게 믿고 있었다. 오아인의 진영으로 돌아온 뒤, 헬레드는 자신의 처지를 받아들이고 곧장 빠져나올 계획을 세웠을 것이다. 그토록 차분한 자세로 유예의 시간을 보낸 것도 그 때문이었다. 그녀는 성질을 죽이며 조신하게 행동하여 유안 이포르를 안심시키고, 그의 신뢰를 얻었다. 하지만 그는 결국 그녀를 영원히 잃고 말 것이다. 메이리온 참사회원의 딸은 자신이 원하는 것을 잘 알고 있었다. 자신의 가족도 동족들도 그 바람을 이루도록 도와줄 리 없었기에, 이제 그녀는 스스로 나서서 뒤도 돌아보지 않고 그것을 좇기로 했다.
 작고 날씬한 저 배, 많은 노들이 한 몸처럼 움직이는 티르카일의 용머리 배가 쏜살같이 달려오다가 멈추었고, 이내 티르카일이 모습을 드러냈다. 그는 배 옆으로 뛰어내려 허리 깊이의 물을 가로지르며 작은 바위섬으로 다가오기 시작했다. 오아인 귀네드의 것 못지않게 아름다운 그의 금발 머리칼이 황혼을 받아 새빨갛게 물들었다. 캐드펠과 마크가 다시 헬레드에게 시선을 돌렸을 때 그녀는 이미 자리에서 일어나 바다를 향해 들어가고 있었다. 썰물이 그녀의 몸을 깊은 곳으로 잡아끌자 스커트 자락이 수면 위로 부풀어 올랐다. 티르카일은 얕은 곳으로 나오며 물기로 번들거리는 허리를 드러냈다. 그들은 중간 지점에서 만났다. 그녀가 두 팔을 벌린 그의 품안으로 다가가자 그는 그녀의 몸을 끌어안고 번쩍 쳐들었다. 멀리서 지켜보고 있던 두 사람의 귀에 연인의 짧은 웃음소리가 희미하게 들려왔다. 기쁨의 표현은 딱 거기까지였다. 두 사람은 일이 이렇게 되리라는 것에 아무런 의심도 품지 않았고, 따라서 더 이상의 지체는 필요치 않았다.
 티르카일은 헬레드를 품에 안은 채 돌아서서 파도를 헤치며 자기 배로 성큼성큼 걸어갔다. 흐름이 빨라진 조수가 그의 몸에 거세게 부딪치면서 무지갯빛 물보라를 피워냈다. 그는 헬레드를 용머리 배의 낮은 뱃전 안으로 가볍게 올려놓은 뒤 자기도 뒤따라 올라갔다. 그녀는 몸을 일으켜 돌아서서는 그를 꼭 끌어안고 맑고 거침없는 웃음을 토해냈다. 멀리서 들려오는 그 웃음소리는 새소리만큼이나 가늘면서도 종소리처럼 맑고 선명했다.

 열 지어 늘어선 긴 노들이 일제히 허공으로 솟구쳤다가 물속에 잠겼다. 작은 배는 크림빛 물보라를 날리며 조금씩 속도를 높여 나아가기 시작했다. 이윽고 배가 황금빛 바닥이 비쳐 보이는 모래톱 사이의 수로로 방향을 틀었다. 썰물 때라 물이 많이 빠지긴 했지만 그 재빠른 배가 나아가는 데는 아무 지장이 없었다. 배는 사나운 조류에 실린 나뭇잎처럼 점점 작아지면서 아일랜드를 향해, 덴마크 군주들과 바지런한 뱃사람들이 있는 더블린을 향해 멀어졌다. 그곳에서 티르카일과 헬레드는 이 험악한 바다를 지배할 튼튼한 자손들을 낳아 기르리라.

 메이리온 참사회원은 더 이상 딸 때문에 염려하지 않아도 될 것이다. 헬레드가 다시 나타나 그의 지위와 명성을 위태롭게 하고 출셋길을 막을 염려는 없었다. 그는 딸을 사랑했고, 딸이 잘되기를 소망했다. 그러나 가능하면 아사프에서 멀리 떨어진 다른 곳에서 즐거운 삶을 누려주기를 바랐다. 이제 그의 바람이 이루어진 셈이었다. 헬레드는 자신이 선택한 남자와 함께 자신이 선택한 길로 떠났다. 다른 사람들이 그 선택에 대해 어떻게 생각하든 그녀는 개의치 않을 것이다. 그녀는 세상을 보는 자기만의 잣대를 지닌 사람이니, 스스로의 선택을 후회할 리도 없었.

 고향으로 내달리는 검은 배는 점점 작아져 마침내 석양빛에 물든 환한 바다에 떠 있는 작은 점으로 변했다.

 "저들은 결국 이렇게 떠났군요." 마크는 그렇게 말한 뒤 캐드펠을 쳐다보며 싱긋 웃어 보였더. "이제 우리도 가야겠네요."

*

이미 예정된 날을 한참 넘겼다. 마크가 기껏해야 열흘이라 말하지 않았던가. 캐드펠 수사는 얼른 자신의 업무, 허브밭을 돌보고 환자들을 보살피는 안정된 일상으로 돌아가고 싶었다. 약속보다 늦긴 했지만 모든 일이 잘 마무리되었으니 라둘푸스 원장과 드 클린턴 주교는 만족스러워할 것이다. 길버트 주교 역시, 유능하고 정력적인 참사회원의 딸을 바다 건너로 치워버린 덕에 세인들이 그의 결혼 사실을 잊을 수 있으리라 생각하며 아주 흡족해하리라. 그 외의 다른 모든 사람들도 유혈 참사로 번졌을지 모를 사태가 원만하게 해결된 것에 크게 기뻐하는 듯했다. 한때 가슴에 소용돌이쳤던 원한과 적개심은 시간의 흐름에 맡겨둔 채 다들 정상적이며 평온한 일상생활로 돌아갈 때였다. 카드왈라드르는 어느 정도 유예기간을 거친 뒤 복권될 것이다. 오아인이 아우를 매몰차게 내칠 리는 없었다. 물론 아직은 시기상조겠지만. 한편 어떻게 보아도 패자라고밖에 할 수 없는 귀온은 자신에게 큰 좌절을 안겨준 군주의 무관심 속에 영원히 매장될 것이다. 키헬린은 제 손으로 블레드리 압 리스를 죽이지 못했던 것을 다행으로 여기며 귀네드 지방에 남아 지금처럼 군주를 모실 테고. 또 제후들은 이번 일로 큰 교훈을 얻었을 터이니, 앞으로는 무슨 일을 하건 성급한 판단으로 배신을 저지르지 않도록 각별히 조심할 것이었다.

유안 이포르는 어떤 생각을 하고 있을까? 그로서는 모든 걸 체념하고 잊어버리는 편이 좋으리라. 고분고분하고 순종적인 아내 라니, 헬레드에게는 결코 기대할 수 없는 모습 아닌가. 어차피 그는 헬레드를 자세히 알지 못했고, 제대로 이야기를 나눠본 적도 없었다. 상심이 오래가지는 않을 터였다. 물론 체면을 좀 구긴 건 사실이지만, 앵글시섬으로 돌아가 주위로 눈길을 돌리면 그에게 위안을 안겨줄 수 있는 좋은 여자들은 얼마든지 있지 않겠는가.

그리고 헬레드는…… 그녀는 자신이 원하던 것을 얻었으며, 자신이 선택한 곳으로 가 살게 되었다. 다른 사람들은 무척 놀랐지만 오아인은 그 이야기를 듣고 그저 웃음만 터뜨릴 뿐이었다. 그리고 아베르에는 헬레드의 마지막 이야기를 듣고 싶어 할 사람 하나가 그들을 기다리고 있었다.

메이리온 참사회원은 헬레드에 관한 소식을 전해 듣고 잠시 깊은 생각에 잠겼다가 안도의 한숨을 내쉬었다. 딸이 무사하다는 것을 알아서였을까, 아니면 자신을 옭아매고 있던 질곡에서 마침내 벗어났다는 생각에서 그랬을까?

"잘됐군요, 잘됐어!" 메이리온은 양손을 꼭 쥔 채 거듭 말했다. "그러니까, 저 바다 너머에 무사히 있다는 말 아닙니까." 사실상 이는 부녀 모두에게 좋은 일이었다. "하지만 다시는 그 아이를 볼 수 없겠지요!" 그 목소리에는 만족감과 슬픔이 깃들어 있었다. 캐드펠 또한 언제나 그 두 가지 상반된 감정과 함께 그를 떠올리게 될 것이었다.

*

둘째 날 초저녁 슈롭셔의 경계선에 이른 그들은 메이즈버리 쪽으로 방향을 틀었다. 기왕 늦은 김에 휴와 시간을 보내면 좋으리라는 생각이었다. 말들 역시 하룻밤 쉬어 가면 좋아할 테고, 휴도 귀네드에서 일어난 일이 어떤 식으로 전개되고 종결되었는지, 또 노르만 출신의 주교가 웨일스 사람들과 어떻게 지내고 있는지에 대해 제일 먼저 듣게 되어 반가워할 것이다. 얼라인과 자일스와 함께 잠시나마 따뜻하고 푸근한 시간을 보낼 생각을 하니 캐드펠은 절로 마음이 들떴다. 수도원 밖 세속의 일들은 물론 가정생활이라는 것과도 평생 담을 쌓고 지내겠다 맹세한 이들에게 포근하고 단란한 가족과 함께하는 일상은 늘 귀하고 행복한 시간이었다.

캐드펠이 벽난로 곁에 앉아 자일스를 무릎에 올린 채 무심코 그런 이야기를 하자 휴는 웃음을 터뜨렸다.

"수사님이 세속과 담을 쌓으셨다고요? 웨일스 서쪽 끝까지 모험을 떠났다가 이제 막 돌아오신 분이 그런 말씀을 하시다니! 아무리 권위 있는 분이라도 수사님을 경내에 한두 달 이상 가둬두긴 힘들 겁니다. 그게 가능하다면 그거야말로 기적이나 다름없죠. 수사님이 세인트자일스에 간다고 나설 때마다, 전 저분이 저러고 나가 아예 예루살렘까지 내쳐 가버리시는 것 아닐까 생각한다고요."

"그게 무슨 소리! 말도 안 되는 얘길 하는군!" 캐드펠은 손사래를 친 뒤 이내 덧붙였다. "뭐, 이따금 여행을 떠나고 싶어 발이 간질거리는 건 사실이지만."

종종 그는 옛 추억들이 되살아나곤 하는 자신의 내면 깊은 곳을 들여다보곤 했다. 각양각색의 감정들로 물든 그 추억들은 늘 그의 마음 깊숙이 자리 잡고 있었다. 그러나 그것을 결코 다시 반복할 수 없으리라는 점을 그는 알았고, 반복할 마음도 없었다. 캐드펠은 깊은 만족감에 젖어 중얼거렸다. "세상 이곳저곳을 헤매고 다니던 사람한테 제일 반가운 건, 역시 고향으로 돌아가는 길이지."

주

1 슈루즈베리 성 베드로 성 바오로 수도원 the Shrewsbury abbey of Saint Peter and Saint Paul
잉글랜드 슈롭셔주에 위치한 수도원으로, 원래 성 베드로에게 헌정된 작은 목조 교회였으나 11세기 후반 성 베드로와 성 바오로 두 사도에게 헌정된 석조 건물로 개축되었다.

2 스티븐 왕 King Stephen(1092 또는 1096~1154)
정복왕 윌리엄 1세의 외손자이며 잉글랜드 노르만 왕조의 네 번째 국왕. 외숙부이자 잉글랜드 왕인 헨리 1세가 살아 있을 때 헨리 1세의 딸인 모드 황후의 왕위 계승을 돕겠다고 서약했으나 1135년에 헨리 1세가 죽자 약속을 깨고 잉글랜드 군주의 자리를 차지했다.

3 모드 황후 Empress Maud(1102~1167)
마틸다(Matilda of England)라고도 불린다. 정복왕 윌리엄의 아들인 헨리 1세의 딸로, 신성로마제국 황제 하인리히 5세와 결혼했다가 그가 죽은 뒤 앙주 백작 조프루아 5세와 재혼해 헨리 2세를 낳았다.

4 글로스터의 로버트 백작 Earl Robert of Gloucester(1090~1147)
헨리 1세의 서자이자 모드 황후의 이복형제로, 1135년 스티븐 왕이 왕위를 찬탈한 이후 모드 황후의 편에서 싸웠다.

5   제프리 드 맨더빌 Geoffrey de Mandeville(?~1144)
스티븐 왕 밑에서 런던탑을 관리했으나 링컨 전투 당시 모드 황후 측으로 돌아서서 많은 재산과 땅을 차지하게 되었다. 이후 석방된 스티븐이 런던탑 관리 권한과 토지를 몰수하자 반발하여 반란을 일으켰다.

6   라둘푸스 수도원장 Abbot Radulfus(?~1148)
헤리버트 수도원장의 뒤를 이어 1138년부터 1148년까지 슈루즈베리 수도원의 수도원장을 지냈다.

7   베네딕토회 Benedictine
베네딕토 규칙을 바탕으로 공동생활을 하는 가톨릭 공동체. 6세기 '누르시아의 베네딕토(성 베네딕토)'가 몬테 카시노에 창설하여 전 유럽에 퍼진 수도회의 일파다. 청빈, 순결, 복종을 맹세하고 규율이 매우 엄격한 삶을 강조했다. 집단적인 예배도 중요시하여, 수사들은 하루에 일곱 번씩 모여 찬송하고 기도하는 성무일도를 수행했다.

8   오아인 귀네드 Owain Gwynedd(1100~1170)
아버지 그루퍼드 압 시난의 뒤를 이어 1137년부터 귀네드를 통치했다.

9   시어볼드 대주교 Theobald of Bec(1090~1161)
캔터베리 대주교였으나 헨리 주교에 밀려 교황 대사의 자격을 얻지는 못했다. 스티븐 왕의 편에 서서 내전 이후 집권에 중요한 역할을 했다.

10   마도그 압 메레디드 Madog ap Meredudd(?~1160)
포위스 지역의 군주. 가문의 마지막 군주였던 그는 오아인 귀네드의 영토 확장을 저지하는 일에 평생을 바쳤다.

11 카드왈라드르 Cadwaladr ap Gruffydd(1100?~1172)
귀네드의 왕자이자 오아인 귀네드의 동생. 라눌프 백작의 사촌과 결혼하였으며, 1141년 링컨 전투에서 라눌프를 도와 스티븐 왕을 생포하는 데 기여했다. 형 오아인과 끝없는 마찰을 겪다가 1157년 마도그 압 메레디드와 손잡고 형을 몰아냈다.

12 로버트 페넌트 부수도원장 Prior Robert Pennant(?~1168)
12세기 전반에 슈루즈베리 수도원의 부수도원장을 지냈고, 1148년부터 1168년까지 슈루즈베리 수도원의 수도원장을 지냈다. 성 위니프리드의 귀더린 순례를 담은 『성 위니프리드의 생애』를 남겼다.

13 세인트자일스 Saint Giles
슈롭셔의 교회이자 구호소. 설립 시기는 12세기경으로 추정된다. 1857년까지 슈루즈베리 수도원의 사제가 파견되어 이곳의 일을 도맡았다.

14 성 위니프리드 Saint Winifred
홀리웰에 살았던 위니프리드에 관한 이야기는 중세 전설에 근거를 두고 있다. 그녀는 성 베이노의 조카이자 테비트라고 불리는 기사의 외동딸이었다. 크래독 왕자가 그녀를 겁탈하려 하자 달아났고, 분노한 왕자는 그녀의 목을 잘랐다. 하지만 성 베이노가 그녀를 되살렸고 새 생명을 얻은 위니프리드는 로마로 순례를 떠났다가 웨일스로 돌아와 귀더린 수녀회의 수도원장이 되었다고 전한다.

캐드펠 수사 시리즈 18
반란의 여름

초판 1쇄 발행. 2002년 6월 10일
개정판 1쇄 발행. 2025년 6월 30일

지은이. 엘리스 피터스
옮긴이. 김훈
펴낸이. 김정순
편집. 홍상희 허영수
마케팅. 이보민 손아영

펴낸곳. (주)북하우스 퍼블리셔스
출판등록. 1997년 9월 23일 제406-2003-055호
주소. 04043 서울시 마포구 양화로 12길 16-9(서교동 북앤빌딩)
전자우편. editor@bookhouse.co.kr
홈페이지. www.bookhouse.co.kr
전화번호. 02-3144-3123
팩스. 02-3144-3121

ISBN. 979-11-6405-314-8 04840

옮긴이. 김훈
전문 번역가. 고려대학교 사학과를 졸업하고 1981년 동아일보 신춘문예에 희곡 부문에
「빈방」으로 당선된 뒤 극작 활동과 번역 작업을 병행했다. 현재 부여에서 번역 작업을
하면서 지속 가능한 자연 생태 농업에 관심을 갖고 파트타임 농부로 일하고 있다.
옮긴 책으로 『아메리카 인디언의 가르침』 『패디 클라크 하하하』 『희박한 공기 속으로』
『매디슨 카운티의 추억』 『피아니스트』 『바람이 너를 지나가게 하라』
『세상 끝 천 개의 얼굴』 『성난 물소 놓아주기』 『그런 깨달음은 없다』 『모든 것의 목격자』
『켄 윌버, 진실 없는 진실의 시대』 『늘 깨어나는 지금』 외 100여 권이 있다.